KB253228

송욱 연구

송욱 연구

김학동 외

도서출판 **역락**

책 머리에

우리들이 송욱의 문학에 대한 세미나를 시작한지도 꽤나 많은 시간이 흘렀다. 그 동안 여러 차례에 걸쳐서 세미나를 갖게 된 것은 우리들의 논의가 공동연구로서 지향하는 궤도에서 크게 벗어나지 않도록 조정하기 위한 것이었다.

〈하여지향〉의 저자 송욱은 전후의 암담했던 정치와 사회의 부조리와 부정부패를 강렬한 목소리로 고발하고 풍자하는 한편, 대학의 강단에서 영미문학을 강의하면서 고도한 서구 문학이론을 도입하여 우리 현대문학사에 미친 영향은 자못 크다 아니할 수 없다. 한마디로 그는 앞서 김기림과 최재서 등이 서구 문학이론을 바탕으로 확립한 시론을 보다 높은 차원으로 이끌어 우리 현대비평사에서 하나의 전환점을 이룩한 것이다. 그의 해박한 지식과 예리한 비평안으로 동서고금의 시와 시론을 섭렵하고 그 위에서 비교의 시학을 확립한 것이다. 프랑스 상징주의 시론을 위시하여 실존주의와 현상학이론 및 영미 신비평 등을 광범위하게 도입하여 한국시 해석의 심도를 깊이한 공적은 아무도 부인하지 못할 것이다. 오늘날 우리 문학비평의 다양한 전개도 송욱의 이런 선구적 업적에 힘입은 바 적지 않다.

이 책은 송욱의 시작세계와 시학이론, 그리고 전기 및 서지적 국면과 부록편으로 구분하여 편성하고 있다. 첫째, '시작세계'의 논의에서는 그의 전시작을 대상으로 고찰한 통시적 차원과 각론으로서 각 시집의 수록시편들에 나타난 주제의식을 유형화하였다. 둘째, '시학이론'의 논의에서는 그의 이론서에 대한 총체적인 고찰과 각 이론서의 특색을 분담하여 분석했다. 셋째, '전기 및 서지적 국면'에서는 송욱의 생애와 시작 및 비평활동을 실증적 차원에서 다루었고, 참고로 '원전대조표'를 붙여 일차적인 텍스트 비평으로서 작품의 발표지와 시집 수록분의 차이를 밝혔다. 넷째, '부록편'은 다시 두 부분으로 나누어 〈부록·1〉의 '보유편'에서는 당시의 신문이나 잡지에는 발표되었으나, 시집에 실리지 않은 시작품들을 연구자의 편의를 위해 실었다. 산문도 몇편 있지만, 분량 관계로 싣지 못했다. 그리고 〈부록·2〉에는 송욱의 생애 및 작품의 연보를 수록하였다.

앞에서도 시사했듯이, 한 작가를 연구한다는 것이 결코 쉬운 일이 아님은, 우리들이 송욱의 연구과정에서도 또 다시 실감하게 되었다. 송욱의 경우도 전기적 국면에 대한 기존논의에서 많은 오류를 발견할 수 있었다. 이번에 우리들이 가능한 범위내에서 이런 오류들을 바로잡아 보았으나, 아직도 해결하지 못한 점이 적지 않다. 송욱의 일본 유학에 관련된 사항을 확인하지 못한 것을 비롯하여 유족들도 잊었거나, 아니면 모르는 전기적 사실들이 있었다.

작가연구에서 우리들이 흔히 소홀하게 다루게 되는 전기 및 서지적 국면의 접근에서 직면하게 되는 문제들이 너무나 많다. 기존논의들을 그대로 따라도 무방한 경우가 간혹 있기는 하지만, 대부분이 그것들을 액면 그대로 받아들일 수 없는 것이 우리의 현실이다. 왜냐하면 그것들이 거의 철저한 자료조사를 바탕으로 한 것이 아니고, 작가나 유족들이 제공하는 사실을 아무런 여과 없이 수용하여 본의 아니게 오류를 범하는 경우가 없지 않기 때문이다.

이런 현상은 송욱에만 국한된 것이 아니다. 8·15해방 이전의 작가들은 더 말할 것도 없거니와, 우리가 앞으로 본격적으로 다루게 될 50년대 이후의 작가들도 마찬가지다. 일반 사서류나 개인 전집류 및 사화집 등에 수록된 생애 및 작품연보를 철저히 재검증해야만 한다. 아무리 작가 자신이나 유족들이 제공해서 작성한 것이라 할지라도 본의 아니게, 때로는 고의로 은폐하는 예가 없지 않다. 한 작가의 연구에서 기존의 전기 및 서지적 국면의 확인작업을 필요로 하는 까닭도 바로 **여기**에 있는 것이다.

우리들은 가끔 작가연구에서 이런 실증적 차원이 작품해석에 무슨 도움이 되겠느냐는 물음에 직면하게 된다. 물론 이것이 작가연구에서 목적은 될 수가 없다. 그렇다고 이런 오류들을 그대로 방치한 채로 연구해서도 안 된다. 없는 사실을 있게 하거나, 있는 사실을 없게 할 수 없기 때문이다. 심지어는 원작이 왜곡된 채로 교과서나 전집 및 기타에 싣고, 그것을 아무렇지 않게 분석하는 것이 우리의 현실이고 보면, 이에 대한 철저한 반성이 있어야만 할 것 같다.

기상이변의 탓이었을까? 금년 여름도 혹독한 가뭄과 무더위로 시달렸는가 하면, 어느 곳에서는 때아닌 폭설과 폭우로 지구촌은 온통 몸살을 앓았다. 이 것이 바로 지구촌에 살고 있는 사람들이 문명이란 이름으로 지구를 학대한 죄악에서 연유한 것이라면, 인류는 결국 돌이킬 수 없는 극한적 상황에 이르 게 되는지도 모른다. 아무튼 오랫동안의 산고를 겪고 태어난 이 책의 원고가 출판사에 전달된 것이 무더운 여름철이었는데, 그것이 머지않아 출판된다고 하니 그 감회가 새롭기에 앞서 두려운 마음이 들기도 한다. 독자 여러분의 아낌없는 질정을 바라는 마음 간절하다.

이 책은 우리 서강현대시학회에서 펴낸 작가론으로는 김기림과 김안서에 이어 세번째가 되는 셈이다. 앞으로도 이 작업은 계속 이어질 것이고, 또 이 어져야만 한다. 이 책의 출판을 주선해준 김승희 교수와 우찬제 교수에게 먼 저 고마운 마음을 전하고 아울러 송욱의 전기적 사실의 조사과정에서 적극 협조해준 유족들과 여러 가지 어려움 속에서도 이 책을 흔쾌히 맡아 출판해 준 亦樂출판사에 깊은 사의를 표한다.

2000년 9월

김 학 동

■ 차 례

제2부 송욱 시론 연구

제3부 전기적·서지적 접근

제4부 부록 · 1

제5부 부록 · 2

제1부

송 욱 시 연 구

몸과 말의 변주곡

—시적 변이와 지속 양상

Ⅰ. 서론

송욱(1925.4.19~1980.4.21)은 "詩는 母國語의 眞髓를 무지개처럼 빛내야 한다[1]"는 자신의 이상을 실천에 옮긴 시인이자 비평가이며 영문학자이다. 1950년 ≪문예≫3월호에 <薔薇>가 추천되어 시쓰기의 첫 걸음을 내딛은 이후, 시집 『誘惑』(사상계, 1954), 『何如之鄕』(일조각, 일조각), 『月精歌』(일족각, 1971)와 시선집 『나무는 즐겁다』(민음사, 1978), 유고시집 『詩神의 住所』(일조각, 1981년) 그리고 그외 다수의 문예지를 통해 총 182수의 시를 발표한다.[2] 한편 시쓰기와 더불어 1953년 ≪문예≫10월호에 「徐廷柱論」을 발표함으로써 시작된 그의 비평활동은 1960년대 초에 이르러 본궤도에 들어서게 된다.

---

1) 유고집 『詩神의 住所』 발문에서.
2) 1982년 ≪월간조선≫7월호에 따르면, 장남 宋正烈이 창작시와 한시 번역 등 90여편의 유고를 추려 ≪詩神의 住所≫이후 유고집을 준비 중이라고 했지만, 출간되지 않고 있다.

≪사상계≫을 중심으로 전개된 그의 비평활동은 『詩學評傳』(일조각, 1963),『文學評傳』(일조각, 1969), 『韓龍雲詩集 님의 沈默 全篇解說』(과학사, 1974), 『文物의 打作』(문학과 지성사, 1978) 등의 평론집으로 남아 있다.3)

문학사는 그를 비판적인 풍자시인이며, 관능적인 자연시인으로4), 지성에 근거한 시 정신의 치열성을 최대한으로 확대한 시인으로,5) 한국시의 고민이 상징되어 있는 비평적인 시인6)으로 적고 있다. 이러한 논지에서 크게 벗어나지 않은 채 그에 대한 논의는 단평7)에 머물거

---

3) 시와 비평의 자세한 사항은 '작품 연보'를 참고.

4) 김윤식·김현, 『한국문학사』(민음사, 1996), 457~458면.

5) 권영민, 『한국현대문학사』(민음사, 1996), 141~143면.

6) 김윤식·김우종외, 『한국현대문학사』(현대문학, 1995), 417면.

7) 구중서, 「薔薇」, ≪월간문학≫, 1970. 6.

　김유중, 「부활에의 꿈」,≪현대문학≫, 1991. 7.

　김춘수, 「海印戀歌 八」, ≪현대문학≫, 1960. 9.

　──　「形態意識과 生命肯定 및 宇宙感覺」,≪세계의 문학≫, 1978. 겨울.

　김　현, 「말과 宇宙─송욱의 想像的 世界」,≪세계의 문학≫, 1978. 봄.

　박종석, 「宋稶의<詩學評傳>硏究」,≪국어국문학≫제15집, 동아대 국어국문학과, 1996.

　오규원, 「詩的 變容과 그 意味-宋稶과 高銀의 경우」,≪문학과 지성≫, 1972. 봄.

　유종호, 「인상-팔월시」,≪사상계≫, 1958. 9.

　이병헌, 「지식인의 가락-송욱시집『何如之鄕』」,≪현대시학≫, 1992. 8.

　이상섭, 「부끄러운 한국문학과 경이로운 동양사상」,≪문학과 지성≫, 1978. 겨울.

　이성모, 「말놀이의 시적체험과 그 틀」,『경남어문논집5』, 1992. 12.

　이재선, 「풍자 시론 서설」,『청구대학논문집6』, 1963. 5.

　이해령, 「宇宙의 秩序와 生命의 리듬」, ≪현대시학≫, 1974. 10.

　전봉건 외, 「속 시와 에로스」, ≪현대시학≫, 1973. 10.

　전영태, 「비판적 지성과 풍자의 시」,『한국대표시 평설』(문학세계사, 1983).

　정현종, 「感覺의 깊이·官能 그리고 純眞性」,≪지성≫, 1971. 12.

　──, 「말과 自由聯想의 세계」,≪월간조선≫, 1981. 6.

　홍기창, 「宋稶의 自然과 人間」,≪문학과 지성≫,1973. 여름.

　황현산, 「역사의식과 비평의식:송욱의『시학평전』,『현대비평과 이론』, 1995. 10.

나, 1950년대 戰後 문학과 관련되어 부수적으로 다루어지고 있다.8) 나아가 그의 시작세계 전반을 다루고 있다9) 하더라도 완벽한 작품연보에 근거해서 시적 변이양상을 고찰한 것은 찾아 볼 수 없다.

이에 본고는 작품의 심층분석보다는 송욱의 전작품을 대상으로 통시적 차원에서 그 시적 변이양상을 살펴보고자 한다. 우선 본고가 주목하고자 하는 것은 그의 시 전체에 나타나고 있는 '몸'에 대한 심상이다. '몸의 탄생'과 '몸의 타락', '몸의 재생', '몸의 영원성 추구'로 이어지는 변이 양상 속에서 시작태도와 독특한 언어사용과 연결된 그의 시세계가 드러나게 될 것이다.

---

8) 강희근, 「삶의 체현과 다양한 전개」, 『한국대표시 평설』(문학세계사, 1983).
　── , 『우리 시문학 연구』(예지각, 1985).
　권순섭, 「한국 현대시의 전통성 연구」, 석사학위 논문, 공주대 교육대학원, 1990.
　김재홍, 「6·25와 한국의 현대시」, 『현대시와 역사의식』(인하대출판부, 1988).
　류근조, 「현대시의 모더니즘」, 《현대문학》, 1991. 7.
　민　영, 「1950년대 시의 물길」, 《창작과 비평》, 1989. 봄.
　박두진, 『한국현대시론』(일조각, 1970).
　송하춘·이남호, 『1950년대의 시인들』(나남, 1994).
　신진숙, 「전후시의 풍자 연구」, 석사학위 논문, 경희대학교, 1994
　윤정룡, 「1950년대 한국 모더니즘시 연구」, 박사학위 논문, 서울대학교, 1992.
　전봉건외, 「시와 산문성과 지성」, 《현대시학》, 1985. 1.
　정한모, 『한국현대시의 현장』(박영사, 1983).
　정한숙, 『한국현대문학』(고대출판부, 1982).
　천이두, 『50년대 문학의 재조명』(현대문학사, 1985. 1).
　한계전, 「사변적 문체와 사상탐구의 형식」, 『한국현대시연구』김용직외(민음사, 1989).
9) 조미영, 「송욱 시 연구」, 석사학위 논문, 서울대학교, 1994.
　진순애, 「송욱 시의 은유 연구」, 석사학위 논문, 성균관대학교, 1993.
　한원균, 「송욱문학연구」, 석사학위 논문, 경희대학교, 1992.

2. 몸의 誕生과 주술적 언어

> 몸의 歷史를 위하여. 몸의 歷史도 마치 精神의 歷史처럼 一生이
> 항시 살아 있다.
> 되살아난다.
>
> ―<日記 및 詩作노트 1978. 7. 24>에서

이처럼 송욱에게 있어, 몸은 정신과 다름 아니다. 몸을 통해 정신작용의 구체화를 꾀하고 있는 것이다. 세계를 인지하는 것도 몸이며, 그것을 표현해 내는 것도 몸을 통해서 이루어지기 때문이다. 그래서 우리는 그의 시적 세계를 감지할 수 있는 통로를 얻게 된다. 초기 송욱의 시에서 '몸'은 상징적으로 묘사되는데, 추천시 <薔薇>(1950)에서부터 1954년까지 발표된 시를 묶은 시집 『誘惑』(1954)이 이에 해당된다.

1) 상징적 순수성의 공간

> 薔薇밭이다.
> 붉은 꽃잎 바로 옆에
> 푸른 잎이 우거져
> 가시도 햇살 받고
> 서슬이 푸르렀다.
>
> 벌거숭이 그대로
> 춤을 추리라.
> 눈물에 씻기운
> 발을 뻗고서
> 붉은 해가 지도록
> 춤을 추리라.
> 薔薇밭이다.
> 피방울 지면
> 꽃잎이 먹고

푸른 잎을 두르고
기진하며는
가시마다 살이 묻은
꽃이 피리라.

　　　　　　　　　　　　　　—<薔薇>의 전문

　이 시는 '햇살'과 '피방울'의 힘을 얻어 '꽃'을 피우고자 하는 바램을 이야기하고 있다. 이 때 '불'과 '물'의 물질적 상상력은 '가시' 즉 척박한 상황을 극복하는 인자로 작용하여 '살이 묻은', 즉 보다 구체화된 존재인 '꽃'을 탄생시킨다. 이 탄생의 과정에서 정화의 매개체가 되는 것이 '눈물'이 되고, '꽃'은 '몸'의 상징적 존재물로서 화자가 발원하는 대상이 되며, '꽃'의 개화가 이루어질 세계는 '벌거숭이 그대로 춤을 추는' 순수의 세계이다. 그렇게 '몸'은 '꽃'(혹은 나무, 연꽃)으로 상징화된다. 그러나 '꽃'이 처한 현실은 '가시 돋힌 장미'처럼 부정적으로 인식된다.

　　　가위눌린 꽃송이 —<「햄렛」의 노래>에서
　　　잠을/죽음을 깨고/움트고 꽃이 피듯 —<「라사로」>에서
　　　소리 없는 눈물, 눈물 없는 설움이/뼈를 부른다. —<薔薇처럼>에서
　　　불꽃을 가지고/밤을 준 것을/울지도 못하고/머리만 숙여, —<꽃>에서
　　　목숨이/잊을수/어쩔 수 없이/뎅그랑/짤리어/흘러가면/되살아/고개
　　　들어/꼬꼬대/목을 뽑는/울음인데, —<슬픈 새벽>에서

　이 억압의 현실 구조 속에 '갇힌 몸'은 반복된 일상을 권태롭게 영위하다 다시 슬픈 새벽을 우는 닭모가지처럼 '바람', '안개', '구름', '그림자'의 심상에 의해 그 부정성이 강화된다.

　　　다짐과 주검을/주고 받으며/가슴을 두다리며/치는 바람과
　　　　　　　　　　　　　　　　　　　　—<時體圖>에서
　　　벗어라 안개를/부신 네 몸이/떨리는 잎새마다/빛을 배앝게 —<숲>에서
　　　거슴츠레/구름이 파고 가는/눈물 자욱은/어찌하여 질 새 없이/몰려드

는가　—＜비 오는 窓＞에서
그림자와 이웃하면/목을 거슬려/살붙이가 기어 올라/입 밖에 내지 못
할/욕지거리를/빗발을 씹고　—＜時體圖＞에서

　결국 정신작용의 구체적 실현, 즉 '몸의 구체화'는 현실 속에서 이루
어지는 것이 아니라, 현실을 떠난 순수의 세계에서 가능하게 된다. 그
공간은 '티끌'로 돌아감으로써 펼쳐지게 되며, 그 '티끌'의 공간은 '겨
울'과 '밤'의 심상 속에 내재되어 있다. 궁극적으로 시련과 어둠의 과
정을 거치고 난 후의 온기와 빛처럼 몸의 탄생은 눈부시게 이루어질
것임을 희구하고 있는 것이다.

　　　지금과 여기,
　　　이몸을 다시 빚는다.

　　　서슬과 서슬 사이 무자맥질하다가
　　　껴안은 팔 사이를
　　　어제 내일 모레가
　　　종종 걸음으로
　　　『티끌로 가자.』
　　　『티끌로 가자.』
　　　　　　　　　　　　　　—＜「맥베스」의 노래＞에서

　　　나무를 바래거든
　　　티끌로 가거라.
　　　　　　　　　　　　　　　　—＜時體圖＞에서

　'티끌'로 돌아가는 것은 無로 돌아가는 일이기 때문에 '티끌'의 공간
은 '어머니 뱃속'[10]이나 빈번하게 언급되고 있는 '무덤'으로 상징화된
다. 자궁과 무덤은 우리의 몸이 새로운 세계로 변화되어 가기 위해
잠시 머무는 곳이다. 그 모두 탄생을 준비하는 곳이며, 존재론적 변화

---

10)　＜「햄렛트」의 노래＞에서.

를 이루어내는 공간이다. 그 변화의 주체인 어린이와 어진이의 순수
공간이기 때문이다.

> 어린이/어진이가 가슴을 치면/하늘과 땅이/물구나무선다.
> ―<誘惑>에서

이처럼 이 시기에 시인이 몸의 탄생을 통해 희구했던 공간은 상징
적인 순수의 세계이다. 그리고 그 순수 공간에 접근하기 위해 시인은
어린이와 어진이의 모습을 지향하고 있다.

2) 청맹과니의 침묵

> 피와 꽃닢과
> 고름이 익어 붙은
> 오오 하늘 같은
> 청맹관이.
> ―<詩人>에서

시인은 청맹과니이다. '피'와 '꽃닢'과 '고름'이 뒤범벅이 된 채 자궁
으로부터 나와 세상과 첫 대면한 어린 아기처럼 아직 눈뜨지 않은 존
재이다. 시각적 능력의 상실은 현실과의 관계 속에서 순수성을 지키
려는 시인의 내면의식이 반영된 것이라 할 수 있다. 이때 '피'는 시인
의 몸에 뿌려진 정화수이며, '꽃닢'은 시인의 머리에 씌어진 면류관이
며, '고름'은 인고하는 시인의 흔적이다. 이 모든 것은 탄생의 영광을
위해 준비된 것으로, '피'는 '햇살', '소나기'등으로, '꽃닢'은 '불꽃'으로,
'고름'은 '눈물'로 변형되어 드러난다.

> 아침마다 떨며 온/햇살이 박힌/꽃빛이 흐르는가/안이 비는가
> ―<窓>에서
> 벗어라 안개를/부신 네 몸이/지나간 소나기와/노래를 하게
> ―<숲>에서

불꽃을 가지고/밤을 준 것을 ―<꽃>에서
내 눈물은 얼음처럼/肝腸을 흐르는데, ―<失辯>에서

　시인의 시각에 대한 이러한 감각적 회피는 어진이의 심상을 끌어오
게 한다. 즉 '유리', '창'으로 물질화된 '거울'의 심상을 가지고 시인은
다음과 같이 세상을 비춰보는 것이다.

　　文學이란
　　山海珍味 즐비한
　　陳列場 보기.
　　할퀴어도 안타까워
　　琉璃에 비친 얼골.

　　　　　　　　　　　　　　　　　　　　　　―<失辯>에서

　시인의 어진 모습은 '할퀴어도 안타까워' 한다는 표현에서 잘 드러
나고 있다. 결국 이 시기에 시인은 세상을 눈으로 보지 않고 마음으
로 보고 있는 것이다. 그래서 몸의 탄생 공간인 순수성의 공간은 시
인의 내면 속에 있는 것이고, 상징의 공간이 되는 것이다. 이때 시각
보다는 청각에 민감한 시인에게 있어 자기 암시적이고 주술적인 언술
은 자연스런 귀결이라 하겠다.

　　메아리가 목 놓아/부르게 하라. ―<「쥬리엣트」에게>에서
　　그대여 窓을 열라/티끌로 가라/사세요 주세요/죽여 주세요
　　　　　　　　　　　　　　　　　　　　―<時體圖>에서
　　우숩다 하지마다/흥에 겹다 하지마라 ―<生生回轉>에서
　　모지게 모지게 사리어 살자/둥글게 둥글게 기대어 죽자
　　　　　　　　　　　　　　　　　　　　―<그 속에서>에서
　　『아아 꽃송이』 ―<觀音像 앞에서>에서
　　벗어라 안개를 ―<숲>에서
　　돌로 쌓지 마라/몸을 던져라/몸을 던져라 ―<誘惑>에서
　　눈 뜨고 일어나라/풀어달라 풀어달라 ―<「라사로」>에서
　　『티끌로 가자』/『티끌로 가자』 ―<「맥베스」의 노래>에서

이몸을 아아 받어나다오./아아 묻어나다오/깨여나다오
　　　　　　　　　　　　　　—<「햄렛」의 노라 >에서

　그러나 시인의 주술적 언어는 '소리없는 햇살'11)과 같은 것이다. 그
래서 시인의 청각적 민감성은 물리적인 음향을 지향하는 것이 아니라
몸의 내부에서 일고 있는 파장이다. 이 내적 속삭임이 시인을 상징의
숲으로 인도하게 했고, 어린아이와 어진이가 주재하는 순수의 공간
속에서 꽃으로 표상 되는 몸의 탄생을 가능하게 했다. 이시기는 눈뜨
지 않은 침묵의 계절 겨울이다. 겨울 공간에서 탄생을 도모하는 것은
아이러니가 아닐 수 없다. 이것이 송욱의 시적 출발이 갖는 특징이며
또 다른 몸의 재생, 즉 봄의 잉태를 가능하게 하는 것이다. 이후 송욱
의 시세계는 이러한 자질들의 변주를 통해 자아와 세계가 균열과 조
응을 이루어 가는 역정이라 할 수 있다.

　　갓나린 눈보다/하얀 두 볼에/오무리면 제풀로/붉은 입술을/煩惱라
　　도 다시 한 번/아아 또 한 번!
　　　　　　　　　　　　　　—<「쥬리엣트」 에게>에서

3. 몸의 타락과 풍자적 언어

　이 시기는 1955년부터 1961년까지의 기간으로 시집 『하여지향』에
묶여진 시편들이 해당된다. 시집 『유혹』의 시편들이 몸의 탄생을 주
술적 언어를 통해 노래함으로써 시인의 내면세계를 상징적으로 형상
화냈다면, 이 시기의 시는 그와 다른 양상을 보인다. 즉 몸이 해체되
어 병적 징후를 보이고 있다.

────────────

11) <觀音像 앞에서>에서

1) 현실적 獸性의 공간

솜덩이 같은 몸뚱아리에
쇳덩이처럼 무거운 집을
달팽이처럼 지고
　　……
아닌 것과 아닌 것 그사이에서
줄타기하듯 矛盾이 꿈틀대는
뱀을 밟고 섰다.
　　……
아우성치는 子宮에서 씨가 웃으면
亡種이 펼쳐 가는 萬物相이여!
아아 구슬을 굴리어라 琉璃房에서!
輪轉機에 말리는 新聞紙처럼
內臟에 印刷되는 나날을 읽었지만
그 房에서는 배만 있는 男子들이
그 房에서는 복이 없는 女子들이
허깨비처럼 천장에 붙어 있고
거미가 나려 와서
계집과 술 사이를
돈처럼 뱅그르르
돌며 살라고 한다.
이렇게 자꾸만 좁아들다간
내가 길이 아니면 길이 없겠고
안개 같은 地平線뿐이리라.
창살 같은 갈비뼈를 뚫고 나와서
연꽃처럼 달처럼 아주 지기 전에
염통이여! 네가 두르고 나온 탯줄에 꿰서
　　……
목숨도 아닌 주검도 아닌
頭痛과 腹痛 사일 오락가락하면서
귀머거리 運轉手—
　　……
꼼짝하면 自殺이다.
얼굴이 수수꺼끼처럼 굳어 가는데

눈초리가 야속하게 빛나고 있다며는
솜덩이 같은
쇳덩이 같은
이 몸뚱아리며
게딱지 같은 집을
사람이 될터이니
사람 살려라.
모두가 罪를 먹고 살아 가니
사람 살려라.
허울이 좋고 붉은 두볼로
鐵面皮를 脫皮하고
새살 같은 마음으로
세상이 들창처럼 떠러져 닫히며는
땅군처럼 뱀을 감고
來日이 登極한다.
　　　　　　　　　　　　　　　—<何如之鄕· 1>에서

　이 시는 순수 공간 속에서 '꽃'으로 형상화되었던 몸의 총체성이 '뒤
통수' '內臟' '子宮' '배' '갈비뼈' '염통' '탯줄' '두볼' 등으로 파편화되고
있음을 표상하고 있다. 그 해체된 몸에 대한 묘사 역시 부정적이며
병적이다. 다시 말해 '몸뚱아리는 솜덩이 같고, 子宮은 아우성치고 있
으며, 內臟은 윤전기와 같고, 두볼은 허울좋게 붉다'는 식이다.

　　문둥이처럼/외딴 섬에서/이 잔을 마시고/비틀 거린다.
　　　　　　　　　　　　　　　　　—<한거름>에서
　　온 몸이 不隨意筋처럼/不足症을 느끼며는 —<어느 十字架>에서
　　피 흐르는 목덜미며 —<그냥 그렇게>에서
　　해골로서 사라진 그대들이다. —<서방님께>에서
　　코가/눈이 나오는 나를/쇠바퀴에 깔린 염통을
　　　　　　　　　　　　　　　—<何如之鄕 ·8>에서
　　팔 다리/목, 몸둥아리를/갈갈이 찢기운 —<海印戀歌 ·8>에서
　　못난이 몸둥아린 —<한一字를 꺼안고>에서
　　<아후리카>사람처럼/까맣게 그슬리고 —<革命幻想曲>에서
　　몸에서 떨어진 모가지라도 —<<영원>이 깃들이는 바다는>에서

이러한 몸의 해체와 타락에서 우리는 시인이 체감하고 있는 실존적 불안을 읽어낼 수 있다. 즉 그 불안의 징후때문에 시인은 한 곳에 정주하지 못한다. 그래서 시인은 항시 '무엇과 무엇의 사이'에서 진동하고 있다. 그러나 그 흔들림의 양극이 <하여지향·1>에서와 같이 '否定과 否定(아닌 것과 아닌 것) 사이' '墮落과 墮落(계집과 술) 사이' '苦痛과 苦痛(頭痛과 腹痛) 사이'처럼 부정적 자질인 한에서는 어느 한 쪽으로의 밀착은 불가능한 것이며, 그 팽팽한 긴장 속에서 퉁겨져 나와 시인은 해체되고 마는 것이다. 여기서 주목할 것은 '琉璃房'과 '씨'가 지닌 심상이다. 시집 『유혹』의 시편에서 '유리' 즉 '창'의 심상은 시인의 내면이 심화된 상징 공간으로 대립적인 요소의 조응을 가능케하는 화해의 공간이었다. 그러나 이 시기에 이르러 그 '화해의 내면 공간'은 외면적 현실공간으로 변이된다. 다시 말해 한 부분만 비대해진 남자와 박복한 여자를 통해 과잉과 결핍의 부조화된 현실을 풍자하고 있는 것이다. 또 한편 시집 『유혹』의 시편에서 몸의 탄생이 이루어지는 맹아로서 기능했던 '티끌'이 '亡種'이라고 하는 쓸모 없는 존재, 즉 죽음의 씨앗으로 변질되고 있다.

그러한 변질로 해서 몸의 탄생 공간인 원시성의 세계는 약화되고 몸의 타락과 함께 수성의 세계가 강화된다. 전자가 순수성의 세계라면 후자는 비순수의 세계이다. 수성의 심상은 위의 시에서 나타나듯 '달팽이·뱀·거미·명태·게'처럼 현실 세계를 묘사할 때 기능한다.

> 실뱀처럼 구렁이처럼/능갈치고 얄미운 길을 밟는데/居間이여! 率直하게 人間的으로/네가 하는 자장가에 귀가 솔았다.……쥐 꼬리만한 月給을 닮아 가는/목숨이라고 ─<拓植 殖産……>에서
> 잠자리처럼/스스로 삽으로/웅덩이를 파든지
> ─<王族이 될까 보아>에서
> 벌거숭이 꿈마저/사라진 모래밭에/진흙 위를 기기란/오히려 지렁이 자욱처럼 상처를 입는데 ─<王族이 될까 보아>에서
> 지네처럼 알몸에서/설설 길테니 ─<義로운 靈魂 앞에서>에서
> 새양쥐를 새양쥐를/에워싸고 놓치는 고양이처럼/우뚝 서있는 그

대가 누구인가? ……뱀 같은 비둘기 같은/미친 微笑가
—<何如之鄕 · 5>에서

이처럼 현실 세계는 아수라장과 같은 혼돈의 공간이다. 결국 시인
의 순수 내면 공간에서 몸의 탄생을 가져왔던 어린이와 어진이의 모
습은 존재론적 추락을 할 수밖에 없는 것이다. 그것이 몸의 타락으로
드러난 것이라 하겠다.

2) 불안한 영혼의 외침

눈뜸은 불행이다. 시집 『유혹』의 시편에서 시인의 감각은 청각에
의지하여 마음의 눈으로 순수의 세계를 속삭이고 있었던 반면 시집
『하여지향』에서 시인의 감각은 청각보다는 시각이나 촉각에 의지한다.
그런데 시인이 몸으로 체험하는 세계는 전쟁이 더럽힌 시대일 뿐이다.

열 스물 설흔살 때
戰爭 戰爭이
더럽힌
世代 年代 時代가
총알이 박힌 時間
아아 無時間이다!
—<海印戀歌 · 4>에서

게다가 현실은 '靈魂을 판 時代'12)이며, '淫亂을 주는 時代'13)이다.
'이미 이승이 저승에'14) 불과하기에 그 결과 시인은 현실에 대한 깊은
혐오에 빠져 자기 정체성을 상실하게 된다.

---

12) <何如之鄕 · 5>에서.
13) <何如之鄕 · 10>에서.
14) <서방님께>에서.

```
가슴에 손을 얹은
나를
나는 모른다.
제풀로 울리는
텅 빈
(이것이 무엇일까.)
하늘을 등지고
洞窟에 앉은
그림일까.
빛을 넘어선 빛이
웃음을 갓배운
갓난아이처럼
귀 기울이며
솔아 붙은 소라 껍질―
(이것이 무엇일까.)
鍾일까
그림잘까―
햇살 소리
수런하게 소란대는
바다를 등지고 앉은―
가슴에 손을 얹은
나를
나는 모른다.
```

―〈海印戀歌·2〉의 전문

　　몸의 해체 속에서 그래도 시인을 현실 속에 눌러 앉게 하는 것은 순수 내면의 공간이다. 그래서 무의식적으로 시인은 자신의 '가슴에 손을 얹'고 스스로를 다독이고 있는 것이다. 가슴 속에서 울리는 그 내적 속삭임을 몸(촉각)으로 확인하고자 하는 자기 연민의 발로이다. 그러나 왜 자신이 그러한 실존에 부딪치게 되었는지 그는 모른다. 그는 동굴 속의 그림처럼, 말라붙은(솔아 붙은) 소라 껍질처럼 화석화되어, 그의 내면은 이미 공허하게 텅 비어있을 뿐이다. '이것이 무엇일까'라는 회의는, 이렇게 해체된 '이 몸은 무엇일까'라는 영혼의 외침과도 같다. 그것은 섬뜩함이다. 이때 시인의 영혼은 분열하게 되고, '모두가 罪를 먹고 살아 가'는 죄의식에 빠진다. 황폐한 시대에 이 불안한 영혼이 허무의식 속에서 외치는 소리가 정상적인 코드에 실릴 수는 없을 것이다. 그래서 그의 전도된 언술은 다분히 풍자적이다.

> 솜덩이 같은 몸뚱아리에/쇳덩이처럼 무거운 집을/달팽이처럼 지고
> 허허 虛脫이냐 解脫이냐 ―<何如之鄕·1 >에서
> 月賦와 賦役 사일/<데모>하는 아아 <데모크라시>
> 世上은/陸上/海上/腹上死 ―<何如之鄕·11>에서
> 才談과 肉談과 私談을 하다/感傷과 中傷과 外上을 거쳐
> 民主/主義(칠!) ―<何如之鄕·6>에서
> 孤獨이 梅毒처럼/疾病 같은 政治가
> 現金이 實現하는 現實 앞에서―<何如之鄕·5>에서
> 會社 같은 社會가 ―<何如之鄕·4>에서

이러한 풍자의 핵심은 몸의 타락으로 표상된 불안한 현실에 대한 냉소에 있다 하겠다.

4. 몸의 재생과 서정적 언어

몸의 탄생과 그리고 몸의 타락을 통해 시인은 상징적인 내면세계에서 풍자적인 현실세계로 변이되는 시작태도를 보여주었다. 그후 1962년부터 1974년까지 발표된 시편들을 통해 몸의 재생을 꿈꾸게 된다. 다시금 몸의 탄생 공간인 순수성의 세계를 회복하고자 하는 시기라 할 수 있다. 그러나 시집 『유혹』의 시편에서 보였던 그 공간과는 층위가 다르다. 몸의 타락을 경험한 시인이기에 다시금 내면으로 회귀하는 양상을 보이기보다는 원초적인 알몸의 시학을 펼치고 있다. 또 다른 존재론적 변화라 할 수 있다. 이들 시편들은 주로 시집 『월정가』에 수록된다.

1) 원초적 에로스의 공간

부끄러움은
티끌세상 이야기
소용돌이 마구 치는
궁둥이며
깍지낀 넓적다리
그 사이서
하늘이 등 솟음
바다가 꼽추춤 춘다

山精 水精 人情으로
부푼 고래실이여

젖가슴 이랑 이랑
젖물결 살결!
티끌세상은
티끌만을 날리고
부끄러움은
뽀얀 밀물 썰물
바다가 먹고―

億萬年 별 눈초리
億萬年 봄을
토하는 입술이여
두 볼을 마주대는
太古며 未來 무진장!

아아 무섭게 보드러운
첫물 천지에
고욤 젖꼭지!
水平線 地平線도
도루루 말린채로
새순 돋는다

―＜또 第二創世記＞의 전문

이 시는 생명의 기운으로 가득 차 있다. 앞서 시집 『유혹』의 순수 공간에서 몸의 탄생 장소인 자궁이나 무덤의 공간이 정신적 의미를 내포하고 있다면 여기 '새순'을 돋게 하는 부활의 공간은 육화되어 있다. '궁둥이' '넓적다리' '젖가슴' '입술' '젖꼭지' 등의 신체어는 다분히 육감적이며 에로스적이다. 시집 『하여지향』의 시편들에서 보였던 몸의 파편화된 모습과 비교할 때, 몸을 분할한 점에 있어서는 동일하지만, 이 시에서 보이는 몸의 부분 부분은 조화롭게 상승하고 있다. 시집 『하여지향』의 시편이 병적 징후를 나타낸다면 이 시에서는 생명의 역동성을 드러내고 있고 그것은 이 육감적 표상체들과 어울리는 언어의 생동감에서도 충분히 드러나는 점이다. '소용돌이 마구 치는 궁둥이', '젖가슴 이랑 이랑' 등의 예에서 확인 할 수 있다. 특히 이 성애적 표현이 주는 심상이 부끄럽기보다는 건강한 것에 주목한다면 그것이 생명의 탄생과 결부된 때문임을 재차 확인 할 수 있다.

> 내리는 하얀 눈을
> 꿈을 밟는데
> 九孔炭 장수도 素服을 하고
> 女人들 입술은 꿀 먹은 붉은 꽃판!
> 숨 가쁘게 玉실을 마구 입고
> 굽어 오른 街路樹 팔목마다
> 白玉京을 잉태하며 떨리는 맥박이여!
> 도시 이게 무슨 잔친데—
> 구두창 밑까지 하늘이 되는—
> 이런 다짐으로 너는 쌓인다
>
> —<六花孕胎>의 전문

이 시에서도 해체되었던 몸의 재생이 이루어지고 있음을 확인하게 된다. 시적 표현 양상은 훨씬 적극적이며 도전적이다. 제목의 '六花'는 '눈(雪)'의 딴 이름으로서 그것이 세상에 쌓이는 모습을 구체적인 성적 노출을 통해 표현하고 있다. 눈이 남성 성기인 '白玉京'을 잉태하는 과정 속에서 시인은 전율한다. 그것은 그 잉태가 갖고 있는 경이적인 변화 때문이다. 그 변화의 핵심은 검은 것(九孔炭 장수)이 흰 것(素服)이 되고, 땅(구두창 밑)이 하늘이 되는 존재론적 변화를 의미한다. 이것은 초기 시편, 즉 시집 『유혹』에서 發願했던 '춤판(잔치)'이 실현된 것이라 하겠다. 이때 시인은 '티끌'로 돌아가고자 한다.

> 한 줌 티끌 속을/神經이 뻗고/한줌 그림자가/휘동그란 눈을 뜬다/
> 실한 아름다움에/어린이처럼 —<影子의 眼目>에서

시집 『유혹』시편에서 '티끌'은 시인의 내면 속에 자리하고 있는 순수성이었다. 그리고 『하여지향』에서는 '亡種'이라고 하는 비순수의 현실적 존재로 나타난다. 이 시기에 이르러 시인은 '그대'라는 대상 속에서 '티끌'의 심상을 물질화하고 있는 것이다.

> 그대는 말 없이 새롭게
> 늘 서 있다
> 그대는 時間을 막고
> 空間을 빚어낸다
> 그대는 空間을 마시고
> 時間과 합쳐
> 몸짓을 잃는다
> 그대는 내 몸을 알려 준다
> 그대는 내가 설 땅을
> 점지해 준다
> 별들에게
> 자리를 잡아 주는
> 그대이기에……………
> —<讚歌>의 전문

시인은 '날개죽지가 부숴진 時代에도/순간마다 그대 품안이고저'[15] '다시 태나고저/새사람이 되고저'[16] 한다. '그대'는 어떤 존재인가? 그

---

15) <랑데부>에서.
16) <사랑으로>에서.

대는 시공간을 초월한 영원성 속의 존재이다. '내 몸을 알려주는' 즉
몸을 잉태하고, 몸이 살고, 몸이 죽어 돌아가는 곳, 바로 자연이다.
이 시기에 시인은 유독 자연에 경도되어 있다.

2) 자연의 소리

시인의 자아의식은 내면 속에서 현실 속으로 다시 제3의 공간으로
지향한다. 그 곳은 알몸의 공간이며 곧 자연의 공간이다. 이때 시인도
한 사람의 자연인으로 돌아가 산과 바다와 하늘에서 나는 자연의 소
리대로 그렇게 노래한다.

> 어머니처럼
> 그대는 높고 넓어
> 구름이 태날만큼—
> 무릎위에 나를 안았다.
> ……
> 한가닥 실오리를
> 걸치지 않고
> 우람하게 해묵은
> 바위에 기대서면
> 自然 그대로
> 남자마다 지닌
> 자라 모가지가
> 흉하지 않았다.
> ……
> 아아 瀑布를 입은 알몸!
> 더욱 무엇으로 치장하랴
> 어느 白雪
> 어느 眞珠 목걸이?
> 쏜살같은 물결이
> 온몸에 薄荷를
> 부벼 넣었다
> ……

물, 바위, 수풀,
이렇게 三神이 빚어낸 그대를
힘들 바 없이
선선함이 받들고 있다!
宇宙도 眞理도
빈틈없이 움직이는
生命이기에!

　　　　　　　　　　　　　—<智異山 讚歌>에서

　시인으로 하여금 몸이 해체되는 현실의 고통에서, 그 죄의식과 허무의식에서 벗어나게끔 계기를 마련한 것이 바로 자연이다. 최초 순수의 공간인 자궁에서 시인이 어린아이의 모습으로 태어났듯이 시인은 지리산이라고 하는 자연의 무릎에서 부활한다. 자연이 그의 어머니이기에 그 앞에서 비록 알몸을 드러낸다 해도 하등 부끄러울 것이 없다. 어머니인 자연 그 자체가 아무런 장식도 없는 알몸 그대로이기 때문이다. 이때 시인의 감각은 후각이 지배하고 있다. 몸의 탄생 공간에서의 내적 속삭임, 즉 청각이나 현실 공간에서의 시각적 감각에 비해 후각은 보다 원초적이며 본래적이다. 몸 그 자체에 보다 더 충실한 감각이라 할 수 있다. 그래서 이 시기에 언어는 다분히 서정적이다. <내가 다닌 蓬萊山>·<智異山 이야기>·<濟州섬이 꿈꾼다>·<智異山 메아리>·<바다>·<丹楓>·<바람과 나무>·<山이 있는 곳에서>·<雪嶽山 百潭寺>·<喜方瀑布>·<개울>·<나무는 즐겁다>·<첫날 바다>·<水仙의 慾望>·<비오는 五臺山>등의 시편이 그것이다. 시인은 시집 『유혹』속에서 '꽃'으로 상징화된 몸을 자연 속에서 구체화시킨다. 그것은 '알몸의 시학'이라 할 수 있다. 알몸으로 돌아감으로써 시집 『하여지향』에서 풍자했던 세상은 '가벼워지고'17), '싫지 않은 마을'18)이 된다. 그것은 자연과의 합일에서만 가능한 것이며, 시인의 시적 세계는 '우주'로 통하며, '중도의 세계'19)에

─────────────

17) <그대는 내 가슴을……>에서.
18) <싫지 않은 마을>참조.

종착하게 된다. 이것은 시인이 말년에 보여준 '초월적 세계'로 통하게
된다.

> 이상하여라/그 뒤에도 외로움은/젖꼭지를 물린다/노래를 준다/
> 세상이 심지처럼/핏줄을 타오르고/宇宙가 銀河水를 기울인다/아
> 아 목을 축인다
>
> ―＜사랑으로……＞에서

5. 몸의 영원성과 명상적 언어

몸의 재생을 통해 자연과의 조응을 꾀했던 시인의 시작태도는 1975년
이후 임종시까지의 시편들에서 '道'라고 하는 동양적 사고에 기초하여
몸의 영원성을 추구하는 것으로 나타난다. 이 시기는 시집 『월정가』
의 세계가 보다 심화된 세계라 할 수 있다. 시집 『월정가』의 세계를
거치면서 초기 시집 『유혹』과 『하여지향』에서 나타난 서구지향적 사
유체계가 자연스럽게 동양적 사유체계로 전이하게 된다. 그러한 시편
들은 유고시집 『시신의 주소』에 수록돼 있다.

1) 초월적 영원성의 공간

> 내몸은 名山이다
> 그대몸은 大川이다.
> 우리몸은 살아가는 理致다.
> 우리몸은 道理를 이룬다!
> 우리몸은 죽어가는 이치다
> 이치는 깨알처럼 쏟아진다
> 이치는 잠처럼 쏟아진다
> 그리고도 이치는 햇살처럼 쏟아진다
>
> ―＜내몸은＞의 전문

---

19) ＜宇宙時代 中道讚＞참조.

몸은 자연(名山/大川)이다. 시인은 자연의 '道理'와 합일됨으로써 몸의 이치를 깨닫게 된다.

> 시인에게는 머리가 달린다. 염통이 들린다. 핏줄이 힘줄이, 무성한 숲이 달린다. 뼈다귀가 바위처럼 들린다. 산지사방으로 뻗은 핏줄 속을, 마치 실개울처럼 피가 울리며 달린다. 아아 살이 눈사태난다!
>
> ─<아아 처음으로 마지막으로!>에서

우리 몸이 태어나 살고 죽는 그 과정이 자연의 이법 그 자체이기 때문에, 우리 몸이 자연의 실현체로서 하나의 소우주가 되는 것이다. 그래서 『시신의 주소』라는 시집 제목이 내포하고 있는 의미는 자연스럽게 인지된다. 그 이치를 시인은 지금 온 몸으로 천지 사방 곳곳에서 체감하고 있는 것이다. 그런데 이 시기에 시인은 시간의 단선적 흐름에 대해 회의하게 된다.

> 세월은 백년을 하루같이 지나치는 손님이다.
> ─<천지는 만물을……>에서
> 손가락에서 사뭇 가락이 홍청댄다/이는 옛적인가 지금인가 아득히 올 때인가
> ─<산골물가에서>에서

이것은 서양적 사유에 대한 회의로 이어져 莊子의 철학에 몰두하는 면모로 드러나며, 그 결과 몸은 형체를 상실한다.

> 내 뱃속은 보이지 않는다 나는 모른다/내 염통은 보이지 않는다 나는 모른다/내 머릿골은 보이지 않는다 나는 모른다
> ─<내 뱃속은…>에서
> 그에게는 눈과 귀와 입이 없다/그러면서도 그는 가장 높은 帝王이다─…… /그는 있고 없기 전에 뭉친 마음뭉수리/그는 두루 도는 마음뭉수리……두루몸뚱어리……
> ─<莊子의 詩學>에서

그것은 몸의 해체나 타락이 아니라 몸이 영원성을 획득하는 것을 의미하는 것으로, 몸과 말의, 즉 사물과 시의 일치를 꿈꾸게 됨으로써 세상으로 향하는 말의 길은 끊기고 초월적 세계만이 남게 된다.

> 몸에 붙지 않는 옷이 있고 말이 있다/그러나 몸에 붙는 옷처럼 말이 내 몸에 붙는다/마치 영자처럼 귀신처럼 붙는다/말을 거울삼아 나를 비춰본다/말 속에 있는 내가, 황홀한 내가 바깥세상을 비추어 본다/짯짯이 나를 살피는 말이여
>
> ―<말과 몸>에서

2) 萬代를 꿈꾸는 노래

> 말도 안되는 말이지만 어떻게 듣고 보면 참말이 되는 말……
> 진짜! 진주말! 진주처럼 빛나는 말……참말씨……참외말씨……
> 오이씨 말씨…… 씨가 먹은 말……말이 먹은 씨……말씨……
> 땅……알몸 같은 알찬 말……億萬개 활개치는 나들이웃……
>
> ―<말도 안되는 말이지만……>의 전문

그의 시는 언어 도단이다. 그러나 몸과 말의 일치를 통해서 인간이 몸으로서 존재하는 한 그의 말인 그의 시는 영원할 것이다. 이때 그는 다시 '티끌'로 돌아가는 것이다. 아니 그 '씨'를 통해 다시 돌아오는 것이다. '씨'의 끊임없는 확산을 통해 그는 늘 있는 것이다. 그렇게 그는 만대의 문학을 꿈꾸고 있다. 지금까지 그의 시 역정 속에서 드러나는 실체는 바로 시인의 순수성임을 다음 시는 보여주고 있다.

> 세상은 항시 탁하기마련
> 詩人은 항시 맑아야하기마련
> 맑은 세상이 언제 있었지?
> 탁한 詩人이 언제 있었지?
> 그는 흐리자마자 세상이 된다.
> 年代의 文學이 언제 있었지?
> 萬代의 文學만이 살아남는다
>
> ―<萬代의 文學>의 전문

6. 결론

지금까지 송욱의 시적 변이 양상을 '몸'의 심상과 그에 따른 시적 언술을 통해서 살펴보았다. 대략 4기로 구분되는 시적 변이양상을 정리하면 다음과 같다. 첫째, 시집 『유혹』의 시편들이 해당되는 시기로 이때 시인은 '몸의 탄생'을 주술적 언어를 통해 상징적으로 표상하고 있다. 내면 풍경 속에 상징화된 그러한 세계는 원시성과 순수성을 드러내고 있다. 둘째는 시집 『하여지향』의 시편들로, 현실비판적인 시적 태도가 주조를 이룬 시기이다. '몸의 타락'을 풍자적 언어를 통해 묘사함으로써, 현실의 병적이고, 불안한 징후를 드러내고 있다. 이 시기에 시인은 죄의식과 허무의식에 빠져있다. 세 번째 시기는 시집 『월정가』의 시편들을 중심으로 '몸의 재생'을 서정적 언어로써 기술하고 있다. 이때 시인은 초기에 상징적으로 추구했던 '몸'의 원시성, 즉 건강성을 '자연과의 조응'에서 추구한다. 전기에서 보였던 현실비판적 시각은 제거되고 화해의 분위기가 조성된다. 네 번째 시기는 유고시집 『시신의 주소』에 나타난 초월적 세계이다. 이 시기에 시인은 서양적 사유에서 탈피하여 동양적 道의 원리에 집착함으로써 '몸과 말' 즉 '사물과 시'의 일치를 꾀한다. 그 결과 시적 진술은 언어도단의 경지에 이르게 된다. 즉 그의 시는 침묵에서 출발하여 외침의 과정을 거치고 자연의 소리를 통해 하나의 노래가 된 것이다.

이와 같은 시적 변이의 원인을 찾는다면 먼저 세계와 자아와의 관계 속에서 시인이 수행했던 형식주의적인 시작태도를 들 수 있다. 송욱의 시작 역정은 다분히 한국의 전후 현대사와 맞물려 있다. 그러므로 그의 시적 상상력은 세계에 대한 자기 반응의 산물일 수밖에 없다. 전쟁의 외상으로부터 오는 실존적 회의 속에서 그의 상상력은 내면을 지향하게 되고, 그 내면 지향은 사회적인 목소리를 요구하는 시대 상황에 반응하여 현실 지향적인 태도로 변화되었으며, 다시금 내면으로 회귀하는 양상을 띠게 된다. 이러한 과정의 산물이 일련의 시편들로 엮어져 하나 하나의 마디를 형성하게 되는 것이다. 그러나 이러한 변이의 과정은 하나를 버리고 완전히 다른 하나를 선택하는 것이 아니라, 하나 속에서 또다른 하나를 養生해 내는 과정이라 하겠다. 그가 갖고 있는 시에 대한 순수성이 내면을 지향할 때는 악마적 속성을 지니다가도 외면적 현실을 지향할 때는 지사적 풍모를 요구하며, 그러한 양면의 갈등 속에서 결국은 내면도 현실도 초월한 선적 세계의 한 존재를 추구하게 된다.

또 하나 송욱의 시적 변이와 결부되어 언급될 수 있는 것이 시와 시론과의 관계이다. 초기 미당 서정주의 영향 속에서 보들레르의 상징적 색채가 시집 『유혹』을 지배하고 있으며, 신비평과 프랑스 비평을 소개하고 있는 『시학평전』과 시집 『하여지향』이 동반하고 있으며, 『문학평전』에서 보였던 동양미학에 대한 경도가 시집 『월정가』와 괘를 같이 하고 있다. 유고 시집 『시신의 주소』는 동서시학의 결합을 모색했던 결과물이라 하겠다.

이상에서 볼 때, 송욱의 시적 변이 양상은 세계 인식 측면에서 지사의 풍모를 꿈꾸지만 다시 내면으로 돌아가는 구심적 태도의 반영이며, 시론과의 관계 속에서는 동양 시학을 모색하지만 서양 시학을 버릴 수 없는 원심적 태도를 고수하고 있다.

(이민호 · 청주교대 강사)

지향[1])과 동경의 시학

—『誘惑』(제1시집) 연구

거시적인 맥락에서 50년대의 詩史는 해방기와 60년대를 잇는 연결의 고리이다. 이전 사회주의 리얼리즘의 그것과 모더니즘의 이론적 대립양상이 이후 현실정향적 경향과 함께 오히려 모더니즘 자체 내 반성으로 이어지고 있다는 사실 또한 이 시기 주목할만한 변화 중 하나가 된다. 사실 이 땅 50년대의 문단 흐름을 이해하는 일은 우리 역사의 전쟁체험을 이해하는 일에서부터 시작해야 한다. 실제 6·25전

---

1) 훗설 Husserl은 그의 『유럽학문의 위기와 선험적 현상학』(이종훈 譯, 이론과 실천사, 1993, 433면 참조)에서 지향성 intentionality이란 무엇에 관한 의식, 즉 무엇에 대해 드러난 존재의 근본성격으로 규정하고 있다. 이는 스콜라 철학에서 유래한 용어로, 그에 의하면 우리는 어떤 대상을 인지하고 수용하는데 있어 그 대상을 '향해' 열려 있고, 이러한 지향은 그 대상들을 겨냥하게 된다고 한다. 현상학적으로 시선을 전향하는 것은 이 '향해있음'이 이와 관련한 체험의 내재적 특징이 되며, 이 때의 체험들이 '지향적'인 체험들임을 보여주게 된다. 송욱은 한국문학에 현상학을 소개하는데 선구적인 역할을 담당했던 인물이다. 뿐만 아니라, 이러한 현상학적인 인식을 자신의 작품활동에 있어서도 방법과 구성의 원리로 삼고 있어, 이는 그의 시를 규명하는데 있어 주목을 요하는 부분이 아닐 수 없다.

쟁은 모더니즘의 확산에 있어 결정적인 계기를 마련하였다. 삶의 불가항력적 무의미성에 기초한 실존적 인식이 이 시기 주요 관심사로 떠올랐으며, 민족의 특수성에서 한걸음 나아가 세계적 보편성으로 눈을 돌리게 된 근거 또한 이전 전쟁 체험에 있다 할 수 있다. 이러한 사실들로 말미암아 우리 문단의 근대성은 그 가능성을 회복하고 있었는데, 당시의 발표 시편들은 이를 증명하는 예가 된다.2)

　흥미로운 일은 30년대 모더니즘의 기수였던 김기림이 50년대 모더니티의 이론적 정립을 위한 비판의 표적이 되었다는 사실이며, 이들 신진들의 새로운 시도에 의해 청록파류의 전통 서정주의에 대해서 역시 노골적인 정면비판이 공식화되고 있다는 점이다. 그리고, 이러한 비판의 이론적 근거로 유행처럼 엘리어트의 역사의식이 거론되고 있다는 사실 또한 이 시기 주목할 만한 특징 중 하나이다. 잡지와 여타 신문을 통해 대거 등장하고 있는 당시의 신진들은 이전 세대를 의식하며 나름대로의 새로운 경향을 모색하고 있었는데, 송욱 또한 이들 중 하나가 될 것이다.3)

---

2) 그것은 6·25체험을 '내적 체험'과 관련하여 파악하게 될 때, 보다 그 본질에 접근할 수 있을 것이다. 그리고 이 6·25체험은 해방기 경험과의 관련하에 놓여 있다는 점에서 해방기의 시를 50년대 시의 전사로서 인식하는 안목을 필요로 한다. - 조영복, 「1950년대 시 연구와 이론의 모색」, 『한국 현대시와 언어의 풍경』(태학사, 1999), 186면.

3) 전쟁이 끝난 후, 1950년대 중반의 폐허 위에서 우리 문학은 이른바 전후세대에 의해 또 한번 맨손으로 새로 시작하고 있는 것처럼 보인다. 1955년 1월 조연현, 오영수 등에 의하여 현대문학이 창간되고, 오영진, 박남수 등에 의하여 문학예술이 복간되는가 하면, 자유문학이 창간되어 김광섭이 주간을 맡았다. 이러한 문예지들의 발간과 함께 새로운 전후세대 문인들이 대거 등장한다. 전봉건, 김춘수, 신동집, 김수영, 송욱, 김규동, 이봉래, 조병화, 구상, 박인환, 이형기, 김구용, 이동주, 박재삼, 김종길 등 시인만 하더라도 상당히 두터운 신인층을 보여준다. 이들 전후세대들은 당연히 전세대들과의 차별성을 강조한다. - 송하춘, 이남호 편, 「1950년대와 戰後世代 詩人들의 性格」, 『1950년대의 시인들』(나남신서 314호, 1994), 14~15면 참조.

1. 서론

　모더니즘이 시간의 상대적인 성질을 강조한다고 하면 그것은 현대의 불안을 표현하는 것이기도 하다. 모더니즘에서 절대적인 시간이나 공간이란 없다. 여기서 사용되는 신화나 고전의 작품들 또한 절대적인 것으로서가 아니라 패러디로서 차용되었을 뿐이다. 이때 모더니즘 작품의 신화가 지닌 고대성 antientness이란 고대적인 것이 아니라 초시간적인 것이다. 우연적이고 불완전한 역사의 서사가 신화에 의해 침투 당하면서 동시대적인 신화의 질서가 되는 것이다.4) 이러한 맥락에서 이 땅의 전후 시인들을 이해할 수 있다. 그들이 느꼈을 당대의 불안이란 예상할만한 것이다. 그리고 이러한 시대의 글쓰기란 불안한 자아의 호흡과 같은 역할일 수 있다. 따라서 어떠한 이론에 경도되었을 때, 의심없이 그것에 의지하여 기대고 싶은 욕망은 시대적 욕구와 닿아 있다 하겠다.

　당대 지성적 글쓰기의 대개가 그러하듯, 송욱은 자신의 이론을 전제로 글쓰기를 시도하고 있는 시인 중 하나이다. 실제 "이 땅에는 엄격한 형식적 구도가 없었으므로 아직 자유시 형성의 성립 조건이 이루어지지 않았다"5)고 그는 주장한 바 있으며, 이전 김기림이나 정지용의 모더니즘을 비판하는 근거 또한 이러한 연장선상에 있다 하겠다. 시론을 지닌 시인의 시는 작품의 성공 여부와는 별개로 일정 방향성을 지향하고 있는 것이 사실이다. 실제 그의 시에서 보이고 있는 인식론적인 배후에는 당대 그의 의식을 지배하고 있던 현상학적 사유가 농도 짙게 깔려 있다. 조미영의 논의6)는 이러한 관점에서 흥미롭다. 그는 하이데거 – 사르트르 – 메를로-퐁티로 이어지는 실존주의 현상

---

4) S. Smith, 『The Origins Of Modernism』(Harvester Wheatsheaf, 1994), 17면.
5) 宋稶, 「唯美的 超越과 革命的 我空」, 『詩學評傳』(일조각, 1983), 294면.
6) 조미영, 『송욱 시 연구- 현상학적 창작과정을 중심으로』(서울대학교 석사학위 논문, 1994).

학 및 물질적 상상력이라고 하는 바슐라르의 과학적 이미지 현상학을
송욱 시의 주요 관심 범위로 규정하는데서 그 논의를 출발하고 있어,
몇 안 되는 송욱 시 연구7)중 나름대로의 설득력을 확보하고 있는 수
작으로 평가될 수 있다. 알려진 바와 같이, 현상학은 주체와 대상의
이분에 따른 철학적 난제를 넘어서기 위해, 그 양자의 관계를 지향성
intention으로 개념화한다. 그 지향성의 매커니즘 안에서 '지향된 대
상- 노에마 noema'와 '지향작용 노에시스 noesis'을 통해 사물의 의의
를 포착한다. 이러한 관점에서 분석되는 시간과 공간은 그것이 사회
적인 차원의 것인 경우에도 대개는 체험적인 것이다. 즉, 시간이나 공
간적 매커니즘이 그것을 경험하는 사람에게 어떠한 방식으로 체험되
는가를 통해 시간과 공간의 의미를 추출하고자 하는 의도이다.8)

　본고의 경우, 독자적인 연구는 물론이고 다른 여타의 송욱 시 논의
의 관심 범주에서 제외되어 온 그의 1시집 『誘惑』의 전편을 그 텍스
트로 하고 있다. 그리고 이를 위해 텍스트의 기호들을 통해 드러나고
있는 사유의 범주를 공간의 양상에 따라 크게 세 가지로 구분하려 한
다. '왜 공간인가'라고 하는 문제는 그가 지향하고 있는 바, 모더니즘
의 무시간성을 전제하기 때문이다. 이 때의 무시간성이란 특정시기의
일정사건을 동시대적인 질서 위에 위치시키는 객관적 시간 인식이라
기보다 자아의 경험적 시간으로 이를 구성하려는 의지와 관련된다.
그런 의미에서 이는 실존주의의 그것과 닮아 있다. 시인 역시 이 시

---

7) 송욱 시에 대한 그 동안의 관심이란 그의 시론이나 평전에 대한 그것과 비교
　하여 볼 때, 매우 빈약한 것이 사실이다. 실제 그의 첫 시집 『誘惑』은 독자적
　인 분석이나 연구가 전무한 시집이다. 이는 이 시집에 실린 시편들이 뒤 이어
　나온 『何如之鄕』에 재수록된 데에도 그 이유가 있겠지만, 그러나 이에 관한
　연구에도 그의 초기시작들은 관심의 범주에서 다소 제외되어 있으며, 이후의
　논의 역시 언어적인 국면에 치중하고 있어 작가의 전체시 세계를 이해하는데
　있어 아쉬운 한계를 드러내고 있다.
8) 이진경, 「시간, 공간에 대한 연구 방법들」, 『근대적 시·공간의 탄생』(푸른
　숲, 1997), 69면.

집에서 작품을 3부에 걸쳐 각각 분류해 놓고 있으나, 본고에서는 시인의 시집구성을 따르는 것은 아니며, 오히려 시적 공간의 형상화에 의해 이를 재구성하고자 한다. 상상력이란 하나의 개념을 물질적인 감각을 통해 기호화하는 것이라고 할 때, 시인의 상상력이라고 하는 맥락에서 출발하여 시 텍스트의 기호들을 통해 드러나고 있는 기호공간에 접근하고자 하는 것은 본고의 의도와 닿아있다. 이러한 접근은 그의 시가 지니고 있는 공간의 양가적 성찰을 고려한 때문이며, 나아가 시인의 내적 사유 체계에까지 접근할 수 있기를 기대한다.

2. 기호공간의 양가적 성찰

1) 수직과 수평의 공간 유형

시집 『誘惑』의 첫 장은 어머니께 바치는 몇 줄의 글로 시작되고 있다. "달빛 아래 오솔길, 산너머 바다. 머리에 눈을 이고 눈물지으며 부르는 주름살을 따라가고저"로 끝나는 짧은 몇 줄은 이 시집의 전체적 경향과 크게 다르지 않다. 하늘과 땅이 있으며 길과 바다가 있고 꿈과 춤이 있는 그의 시에서 언어는 간결하고 의미는 모호하다.

이러한 그의 시에서 드러나고 있는 일반 상징의 어휘들은 하나의 귀결점을 지니고 있는데, 그것은 '죽음'이다. 50년대 전후시의 원체험이라 할 수 있는 죽음은 당대의 시인들에게 있어 익숙한 제재이며 주제이다. 현존재인 인간은 자신만의 고유한 죽음을 가지고 있다[9]고 한다. 생물학적인 죽음이 '낯선 죽음'이라면, '고유한 죽음'은 신에 의해 고용되어 삶의 내재적인 필연성으로부터 오는 죽음일 것이다. 송욱의 죽음의식은 그의 이러한 실존의식과 닿아 있다. 실존적인 의미

---

9) O. F. Bollnow, 최동희 譯, 『실존철학이란 무엇인가』(서문당, 1972), 148~152면.

에서의 죽음이란 언제나 고유하며 개인적이다. 그는 이 시집에서 끊임없이 죽음의 세계를 의식하고 있다. 그리고 이 때의 죽음은 두려움이 아니다. 그것은 오히려 '이 곳이 아니라면 또 다른 어디라도 좋다'라고 하는 낭만적 동경 혹은 지향의 세계와 통하고 있어, 수직이면서 수평적인 선상에 놓이게 된다. 다시 말해서, '현재적 죽음'이 되는 것이다.

$$上$$
$$⇑$$
$$左 ⇨ \qquad ⇨ 右$$
$$⇑$$
$$下$$

이 때, 左와 右라고 하는 수평 공간의 분할을 다소 자의적일 수 있다. 그것은 수직축에 비해 그 기준에 의해 훨씬 다양한 분할이 가능하기 때문이다. 본고의 경우는 내·외의 공간을 분할하고 있는데, 이는 송욱의 시를 이루고 있는 체계와 범위 때문이다. 노베르그 슐츠 Norberg-Schulz에 의하면 "실존적 공간의 가장 단순화한 모델은 하나의 수평면에 수직축을 꽂아 세운 것"[10]이다. 이러한 공간 설정은 인간 모두에게 적용되는 실존의 공간이 된다. 문제는 이러한 공간을 드러내는 텍스트상의 기호와 그것이 갖는 역할이 될 것이다.

2) 피의 현실과 유토피아 ─ '죽음'

모더니즘을 특정 시기의 문학운동이라고 하는 사조의 관점이 아니라 리얼리즘과 더불어 문학의 한 '기본항'이라고 하는 본질개념으로

---

10) C. Norberg-Schulz, 『Existance, Space, and Architecture』(Praeger Publishers, 1977), 21면.

보는 것은 한국 모더니즘의 성격을 규명하는데 유익하다.11) 서구에서
도 모더니즘 운동이 후기 모더니즘으로 이어지는 일관된 연속성을 보
여주고 있듯이, 한국에서도 30년대를 전기 모더니즘으로 50년대를
후기 모더니즘으로 설정12)하는 일, 혹은 80년대를 기준으로 30년대
를 전기, 50년대를 중기, 80년대를 후기 모더니즘으로 지칭13)하는
연속적인 자각이 필요할 것이다. 이는 이 땅의 모더니즘이 과거 완료
형으로서가 아닌 거대한 진행형의 문화적 움직임으로 인식하는 일이
된다. 우리의 시에 있어서도 모더니즘의 인식론적인 혹은 양식적인
면의 변화가 있어 왔다. 논자에 따라서는 이를 외래적 수수작용에 의
해 설명할 수도 있겠지만 실상 이러한 변화의 추이는 하나의 연속선
상에 있음을 우리는 인지할 필요가 있다. 이는 사조로서의 모더니즘
과는 다른 관점에서의 모더니티와 관계있는 것이며, 그러한 면에서
이 땅의 근대라는 개념을 고려한 모더니즘의 올바른 인식의 정립 또
한 필요할 것이라 생각된다.

　근대, 혹은 근대성에 관한 문제는 우리 문학에 있어 몇 가지의 풀
리지 않는 난제를 안고 있는 개념이다. 켈리네스쿠의 경우, 근대성
modernity이란 문제를 '자유'라는 개념에 기대어 설명하고 있는데,
이는 이 전 세대의 종교와 관계있다. 그의 이론에 의하면, 극복되었다
고 생각되었던 이 전 시대의 종교적 욕망은 근대로 들어오면서 유토
피아 정신으로 이어지게 된다. 신이 있던 자리의 여백, 내지는 공허함
때문이다. 신이 죽은 시대의 유일한 합법적 상속자로서의 유토피아는
'어디에도 없는 땅'이라고 하는 공간적인 연상에서 출발하여 오늘날
'현재보다는 미래'라고 하는 시간 차원으로 이해되기 시작한다. 이 후,
'신이 있었다고 생각되는 공간을 채우는 일'은 이제 우리의 임무가 된

---

11) 김준오, 「한국모더니즘의 현단계」, 『현대시사상 1』(고려원, 1988), 51면 참
　　조.
12) 김윤식, 『한국현대시론 비판』(일지사, 1975), 351면.
　　홍정운, 「한국모더니즘 시 연구」, 『동악어문논집』 제 20집, (1976), 364면.
13) 서준섭, 『감각의 뒤편』(문학과 지성사, 1995), 119면.

것14)이다. 이는 곧 잠재적인 낭만성15)이다. 그리고 이러한 인식은 실제 작품에 있어서도 끊임없이 반복되는 새로운 세계로의 의지와 지향점으로의 새로운 형식을 추구하고 있다.

송욱 시의 경우 이러한 의식은 죽음 의식을 통해 드러난다. 새로운 세계로의 출발은 현실의 죽음을 통해 가능하고 이 때의 죽음이란 경계의 개념이 되는 것이다. 그의 시에 있어 죽음은 단절이 아니다. 오히려 더 넓은 세계로의 매개로 작용하는 일종의 '통로 passage'개념이다. 이러한 상상력은 하늘 혹은 무덤이라고 하는 수직적인 인식의 세계로 드러나며 '피' 흘리는 현실의 도피 공간이 된다. 의미란 하나의 차이라는 것, 그리고 이러한 차이는 분절에서 비롯된다고 볼 때, 공간이 어떠한 의미를 나타내는 기호로서 작용하게 되는 것은 그것이 상과 하, 안과 밖 등으로 분절되고, 그러한 차이화가 음운처럼 이항대립의 체계를 만들어 내고 있기 때문이다.

(1) 하늘과 땅의 대립항 — '별'과 '무덤'의 세계

송욱 텍스트의 기호들 역시 하나에 대한 변별성으로 다른 하나의 의미를 생성해 내고 있다. 다시 말해서 하늘의 혹은 죽음의 의미화 과정은 그것이 땅이나 현실에 대한 변별적인 자질을 획득함으로 이뤄진다. 주목하고자 하는 바는 이러한 이항대립의 체계가 그려내는 시적 공간의 구체성에 관한 것이다. 죽음은 살아있음을 통해 의미를 획득하고 하늘은 땅에 대해 높은 것임을 염두에 두고 있기 때문이다.

---

14) M. Callinescu, 『Five Faces of Modernity』(Duke Univ Press, 1987), 124면 참조.

15) 이 땅 근대시의 시작은 이러한 감상적 낭만성에 대한 반발에서 시작하고 있다고 할 수 있다. 모더니즘을 표방하며 많은 시인들은 언어적 실험을 통한 형식상의 과학성을 주장하고 있었지만, 실제 그들의 텍스트 내용은 지극히 낭만적인 의지에서 나아가고 있지 못했던 것이 또한 사실이었다.

그대와 나는
밤 **하늘**에 부딪힌
번갯불이니,
눈물이 설레는
바다를 간다.
…
어느 **별**이 당기는
망석중인데
두 볼을 고이는
줌안에 들어,
붉은 피가 아로새긴
이름이든가.

횃불도 빛을 잃는
화살이기에
그대 사랑이 **무덤**이라면
그속에 신방을
마련하고저.
이름, 아아 이름, 기진하며는
메아리가 목 놓아
부르게 하라.
…
그대는 내 가슴에
하늘이기에
쫓기면 **저승**이라.
끝내 두 발이
착고를 낀다.

石榴나무 붉은 열매
알알이 **피** 토하게
우는 꾀꼬리.
영창을 닫어라
종달이 떴다.
무덤 속에 떨어지는
나의 몸이여!
…

그대와 나는
밤 **하늘**에 부딪힌
번갯불이니,
바위에 부서지는
바다를 간다.

　　　　　　　　　　　—1부, <「쥬리엣」에게>에서.

　시집 『誘惑』의 1부는 고전 혹은 성서의 모티브를 차용하고 있다.
모더니즘이 역사를 벗어나 이러한 신화의 체계 속으로 들어간다고 하
는 것은 과거의 시대로부터 동시대로의 전이 혹은 특수성에서 보편성
으로의 투사가 일어나고 있음을 의미한다. 그러므로 모더니즘은 과거
의 시간을 패로디화하며 대체하고 반복하는 것이다. 앞서 언급한 바
모더니즘 작품에 나타나는 이러한 다성성 polyphony이나 상호텍스트
성 intertextuality은 본질적으로 사회적인 불안과 대응한다. 모더니
즘은 쇠퇴해 가는 메트로폴리탄적인 문화의 소용돌이 내에서 민족적
이고 이국적인 요소를 간단히 한다. 이렇게 함으로써 모더니즘은 시
간과 공간의 거리를 뛰어 넘어 다른 시대, 다른 공간의 사건들을 병
치시킬 수 있게 되는 것이다.16)

　위의 시는 시집 『誘惑』에 실린 첫 작품이다. 고전 극 『로미오와 줄
리엣』의 내용을 모티브로 사용하고 있는 위 작품에서 화자의 목소리
는 다소 비극적이다. 그는 이들의 '불꽃'같은 사랑을 어두운 '밤하늘'에
'부딪힌' '번갯불'이라고 표현하고 있다. 이 때 화자가 사용하고 있는
'불'은 활활 타오르는 사랑의 강렬함을 표현하기 위한 상습적인 매개
만은 아니다. 이 불은 '번갯불'이며, 따라서 퍽 위험한 불이기도 하다.
극의 내용이 그러하듯 화자는 죽음으로 끝이 나는 이들의 사랑을 '피'
토하는 현실- 절박한 상황으로 인지하고 있다. 여기서 화자의 목소리
는 로미오의 그것을 모방한다. 실제 이 시의 제목 자체가 <'쥬리엣'

---

16) 문혜원, 「전후시의 실존의식 연구」, 『한국 현대시와 모더니즘』(신구문화사,
　　1996), 21~22면.

에게>로 되어 있는 것으로 미루어 보아 이 시의 형식이 '쥬리엣트에
게 절규하는 로미오의 목소리'를 빌리고 있음을 짐작할 수 있는데, 따
라서 '그대 사랑이 무덤이라면/그 속에 신방을/마련하고자'라고 하는
표현은 이들 사랑의 애틋함을 드러내는 남성적인 의지로 드러난다.
이 때, 죽음은 이들 사랑의 메타언어, 다시 말해서 죽음은 단절이나
종결이 아닌 것이 된다. 이렇게 볼 때, 무덤은 이들의 '신방' 즉, 메타
공간이 될 수 있다. 그들이 처해 있는 현실에서 사랑이란 출렁이는
'바다'였다. 그리고 이는 끊임없는 불안의 요인으로 작용한다. 수미상
관으로 이루어지고 있는 이 시의 첫 연과 마지막 연에서 '바다'는 '눈
물이 설레는' 바다이며, '바위에 부서지는' 바다. 즉, '피 흘리는 바다'
로 그려지고 있는데, 이는 이들이 현재 처해 있는 현실과 다름 아니
다. 이 출렁이는 기표들이 안정된 질서를 유지하기 위해 일정한 시적
공간을 마련하고 있는데, 그 경계는 수직적으로는 하늘부터 무덤까지
의 광범위한 영역이 된다. 하늘에 떠 있는 '사랑'은 '별'이며, '무덤'은
'죽음'의 세계, 또 다른 어떤 세계이다. 이 대립하는 공간 사이에 희생
의 '피'가 있다. 이 시의 공간 구성은 다음과 같다.

1공간 :	**하늘**	---	사랑
2공간 :		**바다** --- 피	
3공간 :	**무덤**	---	죽음

이는 수직적인 연상으로 선명하고 명료한 이미지의 공간을 형성한
다. 그러나 이 시에 이러한 선명한 이미지만이 있는 것은 아니다. 사
실 지나치게 예측 가능하고 긴장이 부족한 시는 정보성이 부족하게
된다. 다시 말해서 상투적인 일관성이 있을 뿐[17]이다.

---

17) I. Lotman, 유재천 역, 「Analisis of the Poetic Text: poetic structure」,
『시텍스트의 구조 분석: 시의 구조』, (가나 학술 심포지움, 1987), 207-213
면 참조.

위의 시에 있어 긴장을 이루는 모호성은 '이름'이라고 하는 기표로 인해 생기는 것이다. 시인은 세 번의 반복을 통해 이 '이름'을 강조하고 있는데, 이러한 반복 또한 이 시의 난해한 효과를 만드는 장치로 일조하고 있다. 이 때의 '이름'이란 '붉은 피가 아로새긴 이름'이다. 이 이름을 마지막 순간의 '기진하며는' '목 놓아 부르게 하라'고 할 때, 이름이 가진 의미는 이 시의 수직적 상상력-하늘의 별과 같은 사랑이 무덤의 죽음으로 밖에 떨어질 수 없다는 데 대한 해석의 키로 작용하고 있다. 즉, 이름은 그들의 운명인 것이다. 로미오와 줄리엣은 가문의 불화라고 하는 비극적 요인을 안고 있다. 그들의 이 벗을 수 없는 '姓'-이름은 곧 그들의 운명이었다. 이 시의 효과는 여기에 있다고 하겠다. 집안이나 혹은 가문이라는 표현이 아닌 '이름! 아아 이름'이라고 할 때, 영탄이 지니는 효과는 낭만적 상투성을 넘어선다. 이 때, 이들이 택한 죽음은 또 다른 공간으로의 가능성이며, '이름'은 이러한 공간으로 가는 또 다른 매개로 작용하기 때문이다.

1공간　　－　　하늘, 별 / 사랑

↓ **이름/ 운명**

2공간　　－　　바다 / 피, 희생

↓ **이름/ 운명**

━━━━━━━━━━━━━━━━━

3공간　　－　　무덤 / 죽음

시집 『誘惑』의 시편들에서 보이는 시인의 의식은 일정 공간을 전제하고 있다. 이 시집 1부는 고전이나 성경의 내용을 시로 형상화하고 있는 작품들이다. "철학적이며 형이상학적인 색채를 띤 '경험'에 역사, 생활, 시대 그리고 사회상의 경험이 총체화되어 새로운 '형식'의 옷을 입고 나타났을 때, 현대시의 조건을 갖추게 된다"18)는 송욱의 실존주의적 입장의 시론이야말로 그의 시를 이해하는데 있어 하나의 단서를 제공한다 하겠다. 철학적이고 형이상학적인 독서 체험은 내면화되어 당대의 문화를 읽는 하나의 새로운 방법을 마련하고 있는 것이다.

(2) 매개항으로서의 '피'

방울마다 목을 매고
이슬지는 한떨기
꽃송이가,
<u>웃음짓는 두억신이</u>
<u>어머니 뱃속인가,</u>
<u>도깨비 사탕발림</u>
<u>**무덤** 속인가.</u>

아버지가 부르는
여기는 **낭떠러지**.

풀 한 오리 나지 않는
거센 바람에,
목이 잠긴 물결이여.
소리치는 **송장**을
헤여 왔는데
날름대는 불길이여.
끈끈이에 붙은 넋을
이몸을 아아 받어나다오.
·········
가마귀 때 지저귀는
이 아닌**밤**에,
살별이 불을 끄는
하늘과 **땅** 사이가
껍질 속인가.

---

18) 宋稶, 「唯美的 超越과 革命的 我空」, 『詩學評傳』(일조각, 1983), 295면.

붉은 **피**가 이슬지는
머리 속인가.
꿈과 슬기와
두려움과 삶붙이를
양심을 갈라,
피 묻은 칼이 살면.

비렁뱅이 그림자에
옹숭그린 상감마마.
허깨비 아버지를
내 눈에 티를
비웃지 말고
아아 웃어나다오.
가위눌린 꽃송이여,
깨여나다오.

—1부, <「햄렛」의 노래>에서

시의 목적은 장치가 아니라 세계와 사람 사이의 관계에 대한 지식, 자기인식, 그리고 배우는 과정과 사회적 전달 속에서의 인성의 발전일 수 있다. 이러한 면에서 시의 목적이란 전체로서의 문화의 목적과 같다. 그러나 시는 이러한 목적을 특별하게 실현하며 우리가 그 메카니즘, 그 내적인 구조를 무시한다면 그 특수한 성격을 이해하기란 불가능할 것이다. 시는 자유를 언어적인 자동성. 즉 자연언어에서는 대안이 없는 구조적 규칙성의 세계로 편입시킨다.[19]

위의 시의 경우 앞의 <'쥬리엣트'에게>라는 시와 형식상 거의 동일한 구조를 취하고 있다. 차이가 있다면 '피'라고 하는 기표이다. 이시에서 이 '피'의 해석이야말로 주목을 요하는 부분이 아닐 수 없다. 위의 시에서, 화자는 '아버지가 부르는/여기는 낭떠러지'에 서있다. 다시 말해서, 매우 극적인 상황에 위치해 있음을 알 수 있다. 아버지의법에서 자유로울 수 없었던 화자의 욕망-위의 시에서는 드러나 있지

---

19) I. Lotman, 위의 책, 215면.

않지만 사랑하는 여인 오필리아에 대한 것으로 짐작된다—은 끊임없이 미끄러진다. 그리고 이 때의 '피'는 송욱의 다른 시편들과 마찬가지로 '무덤', 혹은 '송장'과 관계 있는 죽음의 상징이다.

그러나 무엇보다 주목해야 할 부분은 '허깨비 아버지'의 운명을 십자가로 지고 가는 햄릿의 '피'란 '핏줄'이라고 하는 혈연의 개념을 수반하고 있다는 것이다. '피'가 흐르는 현실은 늘상 양면적인 갈등을 내포한다. 다시 말해서 '희생'과 '분노'의 그것이다. 위의 밑줄 친 행은 이러한 '피'의 상징성을 드러내는 효과적인 예로, '꿈'과 '슬기'와 더불어 '두려움', 그리고 '살붙이'를 어쩌지 못하는 '양심'을 '가른다'고 하는 햄릿의 갈등을 드러내고 있다. 이제 아버지의 법이 아니라 새로운 왕-삼촌의 법 속으로 포함된 '어머니 뱃속'에서, 보장된 평화란 하나의 '사탕발림'에 지나지 않았음을 깨달은 화자는 '아버지'라고 하는 핏줄의 혈연적 운명이 가져다 준 분노를 거부하지 않는다. 그리고 갈등하는 의식을 '낭떠러지'로 몰고 가는 '양심'의 소리에 순종하고 있는 것이다.

이는 다시 '죽음'이다. 그러나 시인이 인지하고 있는 햄릿의 죽음은 진정한 의미의 절망만은 아니다. 이 죽음의 세계는 시의 표면적인 구조와는 달리 '사탕발림'의 어머니 세계에서의 **탈출**이며 동시에 사랑하는 여인 오필리아에게로의 **회귀**라고 하는 희망적 어조가 숨어 있다. 그의 죽음은 또 하나의 삶이며 또 다른 세계로의 지향이 되는 것이다. 여기서 보이는 이 수직적 상상력은 '낭떠러지'라고 하는 시어와 닿아 그 속도감을 더한다. 이 '낭떠러지'가 위 시의 회화적 혹은, 공간적 형상화에 일조하고 있는 기표이다. 실제 '낭떠러지'는 결정이 필요한 공간이기 때문이다. 그리고 이러한 혼돈 속에서 그가 결정을 위해 고민하고 있는 공간의 범주는 삶으로부터 죽음까지의 영역이 된다. 각기 다른 언어와 상황적인 맥락을 가지고 있으나 다음의 시 또한 이러한 동일 구조 선상에서 이해 가능하다.

　　잠을
　　죽음을 깨고

움트는 꽃이 피듯
눈물이 솟듯
손 발이 묶인 대로
壽衣를 두른 대로
내 말을 물을 켜라
눈 뜨고 일어나라
티끌이 떨면,

풀어달라 풀어달라
뼈와 가죽을
넝쿨처럼 힘줄이 뻗게 하여라,
포도송이 젖가슴을
핏줄로 묶지마라
버레가 힘 맞후고,

—1부, <라사로>에서

『誘惑』의 1부에 등장하는 시편들은 그 모티브가 다양하고 또 이국적이다. 앞서 언급한 바와 같이 고전에서 성서에 이르기까지 장르를 망라하는 시인의 관심은 매우 광범위하다. 그리고 이 광범위한 장르의 모티브를 하나로 묶는 공통의 관심사가 바로 '죽음'에 대한 인식이라는 것은 이미 언급한 바 있다. 그의 시편들에 등장하고 있는 많은 인물들이 죽음과 관계되어 있다는 점은 이를 증명하는 좋은 예가 되고 있다.

위의 시는 성서에서 예수가 기적을 베풀어 '사망에서 생명으로' 운명을 바꾸어 놓은 '라사로'의 이야기를 그 모티브로 한다. 언뜻 보기에 이 작품은 '죽음' 보다는 '삶'에 그 초점이 있다고 볼 수 있는데, 그러나 텍스트를 면밀히 따라가다 보면 위의 시에 제시되고 있는 '라사로'의 '죽음'은 또 다른 '생명'으로의 기회와 계기를 제공하고 있다. 다시 말해서 이전의 삶과는 다른 의미로의 삶을 위한 하나의 입사식으로 작용하는 것이다. 따라서 이 시의 공간은 크게 3개의 범주로 나뉘어질 수 있다.

즉, 삶의 공간인 1공간과 죽음의 공간인 2공간, 그리고 새로운 부활의 공간인 제 3공간이 그것이다. 여기서 '살기 위해 죽는다'고 하는 이 역설의 인식은 성서의 논리에 기초한 것으로 보인다. 이해하기 때문에 믿는 것이 아니라 믿기 때문에 이해할 수 있다고 하는 기독교적 논리는 '라사로'로 하여금 죽었으되 또 다른 세계로 열린 삶을 살아내기 위해 이제 '풀어달라'고 이야기할 수 있게 한다. 따라서 이 시의 화자는 새로운 생명을 얻은 인물이다. 그에게 죽음은 더 이상 두려움이 아니며 이제 '손발이 묶인 대로', '壽衣를 두른 대로', '눈뜨고 일어날' 수 있다. 이러한 기독교적 인식은 이 시집 3부에 실린 다음의 시에서도 엿볼 수 있다.

> **목숨**이
> 있을수
> 어쩔수 없이
> 뎅그란
> 짤리어
> 흘러가면
> 되살아
> 고개 들어
> 꼬꼬대
> 목을 뽑는
> 울음인데,
> 깔깔대는 목청이
> **피**에 젖은 아우성을
> **죽음**이 목숨을
> 업수히 여기는가.
>
> —3부, <슬픈 새벽>에서

이 시의 경우 그 모티브를 추론할 수 없다면 해석이 매우 난해한 시가 될 것이다. 이 시를 읽는데 있어 가장 중요한 단서라 할 수 있는 것은 전체 시의 제유로 볼 수 있는 제목 <슬픈 새벽>이다. 이 때의 '슬픈 새벽'이란 '꼬꼬대 목을 뽑는 울음'으로 표현된 닭 울음소리라든가 '피에 젖은 아우성'이라고 한 죽음의 이미지를 고려해 볼 때, 신약성서에서 제자 베드로가 예수를 배신한 그 '새벽'이라는 것을 어렵게나마 유추할 수 있다. 이 뼈저린 '닭 울음소리'는 화자로 하여금 뼈저린 후회를 만드는 동인이다. 따라서 '목숨'이 있으므로 '어쩔 수 없었다'고 하는 변명의 소리는 더욱 처절하다. 그러나 여기서 화자가 초점을 맞추고 있는 것은 '꼬꼬대'하는 닭 울음소리 보다 더 크고 서러운 양심의 울음소리일 것이다. 이 때 실제 베드로는 '죽음'보다 비참한 삶을 얻은 인물이었다.

따라서 그의 살아있음은 곧 '죽음'이며 이 때의 죽음은 깨달음의 공간, 즉 '새벽'의 공간에 위치해 있다. 이는 '죽음이 목숨을 업수히 여기는가'라고 하는 인식에서 잘 드러난다. 베드로는 예수를 죽게 하는 계기를 제공하고 있으나, 정작 죽은 것은 예수가 아니라 자기 자신의 양심임을 알고 있었다. 화자의 목소리는 베드로의 그것으로 드러난다. 이러한 인식에서 볼 때, 이 시의 공간 역시 위의 시편들과 마찬가지로 세 개의 공간으로 나뉘어질 수 있는데, 다시 말해서 살아있음의 1공간과 삶과 죽음 사이 선택의 제 2공간, 더불어 새로운 삶의 제 3공간이 그것이다. 그러나 실제 이 3공간은 화자에게 있어 또 다른 깨달음의 공간이 되고 있으며, 이는 곧 죽음의 공간 되기도 하다.

3) 또 다른 세계로의 유혹 — '창'

현대의 시 해석에 있어 이러한 공간에 대한 관심은 다양한 양상을 띠며 전개되고 있다. 러트 웨크의 경우, 리얼리즘의 입장에서 문학적 공간을 실제 '장소'의 개념으로 규정[20]하고 있는데, 그는 카실러의 공간분류― '순수인식의 공간(상징적 공간)'과 '감각지각의 공간(행동적 공간)'에 착안하여 이 때의 순수인식의 공간을 예술적 공간으로 대응하

---

20) L. Lutwack, 『Role of Place in Literature』(Siracuse Univ, 1984), 27면.

고자 시도한다. 카실러의 경우, 인간의 공간관계에 관한 이해를 앎과
인식의 차원으로 구분하고 있다. 이 때 앎이란 제시 presentation만을
의미하는데 비해 인식은 표상 representation을 포함하게 되고, 따라
서 인간의 공간에 관한 인식이란 '자신의 반영이며 인간의 우주질서가
되는 것'이라 역설한다. 즉, 이 세계가 볼 수 있고 없고 하는 가시적
유대에 의해 존재한다고 보고 이러한 차원에서 공간을 이해하려 한다.
그러므로 인간의 상징적 사고에 의해 그 인식의 체계가 수와 언어에
옮겨지게 되고 이를 통해 그 논리적 성격을 명료하게 할 수 있다는
것이다.21) 그러나 이에서 더 나아가 구조주의- 특별히 후기로 오면서
는, 문학적 공간을 현실 자체에 대한 모사 mimesis로 보기보다는 언
어적인 구성을 통해 보는 새로운 접근법을 제시한다. 즉, 어떤 순차적
인 시간을 제거하고 언어구성의 논리로 시의 구조를 읽어내고자 하는
것이다.

　이 장은 송욱의 『誘惑』 시편들에서 보이는 현실과의 단절과 다른
세계로의 지향의지에 주목하게 될 것이다. 그의 시에 등장하는 화자
는 늘상 비극적인 포즈를 취하고 있다. 다수 등장하는 어휘 '창'의 경
우 이러한 화자의 인식을 표현하는 효과적인 상징물로 기능한다.
　송욱의 시를 '형상의 고정화'라는 측면에서 볼 수 있다면, 그의 시에
대한 연구는 정지된 혹은 내면화된 시간을 전제로 하는 작업으로부터
시작될 수 있을 것이다.22) 시인의 인식은 언제나 시어를 통해 드러난

---

21) E. Cassirer, 최명관 역, 『人間이란 무엇인가』(전망사, 1979), 73면 참조.
22) R. M. 애덤스는 모더니즘의 공간의식과 시간의식에 관하여 "과거는 현재로
　　통하는 길 위에 쌓인 일련의 누적된 단계가 아니라 밑도 끝도 없이 무한히
　　반복될 수 있는 단일 패턴이다. …… 아무런 연관이나 논평도 없이 竝置된
　　이질적인 요소들이 보여주는 단단하고 깔쭉깔쭉한 양식과 (시간상의 연속이
　　아니라 공간상의 어떠한 모양처럼), 상응하는 주제들을 비연대적으로 배열하
　　는 것— 이러한 것은 투명한 비전에 놀라울 만큼 적절한 기법이었다. 이것이
　　곧 모더니즘 최초의 주요하고 분명한 양식이었으며, 일차적인 관심이 문자에
　　있는 사람일 지라도 이 양식이 큐비즘의 단절된 표면과 센버그 Schoenberg

다. 송욱 시의 경우 반복 어휘를 통한 대립 개념들이 그의 인식 체계의 틀을 마련해 주고 있는데, 더구나 이러한 어휘들은 시인의 공간에 대한 인식과 맞물려 있고 그런 이유로 이들 어휘 사이에는 각 공간이 지니고 있는 긴장이 투영된다. 조미영의 지적과 같이 송욱의 시는 주로 눈의 영역, 즉 시각의 차원에서 이루어진다[23]고 할 수 있다. 송욱의 『誘惑』시편들이 지니고 있는 이러한 회화적 추상성으로 인해 개별 어휘들은 통합되어 하나의 일관된 의미망을 이루기보다, 양립하며 각 공간에 대한 변별적인 역할을 수행한다. 이들의 역할은 공간을 첨예하게 대립시키고 이러한 두 공간 사이 거리감을 조성한다. 이는 이러한 공간의 양상이 수평적인 인식을 통해 드러나고 있기 때문이다.

(1) 안과 밖의 대립항 ― '정'과 '동'의 세계

로트만은 문화공간의 가장 단순한 분할의 타입으로 내/외의 두 영역을 들고 있다.[24] 로트만의 문화 모델은 넓은 의미에 있어서의 문화 텍스트를 다루고 있으므로 공간의 차원을 기호에 의해 구체적으로 다루고 있지는 않지만, 이러한 구분은 인간 의식의 보편성과 닿아 있어 이를 하나의 기호체계로 살펴보면 개인의 차원에서 범우주적인 차원이라고 하는 보다 일반론적 해석의 방향이 열릴 수 있다. 이는 엄격한 의미에서의 거리감각이다. 화자인 내가 있는 이곳의 공간과 내가 바라보며 꿈꾸는 저기 너머의 공간은 안과 밖이라고 하는 인간의 사유체계와 닿아있다 할 수 있기 때문이다.

나 스트라빈스키의 끊기고 분절된 리듬과 영화의 몽타주 기법과 긴밀한 관계가 있음"을 피력하고 있다. 이는 時間의 不連續性, 斷絶性을 말하고 있는 것이다. R. M. 애담스, 「모더니즘은 무엇이었는가」, 김용권 譯, 《海外文學》 3호(1979, 겨울호), 103면 참조.

23) 조미영, 위의 논문, 21면.

24) I. Lotman, 「On the Metalanguage of a Typological Description of Culture」, 《Semiotica》 14 : 2(1975), 100면.

땅끝을 보며
누가 계신 그 너머에
안이 비는가.

아침마다 떨며 온
햇살이 박힌
꽃빛이 흐르는가.
안이 비는가.

새맑은 마음이매
창살이라면
깊이 깊이 접어 둔
나들이 옷을

떨쳐 입고
춤을 출
안이 비는가.

―2부, <窓>전문.

한 두번 읽어서는 쉽게 그 의미를 인지할 수 없는 시이다. 위의 시에서 화자의 위치는 앞의 시와는 달리 '창'의 바깥쪽에 있음을 우리는 알 수 있다. '안이 비는가'라는 행을 사용하여 그 해석을 더욱 난해하게 하고 있는데, 앞 뒤 문맥에 기대어 보면 '안이 비어 있는가' 정도로 해석 가능하리라 본다.25) 이 때의 '안'이란 '창'의 안쪽일 것인데, 화자는 '창'의 바깥쪽에서 '창'의 안쪽을 꿈꾸고 있는 것이다. 그 곳은 '누가 계신지' 알 수 없으나 '아침마다 떨며 온/햇살이 박힌/꽃빛이 흐르는' 곳이며, 따라서 '깊이 깊이 접어 둔/나들이 옷을/떨쳐 입고/춤을 출' 곳이기도 한 것이다. 이러한 공간은 거리를 두고 있으나 이러한

---

25) 이에 관한 해석은 약간의 위험부담이 있다. 이 글의 경우, 제목이 <窓>이며 창의 이미지를 고려하여 '창'의 '안이 보이는가'라는 설정을 하고 있으나 이 외에도 여러 가지 각도에서의 해석이 가능할 듯 싶어 자의적인 해석임은 밝혀두는 바이다.

거리로 인해 오히려 그 지향의 의지는 커질 수 있음에 주목하고자 한다.

이 때, 두 공간 사이에는 스피어즈의 용어로 '심미적 단절'[26]이 있다. 다시 말해서 예술과 인생 사이의 단절, 그러니까 시의 경우 시적 공간과 일상적 공간이 대립되고 있다는 의미이다. 시인이 꿈꾸는 공간이 예술적 공간이라고 한다면 시인이 위치해 있는 공간은 현실의 공간이다. 따라서 이 공간에는 시간이 거세된 수평적 차원으로서의 동시성[27]이 드러나게 되는데, 송욱의 전기 시작에서는 이러한 두 개의 공간이 시어들의 반복 이미지를 통해 그 대립의 양상을 구체화하고 있다. 그의 시에 있어 특징이라 할 수 있는 추상적 이미지는 시적인 것이 다수이다. 시각적 이미지는 회화나 건축의 내적 조화, 그 힘의 평균 등에 가깝게 되었고 언어音보다는 개념의 공간화를 의도하는 것으로, 이러한 이미지란 시인의 감각과 상상력에 의하여 파악된다. 이 때 이미지는 경험의 총화로서 한 개의 세계를 암시한다. 그러므로 이미지 그 자체가 시적 리얼리티라고 말할 수 있다. 즉 이미지란 언어의 형성에 의하여 비로소 구상화되는 것이기 때문이다.[28] 그러므로 일상언어와 다른 시적 언어에는 시적 기능, 즉 모든 시적 표현이 노리는 목표는 한마디로 '미적 효과'라고 할 수 있다[29].이러한 시어를 통해 표현되는 문학 속의 공간이란 문학이 현실세계와 유추적인 관련을 맺는다는 점에서 그것이 실패하건 아니건 간에 작품 속에 나타나는 구체적 사물과 대상을 통해 드러난다. 따라서 이 때의 공간에 대한 의식이란 어떠한 대상에 대한 의식이며 대상을 통해 주관의 지향성이 드러나게 된다[30]고 볼 수 있을 것이다. 본 논의에서의 공간이란

---

26) M. K. Spears, 『Dionysos and the City』 (Oxford Univ, 1971), 70-73면 참조.
27) 李昇薰, 『詩論』(고려원, 1979), 393~395면.
28) 박철희, 『抒情과 認識』(도서출판 이우, 1982), 220면.
29) 李昇薰, 『韓國 詩의 構造分析』(종로서적, 1987), 35면 참조.
30) R. Magliora, 『Phenomenology and Literature : An Introduction』 (Purdue Univ, 1977), 4면.

언제나 구체적인 대상을 향한 화자의 위치와 그 시선으로부터 시작하고 있음은 앞서 밝힌 바 있다. 이 때 시적 공간을 드러내는 이들 어휘 사이에는 질서가 있다.

　시집 『誘惑』은 그 어휘의 數에 있어 한정되어 있다. 다시 말해서 다양한 어휘를 나열하기보다는 특정 어휘의 반복을 통해 하나의 이미지군을 형성한다. 위의 시에서 화자는 '창'의 바깥에 있으며, '창' 안의 세계를 들여다보고 있다. 창 밖에서 창안을 바라보는 행위는 그 반대의 경우에 비해 더 신비로운 무엇이다. 안에서 밖을 내다보는 일보다 밖에서 안을 바라보는 일은 더 어렵고 그 가시적 시야가 좁기 때문에 그만큼 상상력에 의존할 확률이 커질 수 있기 때문이다. '누가 계신'지 알 수 없는 그 안을 바라보고 있는 화자는 창을 사이에 두고 있다. 그 곳은 일종의 신화공간이며 '깊이 깊이 접어 둔' '나들이 옷을' '떨쳐 입고' '춤을 출' 그런 곳이다. 시인은 세계를 자아와 분리된 것, 갈등하는 무엇으로 인식하고 있다. '나'의 주인의식은 좁아지고 회의와 불안에 의해 제한된다. 즉, 타인들은 필연적으로 자아의 자유를 부정하는 존재로서 작용하며 이로 인해 자아에게는 피할 수 없는 지향이 주어지는 것이다. 사르트르는 인간은 타자와 더불어 세계에 살고 있으므로 자유에 대한 투쟁을 하도록 운명지워져 있다고 주장한다. 타자는 늘상 나의 자유를 위협하고 나로 하여금 세계가 나의 것이 아님을 깨닫게 한다. 또한 타자는 나로부터 세계를 빼앗으며 그래서 나의 실존은 상호투쟁의 장으로 나아가, 이로써 두 자유는 조화롭게 공존할 수 없게 되는 것이다. 세계와 인간의 실존이 기본적으로 惡이며 無라고 하는 시인의 의식은 이처럼 타자와의 관계를 방해하며 그로 하여금 단지 '창'을 통해 세계를 바라보게 하는 것이다. 이 때의 '창'은 시적 자아를 세계로부터 단절시키되 권태와 몽상의 이미지를 생성시킨다고 하는 것은 앞서 언급한 바 있다. 이로써 세계와 나는 하나가 되지 못하고 서로가 분리된 것에 지나지 않게 된다.31)

---

31) 조미영, 위의 논문, 20~21면.

```
┌─────────────────────────────┐
│      3공간:  외              │
│   ┌─2공간:  경계/통로─┐      │
│     1공간:  내                │
└─────────────────────────────┘
```

(2) 매개항으로서의 '유리'

'창'의 안과 밖에는 서로 다른 움직임이 있다. 이는 고명수가 김광균 시 분석에서도 지적한 바, '통로의 개념이 미비'하다고 볼 수 있는데, 이는 '단절된 거리감각'[32]에서 비롯한다 하겠다. 그는 이를 과거의 시간을 현재에 연장하고 있다고 하여 '현재와 과거가 동시적 차원으로 결합'되고 있음을 시사한다.[33] 다시 말해서 한 화면에 있는 그림과 같이 시간의 정지가 전제되어 있다는 것이다. 문제는 이러한 공간의 가운데 놓여있는 '창'의 역할이다.

비가 오면
하늘과 땅이
손을 잡고 울다가
입김 서린 두 가슴을
창살에 낀다.

거슴츠레
구름이 파고 가는
눈물 자욱은
어찌하여 질 새 없이
몰려드는가.

---

32) 고명수, 「김광균론」, 『한국 모더니즘시 연구』(시문학사, 1981), 81면.
33) 고명수, 위의 책, 93면.

비가 오면
하늘과 땅이
손을 잡고 울다가
이슬 맺힌 두 가슴을
창살에 낀다.

—2부, <비 오는 窓>전문

한 공간을 외부와 내부로 가르는 것이 벽이라고 한다면, 그 이질적
인 공간 관계를 극적으로 대비시킬 수 있는 것이 바로 '창'[34]이다. 안
과 밖의 드라마틱한 대비를 의도하고 있는 창은 미묘한 경계이다. 안
전 security, 혹은 모험 adventure[35]이라고 하는 양면적 기호성을
지닌 창으로 말미암아 내부공간은 비로소 외부공간에 대한 의미를 획
득할 수 있다. 그러나 실제 송욱의 텍스트에서 창은 외부세계와의 단
절 그 이상의 의미를 지닌다고 하는데에 본 논의의 초점이 있다. 다
시 말해서 그의 시에 있어 창은 공간을 가르는 역할에서 나아가 현재
발 디디고 있는 이 공간이 아닌 다른 공간으로의 '지향 의지'를 보여
주고 있기 때문이다.

이 때의 '창'이 '지향'이며 '매개'일 수 있는 이유는 너머의 세계를 직
접 보여주고 있기 때문이다. 보이는 것은 자극하는 것이며, 실질적인
욕망의 동인이 된다. 따라서 송욱의 창은 그 이미지를 구체화하는 몇
가지의 장치를 포함한다. '창살'의 출현이 그것이다. 위의 시에서 하늘
과 땅이라고 하는 공간은 대립의 항으로 설정되어 있지만, 실제 그들
의 현실은 '창'을 사이에 두고 있는 '입김 서린' 관계이며, 동시에 '이
슬맺힌' 관계임은 주목을 요한다. 다시 말해 끊임없이 외부를 향해 열
려있는 이미지이며 따라서 좌절도 있다. 즉, 그냥 '창'이 아니라 '비 오
는 창'인 것이다. 이러한 지향이 '창'을 통해 구체화된다. 그리고 이들

---

34) 이어령, 「창의 공간 기호론」, 『詩 다시 읽기』(문학사상사, 1995), 105-108
면.

35) Yurik Shcheglov, 「Towards a Description of Detective Story Struc-
ture」, Rusian Poetics in Translation 1, 51~77면.

이 만나는 '창'에서 화자는 보다 안전한 이미지의 전달을 위해 젖은 '창'을 '창살'에 끼우는 수고를 마다하지 않는다. '창'이라는 이미지보다 '창살'이라고 하는 이미지는 훨씬 안전하다. 그것은 관점의 고정이며 현실적 안정감을 유도한다. 반면, 창살에 끼워진 창의 이미지는 훨씬 외롭고 고독하기도 하다. '창살이 낀' '두 가슴'은 이러한 경계에서 외로워하고 있다. 위의 시에서 화자는 창의 안쪽에 위치하고 있다. 정지용의 「유리창」[36]을 연상케 하는 이 작품에서 유리창을 사이에 두고 있는 위의 시에서 '창'밖으로 내리는 '비'를 바라보고 있는 화자의 시선은 마치 그림을 보고 있는 것 같다. 창 밖의 세상은 창살이 끼워진 창안을 침범할 수 없어 젖은 두 가슴을 끼울 뿐이다. 이는 단절이라기보다는 지향에 가깝다. 이러한 지향의 의식이 가장 잘 드러난 것은 2연의 '눈물자욱'이다. '눈물'이란 창문에 어린 빗자국을 표현한 것인데, 그럼에도 불구하고 '자욱'이 묻어있다고 하는 평면에 대한 이미지, 단절 혹은 지향 의식은 위의 시를 효과적으로 읽게 해 주는 유용한 표지가 될 수 있다 하겠다. 다시 말해서 화자는 일정 거리를 유지하며 창 밖의 세계를 바라보고 있는 그림의 관객과 같다. 그리고 그림

---

36) 그 자신, 정지용에 대해 부정적인 언급을 하고 있으나, 다음의 시를 포함한 송욱 시편의 다수에서 유사 모티브를 볼 수 있어 이는 주목을 요한다. 다음은 정지용의 「琉璃窓·1」의 내용이며, 이는 하나의 제재상의 유사성으로 볼 수 있겠다.

　琉璃에 차고 슬픈것이 어린거린다.
　열없이 붙어서서 입김을 흐리우니
　길들은양 언날개를 파다거린다.
　지우고 보고 지우고 보아도
　새까만 밤이 밀려나가고 밀려와 부디치고,
　물먹은 별이, 반짝, 寶石처럼 백힌다.
　밤에 홀로 琉璃를 닦는 것은
　외로운 황홀한 심사이어니,
　고흔 肺血管이 찢어진 채로
　아아, 늬는 山ㅅ새처럼 날러 갔구나!
　　　　　　　　　　—정지용, <琉璃窓·1> 전문

의 내용은 자못 비극적이다. 다음의 시에 나오고 있는 '유리'의 이미지 역시 이러한 맥락에서 이해 가능하리라 본다.

> 文學이란
> 山海珍味 즐비한
> 陳列欌 보기. 할퀴어도 안타까워
> 유리에 비친 얼골.
> …
> 理髮하러 갔더니
> 바로 코 우에
> 칼날이 왔다 갔다
> 死刑틀이네.
>
> 내 눈물은 얼음처럼
> 肝腸을 흐르는데
> 顔面筋肉이
> 흉하개 컹기도록
> 그대는 웃네그려.
>
> —3부, <失辯>에서.

　이러한 화자에게 있어 '文學'은 '山海珍味 즐비한/陳列欌 보기'이다. 끊임없이 바라보며 지향하고 있지만 그것은 '陳列欌' 속에 있을 뿐이다. 이로 인해 화자는 '안타까워'하고 있다. 보임으로 인해 화자의 욕망은 끊임없이 자극받고 증폭된다. 위의 시에서 이러한 매개로 작용하고 있는 '陳列欌'의 '유리'는 '할퀴어도' 만질 수 없는 동경을 드러낸다고 하는 점에서 맥락적인 의미가 있다고 하겠다.

3. 회전과 순환의 제 3공간

1) '꿈'꾸는 공간의 <유혹>

전체 시집의 제목이 된 시 <誘惑>은 1부의 다른 시편들과는 달리 그 주제와 의도에 있어 특정 모티브에 기대고 있지 않은 유일한 작품이다. 그럼에도 불구하고 어느 한 부분 의미가 유연하게 연결되지를 않는다. 언뜻보기에도 연계성이 없는 어휘의 무분별한 나열이다.

눈 감으면
모래밭이 닥아선다.
깜박하지 말고
온 누리를
누리라고.

하늘에 솟는 塔을
돌로 쌓지마라.
열흘을
네 곱절을 굶어 봤으면,
부른 배 우에
나라를 세우라고.

어린이
어진이가 가슴을 치면
하늘과 땅이
물구나무선다.
몸을 던져라.
몸을 던져라.

미치광이
무지개가 다리를 노면
우룃소리를
구구대는 비둘기가,

번개가
구비치는 시냇물이,
모래밭
사람 사이로.

—1부, 시<誘惑>전문

그러나 실제 텍스트를 문맥을 고려해 면밀히 따라가다 보면 화자의 시선에서 그 시적 의지를 엿볼 수 있다. 그리고 그 단서가 되는 어휘는 바로 '물구나무서기'이다. 하늘과 땅은 지금 거꾸로 '물구나무 서' 있다. 회전을 의미한다. 그리고 회전하는 세상은 혼란하다. 혼란한 나라는 굶주려 있기 때문이다. '물구나무서기'하고 있는 이 거꾸로 된 세상에서 '하늘로 솟는 탑'을 '돌로 쌓'을 이유가 없다. '열흘을' '갑절을' '굶은' 세상에서 화자가 꿈꾸고 있는 것은 '어진이'와 '어린이'의 '나라'를 '세우는 일'이다. 그 나라는 '배부른' 나라이다. '무지개 다리'가 있고, '비둘기'가 있고 '시냇물'과 '사람'이 있지만, 이 모두는 현실의 그것과는 다르다. 현실의 그것과는 달리 화자는 이 '무지개 다리'와 '비둘기'와 '시냇물'과 '사람'의 '사이로' '미치광이'와 '우룃소리', 그리고 '번개'와 '모래'등을 끼워 넣고 있다.

이는 현실과 이상의 세계를 오가는 화자의 몽환적 인식에서 비롯되고 있는데, 이러한 근거는 이 시의 시작인 첫 행이 그 단서가 된다. 이 시의 첫 행에서 화자는 현실 세계가 아니라 '눈을 감으면' 보이는 제 3의 세계로 그 공간의 인식 범위를 확장하고 있다. 이 때, '눈을 감으면'이라고 하는 기표는 중의적인 의미를 내포할 수 있다. 현실이 아닌 세계, 그러나 꿈틀대는 꿈의 세계, 몽환적이기도 하지만 더불어 그것은 죽음의 이미지와도 닮아 있다. 이러한 세계는 그가 지향하는 제3의 공간이 된다. 여기도 저기도 아닌 다른 어딘가—눈을 감은 후의 세계가 되는 것이다.

그가 꿈꾸는 이 공간은 지금 눈 '깜박이지 말고', 깨어나지도 말고 '온 누리'를 '누리라'고 그를 '誘惑'하고 있는 것이다. 그리고 결국 깨어나지도 못할 이 꿈속에서 화자는 '눈을 감'고 이 '誘惑'을 즐기고 있는 셈이다. 끝나지도 않을 이 꿈의 내부에서 이 시가 끝을 맺고 있음은 이 시의 해석에 있어 중요한 의미망을 구축한다. 화자는 '誘惑'에 괴로워하는 이가 아니라, 오히려 이러한 '誘惑'을 기다려 온 인물일지 모를 일이다. 1부 마지막 시 <誘惑>을 시인이 시집의 타이틀로 내세운 것은 이러한 의미에서 주의를 요한다.

2) '춤'추는 욕망의 미끄러짐

마지막 3부 시편들의 공통적이고도 가장 두드러진 특징은 동적 이미지들에 관한 것이다. 빈번하게 등장하는 이러한 이미지들은 정지되어 응시하던 이전의 그것과는 사뭇 다르다. 3부의 화자는 춤추는 화자이며, 이 때의 춤은 속도가 느린 완만한 곡선의 춤이다. 격앙된 감정의 흥분된 춤이라기보다는 내적 성찰이 느껴지는 춤이다. 이는 현실세계에의 限을 지닌 춤이다. 따라서 또 다른 세계로의 '욕망' 혹은 '지향'을 드러내는 것이다.

> 薔薇밭이다.
> 붉은 꽃닢 바로 옆에
> 푸른 잎이 우거져
> 가시도 햇살 받고
> 서슬이 푸르렀다.
>
> 벌거숭이 그대로
> **춤**을 추리라.
> 눈물에 씻기운
> 발을 뻗고서
> 붉은 해가 지도록
> **춤**을 추리라.
> 薔薇밭이다.
> **핏방울** 지면

꽃닢이 먹고
푸른 잎을 두르고
미진하며는
가시마다 살이 묻은
꽃이 피리라.

—2부, <薔薇> 전문

붉은 색의 이미지가 강하게 드러나고 있는 위의 시에서 춤이란 매우 슬픈 상징이다. 현실에 발붙이고 서 있는 시적 화자는 '벌거숭이'로 춤을 추고 있다. 이 때, 그의 발은 '눈물에 씻기운 발'이며 그가 춤을 추고 있는 곳은 붉은 장미의 '가시 밭'이다. '핏방울'지는 현실에서 '꽃닢'이 먹은 붉은 빛으로 '푸른 잎'을 두르고 있는 화자는 그래도 뭔가 '미진하'기만 하다. '푸른 빛'을 두르고 있는 붉은 장미는 현실의 '가시'를 지니고 있어, '흥'에 겨워 추는 춤이라기보다는 '한'에 겨워 추는 춤이기 때문이다. '해가 지도록' 춤을 추는 화자에게 있어 주어진 현실이란 '서슬이 푸른' 장미의 '가시밭'일 뿐이다. 이 시에서 화자는 '피'와 '살'을 지닌 자신의 형상화로 薔薇를 피우고 있다. 그리고 그렇게 되기를 기대한다.

이러한 서러운 춤의 형상은 다음의 시 「僧侶의 춤」에 더욱 명료하게 드러나고 있다.

    ………
    팔 다리가
    바람결,
    몸체가
    물결,
    걸고 트는 그림자가
    바다를 먹고.

    業을
    두 손을 모아,
    모습 잃은 불꽃을

부비고 빌면,
두 볼을 붉힐
熱이 있는가.

바로 뒤로
앉고 선들,
앞 뒤가 다붙은
이 몸이 추는 **춤**을
도루 도는 마음을
드딘 두 발이,

하늘로
땅으로
소매를 칠까,
소리 없는
북을 가슴을,
둥둥
蓮꽃이
이 몸이 진다.

—2부, <僧侶의 춤> 에서

설움, 내지는 恨이라고 하는 정서는 일종의 '傷痕 trauma'으로 시적 자아의 내면에서 시를 생성해 내는 원동력이 된다. 그리고 이러한 정서가 그려내는 춤의 선들은 직선이라기보다는 곡선일 것이다. 특별히 위의 시에서 드러나고 있는 '業'이라는 어휘는 僧侶의 춤과 그 동작을 드러내는 데 있어 가장 중요한 열쇠가 되고 있다. 이 '業'이라는 어휘가 상기시키는 운명적 힘은 그의 춤이 '熱'을 지닌 인간의 한 몸부림으로 느껴지게 하는데 크게 기여한다. 따라서 이 시의 기호들이 이루고 있는 공간은 한 사람의 동작범위일지라도 그 범위가 매우 크다. 춤을 추는 僧侶의 '소매'는 하늘부터 땅을 두루 넘나드는 힘이다. '소매'가 움직이는 보폭은 승려의 삶이 지닌 한의 보폭이기도 하다.

이러한 진행을 고려해 볼 때, 위의 시 전체를 읽어내는 데 있어 가장 모호한 기표는 아마도 '소리 없는 북'이 될 것이다. '소리없는/북을/가슴을/둥둥/연꽃이/이몸이 진다'고 했을 때, 위의 시에서 이 세 가지 기표는 두 번의 반복을 통해 하나의 메타포로 사용되고 있다. '소리없는' 북이라고 하는 비정상적인 상황과 연꽃이 '진다'라는 표현은 '가슴' 혹은 '이 몸'과 관계있다. 더불어 이러한 암울한 분위기에서 '둥둥'이라는 의성어는 각별한 울림을 준다. 소리의 높낮이라기보다는 진동으로 느껴지는 큰 떨림이다. 다시 말해서 그 파동이 유난히 크다. 더불어 주목을 요하는 것은 2연에서 보이는 '팔 다리가/바람결,/몸체가/물결,'이라고 하는 대목이다. '바람결'로 표현된 '팔 다리'의 움직임이나 '물결'로 표현된 '몸체'의 움직임은 크고 그 선이 길다. 그 선으로 인해 화자의 '두루 도는 마음'을 표현할 수 있을 것이다. 화자는 이어 '겯고 트는 그림자가/바다를 먹고'라고 표현하고 있으니, 그 동작이 바다의 출렁임에 비유될 만큼 동적인 구조이다. 그럼에도 불구하고, 그가 처한 현실은 '바로(앞으로) 뒤로/앉고 선들/앞 뒤가 다붙은/이몸'이다. 어쩌지 못하게 메여있는 그것. 화자는 이를 '業'이라 표현하고 있다. 이는 위에서 언급한 바 화자의 언술에서 드러나고 있는 바이다. 1차적으로는 '팔, 다리(바람결/몸체, 물결, 겯고 트는, 두루 도는)' 등으로, 2차적으로는 '이몸(소리없는, 진다, 다 붙은)등으로 드러나고 있음을 알 수 있는데, 이는 서로 다른 층위의 문제이다. 다시 말해서, 이를 굳이 구분하자면 다음과 같다.

1차적 언술	동적언술 — 외적언술 : **원심적**
2차적 언술	정적언술 — 내적언술 : **구심적**

　이렇듯 서로 다른 층위에서 이 시의 해석이 가능하다. 이는 僧侶라고 하는 층위와 춤이라고 하는 층위의 구분이 될 것이다. 위의 시의 경우, 이러한 다른 층위의 어휘들이 각 층위를 넘나드는 시적 자아의

'춤'으로 완곡한 선을 그리며 느리게 순환하고 있다. 다시 말해서 의식의 경계선을 지니고 있기보다 어떠한 시점에서도 그 시작과 끝을 알 수 없는 순환과 반복의 구조로 연결되고 있는 것이다.

> **허리가 굽어도**
> 이지러진 동그레밀
> 따라 가다가,
> 끄덕이는 머리가
> 혀를 돌다가,
>
> 손과 칼과 술잔을
> 주고 받는 담벼락 안과 밖에서
> **모지게 모지게 사리어 살자,**
> **둥글게 둥글게 기대어 죽자.**
>
> ―3부, <그 속에서>에서

인생의 어떤 진리를 깨달은 듯한 위 시의 어조는 인생을 살아가는 세 가지의 방법―즉, '손'과 '칼'과 '술잔'―을 '주고 받는' 냉혈한 현실에서 시작한다. 이 '이지러진' 세상에서 '따라가며' '끄덕이는' 일들로 인해 그의 '머리'는 '혀를 돌' 뿐이다. 이러한 표현이 매우 흥미롭다. 이성의 의지는 행동하는 자아보다는 혀끝의 언어만을 만들 뿐이다. 현실을 사는 시인의 고민은 여기에 있다. 조금은 왜소한 어조로 이제 화자는 '모지게' 살고 '둥글게' 죽자고 말한다. 그것도 '사리어' 살고, '기대어' 죽자고 표현하고 있다. 자신의 혼자 힘으로는 죽을 수도 없는 것이다. 어쩌면 제 몸뚱아리 하나를 추스리기에도 힘든 현실은 '이지러진 동그라미'이고 그 안을 맴돌고 있는 그에게 현실은 자신의 '담벼락' 하나를 만들지 못한 채, '안'과 '밖'에서 공격을 계속하고 있다. 화자는 이제 타협 아닌 타협을 모색하며 제목처럼 그래도 '그 속에서' '살자' '죽자'고 하고 있으니, 화자의 목소리는 매우 자조적인 색채를 띠고 있는 것이다.

永生이란 勤務時間 二十四時間,
두리번거리는
잠자리의 눈알처럼
손 발을 부비는데
파리의 조바심에
하늘과 땅이 더불어 도네.

우숩다 하지마라
춤을 추는데,
흥에 겹다 하지마라
매를 맞는데,

呼吸器 消化器 生殖器
꼼짝 아니하고
우늬? 서있늬?

出生이란 出勤時間 설깨인 時間
간밤에 신방에서
나온 웃음결.

초상난 건넌방이
울음 울다가,
멈추면 비틀 비틀
주정뱅일세.

死亡이란 退勤時間 뉘우친 시간,
거문고ㅅ줄 아니라
맥을 짚는데,

하마하마 쓰러지면
회차리가 한 가락-
하늘과 땅이 더불어 도네.

—3부, <生生回轉>에서.

송욱 시에서 보이는 이러한 구심적 세계관은 불교의 윤회를 연상케

할 만하다. 그리고 이러한 상상력이 시집 『誘惑』의 3부에 편중되어 있다고 하는 사실은 이어질 그의 시편들과의 연장선상에서 이해 가능할 것이다. '하늘과 땅이 더불어 도는' 세상의 한 복판에서 '出生'이란 '出勤時間 설깨인 시간'이며, '死亡'이란 '退勤時間 뉘우친 시간'이 된다. 이 둘은 순환하며 또 반복된다. 긴 항해의 시작과 종결로서의 인생이 아닌 쉬지 않는 일상의 연속으로 삶과 죽음을 인지하고 있는 것이다. 따라서 그에게 있어 이러한 生과 死의 문제는 그다지 크게 중요한 구분이 되질 못한다. 이는 이름을 달리할 뿐 또 다른 세계로 넘어가는 하나의 과정이기 때문이다. 이는 엄격한 의미에서 역동적 순환이며 따라서 단절일 수 없다.

시인은 이를 '하늘과 땅이 더불어 돈다'고 표현하고 있다. 나아가 인생이란 '춤'을 출 때와 '매'를 맞을 때가 있다고 하는 시인의 성찰은 현실에 발을 디디고 있지만 또 다른 세상을 지향하고 동경하며 꿈꾸게 하는 원동력이기도 하다. 따라서 이렇게 꿈을 꾸는 시인의 욕망은 끊임없이 미끄러져 순환하고 또 반복된다. 사실 시인이란 현실의 역사 앞에서 그다지 당당할 수 없는 운명을 타고 태어난 인물들일지 모르겠다. 변혁하기보다는 관조하고 부수고 건축하는 일보다는 꿈꾸고 지향하는 일에 더 익숙해 있다. 시집 『誘惑』의 3부는 이러한 의미에서 총괄적인 의미를 띠고 있다 하겠다. 이는 앞장에서 언급한 수직적이고 수평적인 지향의 의지를 하나로 묶는 구심적인 힘을 전제하고 있기 때문이다.

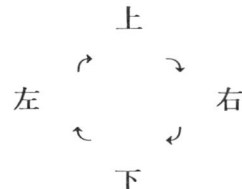

4. '유혹'하는 공간 — 현실과 몽상의 통로

시집 『誘惑』에서 본 고가 풀려 했던 가장 큰 난제는 '무엇'에 관한 유혹이냐는 것이었다. 어쩌면 이는 이 시집의 실제 의도와도 일맥 통한다 할 수 있다. '유혹'이란 그만큼 반향이 큰 어휘이다. 이 때 주목을 요하는 것은 실제 '유혹받는' 자아란 현실에서 그다지 만족하고 있지 못한 인물일 것이라는 점이다. 어떤 의미에서 예술가는 모두 유혹하고 유혹을 받는, 혹은 유혹받기 원하는 사람들일지 모를 일이다. 불안한 현실의 한 복판에서 이들이 만들어 내는 공간이란 현실이기를 바라는─ 현실과는 다른 무엇일 것이기 때문이다. 그리고 이는 끊임없이 시인을 유혹하는 동인이 되기에 충분하다. 그러나 사실 이들을 유혹하는 이 공간이란 다시 시인의 내재한 '욕망'에 관한 것이니, 어쩌면 이러한 욕망과 현실 사이에는 끊임없이 순환하고 회귀하는 상상력이 있을 뿐이다.

몽상을 하는 사람들이 세계와 맺는 관계는 강력한 상호관계이다. 몽상이 체험한 세계는 아주 직접적으로 그가 꿈꾸는 세계를 소유한다.37) 시인은 어떤 의미에서 모두 몽상가이다. 송욱의 『유혹』 시편들은 춤을 추는 시적 자아의 모습이 역동적인 몽상의 구조로 드러나고 있다. 그리고 이렇듯 춤과 꿈이 등장하는 다수의 송욱 시편들은 미래적인 의지로 표현되고 있다. 시인의 상상 속에서 형성된 환영들은, 이중의 삶에 머무르는 것─ 현실적인 것과 상상적인 것의 민감한 경계선에서 머무르는 방법을 가르쳐 주기 위해 중개인의 역할을 감당한다. 이 몽상의 환영을 시적 힘이 이끌어 낸다. 이 시적 힘은 모든 감각에 생기를 부여한다. 몽상은 감각적이 되고, 시적으로 작용하는 이 상상에 의해 우리는 내면성의 공간에 자리잡게 되는데 그 공간은 어떤 경계선도 없기 때문이다. 그 곳은 우리가 꿈꾸는 존재의 내면성과 꿈꾸는

---

37) Gaston Bachelard, 「Four:The Cogito of Dreamer」, 『The Poetics of Reverie』, trans by Daniel Russell(Boston, 1969), 166면 참조.

우리의 존재의 내면성을 결합하는 공간이다. 그리고 이는 지금, 여기의 위치 설정에서 벗어나는 새로운 세계에의 지향과 관계있다. 그들의 그림자 덕분에 인간과 세계를 가르는 중간지역- 통로가 생겨나고 그 곳은 충만한 지역이 되는 것이다. 이 중간지역은 존재와 비존재의 변증법을 무디게 만든다. 상상력은 비존재라는 것을 알지 못하기 때문에 서서히 역동적으로 움직이고 있을 뿐이다.[38]

5. 결론

본고는 송욱의 첫 시집인 『誘惑』의 전편을 그 기본 텍스트로 하고 있다. 본고에서 다루고 있는 이 『誘惑』의 경우, 송욱의 처녀시집임에도 불구하고 지금까지 독자적인 연구로는 전무한 형편이다. 실제로 이 시집 『誘惑』은 그 해석이 결코 용이하지 않은 시집이다. 텍스트 이해를 위해 전후 맥락을 읽어내는 일, 그 이상의 노력이 필요하기 때문이다. 모더니즘이라는 맥락에서 혹은 실존의식이라는 맥락에서 고전과 성서를 넘나드는 모티브를 차용하고 있는 시집 『誘惑』은 매우 다양한 독서 체험을 전제로 하고 있는데, 이러한 모티브들을 풀어나가는 데 있어서도 특유의 독자적인 방법을 취하고 있어 읽어내는 일에 어려움이 있다. 이는 텍스트 상의 난해함 때문이기도 하지만, 실제 텍스트에서 시인의 의식이 현실의 어디에도 발 디디고 있지 못한 '지향'적 의지를 드러내고 있는 이유이기도 할 것이다. 이러한 모호한 기표들을 통해 시인은 '유혹'하고 또 '유혹'받으며 끊임없이 회귀하는 구심적 상상력을 드러내고 있다. 다시 말해서 기표의 모호성 ambiguity이다. 이러한 시인의 상상력은 이 후 등장한 시집의 연작 시편들을 통해 보다 구체화되고 있으며 이러한 흐름이 보다 다양화되고 내면화되는 추세이다.

---

[38] Gaston Bachelard, 위의 책, 168~169면 참조.

　전체 3부로 구성되고 있는 시집 『誘惑』은 1부와 2부, 그리고 3부가 각기 전개 양상이나 시적 형상화 면에 있어 조금씩 변별되고 있다. 이러한 변별성에도 불구하고 이들을 묶는 공통의 분모가 있다면 그것은 '죽음'에 관한 인식일 것이다. 이 시집의 제목이 『誘惑』이라는 점은 전체 시 이해의 관건이 될 수 있는데, 본고의 관심은 '무엇을 향한, 무엇에 관한 유혹인가'라는 질문에서 시작하고 있다. 시인은 끊임없이 또 다른 세계를 꿈꾸고, 또 유혹받는 형편에 있다. 이 때의 죽음은 하나의 매개이며 과정이고, '통로'이므로 단절의 개념은 아니다. 따라서 그 자체로 어떠한 고정된 이미지를 형성하지도 않는다. 이 시집의 1부에서는 직접적인 어휘를 통한 죽음 의식이 주조를 이루고 있다. 이는 2부로 가면서 '창'이라는 매개를 통해 보다 거리를 두고 간접화되는 양상을 보인다. 또 다른 세계로 가는 시작이자 관문으로서의 '창'이 다른 시인들의 그것과는 다른 양상을 띠고 있다는 점은 앞서 언급한 바이다. 따라서 이러한 양가적인 공간인식— 삶과 죽음의— 은 '단절'이라기보다는 '연속'이며, 끊임없이 '순환'하고 '반복'되는 구심적인 양상이다. 시인의 세계인식은 이에 닿아 있다. 다시 말해서 이러한 동적 구조는 상상력이 닿을 수 있는 범주를 확장하고 증폭한다.

　이것이 시집 『誘惑』이 지닌 나름의 의미이며, 이어질 시편들을 예고하는 하나의 단서가 아닐까 생각한다.

(정문선 · 추계예대 강사)

중심 부재의 詩와 중심 찾기의 시학

—『何如之鄕』(제2시집) 연구

I. 서론

　지금까지의 『하여지향』에 대한 논의는 그 구성적인 측면에서는 산문성에, 언어적 측면에서는 풍자성에 기울어져 왔다. 먼저 유종호[1](1960)는 『하여지향』을 세태 풍속의 풍자 왜곡이 가미된 비평적 시로 보고 산문시의 도입으로 역사적 사회적 일상적 현실을 대담하게 도입하게 되었다고 평하면서 그의 시가 음악성으로 인해 산문적임에도 불구하고 시성을 유지하게 된다고 보았다. 오규원[2](1972)은 『하여지향』을 논의의 중심에 놓고서 송욱 시가 50년대의 전후 도더니즘의 공허한 감상과 발상을 과감한 언어실험과 현실에 대한 풍자로서, 시적 세계를 확대한 것으로 본다. 김현[3](1978)은 송욱의 말의 울림을 형태적인 울림과 의미의 울림으로 나누고, 그 방법으로 여러 형태의 운

---

1) 유종호, 『비순수의 선언』(민음사, 1995), 56~73면 재수록.
2) 오규원, 「시적변용과 그 의미」, 《문학과 지성》(1972.3)
3) 김현, 『문학과 유토피아』(문학과 지성사, 1992), 41~50면 재수록.

과 모순원리에 입각한 '바다' 이미지를 제시하고 있다. 김춘수[4](1978)는 송욱의 연작시 <하여지향>을 두고 시의 형태면에서 행 하나하나의 구분에 있어서 논리를 지니고 있고 변격적인 압운법을 시도하고 있다고 평한다.

본 논의는 이러한 논의들을 배경으로 하여 시집 『하여지향』에서 그의 시적 변모 과정을 밝히는 데 중점을 두려한다. 『하여지향』은 연대순에 의거하여 1961년까지의 시를 총 9부로 해서 엮고 있다. 1, 2, 3부의 시들은 제1시집 『誘惑』을 재수록한 부분이고 4부에는 <王昭君>외 6편, 5부에는 <駱駝를 타고>외 13편, 그리고 6부에는 <南大門>외 3편이 실려있다. 7부에는 <하여지향> 연작들이, 8부에는 <해인연가> 연작들이 실려있다. 마지막으로 9부에는 <無極說>외 9편의 시들이 실려있다. 따라서 제1시집인 『誘惑』 부분의 시들, 즉 1, 2, 3부의 시들은 논의에서 제외될 것이며, 시적 변모과정에 논의의 초점이 맞추어지는 만큼 <하여지향>과 <해인연가>의 연작들이 본 논의의 대상이 될 것이다.

2. 말하기와 보여주기

말하기는 의미를 직접적으로 전달하는 방식이다. 화자는 청자가 오해를 갖지 않도록 구체적으로 전달 내용을 제시하게 된다. 이러한 말하기 방식은 메시지를 직접적으로 드러내기 때문에 주제를 표출하는 데 용이하다. <하여지향>에서는 부조리한 세계, 부정적 세계를 폭로하기 위한 언술전략이 다양하게 전개되는데, 이러한 언술적 전략들은 무엇인가를 말하려는 화자의 의도를 반영하게 된다. 시적 자아인 화자는 세계를 부정적으로 인식하고 있다. 그러나 그러한 세계에 적극적으로 대항하지 못하는 소극적 자아이다. 사회에 억눌린 자아, 여기

---

4) 김춘수, 「형태의식과 생명긍정 및 우주감각」, 《세계의 문학》 (1978.12.)

에서 비롯되는 자기 비하적, 열등적 자아는 불안한 언어를 반복적으로 나열하게 된다. 어떤 메시지를 전달하고자 하나 발설된 언어는 불완전하다. 그래서 완전하게 구체적으로 제시될 때까지 화자는 계속해서 같은 메시지를 반복하는 것 같다.

그와는 반대로 보여주기는 의미를 간접적으로 전달하게 된다. 전달하고자 하는 내용을 직접 발설하지 않고 묘사하게 된다. 그렇기 때문에 전달내용이 연상작용을 통해 이미지화된다. 여기서 우리는 화자가 전달하려는 것이 무엇인지 심사숙고하게 된다. <해인연가>에서는 깨우침의 순간을 포착하려고 시도한다. 그렇기 때문에 화자는 침묵할 수밖에 없다. 그 침묵 속에 무한한 의미가 물결처럼 출렁인다.

1) 규범의 파괴와 카니발의 세계

<하여지향>은 불완전한 통사구조로 비공식적 언어로 말한다. 이러한 비공식적 언어는 바흐친이 말하는 카니발의 세계에서 통용되는 언어이다.5) 이 비공식적 언어는 공식적 언어가 일반적으로 받아들이는

---

5) 바흐친은 카니발화된 언어를 대략 6가지로 구분하고 있다. 첫 번째는 장터나 길거리에서 주로 사용되는 욕설이나 상소리 혹은 저주와 같은 언어이다. 지배계급에 의해 사용되는 언어가 공식적인 언어라고 한다면 주로 일반대중에 의해 사용되는 이 언어는 비공식적인 언어라고 할 수 있다. 이런 비공식적 언어는 공식적 언어가 일반적으로 받아들이는 인습이나 형식 혹은 품위와 같은 규범을 의식적으로 깨뜨린다. 두 번째는 장터나 길거리에서 물건을 팔기 위해 손님을 부르는 호객 소리이다. 이런 언어는 단순히 물리적인 외침이 아니라 흔히 4행의 운문 형식을 취하고 있다. 따라서 음식이나 술과 같은 상품은 그 특유의 언어 그리고 리듬과 멜로디를 지니고 있어 언어적 그리고 음악적 이미지에 의해 특징지워진다. 세 번째는 구어적인 언어이다. 어느 사물을 형용하는 관용어를 의도적으로 길게 나열시키는 수법이다. 네 번째는 이른바 '수탉에서 당나귀로'라고 일컬어지는 언어의 유형이 바로 그것이다. 그 이름이 암시하고 있는 바와 같이 이 유형의 언어에서는 어느 한 이미지에서 다른 이미지로 아무런 논리적 연관성이 없이 옮겨간다. 즉 그것은 일반적으로 쓰이는 단어 그리고 격언이나 속담 같은 표현이 일견 부조리하게 나열되는 일종의 언어적 유희이다. 첫 번째와 세 번째의 언술도 간간이 시적 수법으로 채용되

인습이나 형식 혹은 품위와 같은 규범을 의식적으로 깨뜨린다는 측면
을 강조한다. 또한 비논리적인 우연성이 강화된 언술들을 전략적으로
쓰는 한 방식으로서 제도권에의 도전을 보여주기도 하고 상반되는 의
미들 사이에서 표류함으로써 명확한 의미 전달에 실패하기도 한다.
그래서 의사 소통이 불가능한 자아와 세계의 분열을 보여주게 되는데,
여기에 화자가 전달하려는 메시지를 계속해서 반복하는 까닭이 있다.

(1) 육체적 언술 ― 전통적 가치체계의 전복

『하여지향』서문에서 송욱은 육체의 정신적인 가치와 정신의 육체적
인 의미를 생각하게 되었다고 말한다. 그리고 또한 순수한 것은 반생
명적인 죽은 것이라고 피력한다. 여기서 그는 현실적인 투사와 정신
적인 영웅을 겸해 보려는 자기의 욕망이 좌절되고 그로 인해 정신과
육체의 분열에 절망했던 기억을 떠올리고 있다. 그 좌절과 절망이 현
실적인 투사가 되지 못했던 것에서 비롯된다고 탓하면서 그는 모든
주위에서 일어나는 일에 관심을 기울임으로써 자기 혐오를 극복해 보
겠다는 결의를 한다. 살아있음의 생명성, 그 비순수성이 그에게는 육
체에 있었던 듯싶다. 그런 육체는 『하여지향』에서는 언어, 즉 한국어
로 설정된다.

> 한국어는 나의 또 하나 다른 육체이다. 나는 이 육체로서, 보고
> 듣고 생각하고 웃고 울려고 한다. 나의 모국어는 나의 법신이다.
> 한국어는 나의 조국이다.6)

고 있으나 송욱이 주로 사용하는 언어적 유희는 이 네 번째에 해당된다고 보
여진다. 이 경우의 언술은 구체적인 사실을 제시하고 사상을 발전시키는 데
필요한 논리적 연관성이나 통일성을 무시하고 있다. 다섯 번째는 일반명사와
고유명사를 구별하지 않고 사용하는 언술적 특성을 가진다. 예를 들어 작중인
물의 이름은 사실상 신체적 특징이나 행동에서 유래한 별명과 같다. 마지막
여섯 번째는 숫자이다. 숫자의 상징적이고 형이상학적인 의미를 희극화한다.
김욱동, 『대화적 상상력』(문학과 지성사, 1988), 225~26면.

그에게 있어 비순수한 것은 생명적인 것이다. 왜냐하면 그에게 중요한 것은 현실적인 문제였기 때문이다. 그러므로 비현실적인 순수는 자기 혐오를 불러일으키기까지 한다. 그래서 비순수의 생명적인 것을 육체에서 찾는다. 정신보다는 육체에 자신의 지향점을 두고 현실적인 투사로의 입문을 언어를 통해 시작하려 한다. 나의 또 다른 육체인 언어는 그러므로 비순수한 것이며, 그러한 비순수로 인해 생명성을 획득한 것이다. 따라서 언어는 행동하는 언어로 되살아나게 된다. 이 살아있는 언어는 문학작품 속에서 문학적 언어를 폐기하고 일상적이고 속된 언어로서 문학적 언어의 관습에 반란한다. 여기서 언어가 생명성을 획득했듯이 그 언어를 차용한 문학 역시 생명성을 획득하게 된다. 그렇게 언어와 작품의 관계가 육체적으로 이루어지듯이 세계와의 관계도 또한 육체적으로 매개된다. 이러한 언어, 작품, 세계가 육체적으로 맺어질 때 참된 접촉이 수립된다고 보고 있는 것이다.

> 작품의 언어는 세계의 몸짓을 흉내내고 세계의 문제를 육체적으로 해결해 준다고 한다. 그러므로 리쉬아르는 작품과 세계도 역시 육체적으로 관계가 있다고 생각하는 것이다. 이와 같이 작자와 작품의 관계, 그리고 작품과 세계의 관계가 거의 육체적 관계라는 뜻을 이해하는 데에는 이미 소개한 우리 의식과 우리 자신과 세계, 이 세 가지의 관계에 대한 싸르트르의 생각을 참고로 하는 것이 좋을 것 같다. 즉 우리가 의식한다는 것은 자신과 세계에 대하여 현존한다는 뜻이며, 우리가 세계에 대하여 현존한다는 것은 우리 육체가 세계에 현존하는 방식과 우리 세계가 존재하게 되는 방식을 지각한다는 것이다. 다만 리쉬아르는 위에서 말한 세가지 존재 안에 작품이라는 새로운 존재가 태어남으로써 우리 의식과 작품과 우리 자신 그리고 세계가 새로운 육체적 관계와 새로운 뜻, 다시 말하면 참된 접촉을 한다고 보는 것이다.7)

육체적 관계의 중요성을 인식하고 송욱은 시적 언술의 육체성을 자

---

6)『하여지향』의 〈서문〉에서 인용.
7) 송욱, 『시학평전』(일조각, 1963), 160면.

아와 세계, 자아와 역사를 만나게 하는 매개로 보게 된다. 위에서 언급하고 있듯이 '육체적 관계'라는 것은 현존한다는 것이다. 즉 "우리가 세계에 대하여 현존한다는 것은 우리 육체가 세계에 현존하는 방식과 우리 세계가 존재하게 되는 방식을 지각한다"는 것이다.

여기서 우리 육체는 세계에 어떻게 현존하는가?하는 물음을 제기하게 된다. 하여지향에서 우리 육체는 언어화 된다. 그 언어는 반복적으로 메시지를 전달하기 위해 소모되고 고갈된다. 불안정한 육체, 불구의 육체는 그대로 언어화되어 언어의 불완전성, 불구성이 되어 버린다. 그러한 육체 언어는 정신적인 추상화된 가치들을 배제하고 역사적 현장에 존재하는 아우성을 담아내며, 자아와 문학, 세계, 역사가 육체적 접촉 속에서 파괴되어가는 한계 상황을 극명하게 드러내는 방안이 된다.

또한 육체적 언어 작용은 1950년대 역사적 현실, 즉 사회적 부조리들을 드러내기 위한 방식으로 전도된 언술의 한 양식이기도 하다. 이러한 언어의 전도성은 전통적 언어 관습을 파괴하고 전복을 시도하는 것을 말한다. 언어를 정신성으로 무장, 고양시키기 보다는 육체성으로 타락시킴으로써 새로운 가치 정립의 계기를 마련하게 되는 것이다. 비판력과 파괴력으로서 언어는 전통을 부정하고 끊임없는 변형에 특권을 부여한다. 육체적 언어로서 정신성을 교란시키고 언어를 하락시킨다. 하락한 언어는 바흐친의 카니발적 언술들과 같이 공적인 문화의 진지함을 풍자에 의해 부정한다. 이러한 언어적 전략은 삶과 죽음 사이의 대립을 극명하게 드러냄[8]으로써 인간의 시공간적으로 유한한 한계성, 즉 육체적으로 조건지어진 인간의 현실적 상황을 드러내게 된다.

> 뒤통수가 온통 피 먹은 白丁이라/ 아우성치는 자궁에서 씨가 웃으면
> 배만 있는 남자들이/ 목이 없는 여자들이

---

8) 피에르 지마, 정수철 역, 『문학의 사회비평론』(태학사, 1996), 147~159면.

창살 같은 갈비뼈를 뚫고 나와서
—<하여지향·1>에서

'피 먹은', '아우성치는 자궁', '씨가 웃으면', '목이 없는 여자들' 등에
서 괴귀스러운 상황을 본다. '죽음을 먹고사는 백정'은 죽음으로 살아
가는 육체적 존재의 하락을 표출하며, '아우성치는 자궁 속'에서 웃으
면서 배출된 '씨'는 배만 있는 남자들, 또는 목이 없는 여자들로 부조
리한 군상들을 표상한다. 이러한 군상들은 '갈비뼈를 뚫고 나오'는 그
로테스크한 분위기를 연출한다. 여기서 우리는 사회적 억압과 형벌이
언제나 몸의 억압과 형벌을 통해 일어나는 것을 목격하게 된다. 몸은
타자가 점령하고 지배하고 형벌하는 도구로 전락하고 있다9). 이렇게
육체적 언술들은 전통적 언어 관습에서 벗어나 새로운 의미 체계를
형성하면서 비판과 파괴로 치닫게 된다.

목이며 四肢가/ 갈라지다 합치고 하는 사이에
胃腸으로 생각하며/ 腦髓로 먹는 市民을/ 안녕히 숨지지 말고/ 마
구 욕하라.
—<하여지향·3>에서

虛無實無/ 무밑둥처럼, 제 모가질/ 잘라/ 들고
산송장과 송장 사이/ 政治가 鍛鍊하면/ 코 머리/ 떠버리/ 더운/
가슴 똥 뀌고
祖上의 해골들을 책상 위에 느러놓고/ 委員會가 열리어도/
주책 없고 對策 많은/ 人間性이 性的이다.
—<하여지향·7>에서

'胃腸으로 생각하며/ 腦髓로 먹는 市民'은 '虛無實無'하다. 그냥 '안
녕히' 살아가는 존재이다. 그렇기 때문에 제 모가질 잘라 들어야 하는
산송장과 송장 사이에 있다. 그들을 향해 시적 화자는 말한다. '떠벌
려지는 정치'에 대해, '주책 없고 대책 많은 인간성'에 대해 '마구 욕하

---

9) 이경재, 『자연학적 인간학과 중층해석학』(철학과 현실, 1999), 39면.

라'고. 이러한 육체를 지시하는 언술 체계는 세계를 비판 풍자함으로써 세계를 하락시키고 그 세계 속에 있는 '나'라는 존재까지도 그 하락에서 벗어날 수 없는 한계 상황의 존재임을 폭로한다.

> 세계가 뒤볼 땐/ 肉體가 뒤집히어/ 실밥이 난 영혼이며
> —<하여지향·9>에서

> 혹 같은/ 自己를 세계를 떼지 못하고/ 욕지기가 욕지거리처럼/
> 해/ 먹지 않고 배앓는다.
> —<하여지향·12>에서

'자기'와 '세계'의 관계는 '혹'으로 설정된다. 세계에 있어서 자아, 자아에게 있어서 세계는 '혹'과 같은 존재로 파악된다. 그것은 '떼지 못하는' 서로에게 억압적인 구조로 조건화되고, '욕지기'와 '욕지거리'의 관계로 하락한다. 나의 하락은 곧 나를 육체로서 존재시키는 것이다. 나는 무엇보다도 세계에 던져져 있는 존재로 보편적인 세계의 준거틀에 의해 억압되어 세계와 삼투되어 있는 실존적 존재이다. 나의 실존은 정신적 가치를 폐기하고 육체적 조건으로 현시된다. '실밥이 난' 나의 '영혼'은 생명이 다한 것 같다. 이제 나는 육체로 지시될 뿐 정신적인 가치를 부여받지 못한 존재로 살아가게 된 것이다.

> 코가/ 눈이 나오는 나를/ 쇠바퀴에 깔린 염통을/
> 누군지 귓전에서/ 鬼神처럼 소리친다.
> —<하여지향·8>에서

언어에 대한 반응에서 일반적으로 사람들은 어떠한 관례적이고 습관적인 반응을 보이게 된다. 이러한 반응의 배후에는 교의, 권위, 전통으로 자라온 역사의 본체가 있다. 이러한 전통의 전체주의적 지배를 경멸하고 전통의 용인을 거부하는 모든 어그러짐의 표현은 엄청난 무력과 폭력과 공포와 불안이 직접적으로 현존하고 있음을, 그리고

삶의 영원한 불안정이 지배하고 있음을 다함께 폭로한다. 이러한 언어의 타락이 가져다주는 자각증은 <해인연가>에 이르면 최소화되고 육체를 지시하는 언어는 생명성을 바탕으로하는 '사랑'이라는 승화된 이미지와 겹쳐 떠오르게 된다.

(2) 유희적 언술 ― 부조리한 사회 폭로

언어를 육체어로 표출함으로써 우리는 타락한 세계를 인식했다. 타락한 세계는 전통적인 가치에 반발하게 한다. 전통적 가치에 대한 반발은 논리적인 언술체계를 부정하고 유희적으로 언술을 구사하게 한다. 이러한 유희적 언술 전략은 사회를 비판함에 있어서는 보다 큰 파괴력을 지니게 하고 역사의 인식을 보다 예리하게 한다.

우리는 사고의 모든 형태를 흩어 놓고 의식적으로 쉽게 연결될 수 없는 회로를 따라 전개되는 언어의 유희 속에서 깊은 의미의 파장을 감지하게 된다. 언어를 통해 인간은 타인과의 관계 속에서 자신의 사회적 정체성을 확인받게 된다. 따라서 사회와 자아의 고리를 이어주는 언어는 실로 주체를 존재케하는 기반이라 할 수 있을 것이다. 이러한 관점에서 맥락이 끊기고 의사소통이 중지되는 언술적 표현들은 사회적 자아의 정체성 허물기를 위한 반복적 행위로도 읽히게 된다. 일관된 자아의 목소리가 표출되지 않고 자아는 여러 타인의 목소리를 혼합하여 내뱉고 있는 듯 하다. 메시지를 담아내려는 시적 화자의 끊임없는 시도는 계속해서 자아의 정체성을 의식적이건 무의식적이건 간에 반복해서 헐어버리는 행위로도 읽힐 수 있게 되는 것이다. 이러한 행위를 통해 시적 자아는 사회와의 소통이 불가능함을 깨닫게 된다.

A) 소리 연상에 의한 일상적 의미체계의 파기 : 구문과 논리의 구속에서 벗어난 언어의 형태는 소리만이 연상되는 언어가 된다. 그러

한 언어 전략으로 송욱은 음절도치, 동음이의어, 유사한 음상의 대조,
비약적인 행구분 등을 선택하며, 이를 통해 자아와 세계의 단절, 기표
와 기의의 단절, 의미 맥락을 파괴하는 의미 지연을 꾀하게 된다.

> 念念을 念珠처럼 묶어 놓아라/ /鐵面皮를 脫皮하고
> > —<하여지향·1>에서
>
> 自殺과 殺人 사이/ /허허 虛脫이냐 解脫이냐
> > —<하여지향·2>에서
>
> 倭亂과 胡亂과 洋擾를 겪고/ 움직여야 하니까 動亂을 거쳐,
> 義眼과 義肢"로 義理를 지켜간다.
> > —<하여지향·3>에서
>
> 監察 監査 査察하는/ /社會같은 會社가/ /流行하는 風流대로/ /
> 등진 法律과 律法 사일
> > —<하여지향·4>에서
>
> 癡情 같은 政治가/ /現金이 實現하는 現實 앞에서/ /亡身과 亡命
> 을 잃은 亡靈들
> > —<하여지향·5>에서
>
> 生理가 倫理가 되기까지는,/ 理論이 道理없어/ 微妙한 妙味는 오
> 로지 土亭秘訣!/ /
> 才談과 肉談과 私談을 하다/ 感傷과 中傷과 外上을 거쳐/ / 逆說
> 이 逆情한다.
> > —<하여지향·6>에서
>
> 철철 鋼鐵// 쌀쌀한 쌀—
> > —<하여지향·8>에서
>
> 유모어가 乳母처럼
> > —<하여지향·9>에서
>
> 引力에/ 萬有引力에 대항한다./ 橫財할듯 橫死할듯/ /우리는/ 世
> 上은/ 陸上/ 海上/ 腹上死—
> > —<하여지향·11>에서

'會社같은 社會'나 '등진 法律과 律法 사일'에서과 같은 행에서는 음
절도치를 통해, '철철 鋼鐵// 쌀쌀한 쌀', '유모어가 乳母처럼'이나 '感
傷과 中傷과 外上을 거쳐'에서는 동음이의어를 통해, 그리고 '念念을

念珠처럼 묻어 놓아라'나 '허허 虛脫이냐 解脫이냐' 등에서는 유사한 음상의 대조를 통해 사회에 대한 풍자, 비판을 발설하게 된다.

전통적인 언술체계에서 벗어난 맥락파기는 소리의 울림을 통해 채워지지 않은 빈 공간을 의미화하게 된다. 먼저 <하여지향·1>에서는 '생각'이라는 한자어 '념'을 반복해서 유사한 음상으로 '염주'를 연상시키고 그 '염주'와 겹쳐 떠오르는 '묵상'의 개념을 '묻어 놓고 살아가는' 의미로 환치시키고 있다. 여기서 의미를 맥락적으로 파악해보면, '생각들을 염주처럼 묻어놓'고 살아야 하는 세상에 대한 비판이 형상화되어 있다. '모두가 죄를 먹고 시치미를 떼'고 '개처럼 살아가는' '허울 좋고 붉은 두 볼로/철면피를 탈피하'(철면피임을 숨기는)는 세상이다. 또한 <하여지향·4>에서는 음절도치를 통해 '사회와 회사'의 속성을 등가화시키면서 사회전체의 풍류가 회사까지 파급되고 있는 무서운 현실을 보여주게 된다. '감찰과 감사와 사찰'이 횡행하는 사회, 그 '유행하는 풍류대로' 회사 또한 '감찰과 감사와 사찰'의 감시하에 갇혀 있다. 그러한 상황은 '생각도 느낌도 없는 부호'만이 '숨쉬는' 한계상황이기 때문에 '율법과 법률'을 등지고 '허깨비처럼 짐승처럼' (살아) 가야만 한다. 그리고 <하여지향·8>과 <하여지향·9>의 예는 한자어와 한글의 동음을 이용해 의미를 중첩화시키고 있다. '철철 鋼鐵'은 다음 행의 '흐르는 눈물?'과 이어져 '철철 흐르는 강철같이 흐르는 눈물'을 표현하고 있다. 또한 '쌀쌀한 쌀—'도 '陽地에 쬐며'와 '시상 세끼를 먹는 것이 까닭없이 먹히는 것'이라는 맥락과 연결지어 연상해볼 때 '쌀'이라는 음가는 '쌀쌀하다'라는 의미를 나타내면서도 '쌀'이라는 곡식을 의미하기도 하는 것이 된다.

이렇게 볼 때 이러한 언어의 형태는 단순한 혼돈으로 끝나지 않는다. 송욱에 의하면 시는 행단위로 이루어진 것이다. 그리고 그 행과 행 사이는 우연적 요소에 의해 결합한다. 그러나 그 행과 행간의 관계가 라깡식의 표현으로 소기적 의미를 지니지 않더라도 그 행 자체가 하나의 능기가 되어 계속적인 의미를 산출할 수 있는 계기를 마련하게 된다. 따라서 행단위로 이루어지는 의미체계의 전도, 어법의 전도, 말투의 호응, 폭력적인 언어의 결합은 능기들의 전체적 연쇄구조10)를 형성하며 전체 시를 읽어내는 도구로 작용하기도 한다. 따라서 행단위의 의미체계는 메시지를 갖게 된다. 그러나 아직은 불완전한 메시지이다. 그래서 다시 메시지를 강화하기 위해 다음 행을 연결지으려고 하나 잘 되지 않는다. 다만, 그 행만이 가지는 메시지가 또하나 파생될 따름이다. 이러한 행단위로 이루어진 메시지들이 계속해서 생산됨에 따라 우리는 확고한 메시지를 기대하게 된다.

> 시의 단위는 고립된 낱말이나 문법적 어구가 아니라 시행이다. 그리고 이는 낱말의 유기적 결합상태를 말하며, 이 상태(즉 시행)에서는 낱말이 제각기 자신을 둘러싸고 있는 말들의 모습을 변화시키고 또한 그러한 말들이 다른 결합 상태에서는 가지지 못했던 미를 갖추게 한다. 그리고 말이 주술작용을 한다는 것은 말이 이데아를 불러올 때 일종의 주술작용을 통해서 그렇게 한다는 뜻이다. 또한 말에 남아있기 마련인 우연이란, 낱말의 구조와 음향에 있어서 사물의 본질을 불러일으키는 데 방해가 되는 모든 요소를 지적한 것이다.11)

<해인연가>에서는 이러한 우연적인 결합에 의한 맥락의 파기나 비논리적 전개는 그렇게 두드러지지 않는다. 오히려 이미지의 확장을 통해 의미의 확대와 심화에 경도되어 간다.

---

10) 소기의 의미는 능기의 구조적 문법을 모르면, 그 의미가 해독되지 않는다. 그래서 라깡의 기호학에서 능기가 더 중요한 역할을 수행한다. 같은 소기라도 그것이 때로는…착오 행위-말의 실수, 무심코 틀린 글씨, 그릇된 기억, 말더듬이 등-, 때로는 풍자나 비꼬는 재담등으로 달리 표현되기도 하는데, 이 일련의 능기적 연쇄는 같은 구조를 지닌다. 김형효, 『구조주의의 사유체계와 사상』(인간사랑, 1997), 256면.
11) 송욱, 『시학평전』(일조각 1963), 249면.

B) 양가어의 구술적 반복 작용 : 또 다른 언어 전략은 어눌한 말을 통한 의미 전개의 지연이다. '말이 행동이 아니라 뜻할 듯 말듯'(하여지향·4)한 것이라고 언급하고 있듯이 그의 언어는 분명하지 않고 항상 애매모호하며 이것과 저것 사이에서 떠도는 양가성을 지니게 된다. 말이 행동이 되어야 하는데 그렇게 확고부동한 것이어야 하는데 그렇질 못하기 때문에 시적 화자는 메시지를 전달하기 위해 계속해서 그 '뜻할 듯 말 듯'한 말을 반복하고 있는 것이다.

> 세상이 다 그런데
> 白骨이다 露骨的으로!
> 밝음이 아직 밝지
> 않아
> 어둠이 밝지 밝아 밝지
> 이미 않아.
>
> ―＜하여지향·7＞에서

'밝음'과 '어둠' 사이, '아직'과 '이미' 사이에서, 즉 두 개의 양립할 수 없는 세계의 경계선상에서 어디로도 지향할 수 없는 억압된 무의식이 분열을 조장하게 된다. 따라서 '밝음'과 '어둠'의 양가적 의미를 선택적으로 받아들이지 못하고 계속적으로 의미가 지연된 상태에 머물게 된다. 이같은 양가치 사이에 머물고마는 언술은 이것이기도 하면서도 저것이기도 하지만 다른 한편으로 보면, 이것도 저것도 아닌 떠도는 기표에 불과한 기의를 잉태할 수 없는 불모의 기표같은 것이라고나할 수 있을 것이다. 이러한 언술은 전달하고자 하는 메시지를 계속해서 말하고자 하나 결국에는 메시지를 표출시키지 못하고 좌절하는 시적자아의 상황 속에 내재해 있는 세계의 부조리성을 감지하게 한다.

> 나는 생각하기
> 하지 않기도
> 아
> 아냐―
>
> ―＜하여지향·9＞에서

어떤 것을 선택하고 받아들이는 것이 확실하지 않은 자아, 아니 선택하고 받아들이는 것에 어려움을 느끼는 자아는 세계에 대한 시각을 정립하지 못한, 또는 정립할 수 없는 자아이다. 부조리한 세계에 담겨진 자아 또한 부조리한 자아이다. 그래서 무엇인가를 선택하고 받아들이는 행위, 즉 무엇인가를 판단하기 위해 생각하는 행위 자체가 부조리한 것이 된다. 그렇기 때문에 무엇인가를 생각한다는 것에 위험을 느끼고 그 생각에 섣불리 끼어들지 못하는 소시민적 성향을 드러내게 된다.

> 李朝末葉이
> 우수수 진다
> 미쳐
> 처
> 미치지
> 치지
> 못해가
> 못물처럼
>
> ....
>
> 한 마디를
> 할
> 허나 굽힐
> 수
> 없다!
> 밖에!
> 「스스로를 위하여」
> 「스스로에서」
> 로
> 기껏.
> 되는
> 안 되는
> 것이 모두가 없는
>
> —<하여지향·10>에서

'한 마디를 할 수 없다'와 '한 마디를 할 수 밖에' 사이의 균열이 있다. 또한 '허나 굽힐 수 없다'와 '허나 굽힐 수 밖에' 사이에 멈추어 있기도 하다. '생각하기'와 '생각하지 않기'라는 나의 억압적인 작용이 두 가지 사이에서 나를 미치게 하기도 하고 내가 미치지 못하게 하기도 한다. 이것 이기도 하고 저것 이기도 한 세상, 그것이 그것인 세상을 이것도 저것도 아닌 세상이라고 말하고 있는 것이다.

> 혹 같은
> 自己를 世界를 떼지 못하고
> 욕지기가 욕지거리처럼
> 해
> 먹지 않고 배앝는다
>
> ─<하여지향·12>에서

이도 저도 아닌 세상에서 자기와 세계는 혹이라는 존재로 등가화된다. 혹은 짐스러운 것으로 분리되어야 할 처분 대상이다. 그러한 처분 대상이 자기일 수도 있고 세계일 수도 있다. 그런데 송욱의 시에서는 그러한 처분 대상이 자기이면서도 세계가 된다. 자아의 입장으로 세계를 보는 것도, 대상의 입장에서 자아를 보는 것도 아닌 것이다. 또는 자아의 입장에서도 세계의 입장에서도 세계를 바라보는 것이기도 하다. 자아와 세계를 욕지기와 욕지거리, 욕지거리와 욕지기의 관계로 설정함으로써 이중적인 의식을 도모한다. 즉 욕지기가 욕지거리처럼 '하'거나 욕지기가 욕지거리처럼 받아들이지 않고 '배앝'거나 이다. 그 둘 중에서 하나의 결론을 유도하지 못하고 애매한 입장을 고수하고 있는 것이다.

2) 종교적 지향과 '海印'의 세계

카니발의 세계는 인간 존재를 하락시킴으로써 실현된다. 이는 부조리한 세계에 대한 저항이 된다. 그에 반하여 종교의 세계는 타락한 인간 존재를 다시 일으켜 세운다. 육체적인 존재로 하락했던 인간은 이제 정신적인 존재로 승화하게 되는 것이다. 종교를 통해 인간은 인간의 원초적 한계상황을 초월할 수 있는 영원을 꿈꾸게 된 것이다. '해인연가'라는 제목에서도 알 수 있듯이 송욱이 인간 존재에 대한 문제에 새롭게 해답을 얻게 된 것은 불교로부터인 듯 싶다. 이는 무질서한 세계로부터 앎의 세계로의 진입을 의미한다. 여기서 '海印'은 바다의 풍랑이 잔잔하여져 만상을 있는 그대로 나타낸다는 의미를 함축하고 있는데, 이는 언술에 의지하여 격렬하게 세계를 고발하던 <하여지향>의 세계와는 달리 <해인연가>의 세계가 고요한 침묵 속에서 저절로 드러나는 진실을 보여주게 됨을 예고한다.

(1) '물'의 심상과 선적 깨달음

송욱은 『문학평전』, 「바슈라아르 시학과 물질적 상상력」에서 "시인이 자연에 투사하는 상상력의 힘이 바로 이미지"라고 했다. 「해인연가」에 이르면 그 '자연'이 물, 바다로 표출되고 있다. 종교에서의 물은 죄씻김, 다시 말해 정화와 재생을 의미한다. <하여지향>은 온갖 사악한 무리들의 죄의 장이었다. 모든 죄를 씻어 버리고 다시 태어나게 하는 장으로서 <해인연가>는 물에 투영되는 상상력의 힘을 발휘하게 된다.

불타는 입김처럼/ 부벼대는 가슴처럼/ 그처럼 너는/ 나에 가깝다. 어쩌면 내 皮膚인 것을……/손가락을 대면/ 영자가 되고/ 껴안으면/ 한 오리 바람결.

　　　　　　　　　　　　　　　　　　　—<해인연가・1>에서

바다/ 阿賴耶識/ 億萬 포기 가슴들이/ 거울처럼/ 나를 비추는 물결!

　　　　　　　　　　　　　　　　　　　—<해인연가・4>에서

꿈에 잠긴 認識과/ 認識에 잠긴 꿈,/ 불타는 가슴이/ 다한 물결이
/ 바다.
　　　　　　　　　　　　　　　　　　　　　—<해인연가·5>에서

'불타는 입김', '부벼대는 가슴', '불타는 가슴', '억만 포기 가슴들'에
서 보이는 것처럼 여기서의 육체는 그전의 육체처럼 타락한 육체가
아니다. 그리고 육체는 언어라는 송욱만의 등식을 통해 볼 때 언어
또한 타락을 지양하고 있는 듯 하다. <하여지향> 연작의 언술들이
상스럽고 괴기스러운 속된 표현들로 구체적으로 적나라하게 육체성을
드러냈다면, <해인연가>의 연작들은 그러한 언술들을 정신적인 추
상화된 개념으로 여과시키려 하고 있는 것이다.

전복되고 타락했던, 그리고 파괴되었던 불구의 육체는 '물'이라는 물
질에 의해 씻겨지고 투영되어 온전하고도 풍요로운, 불타는 육체가
된다. 세계에 의해 고갈된 육체이기를 거부하고 있는 보건된 육체는
더 이상 세속의 육체로 보이지 않는다.

먹구름 같은
幻像에 휘감기어
塵網을 헤쳐야만,
등골이, 골수가 서늘하게
푸른 하늘이 튼다.
　　　　　　　　　　　　　　　　　　　　—<해인연가·8>중에서

인간의 육체가 '진망'을 헤쳐야만 푸른 하늘에 이를 수 있다고 한다.
이는 육체의 상승 지향을 의미한다. 송욱에게 있어서 '물'은 하늘의 물
질이다. 「해인연가·9」에서 "가라앉은 하늘이/ 푸른 안개가/ 바다"라고
했듯이 송욱에게 있어서 '바다'나 '하늘'은 자연공간으로서 그에게 상상
력을 제공하는 원동력이 된다. 그 상승적 공간은 '아가페 AGAPE'적
공간이 되며, 반대로 땅은 '에로스 EROS'적 공간이 된다(해인연가·
5). 이처럼 정신 세계를 대리하는 바다는 속으로 모든 형체를 갖춘 공

허한 잠재태로 존재한다. 움직이며 포용하며, 그 속에 영원성을 담지한
공간인 것이다. 그런데 이러한 바다의 속성은 <하여지향>의 파괴와
전복의 행위를 해체하고 관념을 배태하게 된다. 바다는 침묵함으로써
선적 깨달음의 순간을 제시하기도 하는 것이다.

> 아아 空間다운 空間에서
> 숨 좀 쉈으며!
> 푸른 하늘에 떠서
> 꼼짝말고 참아라
> 참 참으로—
> 침묵이 쏟아지는
> 이 물보라
> 바다.
>
> —<해인연가 · 9> 중에서

'침묵하는 물'이 <해인연가>의 주된 심상이다. 이 물은 아무 사심
도 없이 '푸르고 푸른 가슴을 풀어'내는 因緣의 法(해인연가 · 10)을
설파한다. 바다는 '나와 저 사람과/ 우리가 잠긴 바다'(해인연가 · 8)
이다. 바다는 모두가 잠겼으니 모든 것을 아는 지혜의 침묵을 가졌다.
물은 바다로 확장되면서 포용하는 모성의 바다, 재생의 성역의 바다
로 이미지화 된다. 바다는 또한 하늘과 등가의 이미지로 설정되면서
상승하는 바다가 되고 이것은 곧 우리에게 관념의 정신세계를 보여준
다. 따라서 <하여지향>에서의 한계상황이, 아직은 미비하지만 서서
히 영원하고 무한한 것으로 변화되어가고 있는 과정에 있음을 시사하
게 된다.

(2) '알몸'의 심상과 원시성 회복

인간이 알몸이 된다는 것은 근원으로 돌아간다는 것이요, 일체의
것에 얽매이지 않는 다는 것을 의미한다. 이러한 알몸으로서의 인간

이 <해인연가>의 인간상이다. 불구의 인간군이 등장했던 <하여지향>을 극복한 인간의 이미지라 할 수 있다. 이 알몸의 존재로서의 인간은 "파도소리에 귀기울이는 갓난아이처럼 나는 나를 모른다"고 한다. 아무 집착할 것이 없는 존재로서 알몸의 이미지는 한 근원으로서 진실로 깊고 맑은 영혼을 소유한다. 그렇기 때문에 만상이 문득 풀어지고, 번뇌가 끊기며, 무아 정적의 순간 모든 것이 전도되는 상황을 목격하게 된다.

> 팔 다리/ 목 몸둥아리를/ 갈가리 찢기운/ 하늘이/ 아버지가/ 바다로 떨어지는/ 풍덩 소리 속/거품 속에서/ 태난 사랑,/ 알몸이 <아프로디테>.
> ─<해인연가·8>에서

> 白衣를 白車를 白巾을/ 두른 겨레가/ 피는 붉어라./ 허무한 實彈이며/
> 실한 목숨들이/ 꽃판처럼 판박히고,
> 天堂과 地獄 사일/ 秒針이 어지럽게 흔들릴 때에,/ 붉은 입술 부푼 가슴 부드러운 손길이여!/넘어서서 일하면 온통 온 몸이 빛!
> ─<해인연가·10>에서

'갈가리 찢기운 팔 다리, 목, 몸둥아리'라는 표현은 타락한 육체성을 극명하게 보여주는 <하여지향>의 언술이다. <해인연가>에서는 그러한 분열되고 파괴된 육체가 '붉은 입술, 부푼 가슴, 부드러운 손길'로 복원되면서 사랑과 등가화된 알몸으로 표현된다. '알몸'은 '사랑'이라는 종교적인 승화된 정신세계와 맞닿게 됨으로써 원시성을 회복하게 된다. 원초적인 몸은 알몸의 상태로 종교적인 사랑의 정신에 의해 구원될 수 있는 것이다. 따라서 육체적 언어가 표출했던 가치전도의 카니발적 상황이 서서히 역전되게 된다. <해인연가>에서 '알몸'의 이미지는 그리 두드러지지는 않지만 이후 『월정가』와 『시신의 주소』의 시집에서 핵심적 심상으로 떠오르는 '알몸'의 이미지가 『하여지향』 전편을 통해서는 드러나지 않다가 <해인연가>에서 여러번 등장한다는

것은 『하여지향』의 다른 시편들과 <해인연가>의 변별성을 보여주게
되는 것이며, 이후의 『월정가』와 『시신의 주소』의 시편들과 연계성도
함께 제시하는 것이다.

> 통화를 거울 삼아
> 스스로 비춰보면,
> 意味 같은 옷을 벗고
> 웃음짓는 나들이 알몸!
>
> ―<해인연가·5>에서

'의미 같은 옷을' 던져버린 알몸은 육신이 아니라 영혼으로 존재한
다. 의미같은 옷을 입고 있을 때 육신은 타락한 존재를 드러냈으나,
의미 같은 옷을 벗어 던진 지금의 알몸은 진여의 세계를 구가하며,
공간을 확장해 간다. 평등 무차별한 절대의 진리세계, 그 원시 공동체
에 도달하기 위해 세속의 옷을 벗어버리고 알몸이 되려한다. 알몸이
될 때, 비로소 "붉은 입술, 부푼 가슴 부드러운 손길"로 우리겨레를
껴안고(해인연가·8) 온누리를 어루만지게 되는(해인연가·6) 순간을
경험하게 된다.

<하여지향>연작에서의 육체를 지시하는 언어가 자아를 둘러싼 세
계의 타락의 실상을 파헤쳤다면, <해인연가> 연작들에서는 그 육체
적인 타락을 끌어올려 정신적인 가치를 부여받은 숭고한 '알몸'을 탄
생시키게 된다. 그 정신적 가치란 아무것에도 집착하지 않는 것으로
"내가/ 한줌/ 티끌이/ 티끌 세상인 것을―"(해인연가·3)이라고 말하
고 있듯이 나와 세상이 하나인 물아일체의 경지이며 진여의 세계처럼
무차별, 평등한 세계에서 사랑이라는 인류애를 간직하는 것이다.

3. 본향으로 향하는 몸의 儀式[12]

<하여지향>은 삶의 영원한 불안정성, 불균형성을 무겁게, 그리고 어둡게 표출한다. 그러기에 거기에는 땅위에서 이루어지는 혼돈의 세계가 실제하게 된다. <해인연가>는 원초적 생명력에 대한 갈증으로부터 시작된다. 죽음과 재생의 장으로서 거대한 바다가 일렁거린다. 따뜻하고 밝은 이미지들의 확장을 통해 현실 너머에 존재하는 무한한 영역을 드러내고 현실적인 것과의 사이에 거리를 두게 된다.

땅의 역사는 전쟁과 파괴와 불의와 부정으로 메말라 간다. 모든 생명성이 고갈되고 모든 것들이 혼돈으로 휩쓸려 죽음으로 이끌려가는 인간의 한계 상황이 펼쳐지고 있다. 이렇듯 인간 존재가 위협받는 상황에서 자아는 세계에 대하여 저주의 언어를 쏟아낸다. 그 저주의 언어는 반복적으로 주술화되어 육체적으로 조건화된 인간의 몸에 고통의 생채기를 낸다. 이러한 통과의례를 거침으로써 자아의 의식은 혼돈으로부터 놓여나게 되고 새로운 질서의 세계로 편입되며, 자아의 고통은 하나의 정화 작용이 되어, 즉 자아는 제의적 희생물로 거듭 태어남으로써 세계의 악을 물리치는 기제가 된다. 이처럼 몸의 해체와 파괴는 사회의 부조리를 소멸시키며, 그 자리에 본향을 세우게 된다. 그 본향의 실체는 <해인연가> 연작을 통해 드러나게 되며, 여기서 우리는 해체되고 파괴되었던 자아가 복원되면서, 파편적으로 언술되었던 세계가 하나의 이미지로 중심을 잡아 자리잡게 되는 것을 보게 될 것이다.

1) '죽음'과 갈등의 패러다임

인간의 정신활동은 삶의 본능과 죽음의 본능으로 구성된 역동적 체계이다. 살고자 하는 욕망은 사랑, 생명유지, 창조 등으로 표출되고,

---

12) <何如之鄕> 연작은 총 12편이고 <海印戀歌> 연작은 총 10편이다.

죽고자 하는 욕망은 생물체가 무생물로 환원하려는 본능으로 파괴와
공격 또는 좌절과 허무 등으로 나타난다13). 『하여지향』이라는 한정된
텍스트 속에서 <하여지향> 연작과 <해인연가> 연작은 이러한 인
간이 지닌 두 가지 본능의 실체를 그려내고 있다. <하여지향>에서
의 죽음의 의식은 육체적인 언어를 통한 하락, 세상과 단절된 자아의
식, '땅'이라는 공간이 지닌 의미와 관련성을 가진다.

(1) 유폐된 자아의 불구의식

송욱은 하여지향의 연작을 통해 세계와 자아의 단절과 괴리를 가장
극명하게 보여주게 된다14). 자아의 정신과 육체는 '낭떠러지에 다달
은'(하여지향·5) 한계에 놓여 있으며, '역사가 넣은 주릿대에 틀리
는'(하여지향·3) 역사의 굴레에 갇힌 고립의 상태에 머무르게 된다.
몸의 고통이 하나의 제의적 과정으로 출현하게 되는 것이다.

> 솜덩이 같은 몸뚱아리에
> 쇳덩이처럼 무거운 집을
> 달팽이처럼 지고,
> 먼동이 아니라 가까운 밤을
> 밤이 아니라 트는 싹을 기다리며,
> 아닌 것과 아닌 것 그 사이에서
> 줄타기하듯 矛盾이 꿈틀대는
> 뱀을 밟고 섰다.
>
> —<하여지향·1>에서

자아가 살아가는 집(세계)은 쇳덩이처럼 무겁지만, 그곳을 벗어날
수는 없다. 삶의 무게가 견디기 힘들지라도, 그것은 존재의 조건이 되

---

13) 신현숙, 『초현실주의』(동아출판사, 1992), 34면. 죽음의 본능과 삶의 본능
    은 타나토스와 에로스로 해석된다.
14) 김요안, 「송욱 시의 '자아' 연구」, 『한양어문』(한양어문학회, 1998.12), 288면.

기 때문이다. 존재의 조건이 존재 자체를 어렵게 하는 것일 때, 그것
은 모순일 수밖에 없다. 모순으로서 살아갈 수밖에 없는 존재, 그 존
재의 고향이 바로 '하여지향'이다. 그렇기에 송욱의 <하여지향>의 세
계는 모순이 꿈틀대는 비논리적인 공간이 된다15). 모순으로 살아갈
수밖에 없는 존재에게 세상은 소통불능의 대상이 된다. 내가 바라본
세상의 모순은 세상에 어긋나는 나의 모순으로 전이되기 때문이다.
따라서 세계는 나를 그 구조에 맞게 억압하고 틀지으려는 강압적인
존재가 된다. 자아와 세계의 억압적 관계는 자아의 세계에 대한 폐쇄
성을 언표화함과 동시에 자아를 고립시켜 내면의 죽음 충동을 유발시
키게 된다.

> 自殺과 殺人 사이
> 물 속을 헤엄치면
> 하늘 같지만,
> 정신을 차리니까
> 우물 속이다.
> 點과 線과 面을
> 瞬間으로 한 建築이
> 永遠이라면,
> 높이를 따르는 눈초리기에,
> 쥐를 놓친 고양이처럼
> 항시 깜박이며 떨어지며
> 내 몸이 지닌 넓이여!
>
> —<하여지향·2>에서

이 시에서의 자아는 또한 '아닌 것과 아닌 것 사이'와 '자살과 살인
사이'에서 갇혀진 인간, 세상에 속할 수도 벗어날 수도 없는 인간의
극한상황을 암시한다. 죽고 싶은 내면과 죽이고 싶은 내면 사이에서
자아는 죽음을 연속적으로 인식하면서 불균형적으로 살아간다. 삶을
살아가는 것이 아니라 죽음을 살아가는 것이다. 우물이라는 물리적

---

15) 김요안, 앞의 책, 295면.

실체는 견고한 외부적 외압으로 표상된다. 그 영원할 것 같은 외부적 억압에 대하여 유폐의식에 사로잡힌 자아는 항시 무언가를 찾는 눈초리로 하락해 간다. 그러한 자아의 모습은 불균형적이고 결핍된 인간의 모습을 드러내게 된다.

> 그 房에서는 배만 있는 남자들이
> 그 房에서는 목이 없는 여자들이
> 허깨비처럼 천장에 붙어 있고,
> 거미가 내려와서
> 계집과 술 사이를
> 돈처럼 뱅그르르
> 돌며 살라고 한다.
>
> —<하여지향·1>에서

생명력을 박탈당한, 인간이라고 보여지기에는 최소한의 육체적 몸을 지닌 존재들이다. 그 존재들은 허깨비와 같이 삶을 모르는 존재들이며 인간성을 상실한 거미와 같이 獸性的 역할밖에는 할 수 없는 존재들이다. 이러한 수성의 심상은 '달팽이, 뱀, 거미, 명태, 게'로 현실세계를 묘사할 때 더욱 구체화된다16). 이러한 수성적 세계 표출은 생명성, 좀더 구체적으로 인간성을 잃어가는 하나의 징후로 보아질 수 있다.

---

16) 송욱의 시 세계 전반을 살펴보는 앞의 글에서 이민호는 『하여지향』의 세계가 몸의 타락과 함께 獸性의 세계가 강화된다고 보았다.

　실뱀처럼 구렁이처럼/ 능갈치고 얄미운 길을 밟는데/ 居間이여! 率直하게 人間的으로/ 네가 하는 자장가에 귀가 솔았다…쥐 꼬리만한 月給을 닮아가는/ 목숨이라고 —<拓植 殖産 生殖을>에서
　잠자리처럼/ 스스로 삽으로/ 웅덩이를 파든지 —<왕족이 될까 보아>에서
　벌거숭이 꿈마저/ 사라진 모래밭에/ 진흙 위를 기기란/ 오히려 지렁이 자욱처럼 상처를 입는데 —<의로운 영혼 앞에서>에서
　새앙쥐를 새앙쥐를/ 에워싸고 놓치는 고양이처럼/ 우뚝 서있는 그대가 누구인가? …뱀 같은 비둘기 같은 미친 미소가 —<하여지향·5>에서

등진 法律과 律法 사일
허깨비처럼 짐승처럼 가야만 하면,
도는 돈을
운명을 쥐고,
<아니>가 <네네>같은 앉은뱅이라.

— <하여지향·4>에서

'귀머거리 운전수'(하여지향·1), '미치광이, 장님, 청맹과니, 문둥이'(한 걸음 한걸음이) 이러한 얼굴들은 익숙한 얼굴인데 낯선 두려움들이다. 인간이라는 존재는 온전한 모습으로 나타나지 않는다. '피 묻은 허깨비'나 '배만 있는 남자, 목이 없는 여자'로 항상 피와 상처로 얼룩진 상태에 놓인다. 피와 상처로 불구된 자아, 세계와 단절된 폐쇄적인 자아, 이러한 자아의 결핍 상태는 <하여지향>의 인간상들을 죽음으로 치닫게 한다.

(2) 물구나무 선 땅 — 폭력의 공간

<하여지향>에는 '땅'의 이미지가, <해인연가>에는 '바다'(물)의 이미지가 두드러진다. '땅'은 가치가 전도되고 불의와 부조리가 낳은 폭력적인 공간이며 역사의 수레바퀴가 깊은 상처를 남기는 공간이다.

발이 디딘 곳은 같은 자린데,
눈이 겁쟁이라 물러만 가면,
허위적거리는 팔을 꺾어라.
슬기로운 無花果나뭇 잎
치마를 벗고,
하늘이 물구나무
선 땅이라.

— <하여지향·2>에서

빼앗기다 찾았다가 하는 땅에서
봄이 겨울 같아,

<G M C>처럼
九孔炭 같은 人心을 억누르는데,
他鄕 같은 故鄕이지만
그래도 故鄕은 故鄕이 아니냐고,

—<하여지향·5>에서

　전통적으로 겨울은 죽음의 이미지와 역동적으로 작용한다. 이 시에서는 그 죽음과 같은 어두운 이미지가 빼앗음과 약탈에서 오는 것 같다. 그러한 세상에 익숙하기 때문에 봄은 더욱 큰 겨울처럼 다가온다. 봄이 없는 땅에서 우리는 생명의 뿌리를 잃어버릴 수밖에 없음을 인식하게 된다. 빼앗기고 찾는 공격적인 삶의 원리가 지배하는 '땅'에서 우리는 대지의 인간임을 잊게 된다. 모든 땅의 공간은 그러므로 안식처가 될 수 없는 황폐한 곳이며 근원을 잃고 밀려나 떠돌게 되는 불안한 곳이다. 또한 우리의 역사는 "왜란과 호란과 양요를 겪고…동란을 거쳐"(하여지향·3) 갈라지고 합쳐지는 우여곡절의 역사이며 "내가 八一五, 六二五/ 네가 九二八/ 一四가 저 사람—" 아직도 그러한 갈라지고 합쳐짐이 반복되는 역사이다. 따라서 뿌리 뽑힌 자의 떠돌기는 어두운 시대상황이 계속되는 한 멈추지 않을 것이며, '넓어가는' 어두움을 어쩔 수 없는 자아의 좌절은 죽음의 충동에 사로잡히게 될 것이다.

現金이 實現하는 現實 앞에서
다달은 낭떠러지!
오가는 데를 모르는
바람 같은 神經病인데,
「짐이요 짐이요」
여기는 市場, 市民이 사는 곳이다.
고맙고도 몇 번이고 죄송하면서
돈과 權力과 피 땀으로 메꾸어도,
발 밑이 아득하게
靈魂을 판 時代여!

—<하여지향·5>에서

땅은 이제 갈데까지 다 간 극한의 공간으로 인식된다. 現金이 實現하는 현실은 더 이상 갈 수 없는 막힘의 공간이 된다. 돈과 권력은 현금이 실현하는 현실을, 피와 땀은 영혼을 판 시대의 시민의 삶을 상징적으로 드러낸다. 그러한 대립적인 삶 속에 놓여있는 모순과 부조리는 돈과 권력과 피땀으로도 회복되지 않는 암울한 시대성을 폭로한다. 지금 여기는 사대와 당쟁이 판치는 역사의 공간이며 보릿고개로 많은 사람이 죽어간 공간이고, 전쟁으로 사람들이 귀신이 되고 송장이 되고 거름이 되는 냄새나는 곳(하여지향·7)이다. 이러한 땅의 혼돈은 <해인연가>에서는 근원의 시간과 공간으로 회귀한다. 카오스의 상태를 탈피하여 코스모스에서 살기를 바라고 순수의 세계를 회복할 것을 꿈꾸게 되는 것이다. 그러한 꿈이 이루어지는 곳이 바다이다. 결국 땅이라는 오염된 공간은 물로 재생되고 회복되는 새로운 패러다임을 전폭적으로 수용함으로써 극한 상황을 모면하려는 계기를 마련하게 된다.

> 强姦 姦通 輪姦하는 사람 사이를
> 鐘路를 물결처럼
> <自然>이 啞然하게 밟고 오소서.
> 아아 사랑이여 修羅場이여!
> 할렐루야 할렐루야.
> 멧부리마다 골짜기마다
> 모든 물을
> 빗물 샘물 허드렛물
> 개천물 눈물을
> 거느리는 낮은 바다가
> 왕 같은 바다가 되려
> 卍人字처럼 앞 뒤로
> 게 걸음치며
> 내처 흐른다.
>
> —<하여지향·4>에서

모든 부정, 불의, 간음을 쓸어 온다. '멧부리마다 골짜기마다'에서, 땅의 모든 곳에서 물은 내린다. 세상의 온갖 것은 정화되어야 할 것으로 인식된다. 그러한 정화를 통해 피와 상처로 오염된 자아, 세계와 단절된 폐쇄적인 자아를 각성시키고 너와 나의 의식을 회복하려는 움직임이 <해인연가>라는 그 씻김의 노래를 통해 구체화된다. 그리고 그 노래를 통해 우리의 몸은 원시성을 획득하게 된다.

2) '삶'과 화해의 패러다임

<해인연가>에서의 삶의 의식은 언어의 회복, 세상을 껴안는 자아 의식, 부조리를 씻기우는 '바다'라는 공간의 의미와 관련성을 갖게 된다.

유한적인 인간의 극한인 죽음은 단지 생의 마감으로 인식되지 않는다. 그 죽음은 삶의 의미를 부여해주는 최고의 존재 가능성으로 인식된다. 생은 죽음으로 향하여 집중되고 다시 거기에서 반사하여 생의 전면적 구조가 조명된다[17]. 그렇기 때문에 <하여지향>의 연작들에서 발견되는 죽음의 의식이 <해인연가>에 이르면 인간의 한계 개념으로서만 인식되지 않는다. 왜냐하면 <해인연가>의 연작들에서 죽음은 삶의 의식으로 변형됨으로써 인생의 충실한 의미를 전면적으로 드러내주기 때문이다. 다시 말해 유한적인 인간의 극한인 죽음은 단지 생의 마감으로 인식되지 않는다. 그 죽음은 삶의 의미를 부여해주는 최고의 존재 가능성으로 인식되는 것이다.

(1) 너를 부르는 나의 연가

<하여지향>은 생각도 느낌도 없는 부호만이 존재하는 생명력 없음의 시대, 회사라는 경직된 체계를 그대로 재현하는 꿈을 잃은 생명

---

17) 문혜원, 『한국 현대시와 모더니즘』(신구문화사, 1996), 18~19면.

력 없음의 시대, 진리를 밝히려던, 진리에 생명력을 부여하려던 모든 작동이 정지된 그 검은 시대에 죽음으로 태어나고자 하는 소망만이 무덤 속에서 떠돌던 세계를 재현하고 있다.

이제 그 죽음을 부르던 그 주술은 연민과 사랑을 지닌 감동의 언어로 너를 부르는 목숨도 죽음도 다 못한 노래가 된다. <해인연가>에 이르면 어두운 시대에 좌초되어 삶의 욕망을 잃었던 노래들이 생명력을 지닌 삶의 노래로 되살아나고 있음을 목격하게 된다. 피와 상처로 오염된 자아, 세계와 단절된 폐쇄적인 자아, 자아에 대한 이러한 결핍의 상태에서 자아를 각성시키고 너와 나의 의식을 회복하려는 움직임이 <해인연가>라는 그 씻김의 노래를 통해 시작되었던 것이다.

> 불타는 입김처럼
> 부벼대는 가슴처럼
> 그처럼 너는
> 나에 가깝다.
> (어쩌면 내 皮膚인 것을……).
> 손가락을 대면
> 영자가 되고
> 껴안으면
> 한 오리 바람결.
> 아아 못내 돌아다 보니
> 눈부신 바단데,
> 그 위를 걷는 億萬相이
> 너를 부르는—
> 목숨도 죽음도
> 이루 다 못한 그 노래.
>
> —<해인연가·1>에서

'불타는 입김, 부벼대는 가슴'과 같은 감각적 이미지를 통해 너와 나는 새로운 관계를 수립한다. '너'가 무엇이건 간에 '나'아닌 존재로서의 '너'는 '나'를 개방시킨다. '나'에 가까이 존재하고 손을 다 보기도 하고 껴안아 보기도 한다. 그리고 못내 아쉬워 돌아다 보는 연민까지 느낀다. '너'는 한순간 눈부신 바다로 실체화되지만 못내 알 수 없는 너의 실체를 향해 목숨도 죽음도 이루 다 못한 노래를 불러본다.

너를 향해 부르는 노래는 '나'라는 존재를 깨닫게 한다. 이러한 자각은 거울 이미지를 통해 반추하는 작업으로 이어진다.

> 가슴에 손을 얹은/나를/나는 모른다./제풀로 울리는/텅 빈
> (이것이 무엇일까.)/하늘을 등지고/洞窟에 앉은/그림잘까
> 빛을 넘어선 빛이/웃음을 갓배운/갓난아이처럼/파도 소리에
> 귀 기울이며/솔아 붙은 소라 껍질—
> (이것이 무엇일까.)/鍾일까/그림잘까—
> 햇살소리/수런하게 소란대는
> 바다를 등지고 앉은—/가슴에 손을 얹은
> 나를/ 나는 모른다.
>
> —<해인연가 · 2>에서

거울을 통해 자기 상실과 자기 정립의 이중성을 받아들인다. 자기 상실을 통해서 새로운 자아의 정체성을 확립한다. '가슴에 손을 얹은' 나는 웃음을 갓배운 갓난아이처럼 순수성을 회복해 간다. 거울처럼 자신을 반영해 주는 반사적 존재는 하나의 은유이다. 거울의 이미지는 이전의 나로부터 나를 충분하게 채워주는 반영적 존재이다. 이러한 반영을 통해 단편화되었던 자아는 정신과 육체가 총체적으로 인식되는 자아로 변모된다. 이러한 자각은 반사적 '나'(specular I)가 사회적 '나'(social I)[18]로 이행하는 데서 비롯된다. 이것은 세계에 대한 자아의 개방성을 입증하는 것이기도 하다.

> 걸어온 너와 나/여자와 남자.
> 暴流가 暴風처럼/숨 가쁘게 숨 가쁘게/種子를 굴리고,
> 아아 한 가지를 느끼면/상처가 하나!
>
> —<해인연가 · 4>에서

---

18) 김승희, 『이상 시 연구』(보고사, 1998) 51면.

너와 나는 같은 것을 느끼고 같은 상처를 지니는 함께하는 존재이다. 세계에 대해 고립적이었던 자아는 너를 만남으로써 이제 하나의 '틔울 싹'으로 긍정성을 지니게 된다. 송욱은 "사람이란 의식과 육체라는 매우 색다른 두 가지가 결합되어 있는 자기 자신과 사회를 대면하고, 타인과 어울리면서 살기 마련이[19]"라고 했다. 이러한 인식의 바탕에서 세계는 자아에게 받아들여지고 너와 내가 함께 치유해야 될 공동의 문제로 대면된다.

> 없어야 하게/있고
> 있어야 하게/없어서야—
>
> 어찌 지녔으랴/부드럽게 할 빛을.
> 내가/한 줌
> 티끌이/티끌 세상인 것을—
>
> 이는듯 자고/자는듯 이는
> 물결처럼/몸이 마음대로 맑은 바다로!
> — <해인연가 參>에서

외부세계와의 분리를 통해 자신의 내면으로 흘러들어간 자아는 세계를 폭로하면서 고립의 상태에서 벗어나려 한다. 세상은 '없어야 할 게 있고 있어야 할 게 없는' 상태이다. 한줌 티끌의 세상인 것이다. 그 티끌의 세상에 사는 나 역시 티끌이다. 부정적인 세상에 대해 부정적이었던 자아, 그럼으로써 고독했던 자아는 세상 속으로 들어간다. 여기서 '부드럽게 할 빛'의 이미지와 포개지고 '이는듯 자는듯'한 물결 이미지와 합쳐지면서 '나'는 고립이라는 닫혀진 상태에서 개방적이고 긍정적인 성향을 획득하게 된다.

---

19) 송욱, 『문학평전』(일조각, 1969), 서문.

(2) 맑은 바다 ― 재생의 공간

> 꿈에 잠긴 認識과/認識에 잠긴 꿈,
> 불타는 가슴이/다한 물결이
> 바다.
>
> 陸地에서는/無限級數처럼
> 거짓말을 연달아/입에 침이 마르게―
> 양잿물/풀칠할 고을에서
> 마음이 통하고
>
> 행동이 막힌/그들 우리들,
> 모두들 잘들 하는/장님들이
> 코끼리를 더듬고/命名 命令할 때에,
>
> 現象은 다만/形相 같은 유리창에
> 물방울지고,
> 通貨를 거울 삼아/스스로 비춰보면,
> 意味 같은 옷을 벗고/웃음짓는 나들이 알몸!
>
> ―<해인연가·5>에서

　육지는 무한급수처럼 거짓이 횡횡하는 곳이며, 우리들의 행동이 막힌 공간이다. 장님들이 코끼리를 만지듯이 모두다 제 각각으로 명명하고 명령하는 마음이 통하지 않는 곳이다. 그러한 육지와 대조적으로 가슴을 불사르며 꿈과 인식 사이에 잠겨있는 우리를 발견하는 공간이 바다이다. 세계의 구원 가능성으로서의 물의 물질적인 이미지는 부조리한 세계에 대한 여과장치로서 작용하고 있다. 침수에 의한 정화와 재생의 작용과 아울러 '물'의 또 다른 작용은 스스로를 비춰보고 스스로를 반성하는 계기를 마련하는 데 있다. 그때 우리는 '의미'로 굴레지워진 허울에서 벗어난 알몸이 된다.

天堂과 地獄 사일
秒針이 어지럽게 흔들릴 때에,
붉은 입술 부푼 가슴 부드러운 손길이여!
넘어서서 일하면 온통 온 몸이 빛!
新武器가 우글대는 바다를 갈라,
겨레여 不死鳥여 龍처럼 물어 오라
統一을 平和를 繁榮을!
山봉우리처럼 연달아 솟아 올라,
눈보라며 머흘머흘 구름을 뿜는 물결!
아아 太陽은 죽음은 제 모습을 못보고,
바닷가 비추며 푸르를 뿐!
―<해인연가·10>에서

　사이에서의 흔들림이 <하여지향>의 존재의식이었다. 부정과 부정
사이, 또는 죽음과 죽음 사이의 모순 속에 존재는 고립된다. 이 모순
적 존재는 세계에 있어서는 불균형적이며 결핍을 지닌 형태로 나타난
다. 그러나 여기 '해안'의 세계에서는 사이에서 흔들리는 존재를 향한
부드러운 손길과 빛이 겨레의 영원성과 번영을 솟구치게 한다. 부딪
히고 부대끼며 서로에게 아픈 상처를 남겼던 땅의 모든 존재들도 여
기 해인의 바다에서 서로를 감싸안고 보듬어 주는 화해의 싹을 푸르
게 피어내고 있었던 것이다.

4. 결론

목숨이 어쩌면
나에게
땅에 있지 않고
하늘에 있었던가!

―<하여지향·12>에서

　송욱은 허무의식을 바탕으로 하고 있지만, 그것에 대해 극복하고자

하는 진지한 방향성을 보여주고 있다. <하여지향>에서 보이는 사회
비판적인 시선은 <해인연가>에 이르면 반성적 존재를 통해 모랄에
대한 고민을 배태하게 된다. 그러한 고민을 껴안고 세상을 바라보는
자아의 시선은 뜨겁고도 부드럽게 변화된다. 모순적이고 부조리했던,
생명성을 위협했던 세계에서 원시성을 회복한, 정화되고 재생된 세계
에로 이행하는 과정이 <하여지향>에서 <해인연가>로의 과정이 아
닌가 한다.

　<하여지향>에 표출된 언어들은 전통적 가치체계를 전복시키고,
부조리한 사회를 폭로하기 위한 전략적 도구가 된다. 따라서 기존의
질서를 파괴하고 숭고한 정신성 대신 육체성의 언어로 사회와 세계,
그리고 자아의 실체를 아래로 끌어내린다. 그러므로 언표화된 세계는
혼란한 역사적 현장이 된다. 반면 <해인연가>는 사회의 부조리성을
말로 폭로하기 보다는 좀더 포용된 시선으로 세계를 보여주게 된다.
여과된 시선을 통해 우리는 타락한 언어를 일으켜 만물이 스스로 그
존재를 드러내게 되는 해인의 세계를 보게 된다. 여기서 물과 알몸은
타락한 모든 대상들의 죄를 씻어내 정신적으로 승화시키는 작용을 하
는 이미지들이다. 특히 알몸의 이미지는 아무 집착할 것 없는 인간
본향의 지표를 일깨운다. 따라서 알몸의 이미지는 몸의 고통을 통해
부조리와 부정과 악과 부패와 같은 것들을 씻어낸 정화된 몸으로서
혼돈의 공간에 본향을 세우게 된다.

　또한 <하여지향>은 죽음을 향한 갈등의 세계이다. 자아는 세계와
소통이 안되는 불일치의 상황에 의해 유폐된다. 인간 군상들은 獸性
을 지니거나 갈라지고 터지고 깨진 불구의 모습으로 나타난다. 그것
은 인간들이 살아가는 땅이 물구나무선 혼돈의 공간이기 때문이다.
왜곡과 불의의 역사와 부정과 부조리의 사회는 죽음 의식을 배태할
수 밖에 없게 된다. 그러나 그러한 죽음의식이 극한에 이르면, 그 현
실과 대극적 지점에 있는 생명이나 영속성에 대한 의식은 평소보다
훨씬 더 고조되기 마련이다. 에로스가 타나토스와 친족적 관계를 지

니는 것은 이 때문이다. 죽음을 많이 의식하면 할수록 역으로 삶의 에너지도 많이 방출되게 되는데, 그러한 전환을 우리는 <해인연가>에서 보게 된다. 삶을 향한 화해의 세계로 전회하면서 유폐된 자아는 너의 세계를 수용하는 자아가 된다. 바다가 재생의 공간으로 땅의 한을 모두 씻어 내었기 때문에 인간을 온전한 알몸으로 그 윈시성을 회복하게 한다.

이러한 관점에서 『하여지향』이라는 시집 속에 함께 실린 이 두 연작은 시적 변모 과정을 통해 살펴볼 때 중심 부재의 時代에 중심 부재의 詩를 읊고 있는 것이 <하여지향>의 연작들이라면, 중심 부재의 時代에 중심 부재를 지양하고 중심을 찾아가는 것이 <해인연가>의 연작들이 아닌가 한다.

(최윤정 · 서강대 국문과 박사과정 수료)

'알몸'의 상상력과 에로스적 세계

—『月精歌』(제3시집) 연구

1. 서론

한 시인이 세계를 인식하는 방법에는 각각의 독특한 차이가 있고 바로 이 차이가 그의 시적 세계를 변별하는 특징이 된다. 세계는 그 자체로 하나의 거대한 텍스트이며 그 해석의 열린 세계로 시인을 인도한다. 송욱은 "생활의 여러 측면을 꿰뚫는 어떤 통일된 의미를 이룩해 보려는 노력이 바로 문학이나 예술이 노리는 목표"라고 말한 바 있다.1) 그리고 한 편의 시로써 통일적인 세계를 창조해 가는 시인의 역동적 상상력2)은 다양한 변이형을 가지고 전개되어 가는 것이다.

우리는 세계에 대한 시인 송욱의 인식변화를 그의 시작품을 통해

---

1) 송욱, 『문학평전』(일조각, 1969)
2) 이는 바슐라르의 용어로서, 역동적 상상력이란 물질적 이미지들의 변형, 이미지의 動性을 일으키는 상상력을 말한다. 이는 일반적인 물질적 상상력을 작가의 시인정신에 의해 각각 변화시킴으로써 얻어지는 문학적인 상상력이다.
　 G.Bachelard, 정영란 역, 『공기와 꿈』(민음사, 1993), 10면.

체험한다. 그는 초기에는 풍자와 언어유희의 방식을 통해 세계를 비판적으로 인지했으나 『월정가』 이후의 詩作에서는 초월적 사유를 통해, 이전의 부정적 세계에 대한 극복의지를 보여주고 있다. 그래서 논자들은 『유혹』과 『하여지향』의 시편들을 초기로, 『월정가』의 시세계를 중기로, 유고시집을 후기로 구분하기도 하였다.3)

대부분의 송욱 연구는 『하여지향』등 초기시작에 관련한 것이기 때문에 『월정가』에 대한 기존논의는 미미하다. 그 중 주목할 만한 글로는 김현, 이해녕, 정현종 등의 논의가 있다. 김현은 송욱이 말의 울림에 예민한 시인이라 말하고 그의 시의 바탕은 물과 불이라는 물질적 상상력의 대립으로부터 출발한다고 논한다. 그리고 말에 대한 시인의 생각은 말과 자아에 대한 깊은 불교적 이해에서 연유한 것이라고 주장한다. 그에 따르면 송욱의 상상력의 광대함은 세계를 모순의 원리 속에 통합시킨 데 있다는 것이다.4)

이해녕은 송욱의 시 세계가 우주의 질서와 생명의 리듬이 조화된 육체를 통하여 육체와 정신의 조화를 꾀하고 있다고 지적하고, 하나같이 아름답고 육감적인 모습을 지닌 그의 대상과 쾌락한 정신의 교섭 속에 또다른 우주와 생명의 신비를 발견해내는 詩作이야말로 시인이 아니고는 어려운 일이라고 그의 시를 높이 평가한다.5)

정현종은 『월정가』 속의 대부분의 시들이 감각의 깊이와 관능의 밀도를 보여주고 있다고 설명하고 이들은 주관의 창조적 순진성에서 비롯된 것이라고 말한다.6) 이 밖에도 김유중, 조미영, 진순애, 천세웅7)

---

3) 천세웅, 「송욱 시연구—허무의식의 극복과정을 중심으로」, 명지대 교육대학원, 석사논문, 1997.
　조미영, 「송욱 시연구—현상학적 창작과정을 중심으로」, 서울대 석사논문, 1994.
4) 김현, 「말과 우주—송욱의 상상적 세계」, ≪세계의 문학≫, 1978. 봄호.
5) 이해녕, 「우주의 질서와 생명의 리듬」, ≪현대시학≫, 1974. 10월호.
6) 정현종, 「감각의 깊이ㆍ관능, 그리고 순진성」, ≪지성≫, 1971. 12.
7) 김유중, 「부활에의 꿈—송욱론」, ≪현대문학≫, 1991. 7월호.
　조미영, 「송욱 시연구—현상학적 창작과정을 중심으로」, 서울대 석사논문, 1994.
　진순애, 「송욱시의 은유연구」, 성균관대 석사논문, 1993.

등의 논문은 송욱의 시 전반에 걸쳐 있는 논의들이지만 『월정가』에 대한 논의 또한 참고할 만하다.

『월정가』에 대한 기존논의는 그 양적인 부족함에도 불구하고 요약적으로 『월정가』의 시세계의 핵심을 고찰하였다는 점에서 주목할 만한 성과를 가지고 있다. 그러나 본격적인 『월정가』에 대한 논의는 이루어지지 못했으며 인상 중심의 단평이 대부분이라서 『월정가』의 시세계를 보다 분석적이고 객관적으로 이해하는 데 부족함을 가지고 있다.

『월정가』는 1961년에 발표된 『하여지향』으로부터 꼭 10 년만인 1971년에 발표된 시집이다. 이 시집에는 총 52 편의 시가 실려 있는데, 당시 사회적 맥락 속에서 창작되었던 <혁명상상곡>·<자유>·<달을 디딘다>를 제외하고 나머지의 시들은 대체로 동일한 상상력을 바탕으로 하고 있다. 즉 이 시집의 시들은 자연적 상상력을 바탕으로, 파편화된 세계를 통합하려는 의지를 보인다는 것이다. 그러나 현실의 세계에서 이러한 통합과 화해는 완전한 것이 되지 못한다. 그래서 『월정가』의 시세계는 현실 초월적인 세계를 형성하며 이러한 경향은 이후 유고시집에서는 초월적 세계의 한계를 인식하는 허무주의로 귀착되고 마는 것이다. 『월정가』는 바로 이러한 과정, 시인의 초월의지가 한껏 고조된 시기의 작품들로서 생명적이고 역동적이며 감각적인 세계가 주를 이룬다.

그렇다면 그가 자연적 이미지들을 바탕으로 한 이유는 무엇인가? 이는 송욱이 이 시기에 리샤르와 바슐라르에 심취해 있었던 사실과 관계를 갖는다. 특히 인식적인 측면에서 바슐라르의 이미지 현상학의 영향을 받는데 송욱은 이러한 바슐라르의 철학이 창작과 비평활동을 직접 도와 줄 수 있다고 주장하고 있다.8) 바슐라르의 이미지의 현상

천세웅, 「송욱시 연구—허무의식의 극복과정을 중심으로」, 명지대
　　　교육대학원 석사논문, 1997.
8) 송욱, 『문학평전』(일조각, 1969), 225면.

학은 이미지가 근원적으로 가지고 있는 힘을 강조하고 존재를 그 근
원성에서 파악하고자 한다. 그에게 문학이미지란 상상력의 표출, 그
자체이며 독자의 존재 생성의 힘을 동일한 활동으로 엮을 수 있는 작
가의 존재생성의 힘의 활동이다. 이러한 바슐라르의 상상력은 먼저
자연 속에 깊이 뿌리박은 물질적 이미지인 '물, 불, 대지, 흙'의 상상
력으로부터 출발한다. 송욱은 이러한 자연적 상상력을 통하여 이미지
의 내밀한 깊이를 체험하며 더 나아가 시인의 의식적 '깊이'를 탐구하
고자 한 것이다. 이는 또한 리샤르에 관련한 것으로 송욱은 "오로지
깊이만이 수평선을 마련할 수 있으며 의식과 의식의 행복하고 원활한
관계를 이룩할 수 있으며 여러 표면의 자유로운 전개와 형식의 짜임
새, 그리고 참된 접촉의 바탕이 될 수 있다"고 강조한다.[9]

『월정가』의 또다른 특징은 자연적 이미지들이 모두 여성적 육체미
와의 관련 속에서 형상화되는 데 있다. 이러한 '여성적'인 관능미의 형
상화는 시인이 세계와 결합하고 일체화를 모색해 가는 시적 장치이다.
세계와 결합하는 과정은 나를 잊고 현실을 초월하는 것을 통해 이루
어지는데, 그렇게 해서 얻어진 존재의 현존이 바로 '육체'이다. 즉 '알
몸'으로 형상된 여성적 육체는 이 시기 송욱의 시에 있어 모든 시적
상상력의 시발점이자, 자아와 세계를 총체적으로 인식케 하는 핵심적
모티프이다.

요컨대 송욱은 『월정가』에서 자연적 이미지들을 에로스적 상상력으
로 肉化시키며 이러한 육화의 과정은 시간과 공간에 대한 인식을 통
하여 그의 존재론의 영역까지 뻗어나가게 된다. 즉 각각의 이미지들
은 결국 세계와의 화해로운 인식과 그를 통한 존재적 시·공간의 확
대와 심화라는 시학으로 이어진다. 우리는 이러한 시적 상상력의 역
동성을 통해 송욱이란 시인의 치열한 시인정신과 시적 변모를 경험하
게 된다.

본고의 2, 3 장은 '자연—에로스적 세계—시·공간에 대한 인식—존

---

9) 송욱, 『시학평전』(일조각, 1963), 260면

재론으로의 심화'라는 송욱의 시적 상상력의 흐름을 기본으로 그 과정에서 나타나는 이미지를 분석할 것이다. 그러나 이 이미지들은 각각 분절되어 있는 것이 아니라 연속적으로 이루어져 있으며 다른 이미지들에 중첩된다. 자연적 이미지는 에로스적, 여성적 육화의 과정 속에서 드러나며 이러한 육화의 과정은 존재의 시·공간에 대한 인식으로 변화, 발전하고 있는 것이다. 또한 我와 非我의 경계를 아우르는 無我的 자아인식조차도 관능적인 세계의 에로스적 결합과정을 통하여 형상화된다. 즉 모든 이미지들은 다른 이미지로 끊임없이 의미의 확장과 변이를 이루고 있다.

2. 에로스적 탐미와 원시지향

송욱의 『월정가』에서 자연은 무엇보다 탈속적 자아의 거주공간이자 의식의 성장을 이루어내는 장소이다. 동시에 여성적인 이미지를 생산하는 에로스의 공간이기도 하다. 이러한 탈속적이고 생명적인 자연관은 역대 중국의 많은 문인에게 공통적으로 드러나고 있으며, 우리의 경우에도 현대에 이르기까지 수없이 반복된 전통적 모티프이기도 하다.

송욱은 바로 이러한 동양적 세계관을 수용하고 있다. 그리고 이전의 시에서 보여지는 수직적인 대결의식이나 비판적 태도가 이 자연적 이미지를 통하여 누그러지고 있다. 본고의 중심은 이것이다. 즉 에로스적 공간을 통하여 어떻게 시적 자아가 그 총체성과 자기화해를 이루어내는가 하는 것이다. 바로 이 과정들은 산과 바다, 그리고 꽃이라는 자연이미지를 통해 고찰될 것이다.

1) 생명력의 원천 ― '산'의 이미지

송욱의 『월정가』 시편들의 본질적인 전제는 여성성에 있다. 왜냐하면 이 시편들은 한결같이 여성인 '그대'에 대한 사랑을 전제하고 있기 때문이다. '산' 이미지 또한 예외는 아니다. 이 시기 '산'의 이미지는 여성적 모체이자 동시에 여성적 실체를 지향하는 남성적 열정을 상징하기도 하며 모든 조화와 화해로써 자아의 존재를 인식케 하는 세계이기도 하다. 이러한 의미들은 모두 산이 가진 부드러운 곡선으로부터 출발한다.

> 布告며 廣告가 나다분한
> 거리를 시대를 돌다
> 자연스런 자기 안에 穴居하고저
> 생각을 흐느끼다
> 생각 없이 느끼고저
> 외로움만을
> 끝내 배우랴?
>
> 모든 존재가
> 귀양에서 풀리는 날엔
> 산도 마주보고
> 나를 맞는다.
>
> ―<겨울에 산에서> 에서

'布告며 廣告가 나다분한' 거리와 시대는 시인을 둘러싼 환경이다. 그곳은 일방적인 주장과 상업화된 선전만이 만연해 있다. 그러나 그의 前 시편들이 그에 대한 풍자와 비판의식을 주로 형상화하고 있는데 비해 『월정가』의 시대인식은 훨씬 화해적이다. 그 화해는 일차적으로 그러한 환경 속에서 '외로움만을 끝내 배'울 수는 없다는 시인의 자각으로부터 출발한다. 스스로 산을 마주보고 자신을 그 앞에 정거시킬 수 있는 힘이 이러한 부정과 그에 대한 극복의지로부터 나온다.

중요한 것은 시대 속에서 자신만이 초월과 내적 안정을 이루어내는 것이 아니라는 사실이다. 여기에는 '나'를 비롯한 모든 존재의 되돌아옴이 전제되어 있다. 나와 모든 존재, 나와 그대의 경계는 되돌아옴과 산을 마주보는 행위를 통해 허물어지고 화해된다. 여기서 '산'은 총체화된 타자들이며 성숙한 자아의 상징이기도 하다. 겨울 산에서 자아는 진정한 자신과의 만남과 타자와의 대면을 이루어내고 있다. 그런데 '산'을 통한 이러한 만남은 에로스적인 행위를 통해 실현된다. 바로 여성적 육체의 형상을 향한 생명성의 지향 때문이다.

> 꿈 밖으로 솟아오른
> 산봉우리여
> 없고 있는 가운데서
> 부푼 젖가슴이여!
> 반생을 걸어오자
> 다가서는 어두움
>
> ―<影子의 알몸>에서

> 물, 바위, 수풀
> 이렇게 三神이 빚어낸 그대를
> 힘들 바 없이
> 선선함이 받들고 있다
> 우주도 진리도
> 빈틈없이 움직이는
> 생명이기에!
>
> ―<지리산 찬가>에서

반생을 걸어오자 직면하는 어두움은 부정적 실체가 아니다. 이 어두움은 꿈과 '있고 없는' 현존의 불분명함 속에 위치하여 있지만 산의 상승력을 통하여 극복되고 있기 때문이다. 그러므로 이 시에서 나타나는 어둠은 불안과 극복이 서로 상충하는 공간, 그러면서도 산의 이미지로 상승을 준비하는 재생적 의미의 공간이다. 산은 모든 생명을 필연적이고 질서정연하게 생성한다. 시인은 우주도 진리도 모두 이와 같이 '빈틈없이 움직이는 생명'이라는 깨달음에 도달한다. 우주와 진리는 결국 하나의 생명과 그 본질에 있어서는 동질적인 것으로, 모든 사물과 관념은 이러한 동질성에 의하여 그 총체성을 확보하게 되는 것이다. 요컨대 부정적 세계인식에서 마주친 산은 생명성을 내포하고 이를 세계의 모든 원리로서 작용시키는 이미지이다.

『월정가』에 나타나는 산은 원시적 생명의 공간이다. 산이라는 공간을 형성하는 실체는 외형적인 것이 아니라 그 내용적인 것에 있다. 산은 그 속에 수많은 생명체를 품고 있으며 이 생명체들이 그들 나름대로의 질서를 형성하며 살아가는 공간이다. 즉 산의 내적인 허허로움은 바로 생명을 품기 위한 여백인 것이다. 이 점에서 산은 모체의 자궁과 유사하다. 그래서 이러한 모체적 상징으로의 '산'은 높이보다는 깊이의 이미지로 기능한다. 그리고 그러한 깊이의 정점에는 바로 '원시적 세계'가 놓여 있다.

> 어머니 뱃속처럼
> 낯선 데서는
> 꿈이 익는다
> 귤이 익는다.
> 백록담 속처럼
> 낯선 데서는
> 이름 모를 짐승이
> 알 수 없는 하늘이
> 잠들고 있다.
> 숨 안에 목
> 목 안에 소리
> 소리 속에서
> 아아 한라산이 솟아 오른다.
>
> —<제주섬이 꿈꾼다>에서

이미 떠나온 세상이고 다시 돌아갈 수 없는 영원한 유토피아이기 때문에 어머니의 뱃속은 시인에게는 낯선 곳이 되어 버렸다. 또한 이와 대구되어 있는 백록담 역시 어머니의 뱃속처럼 영원한 자연이나 유토피아일 수밖에 없다. 이 공간에는 수많은 태곳적 생명들이 깃들어 있다. 이는 끝부분의 '숨안에 목', '목 안에 소리', '소리 속에서' 라는 구절로 더욱 내밀한 깊이를 확보하는데 이러한 깊이는 모성적이고 여성적인 육체의 깊이를 나타내고자 하는 것으로 뒤의 '한라산'과 배치되어 형상화되어 있다. 깊이와 상승감은 서로 배치되어 있지만 그것이 상승과 하강이라는 극단의 대립인 바 그 깊이의 의미는 동질적이다. 즉 '안'과 '속'이라는 시어가 자연성과 모성의 은밀한 깊이를 전제한 것이라면 '솟아오르는' 행위는 남성적 생명력의 상징이며 이는 그 깊이의 또다른 이름이기도 한 것이다. 산은 또한 높이라는 상승성을 통해 역동적인 초월적 행위와 관련됨으로써 모든 생명의 부활과 그 생명력을 상징한다. 상승과 깊이가 남성과 여성의 심상으로 대립되어 있는 것이 아니라 생명성이라는 테마를 통하여 일치되고 있다. 그렇기 때문에 모성성과 결합된 산의 생명력은 나무나 숲에 의하여 부드러움을 획득하면서 생명의 확장을 이루어낸다.

　　　　시간이 나무처럼
　　　　까마득히 키가 자란다
　　　　수풀이
　　　　꽃처럼 아름답게
　　　　구름처럼 뭉게뭉게
　　　　피어오른다.

　　　　(중략)
　　　　모든 잎새들이 속삭이니까
　　　　골짜기는 자지 않는다.
　　　　골짜기는 죽지 않는다
　　　　노래가 구석마다
　　　　넘쳐 흐른다.

　　　　　　　　　　　　　　—<지리산 메아리>에서

위 시에서 나무는 산의 풍요로움을 생성하는 실체이다. 수풀이 피어오르고 그 생명의 노래가 산 구석구석에서 넘쳐나며 산의 우람한 가슴을 만들어 내기도 하는 것이다. 나무는 산의 생명적 깊이를 더욱 거대하게 확대시키며 그 생명력의 힘 또한 확장시키고 있다. 시인은 산과 숲에서 시간과 역사를 본다. 그곳엔 항상 생명이 있고 그 생명의 삶을 위한 행위들이 있다. 모든 잎새는 힘껏 속삭이고 수풀은 자라며 시냇물은 목청껏 노래 부르며 흐른다. 자연은 늘 '항시 달리고 있'으며 그러기에 '골짜기는 죽지 않는다'(지리산 메아리). 시인은 이러한 생명의 역동성을 만드는 힘이 바로 '시간'이라는 사실을 자각한다. 그리고 그 시간의 흐름 위에서 모든 생명성은 본질적으로 '하나가 되'는 것이다. 자연적 존재의 총체성은 자연과 일체되는 인간을 생성하고 또한 시인으로 하여금 인간세계에마저도 총체적인 인식 태도를 갖게 한다.

요컨대 산은 존재와 마주설 수 있는 이상적 공간으로서 깊이를 가로지르는 남성적 정열의 상징이다. 또한 나무나 숲의 영상에 의하여 여성적 곡선미를 추구하게 된다. 즉 산은 생명을 생성하는 근원이며 그 속에서 자라는 나무나 숲에 의해 거대한 생명의 유토피아를 건설한다. 이는 원시적 세계의 지향으로 나타나며 동시에 에로스적 세계에 대한 관심으로 확대된다.

2) 원시생명의 고향 ― '바다'의 이미지

물의 원형은 '대지'와 마찬가지로 여성적이며 모성적이다. 물은 모성적 이미지를 가지고 있으며 물의 흔들림은 어머니의 품을 연상시키고 그것은 따스하고 행복한 밤의 이미지, 밝고 감싸는 물질의 이미지, 우주적이고 넓고 거대하며 부드러운 이미지를 형성한다.[10] 또한 물은 존재의 실체를 끊임없이 변모시키는 근원적인 운명을 상징하기도 한

---

10) G. 바슐라르, 이가림 역, 『물과 꿈』(문예출판사, 1980), 13면.

다.

송욱의 시에서 물은 특히 바다의 이미지로 나타나는데 '바다'는 그 흔들림을 통해 인간의 끊임없는 지향과 그리움, 태고의 어머니의 품과 같은 이미지를 내포하게 된다. 그러나 이러한 세계는 인간이 실제로는 가 닿을 수 없는, 동경의 대상이기 때문에 보다 근원적 속성을 갖게 된다. 이러한 근원으로서의 모성성과 원시성의 결합은 <월정가>라는 시에서 구체적으로 형상화되는데 이 시집의 제목이기도 한 이 시는 원시적 이미지를 통해 몽환적 분위기를 형성하고 있다.

> 선덕 진덕
> 여왕마마가
> 지금도 미역감는
> 개울물이여
> 흐르는 보석이다
> 하얀 비단 송이마다
> 소란스럽게 용솟음친다!
>
> 여왕마마
> 귓전을 스쳐
> 어깨를 넘쳐흘러
> 젖가슴을 덮는다!
> 수풀처럼 비치는
> 소담스런 머리채여!
>
> ―<월정가>에서

이 시에서 흐르는 물은 역동적 힘을 표현하고 있으면서도 그 속도가 유장한 느낌을 주고 있다. 즉 물은 곧장 흘러내리거나 쏟아지는 것이 아니라 '여왕마마'의 귓전으로부터 머리채에 이르기까지 낱낱이 굽이쳐 흘러내리고 있는 것이다. 그러한 유장함은 '베갯모를 감싸 흐'르는 뭇별로 형상되기도 하고 '은세공 올올이' 흩어지기도 하며 '산길 굽이굽이/항시 벗'하는 '水路夫人'으로 표현되기도 한다. 여기서 물은 모두 섬세한 흐름을 유지하고 있으며 이러한 속도의 완만함은 이 배경이 '밤'이라는 사실에 기인한다. 그리고 달빛과 별빛 속에 굽이굽이 흘러 내려오는 물결의 아름다움을 상상케 한다. 이 속에는 '선덕, 진덕 여왕'이나 '수로부인'으로 지칭되는 원시적 세계가 펼쳐져 있다. 이들은 모두 태곳적 인물들로서 우리의 전통적 美의 전형이다. 이들이 가진 아름다움은 여성적이면서도 신화적이고 원시적인 성격을 가지고 있다. 소란스럽게 흘러내리는 물소리는 이러한 흐름에서 볼 때 '밤'이 가진 고요함을 더욱 강조하며 그 역동성을 통해 오랜 시간의 쉼 없는 흐름을 보여주고 있다. 이러한 '물'의 심상은 물결이라는 곡선으로 인하여 여성적 육체를 상상케 하며 에로스적인 형상들을 만든다.

> 부끄러움은
> 티끌 세상 이야기
>
> 소용돌이 마구 치는
> 궁둥이며
> 깍지낀 넓적다리
> 그 사이서
> 하늘이 등솟음
> 바다가 꼽추춤 춘다
>
> 山精 水精 人情으로
> 부푼 고래실이여
> 젖가슴 이랑 이랑
> 젖물결 살결!
>
> ―<또 第二創世記>에서

 시인에게 부끄러움이란 그저 속세에서의 이야기일 뿐이다. 원시적 세계에서의 에로스란 생명을 잉태하는 원천이요 본능적이고 자연스러운 관계이다. 즉 시인은 에로스를 통하여 원시세계의 순수한 관계를 회복하고자 하며 하나의 이상적 원시공간의 원형을 그리고자 한다.

이 에로스적 행위들은 여성적 신체의 곡선미를 통해 그려지는데 이러한 곡선미는 날카롭고 직선적인 시인의 세계인식을 조화롭고 원만하게 변화시키는 역할을 한다. 창세기의 평화롭고 원시적인 생명탄생의 창조행위는 다시 시인의 의식 속에서 현재라는 시간에 재현되고 이를 통하여 시인은 생명적이고 자유로운 세계를 체험하는 것이다. 위 시에서 물결은 모두 여성적인 곡선미를 가지고 있다. '소용돌이'라든가 '이랑 이랑', '부푼' 등의 시어가 그러하며 직접 거론된 육체의 선 또한 그러하다. 또한 '등솟음'이나 '꼽추춤'이 하나의 남성적 상징이 됨으로써 이 시는 성적인 결합의 과정을 묘사한 것으로 읽혀지는 것이다. 에로스의 공간은 그에게 의식이나 관념의 세계가 아니기에 일정한 '양으로만 몸짓나는 그대 목소리'(바다)로 다가오며 '넓이'와 '양'으로 육화되는 체험적이고 동시에 神적인 세계를 창조한다.

> 첫날밤
> 벌거숭이 살결이
> 새벽처럼 동튼다
> 푸른 물결이여   (중략)
>
> 살고 싶은 아득한 섬은
> 아아 빛나는 속눈썹!
> 기름진 거울 위에 솟은
> 머루 젖꼭지를
> 입술에 문다
>
> ─<첫날 바다>에서

<첫날 바다>라는 위 시의 제목은 바다의 생명성, 원시성, 순수성을 내포한다. 즉 바다는 원시적 생명의 공간인 것이다. 그리고 그것은 물결을 통해 끊임없이 넓이와 양을 이루어 낸다. 그 속에서 시인의 유토피아('살고 싶은 아득한 섬')는 여성의 속눈썹으로 형상되어 여성적 육체의 곡선미와 아름다움으로 전이되는 것이다. '거울'은 이미 이러한 세계에서 윤기있는 사물로 변화되어 바다를 비유하고 있으며 섬이라

는 '머루 젖꼭지'를 머금은 푸른 물결은 재생과 육화된 공간으로 에로
스적 세계를 보여주고 있다. 요컨대 이 시에서 바다의 이미지는 여성
적 육체로서의 생명성과 아름다움, 끊임없는 욕망을 형상하는 것이다.
   그런데 이러한 바다의 이미지는 다시 '하늘'의 이미지로 변용된다.
『월정가』에 나타나는 '하늘'의 이미지는 예외 없이 모두 물이라는 질
료성을 가지고 있는 것이다.

　　　하늘을 감싼 쥔 옷자락 물살 / 짜지도 깁지도 못할 ⋯
　　　　　　　　　　　　　　　　—<그대는 내 가슴을⋯>에서

　　　높푸른 하늘은 / 무게 잃은 바닷물! / 水晶을 녹이는 맑은 개울마다
　　　하늘과 구름을 싣고 달린다!　　　 —<설악산 백담사>에서

　　　구두창 밑까지 하늘이 되는— / 이런 다짐으로 너는 쌓인다
　　　　　　　　　　　　　　　　　　　—<六花孕胎>에서

   첫 시에서 '하늘'과 '물'은 서로 전도되어 나타난다. 하늘이 물살을
감싸고 있는 것이 아니라 물살에 의해 감싸임을 받는 존재가 되는 것
이다. 이는 모성적 형상에 의한 '감쌈', 다시 말해 자궁의 편안함과 관
련되어 있다. 하늘은 무게를 잃은, 즉 가벼움으로 상승되어 있는 또다
른 바닷물이다. 물은 상승을 통하여 하늘이 되고 하강을 통하여 바다
가 된다. 그리하여 물은 지상적인 것만이 아닌 우주적인 공간으로까
지 확대되어 온 세계를 바다, 즉 원시적 생명과 순수의 공간으로 만
들고 있다. 생명은 이러한 총체적인 본질에 의해 '구두창 밑'의 어두운
세계까지 하늘로 바꾸어 놓고 '굳어버린 허수아비'(영자의 안목)인 나의
메마름 속으로 들어와 피가 되고 생명이 되는 육화의 과정을 만들어
내는 것이다. 이는 앞서의 '산'의 이미지와 유사하다. 이들은 모두 깊
이와 높이를 하나의 극단적 동일성으로 인식하고 있다. 결국은 내포
적 의미의 문제인 것이다.
   요컨대 '생명성'은 여성성, 모성의 감쌈의 이미지를 통해 세계에 대
한 시인의 인식을 연성화시키고 있다. 에로스로부터 육체로, 이를 통

한 공간의 '양적' 부피는 실존적 존재의 현존을 확인케 하는 역할을 하는 것이다. 그리고 이러한 모성화된 바다는 원시적이고 순수한 공간이 되며 하늘로 전이되어 그 공간적인 확장을 이루어내고 있다.

3) '꽃'과 에로스적 결합의 세계

'생명의 육화'는 시인의 궁극적인 지향점이다. '생명'은 앞서 살펴본 바와 같이 바다와 산의 이미지와 관련이 되며 이러한 모든 탄생의 과정 위에 '꽃'의 이미지가 놓인다. '꽃'은 그림자와 어두움에 대한 긍정으로부터 출발하여 그 상승적인 지향과정을 마무리짓는 결정체이다. 『문학평전』에서 송욱이 인용한, 바슐라르의 다음과 같은 언급은 아래의 논의를 위하여 주목할 만하다.

> '자연이 아름답기 때문에 나는 아름답다. 내가 아름답기 때문에 자연이 아름답다.' 이와 같은 대화를, 창조하는 상상력과, 이것이 모범으로 삼는 자연은 서로 끊임없이 주고받는다. 일반화된 나르시시즘은 모든 존재를 꽃으로 변화시키며 모든 꽃들이 자신의 아름다움을 의식하게 만든다.11)

바슐라르는 '자아중심의 나르시시즘'을 자연스럽게 우주의 나르시시즘으로 연장하여 사고하고 있다. 자기애의 확대는 타자에의 지향이 될 수 있으며 보편적인 성질을 확보한 자기애는 자기를 비롯한 세계, 타자들의 존재를 모두 꽃으로 육화시킬 수 있는 것이다. 송욱은 이러한 바슐라르의, 이미지의 존재 안으로의 내밀한 추구에 대한 인식들을 수용하고 있는데 바슐라르에게 '꽃'이 아름다움의 상징이자 모든 존재의 의미라면 송욱에게는 다양한 시·공간 속에서 자신의 현존을 일구어내는 실체, 즉 육체의 이미지로 나타난다.

---

11) G. Bachelard, 앞의 책, 41-43면.

내리는 하얀 눈을
꿈을 밟는데
九孔炭 장수도 素服을 하고
여자들 입술은 꿀 먹은 붉은 꽃판!
숨 가쁘게 옥실을 마구 입고
굽어 오른 街路樹 팔목마다
백옥경을 잉태하며 떨리는 맥박이여!

—<六花孕胎>에서

이 시는 흰색과 붉은 색의 이미지의 대비를 중심으로 전개되어 있
다. 먼저 유월의 흰꽃은 '눈'의 이미지를 통해 그 공간적 확대를 이루
고 있다. 꽃은 눈처럼 온 세상을 덮는다. 구공탄의 검은 색도 꽃에 의
해 흰색으로 긍정화된다. 온 세상은 이러한 꽃의 절정과 원근적 넓이
의 확보를 통하여 '백옥경'으로 화하고 있는 것이다. 여기에 '여인의
입술'의 붉은 색은 강렬한 색채대비 효과를 이룬다. 이들은 대비는 성
적 결합의 이미지를 형상하는 것이다.

그대는 순간은
아홉 겹 담을 둘러
아홉 겹 문을 열어
착하고 참되고 아름다운 마음만이
벌거숭이 몸만이
드나드는 대궐 안—
아아 구슬 같은 이슬 눈시울
아홉 겹 꽃잎 꽃판
꽃수술 눈초리 ····

—<알림 어림 아가씨>에서

그대는 복사나무
온 몸에 쓴
꽃송이를 떨구어도
다시 이슬지는 꽃수술이
말없이 홍청대는

가락을 휘날린다.

―<影子의 眼目>에서

아홉겹 담과 문을 통하여 여성적 육체는 내밀한 깊이를 확보하고 순수와 아름다움의 세계를 열어 보이고 있다. 그러한 내밀함은 '벌거숭이 몸'으로 형상되어 아무런 가식도 꾸밈도 없는 원시적 세계, 순수성의 세계를 드러내는 역할을 한다. 그 시상을 따라가자면 아홉겹 담과 문, 아홉겹 꽃잎 꽃판, 꽃수술이라는 꽃의 내부로 들어가게 되고 그러한 공간적 깊이와 서로 대응되어 있는 것이 알몸과 아름다운 마음이다. 여기서 시인의 정신과 육체는 순수함과 원초성으로 일치되며 시인은 꽃의 공간적 깊이를 체험할 수 있는 이상적 자아가 된다. 이는 주지하다시피 성교에 대한 묘사로 읽혀지기도 하나 무엇보다 '꽃'을 통하여 그려지는 에로스적 결합의 세계는 그것이 생명의 탄생과 직결되어 있다는 점에서 성스러움을 갖게 된다.

위와 같은 깊이에 대한 시인의 몰두는 또한 끊임없는 생명력과 반복되는 탄생, 그리고 그의 '흥청대는' 공간의 확대를 이루어 낸다. 즉 깊이에 대한 몰두는 생명을 만드는 과정과 관련되어 있다. 이는 꽃이 이미 여성적 육체의 아름다움과 성적 깊이를 나타내는 내밀함의 실체이기 때문이다. 꽃은 이러한 의미에서 생명의 원천이 되고 그 자체로 하나 하나 생명의 육화를 이루어 낸다.

4) 곡선적 세계인식과 화해의 시학

위에서 우리는 여러 자연적 이미지가 에로스적 상상력과 결합되어 다양한 의미를 빚어내는 과정들을 살펴보았다. 이 과정에서 가장 핵심적인 것은 바로 에로스를 통한 시인의 세계인식이다. 시인은 자연과 합일되는·공간, 즉 원시공간을 지향하기 위해 세계를 에로스적 상상력을 통해 조망하였으며 궁극적으로 '꽃'이라는 자연적 실체로써 세계와의 화해를 꾀하고 있다. 주지하다시피 이는 바로 여성성이 가진

성질, 즉 그 곡선미와 그를 감각하는 에로스적 상상력 때문이다.

> 가없이 간직한 젖가슴이
> 한창 부푸는 대낮
> 매만져 주는 물결 위에
> 둥실 뜨는 꿈결이여!
>
> ─<첫날 바다>에서

> 여인들 어깨마다
> 제주섬을 닮은 둥근 광주리
> 섬을 담은 둥근 광주리
> 둥근 광주리 안에
> 둥근 물동이
> 둥근 물동이마다
> 출렁이는 푸른 바다여!
>
> ─<제주섬이 꿈꾼다>에서

위의 시에서 모든 이미지는 곡선적이다. 젖가슴이나 물결 등의 명사 또한 그 자체로 곡선적이지만 '부푸는'이나 '매만져 주는', '뜨는'의 동사 또한 그 촉각적인 부드러움이나 시각적 곡선미를 만들고 있다. 또한 여성적 육체의 곡선은 모든 사물을 곡선으로 만든다. 산이나 바다, 꽃 등의 자연적 이미지는 모두 여성적 육체의 묘사로부터 출발하고 있는 것이다. 에로스의 세계는 여성적 곡선에 대한 탐닉으로부터 이루어지며 이러한 곡선미는 직선적이고 날카로운 남성적 공격과 힘과는 대조적이다. 세계에 대한 뒤틀린 비판의식은 여성적인 곡선 앞에 그 날카로움과 직선적 공격을 포기하고 그 육체의 풍만함과 깊이로 침잠하고 있다. 또한 남성적 공격성도 이 앞에서 무화되어 자기긍정의 입장으로 변화되고 있다. 송욱은 이에 대해 메를로-퐁티를 인용하며 다음과 같이 말하고 있다.

> 나와 타인은 감각 세계라는 재료 전체와 어떤 같은 대상을 바라

보는 작용을 통해서 '혈연관계'를 맺는다. 말하자면 타인은 '나와
쌍둥이고 내 살'이다. 나와 타인, 그리고 사물은 각각 개별적인
그 자신이면서도 모두 세계의 보편적인 살과 연결되어 있다.12)

　그의 글에서 주체는 모든 객체와, 보편성을 통하여 연결되어 있으
며 이러한 일치감을 통해 세계 속에서의 분열과 소외를 극복하고 있
다. 이것은 단순히 관념을 통하여 나타나는 것이 아니라 '몸'이라는 실
존체를 통하여 드러난다. 나는 몸을 통하여 세계와 접촉하고 동시에
세계로 하여금 나를 인식케 하며, 타인의 몸을 통하여 그에 비친 우
주적 존재를 인지한다. 이는 사르트르를 비롯한 실존주의자들의 태도
와도 관련된다. 사르트르에게 있어 에로스란 자아 인식의 한 방법이
다. 그것은 남과 나의 관계에 있어 가장 기본적이며 상징적일 뿐 아
니라 인간의 모든 對人間의 행위와 관계에 있어서 가장 순수하게 의
식 이전의 즉각적 행위와 반응을 나타내는 장으로서, 전형적인 실존
적 상황을 제공해주기 때문이다.13) 1950~60년대 실존주의를 유입
한 전신자들은 이 부분을 주목하고 있고 송욱 또한 이러한 영향관계
속에 놓여 있다.

　　단단한 차돌에서
　　물이 태나고
　　까딱않는 바위에서
　　춤이 자라면
　　모든 소리는 하나가 되고
　　하늘과 땅 사이
　　한결같은 목청이
　　가득히 찬다
　　내가 하고 싶은 말도 오직 한 마디!
　　　　　　　　　　　　　　　—<지리산 메아리>에서
　그렇다고 나는 눈송이처럼 부숴질 수는 없다. 하얀 눈과 검은 진

---

12) 송욱, 「표현의 철학—M.퐁티의 경우」, ≪지성≫ 5(1972.3)
13) 김붕구, 『작가와 사회』(일조각, 1982), 56면.

흙이 한덩어리가 되었으니까.
우리는 눈오는 날이면 어쩔 줄을 모른다. 스스로 귀양살이에서 돌
아온 것을 새삼 깨닫는 까닭이다⋯. 아아 그리고 어쩔 수 없는 그
모순에 내리는 눈처럼 말없이 무릎을 꿇어야 하기 때문이다.
―<白雪의 傳說>에서

첫번째 시에서 돌과 바위의 단단함은 물과 춤을 통하여 연성화된
다. 그것은 부드러운 물질로의 변화, 즉 여성적 이미지로의 변화를 의
미하는데, 이는 돌과 바위라는 무생물적 실체들이 '물'로의 변화를 통
하여 생명성을 획득해 가고 춤을 통하여 그 생명의 탄생과 성장을 이
루어 내고 있기 때문이다. 여기에는 많은 시간의 흐름이 전제되어 있
다. 생명성과 시간성, 이것이 산이 지니는 특성이다. 모든 생명은 산
에 깃들어 살고 그 삶만큼의 시간적 상징을 산에 부여한다. 내가 그
생명과 시간의 총체로서 산을 인식하게 되는 순간 모든 우주와 존재
는 '하나'로서의 자기통합을 이루어낸다. '모든 소리', '한결같은 목청',
'내가 하고 싶은 말'이 모두 하나로 통합되어 산에 큰 메아리로 울리
는 것이다. 이러한 일체감은 <백설의 전설>에서 보여지듯 모든 타
자와의 만남을 이루어내고 있다. 우리는 이 시에서 이러한 타자를 만
나는 나의 '겸허함'의 자세를 볼 수 있다. 내리는 눈은 모든 돌아옴을
의미한다. 그리고 그러한 돌아옴은 세상 어느 곳에도 차별 없이 서로
의 몸을 섞는, 참된 결합의 과정을 통하여 이루어지고 있다. 세상의
하나됨 앞에 무릎을 꿇는 자아는 신을 섬기는 구도자와 같이 경건해
보인다. 신과 인간, 하늘과 땅, 삶과 죽음, 그리고 자아와 타자가 하
나로 돌아오고 일체되는 순간에 멈춰있기 때문이다.

이와 같이 자연적 세계는 여성적 육체로 상상되어 자아의 총체적인
보편화를 이루어낸다. 이는 '그대'라는 타자와의 하나됨 때문이며 모든
것이 제자리로 돌아오는 것, 그러한 필연의 회귀 때문이다. 원시적,
원초적 세계에 대한 시인의 지향은 예리하고 분열적이며 직선적인 시
인의 정신과 육체를 하나의 깊이와 회귀 속에 곡선적인 부드러움으로

연성화시키고 있다. 그리고 그의 에로스적 세계와 여성적 육체는 바로 이러한 자기애와 화해의 몸짓으로 회귀하고 있다.

3. '알몸'으로서의 존재론

위에서 살펴본 자연이미지들은 궁극적으로는 '알몸'이라는 이미지로 구현되는 존재의 생명성으로 집약된다. 이 '알몸'의 이미지는 자연과 인간이라는 두 간극을 일시적이나마 겹쳐 보이게 하는 역할을 한다. 즉 '알몸'은 인간이 자연과 합일되는 과정을 보여주는 이미지인 것이다. 이는 '꽃'이라는 자연적 이미지로 변용되어 있으며 깊이와 곡선적 성질을 동시에 내포한 이미지이다.

그러나 '알몸'의 의미가 단순히 자연의 이미지로 한정되어 있는 것만은 아니다. '꽃'의 이미지는 다른 자연 이미지와의 관련성 속에서 '깊이'의 상징으로 기능한다. 그것은 동시에 내면에 대한 탐구로 인식되며 인간 실존에 대한 관심을 드러내는 것이다. 이는 바로 '빛'과 '소리'를 통한 인식과정을 거쳐 더욱 분명히 형성된다.

1) 존재의 顯示와 만남 — '빛'의 이미지

위에서 살펴본 '산', '바다', '꽃'을 통한 에로스적 생명의 세계는 그 시·공간성을 확보하면서 존재에 대한 인식 세계를 형성해 간다. '그대'와의 원초적이고 완전한 성적 결합을 통하여 시인은 육체의 깊이와 생명성에 집중하게 되고 그대가 열어주는 새로운 인식의 빛을 체험하게 된 것이다.

> 世波는 하늘에 치솟는데
> 우리끼린
> 바다속

그 고요함
평화가 깊어서
야릇할 줄야!
모자마저 날라가고
두 팔을 추켜들자
굳어버린 허수아비
뼈와 살 사이를
달보드레 터오르는
푸른 하늘이여

입술에 하롱대는
影子 같은 웃음결
눈썹에 아롱지며
이슬비 비껴가는
햇살 같은 눈초리가
내 목숨을 싸고도는
불기둥인데

　　　　　　　　　　　　　　　　　—<影子의 眼目>에서

　여기에서도 시적 화자는 '어두움'의 상황에 놓여 있다. 어두움—고요
함—평화의 낱말군은 모두 '굳어버린 허수아비'라는 내 자아인식과 관
련되는 것이지만 이미 부정적으로 인식되지는 않는다. 그 이유는 이
모두가 몇 가지의 이미지와 더불어 상승의 저변에 위치하고 있기 때
문이다. 즉, 이 시에는 '솟아오른, 부푼, 터오르는' 등의 단어가 여성
적인 곡선미를 형성하며 부드러운 느낌의 상승감을 이끌어내고 있다.
이런 어휘들은 '산봉우리, 부푼 젖가슴'과 같은 여성적 육체에 대한 묘
사로 읽혀지며 그 이후의 '내 목숨을 싸고도는' 포근함과 안온감을 주
고 있는 것이다. 그러기에 이 시에 나타나는 어둠은 재생의 근원으로
서의 의미를 가지고 있으며 밝음의 빛 밖으로 솟아오르기 전의 내밀
한 평화의 깊이를 담지하고 있다. 동시에 이 시에서 '햇살 같은 눈초
리'는 이 모든 여성적 온화함을 마무리하는 이미지가 된다. 즉 허수아
비를 푸른 하늘로 견주어 볼 수 있는 힘이 바로 햇살 같은 그대의 눈

초리 때문이며 그대가 일구어놓은 불기둥 때문이다. 여기서 그대의 사랑의 힘은 빛과 불의 이미지로 형상된다. <影子의 眼目>이라는 시의 제목에서 우리는 그림자, 어둠의 실체들이 그 보는 힘, 즉 빛을 통하여 화해적 세계를 이루어 냄을 알 수 있다. 빛은 봄, 보는 행위와 관련되는데 이는 바로 '그대'가 가진 고유한 능력이라는 점에서 주목할 만하다.

> 빛은 가벼운 것
> 나르는 눈초리
> 나를 일으키니
> 제풀로 가다
> 펑퍼지다가
> 단숨에 벗긴다
> 비오는 面紗袍를!
> 아아 가득히 트는 신부!
> 우주는 거울 뒤로
> 숨어버렸다.
>
> ─<빛> 전문

> 나를 주면
> 봄을
> 보는 힘을
> 그대는 준다.

> 그대는
> 장마가 갠
> 하늘빛 얼굴
> 문풍지처럼
> 죽음을 찢고 솟는
> 햇살 웃음결!
>
> ─<나를 주면…>에서

'빛'은 바슐라르에 있어 '불'과 '공기'의 결합이다. 불꽃은 그 속에 하나의 세계를 간직하고 있다. 마찰에 의해 탄생한 불은 성적이고 정액적인 의미를 지니며 타오르는 불꽃은 뻗어 올라가는 힘, 즉 수직적 힘을 내포한다. 이것은 스스로 현실에서 현실을 초월하려고 노력하는 인간성의 상징이며 이렇듯 자기 자신을 초월하려는 노력은 인간의 숭고한 행위이며 자신을 희생하는 정신이다. 이러한 행위는 모든 생명의 발생의 근원이 되기도 한다.14)

송욱 시에서 형상되는 빛도 위와 같은 질료적 특성으로부터 출발한다. 그에게 빛은 우선 응시의 힘이며 동시에 '그대'라는 존재이기도 하다. '그대'의 의미를 어느 한 실체가 아니라 모든 타자, 세계를 의미하며 분열적이고 편린적인 세계인식과 모순을 극복하려는 시인의 극복의지로부터 나온 존재로 본다면 빛의 응시와 그대와의 만남은 필연적인 관련성을 갖는다.

> '물질적 상상력의 밑바닥까지 다닫는 하나의 몽상… 이러한 본질적인 몽상은 두말 할 것 없이 바로 반대되는 것의 결혼이다. 물이 불을 끄는 것처럼 여성은 사랑의 격정을 끈다. 물질계에서는 물과 불보다 더욱 상극인 것도 없으리라. 아마도 물과 불은 정말로 유일한 실체적 모순을 마련한다. 이 두 가지 논리가 논리적으로 서로 상대방을 요구한다면, 성적으로 서로 상대방을 갈망한다. 물과 불보다 더 큰 種畜을 어찌 생각할 수 있으랴.15)

그에 따르면 물과 불의 대립은 상극적이지만 서로의 존재 위에 기반함으로써 서로를 요구하고 있다. 이에 대해 김현은 송욱의 시세계를 이러한 불과 물의 대립으로 파악하고 우주는 바다이며 세계는 태양이라고 말하고 있다. 이것은 한 마디로 <海印戀歌>의 '海印'이다. 푸른 바다와 붉은 도장. 그것이 모순의 원리에 의해 적극적으로 결합할 때 비로소 부처의 세계가 되며 완전한 남녀의 사랑을 의미하게 된다는 것이다.16)

---

14) Gaston Bachelard, 『불의 정신분석』(삼성출판사, 1990), 27면
15) 송욱, 『문학평전』, 240면.

위의 시에서 '빛'은 우선 '나르는 것'이며 '가벼운 것'이다. 또한 빛은 모든 가리개('면사포')를 벗기고 존재를 응시하고 드러내는 '눈초리'이며 이를 통해 나는 '신부'를 만날 수 있다. 빛이 사랑으로 서로를 응시하는 시선이라는 것이 분명해진다. '그대'라는 존재는 어둠에 처한 나에게 빛을 통하여 보는 힘을 준다. 나는 무엇을 보고자 하는 것일까? '희망이 피흘리는/이마 너머로/뒷걸음질/한 시간'과 '어린이가 쫓아간/메아리 따라/곤두박질/한 공간'을 만나고 싶은 것이다. 또한 그대에 의해 '달보드레 터오르는 푸른 하늘'이 된 자아를 응시하고 싶은 것이다. 시적 화자가 응시하는 것은 이와 같이 시·공간의 좌표를 가지고 살아가는 하나의 존재로서의 '나'이며 그대의 '햇살 웃음결'을 통하여 생명력을 획득한 자아이다. 여기서의 빛은 이러한, 본질을 꿰뚫는 응시와 통찰의 상징이다.

2) 소리를 통한 無我의 세계 — '비'의 이미지

빛이 보는 힘, 응시와 통찰의 힘을 통해 자아의 존재를 보여주고 변화시켰다면 소리는 우선 그 깊이를 심화시키고 체화하는 감각으로 나타난다. 응시가 한 곳을 향하는 시선의 직선성을 표현한다면 소리는 사람의 주위를 포위하는 원형성과 주변성을 전제한다. 이러한 소리의 특징은 바로 다음 시에서 형상된다.

> 비는 오히려 몸짓 잃은 帳幕
> 세계는 없다 나를 잊는다
> 햇살! 소생하는 화살!
> 이제 매밋소리가 퍼붓는 빗소리가
> 빛나게 가볍게 맴을 돌다가
> 점점 퍼지는 圓周를 따라
> 하늘에 번지는 물결⋯⋯

---

16) 김현, 「말과 우주」, 앞의 책, 146면.

　　　치솟는 샘물
　　　쏟아지는 매밋소리 빗소리가
　　　무게를 잃는다.

—<비와 매미>의 전문

　여기에서 비는 세계와 나의 거리를 무화시키는 역할을 한다. 이유는 소리 때문이다. 매미소리처럼 퍼붓는 빗소리, 또는 빗소리처럼 퍼붓는 매미소리는 가벼움을 획득하면서 시적 화자의 주위를 감싸고 돈다. 여기서의 비는 직선적이지 않다. 빗소리는 가벼움 때문에 곡선화되며 한 곳으로 집중된다기보다 주위에서 온 몸을 공략한다. 그렇기 때문에 소리는 나를 점령하고 이로 인하여 나와 세계의 경계를 허물고 결국 나를 무아지경의 상태로 몰입시키는 것이다. 이는 빛을 통한 각성과 응시의 과정을 넘어 보다 내재적이고 깊이 있는 몰입의 상태를 나타낸다.

　그렇다면 어떻게 소리가 가벼움을 획득하게 되는 것일까? 빗소리와 매미소리는 서로 어우러져 더 증폭적인 소리의 상태, 이를테면 소음에 가까운 상태를 상상하게 한다. 그렇기 때문에 그에 대한 수식어는 '퍼붓는', '쏟아지는'이다. 이 소리의 무게에도 불구하고 오히려 이들은 가벼워져서 '가볍게 맴을 돌'거나 '하늘에 번지'거나 '무게를 잃'은 상태로까지 변화되고 있다. 그런데 바로 이 시에서 그런 변화를 만들어내는 것은 '햇살'이다. 바로 '소생하는 햇살'이기 때문에 '치솟는 샘물'이기 때문에 무겁게 쏟아지는 소리들이 모두 상승할 수 있는 것이다. 그러므로 "쏟아지는, 퍼붓는 ‖ 소생하는, 치솟는"의 하강과 상승의 대립은 이러한 의미에서 동일한 의미를 생성한다. 즉 '빛'과 '소리'의 극대화이다. 이러한 특징은 앞 장에서 고찰했던 산과 바다의, 높이와 깊이의 관계와 유사하다. 송욱의 시에서 이들의 대립은 역설적인 관계를 형성하며 동시에 동일한 의미를 형성하는 것이다. 빛에 의해 자아를 응시했던 '나'는 소리에 의해 '無我'의 상태에 이른다. 여기에서 我와 非我는 동일하게 사유된다. 이들은 표면적으로는 대립적이지만 이

면적으로는 동일하다. 이는 삶과 죽음이나 자아와 사물을 총체적으로
인식하는 동양적 사고방식의 전형이다. 오히려 무아의 상태는 역설적
으로 더욱 더 깊은 자아로의 탐닉이라 할 수 있다.

> 하늘에 차서
> 세차게 떨어지니
> 분명 怒發하였다
> 가는귀 바늘귀
> 구멍으로
> 꿈 속에 든다
> 빗발은
> 양철 차양을
> 즈려밟더니
> 세멘트 바닥에도
> 입맛을 다신다
> 게염스레……
> 굶주린 고양이처럼
>
> 끝내는
> 모습을 숨기고
> 數도 量도
> 限없는 소리만이
> 나를 휘감는다.

—<夜雨>의 전문

> 물과 돌이 합창하는
> 개울소리는
> 빗소리처럼
> 하늘에 어울린다
> 하늘에 찬다
> 수풀은 모여들어
> 오히려 기도처럼
> 넋을 잃는다.

—<개울>의 전문

<夜雨>의 시상전개는 구심적이다. 비는 차양을 즈려밟는 상태에서 세멘트 바닥으로, 그리고 '수도 양도' 없이 나를 휘감고 있는 것이다. 소리에는 아무 실체도 없다. 그러나 소리는 순식간에 나를 둘러싼 환경이 되어 버린다. 큰 음악소리, 총소리, 대포소리, 사람들의 비명소리… 이들은 갑작스레 나의 주위에서 나의 환경을 제압해 들어온다. '夜雨'는 이렇게 큰 소리는 아니다. 그것은 굶주린 고양이처럼 끝내는 모습을 숨기고 내게 다가온다. 그러나 이미 무아의 상태에 든 나는 이 모습 없는 소리에 압도되고 그것은 나의 존재성을 심화시킴과 동시에 극대화한다. 나는 세계의 한 객체이지만 無我의 나는, 내가 아닌 나는 곧 세계이다. 이러한 무아의 상태는 나에게 응시하는 힘을 준 그대와도 일치시킬 것이며 모든 타자적 존재와도 일체감을 꾀하게 할 것이다.

> 순수자아를 바탕으로 하여 부정은 한층 더 높은 차원의 긍정으로, 말하자면 '존재와 비존재의 차이'를 넘어선 존재의 절대경으로 들어가게 된다.17)

자아에 대한 인식은 세계에 대한, 또는 타자에 대한 인식 없이는 이루어질 수 없다. 자아라는 개념은 원래 타자를 전제한 것이기 때문이다. 그리고 자아로의 의미 있는 탐구는 세계에 대한 인식과도 긴밀한 관계가 있다. '존재와 비존재의 차이'를 넘어선 보편성을 획득한 자아가 그의 궁극적인 지향점이다.

> 아아 소나기
> 잎새마다 빛나게 떨리도록
> 하늘과 땅이
> 입맞추며 지나간다
>
> —<아아 소나기…>에서

---

17) 송욱, 『시학평전』, 277면.

소리의 이와 같은 일체감은 하늘과 땅을 일체화시키고 세계를 하나로 만든다. 생명과 에로스적 세계에 대한 추구는 이와 같은 '소리'에 의해 그 공간성을 확보하면서 세계와 자아, 타자와 자아와의 일체성을 만들고 있다.

3) '알몸'과 실존적 세계

'알몸'의 이미지는 앞에서도 정리한 바와 같이 시간, 공간 속에서의 현존이며, 순수성과 생명성을 획득한 자아이며 현상과 껍질을 벗고 찾아가는 실존적인 자아이다. 사실 몸과 관련한 이미지는 이 시기만이 아닌, 송욱의 전 시작에 걸쳐 반복적으로 드러나는 이미지이다. 그러나 그 이전의 몸이 현실공간에 대한 불안과 부정의식으로 인해 타락하고 분열되었다면 『월정가』에 나타나는 몸은 모든 가식과 부정을 벗어버린 상태의 몸이다. 즉 자연적 존재로서의 '알몸'인 것이다.

> 한가닥 실오리를 걸치지 않고
> 우람하게 해묵은
> 바위에 기대서면
> 자연 그대로
> 남자마다 지닌
> 자라 모가지가
> 흉하지 않다.
>
> —<지리산 찬가>에서

산은 여성적 육체의 깊이에 대한 추구로 인해 생명의 에로스적 탄생 공간이 된다. 더이상 세계 속에서 분열되고 부정화되는 것이 아니라 이 속에 깃든 남성은 자신의 육체를 드러내고 총체화된 자신의 정체성을 확인하고 있다. 모든 가식과 형식을 벗어버리고 ('한가닥 실오리를 걸치지 않고') 자연 앞에 기대어 서면 자아는 그 자체로 완전한 존재로서 結晶되며 이러한 자기애는 세계를 긍정하는 힘으로 작용한다.

그리고 이러한 자기애를 통해 세계와 타자의 일치감은 '하나'라는 의
식세계를 형성한다.

> 그대 알몸은/ 관세음보살
> 묵직하고 보드라워
> 신비로운 바윗덩이 궁둥이
> 한 아름 안에
> 우주가 현신한다.
>
> —<裸體頌>에서

> 눈부신 죽음처럼
> 눈에 덮여 서 있느니
> 차라리 알몸으로 뿌리를 뻗는다
> 태고까지! 노래하는 지하수까지!
> 아아 맹세하기 전으로
> 부활하는 사랑까지!
>
> —<이웃사촌…>에서

알몸은 언젠가 홀로 숨겨야 할 인간의 불완전한 삶속에서 육화의
공간을 통하여 실존을 만들어낸다. 모든 실체의 본질은 같다. 모든 생
명의 본질은 순간의 생명 속에 영원의 진리를 담는다. 그렇기 때문에
순간의 '육화된 공간' 속에 즐거운 영원성을 담아낼 수 있으며 한 아
름이라는 공간 속에 온 우주가 현신할 수 있다. 순간의 영원성, 하나
의 생명 안에 깃드는 우주의 넓이, 이러한 철학적 명제는 바로 '알몸'
이라는 이미지에 담겨 있다.

알몸은 모든 가식과 껍질을 벗은 상태를 의미한다. 그렇다면 여기
에는 진정한 '알몸'이기 위한 저항적 행위가 내재되어 있는 것이다. 형
식적인 모든 것을 벗어버리고 원시적 상태로서의 자아로 변신한다는
것은 이미 문명화된 우리에게는 불가능한 일이라 할 수 있다. 그러나
성적인 결합은 바로 이 알몸의 상태에서 만나는 행위이다. 여기에는
원시성과 자연스러움만이 남아 있다. 겉만 찬란할 필요는 없다. '눈부

신 죽음처럼 눈에 덮여 서 있는' 것은 어쩌면 그 형식은 근사할 지
모르나 그 실체는 이미 죽음의 상태에 놓여 있는 것이다. 차라리 시
인은 자신이 가진 모든 것을 벗어버리고 '알몸'의 상태로 세상에 뿌리
내리는 것을 선택한다. 철저히 자신을 내던짐으로써 생명적 깊이에
천착해가는 위의 시는 이 시기의 송욱의 변화를 명시적으로 나타내는
작품이라 할 수 있다.

그대의 알몸은 일정한 무게를 가지고 있다. 하나의 공간에 현존하
는 실존의 무게이다. 그대의 알몸은 관세음보살과 같은 부드러움과
넉넉함을 가지고 있다. 시적 화자는 그대의 알몸 속에 모든 자비로움
과 평화로움을 발견하고 그 내밀한 아름다움에 감탄한다. 그대의 알
몸은 모든 우주, 나를 둘러싼 세계가 화해롭게 공존하는 것과 같다.
즉 이는 '빛'을 통하여 존재와 세계에 대한 응시와 통찰의 시야를 확
보한 자아가 그러한 '보는 행위'를 통하여 만나는 진정한 실존적 자아
이다. 이는 영원처럼 계속될 것 같았던 시간의 정지와 순간, 즉 현재
로의 되돌아옴, 그리고 그로 인해 형성화는 공간적 넓이 위에서 현존
의 실체를 만들어 간다.

4) 시간의 無化와 존재의 공간확대

앞서 살펴본 존재의 심화와 확대는 시간과 공간과 밀접한 관련을
갖는다. 시간과 공간은 존재의 실존적 좌표이기 때문이다. 이들은 모
두 추상적인 실체들로서 모든 실존들의 의미체를 구성한다. 시간은
'하나이자 전체'로 요약된다. 즉 거대한 시간의 흐름은 모두 현재라는
순간으로 집약됨으로써 보다 깊이 있는 의미의 결들을 만들어내고 있
다.

> 만년을 순간처럼 연달아 잇달고
> 천년을 밤새도록 달이 비우게 ―

밀물이 밀어 올린
백사장에 조개 껍질
그 안에 깃든 우주는
그대가 꿈꾸다가
가신 잠자리—
거울 울안에
한 떨기 꽃송이는
萬 송이 등불!
(중략)
푸른 하늘이 강물로 더불어
어울린 빛깔에는
모든 일이 일일이
쌓이고 쌓여
티끌 하나 얼룩이지
눈물 하나 아롱이지
않고 없는데 —

—<알림 어림 아가씨> 에서

'티끌과 눈물'은 시간의 무수한 흐름과 다양한 경험의 결들을 드러
내는 구절이다. 그러나 만년, 천년이라는 시간적 진폭은 순간과 하루
밤으로 응축되고 '한떨기 꽃'으로 집약되고 있다. 즉 무수한 시간과 광
활한 우주는 '한 떨기 꽃송이'의 의미 안으로 응축되는 것이다. 하나의
생명체를 통하여 모든 생명의 본질은 사유된다. 그러므로 시인에게
'한 떨기 꽃송이는 만송이의 등불'과 같다. 이는 앞에서 무아의 상태가
진정한 존재적 자아와 또다른 나인 타자에 이르게 되는 것과 일치한
다. 시간의 무화와 존재의 현실을 빛을 통하여 응시할 수 있었던 자
아는 소리를 통하여 자신을 잊음으로서 궁극적으로는 자아의 존재성
을 찾아나가는 과정을 보여주고 있다. 위의 시에서 하나의 생명은 모
든 일이 쌓이고 쌓이는 필연성을 내포하며 바로 이 지점에서 영원은
순간으로 대체된다. 그래서 "단단한 차돌에서/ 물이 태나고/ 까닥 않
는 바위에서/ 춤이 자랄" 때까지 시간은 흘러가도 모든 소리는 어차피
'하나'일 수밖에 없다.

그대는 말없이 새롭게
늘 서 있다.
그대는 시간을 막고
공간을 빚어낸다
그대는 공간을 마시고
시간과 합쳐
몸짓을 잃는다
그대는 내몸을 알려 준다
그대는 내가 설 땅을
점지해 준다.

―<讚歌>에서

이러한 시간의 정지는 일정한 존재의 공간을 생성한다. 이것이 현재의 공간 속에서 인식되는 자아의 현존인 것이다. 영원성을 내재한 시간과 모든 것이 되돌아 온 공간은 자아를 온전한 하나로 인식하고 우주적 존재로 확대시키는 환경들이다.

슬프다 하면
너무 무겁고
무겁다 하면
너무 깊으다
하늘인가 바단가
흘러 가는 가락인가
살별 떼가 날으는
밤을 다한 마음인가
넓어질수록
아아 홍청대는 공간이여!
가라앉아도
아아 싱싱한 시간이여!
불꽃을 퉁기면서
휩싸고 돈다

―<雅樂>의 전문

이 시는 『월정가』에 드러나는 송욱 시의 특성을 가장 요약적으로

형상화한다. 슬픔이나 무거움은 결코 그 속으로의 절망과 침잠을 내
재하지 않는다. 아니, 오히려 깊이와 넓이는 활기찬 생명의 공간을 만
들어내고 있는 것이다. 왜냐하면 세계와의 하나됨을 인식한 자아에게
하늘과 바다, 빛과 밤은 모두 하나의 의미이기 때문이다. 그것은 공간
과 시간 속에서 그 확대와 심화를 꾀하면서 존재의 현존을 응시한다.

4. 결론

본고는 앞에서 『월정가』의 시세계가 자연적 이미지를 바탕으로 에
로스적 상상력을 통한 존재와 세계에 대한 시인의 인식변화를 형상하
고 있음을 살펴보았다. 이들은 바슐라르의 이미지 상상력과 리샤르의
인식적 깊이를 전제로 하여 다양한 자연적 이미지를 통해 이루어진다.

먼저 이러한 자연적 이미지로 '산'과 '바다', '꽃'의 이미지 등이 있는
데 이들은 각각 남성적 생명의 힘과 재생적 모성의 공간을 의미하며
'꽃'이라는 이미지는 이들의 에로스적 결합에 의한 모든 생명을 의미
한다. 또한 이러한 에로스적 상상력은 '빛'이라는 응시의 힘과 소리를
통한 자아와 세계의 만남과 섞임을 통하여 '알몸'이라는 실존적 공간
을 만들어 내고 있다. 이러한 이미지의 작용은 여성적 육체에 대한
추구에 의해 곡선의 부드러움을 만들어 내고 시간의 무화와 공간의
확대를 통해 그 존재성을 확정짓는다.

송욱은 이때부터 동양적인 사유를 수용한다. 그에게 깊이와 높이,
하나와 전체, 삶과 죽음, 자아와 타자는 동일한 의미를 형성한다. 그
것은 외연으로는 대립이지만 내포적 의미로는 동일하다. 이러한 동양
의 역설적인 사유는 시인으로 하여금 세계와 자아의 대립과 분열을
극복하게 하며 세계, 타자와 화해할 수 있는 틀을 제공한다. 또한 이
는 분명 자아를 향한 용서와 포용의 몸짓이기도 하다. 이러한 과정에
서 그의 '알몸'의 이미지는 주목할 만하다. 그에게 '알몸'은 이전의 모

든 가식과 허위를 벗고 타자와의 관계 속에서 보다 화해로운 자아를 인식하는 매개이며 존재에 대한 치열한 자기확인의 이미지이다.

　요컨대 『월정가』는 자연이미지들의 작용에 의하여 분열적 세계에 대한 극복과 화해, 그리고 타자와 자아의 일체감을 나타내고 있으며 유폐의식과 풍자적 세계인식의 『하여지향』에서 초월적 허무주의의 『詩神의 주소』로 이어지는 과정에서 시인의 세계 극복의지와 인식의 변화, 그리고 여성성을 통한 원시적, 통합적 공간으로의 시적 지향을 드러내는 시집이라 할 수 있다.

(오윤정 · 서강대 강사)

詩神의 몸과 말의 생명력
—『詩神의 住所』(제4시집) 연구

I. 서론

　『詩神의 住所』는 어두운 세계에 던져진 고독한 자아, 송욱의 숨가
쁜 발걸음이 멈춰 있는 마지막 자리이다. 하지만 이것은 송욱의 삶과
시에 대한 총체적인 연구의 부족으로 제대로 논의의 대상으로 자리잡
지는 못하고 있다.

　다행히 1990년대에 들어와서 김유중이 그의 시 세계가 지닌 지속
과 변이를 살펴보고 있다. 김유중은 송욱이 그의 시에서 이루려고 하
는 것은 정신적 죽음으로부터의 부활이었으며, 그는 그것을 사물과
말에서, 동양의 無와 道에서 찾았으나 결국 실패했다고 진단하였다.
특히 김유중은 『시신의 주소』를 텍스트로 삼아 송욱이 집착했던 사물
과 말, 인간의 생명력을 분석하였다.[1]

　진순애는 송욱의 시에 내포된 은유적 의미를 공간 의식에 따라 나

---

1) 김유중, 「부활에의 꿈」, 《현대문학》 (1991.7)

누어 분석하였다. 특히『시신의 주소』에서는 도의 세계에 의한 열린 의식을 발견하였다.2)

한편 조미영은 송욱의 시와 비평에 나타나는 현상학적 사유와 창작 과정에 주목하였다. 그리고『시신의 주소』에서는 상상력에 의해 현실 을 無化하고 현실과 몸을 동일시하여 허구적 세계를 지향하던 송욱의 시가 점차 인간의 신체와 말, 그리고 사물의 세계에 접근한다는 사실 을 찾아내었다.3)

『시신의 주소』에 관한 시론으로는 정현종의 것이 있다. 그는 이 시 집이 말에 대한 탐구라고 전제하고, 송욱은 自由聯想의 방법을 사용 하였다고 지적하였다. 그리고 송욱에게 있어서 말은 '造物主요 道며 애인이고 장난감'임을 역설하고 있다.4) 이러한 네 논의는『시신의 주 소』를 형성하고 있는 주제의식이나 이미지들을 잘 드러내고 있다. 사 실상 이 시집은 "시는 母國語의 精髓를 무지개처럼 빛내야 한다."5)는 송욱의 이상을 실현하기 위한 말과 사물, 몸의 끊임없는 대화로 이루 어져 있다. 하지만 앞의 세 논의는 송욱의 시 세계 전반을 다루고 있 고, 정현종의 논의는 단순히 이 시집에 대한 인상비평에 머물고 있기 때문에『시신의 주소』의 지속과 변화 양상을 깊이 있게 다루고 있지 는 못하다.

따라서 이 연구에서는 선행 논의를 수용하면서, 송욱의『시신의 주 소』에 나타난 시세계를 구축하겠다. 그런데 송욱은『시신의 주소』나 『文物의 打作』 등에서 알 수 있듯이 동서고금의 고전이나, 시집을 많 이 읽었는데, 이러한 독서 체험이 그의 시세계를 형성하는 데 기초가 되었다. 따라서 『시신의 주소』가 내포하고 있는 세계를 밝혀내는 데 에는 이 시집에 실려있는 일기 형식의 斷想과 비슷한 시기에 출간된 『문물의 타작』의 내용이 유용하리라 생각된다. 그래서 이 글에서는

2) 진순애, 「송욱 시의 은유구조 연구」(성균관대 석사학위논문, 1994)
3) 조미영, 「송욱 시 연구」(서울대 석사학위논문, 1994)
4) 정현종, 「말과 自由聯想의 세계」, 《월간조선》(1981.6)
5) 송욱, 『詩神의 住所』(일조각, 1981), 발문.

이 사실에 착안하여 그의 시적 발상의 근거를 찾고, 이에 따라 시세계를 세 단계로 나누어 보았다. 첫째 단계는 메를로-퐁티의 사유에 기초하여 송욱이 자아와 타자의 통로로서의 '몸'을 발견한 것이다. 둘째 단계는 퐁쥬의 사유에 기대어 몸과 사물에 새로운 생명력을 불어넣는 말의 세계이다. 셋째 단계는 장자의 사상에 바탕을 두고, 자연 속에서 '逍遙遊'하면서 우주 만물의 道에 합일하려는 자아에 관한 것이다.

2. 자아와 타자의 통로로서의 몸

1) 타자를 지각하는 몸

송욱은 "몸의 歷史를 위하여, 몸의 歷史도 마치 精神의 歷史처럼 一生이 항상 살아 있다. 되살아난다."[6]고 자신의 일기에 적고 있다. 그리고 그는 이러한 고백을 실천이라도 하듯이, 시에서 끊임없이 '몸'의 의미를 탐색하였다. 그는 몸을 단순히 정신의 그릇으로 보지 않고, 몸자체를 살아 있는 정신으로 인식하였다. 그래서 그에게 있어서 몸은 때로는 타락한 현실을 풍자하는 수단이었고, 때로는 순수한 생명력을 발견하는 통로이기도 했다. 이러한 '몸'의 모티프는 『시신의 주소』에서도 여전히 그의 시세계를 형성하는 중요한 요소로 작용하고 있다. 그리고 이 시집은 그의 정신사적 궤적을 고려할 때, 메를로-퐁티와 퐁쥬의 사유를 적극적으로 수용한 흔적을 보여주고 있다.

　　　　아아 처음으로 마지막으로 !

　　　詩人에게는 말뜻이 들린다, 말소리가 달린다, 風景이 들린다,
　　　情景이 달린다. 하늘이 들린다, 땅이 달린다.

---

6) 송욱, 같은 시집, 일기 1978. 7. 24.

> 詩人에게는 머리가 달린다. 염통이 들린다. 핏줄이 힘줄이, 무
> 성한 숲이 달린다. 뼈다귀가 바위처럼 들린다. 산지사방으로 뻗은
> 핏줄 속을, 마치 실개울처럼 피가 울리며 달린다. 아아 살이 눈사
> 태난다!
>
> 아아 처음으로 마지막으로!
> ─<아아 처음으로 마지막으로>의 전문

이 시에서 시인은 감탄의 환호성 '아아'로 말문을 열고 있다. 이 환
호성은 시인의 인식과 발상의 전환에서 기인하고 있다. 이것은 송욱
에게는 정신적인 각성과 시 발상법의 전환을 의미하기도 한다. 이 전
환은 구체적으로 시인이 자아의 외부에 있는 타자─'말', '풍경', '정경',
'하늘', '땅'─의 행위를 '들린다', 혹은 '달린다'로 표현하고 있는 데서
잘 드러나고 있다. 즉 이 '들린다'와 '달린다'는 시인이 의도적으로 그
음운적 자질을 고려하여 리듬감을 형성하고 있을 뿐 아니라, 청각과
시각의 이미지를 精緻하게 배열한 것이다. 그리고 이 두 감각을 자유
자재로 넘나들 수 있는 것은 '몸'에 대한 새로운 인식 때문이다.
"詩人에게는 머리가 달린다. 염통이 들린다. 핏줄이 힘줄이, 무성한
숲이 달린다. 뼈다귀가 바위처럼 들린다"에서 드러나듯이, 송욱에게
있어서 '몸'은 그 전체로서 감각 기관이다. 그리고 그 감각 기관은 외
부 세계만을 지각하는 것이 아니라 자아의 내부도 지각할 수 있다.
따라서 시인은 '몸'을 통해 타자를 지각하고, 자아를 지각하고, 타자와
자아의 지각이 서로 미끄러져 들어가 결합하기를 시도한다. 그래서
시인은 머리가 달리는 것을, 염통이 들리는 것을 지각할 수 있다.
그리고 송욱은 한 걸음 더 나아가 자아와 타자 사이에는 '피'와 '살'
을 매개로 한 '혈연관계'가 있음을 강조하고 있다. 즉 '피가 울리며 달
린다. 아아 살이 눈사태난다!'는 것은 자아와 타자가 동일한 '감각 세
계'를 향유하고 있으므로 결국 '혈연관계'를 맺고 있는 동질적인 존재
라는 인식을 드러낸 것이다.

송욱의 이러한 '몸'에 대한 사유는 사실상 메를로-퐁티의 철학에서 기인하였다. 즉 이것은 퐁티의 話頭, '타인은 나에게 어떻게 나타나 보이는 것일까? 감각적인 것 즉, 감각을 통해서 볼 수 있는 것과 타인의 관계는 무슨 뜻을 지니고 있는 것일까?'[7]라는 사유에서 비롯되었다.

> 내 생각이 내시간의 뒤쪽이요, 수동적이고 감각하는 내 존재의 안쪽 혹은 뒤쪽이라고 치면 나 자신을 파악코자 하는 경우 감각 세계라는 재료전체가 드러나며 그 속에 타인도 들어 있다. 타인들은 그 속에서 <하나의 시력>의 起伏·偏差, 혹은 변수로서 나타나고 나도 역시 그 시력에 참가하고 있는 셈이다. 그 이유로 말하면 그들은 내 사막에 사는 가공적 인물이 아니며 내 정신이 낳은 아들도 아니고, 항시 현존하지 않는 가능한 존재도 아닌 까닭이다. 타인들은 나와 쌍둥이고 내 <살>의 <살>인 까닭에 그들 속에도 나는 없다. 그러나 나와 타인 사이의 이러한 거리란 우리가 감각적 존재, 즉, 감각을 통해서 파악할 수 있는 사물에 비추어 볼 때에는 야릇한 혈연 관계를 맺는다. ……중략……
>
> 우리 시선은 우리 <살>이 열려 있음을 말하며 그 열린 곳을 세계의 보편적인 <살>이 곧 메꾸기 마련이다. 또한 동물의 육체는 세계에 대하여 스스로 닫히기 마련이기도 하며 구체적으로는 자기 자신을 감각한다. 우리는 자신을 보고 만질 수 있기 때문에 다른 것을 보고 만질 수 있는 까닭이다.[8]

메를로-퐁티는 '감각'을 철학적 화두로 삼고, 현상학적 안목을 견지하며 자아와 세계의 원초적인 관계를 탐구하였다. 그리고 그 결과 자아와 세계를 매개하는 것이 '감각'임을 찾아내었다. 그래서 '감각'을 통해 자아와 타자는 만나고, 혈연 관계를 맺고 있다. 그리고 자아와 타자는 감각세계 안에 있기에 서로 열려 '보편적인 살'이 될 수 있다.

송욱은 이러한 메를로-퐁티의 사유를 바탕으로 하여, '시인에게는'

---

7) M.M. Ponty, trans. Colin Smith, 『Phenomenology of Perception』, (London, Routledge), 1962, 22면.
8) M.M. Ponty, 같은 책, 22~24면.

몸이 있으며, 시인은 이 몸을 통해 타자를 지각한다는 사실을 인식하였다. 그리고 '몸'은 '감각 세계'로서 시인과 타자가 서로의 시력으로 만나는 공간이다. 하지만 나와 타자는 분명한 거리를 두고 있다. 그러나 감각이라는 상호 관계를 지니고 있기에 혈연 관계를 맺는다.

> 나는 생각할 때 반드시 胃腸과 상의하기로 했다. 내 양과 창자는 내가 생각하는 대로는 움직이지 않기 때문이다. 아마도 그들 나름으로 생각이 있는 모양이다. 즉 그들은 自然의 思考方式을 따라서 움직이는 것 같다. 그들은 飮食이라는 外界를 받아들여서 내 肉體라는 內界의 生命에 필요한 것만을 골라서 消化하고 나머지는 모두 배설한다. 양과 창자! 그들은 이처럼 內外를 調和하는, 나와 萬物이 一體가 되는, 天地와 나 사이를 이어주는 바로 무지개! 구름다리! 내 목숨을 하루하루 나날이 이어주는, 그러나 보이지 않는 아아 무지개 구름다리……
> —<胃腸은 무지개, 1979. 3. 17. 일기>의 전문

송욱의 이 斷想은 보다 구체적으로 타자를 지각하는 몸의 양상을 밝혀주고 있다. 우선 '나의 양과 창자'는 나와는 다른 존재의 원리를 따르고 있다. 이것은 '양과 창자'는 몸의 내장기관으로서 자율적인 원리에 의해 움직인다는 '自然의 思考方式'을 반영하고 있다. 즉 시인은 내 '몸' 속의 '양과 창자'가 자신과는 다른 존재 원리를 따른다는 인식에서 출발하여, 궁극적으로 이것도 역시 '나'와 '타자'를 매개시키는 내 안의 '몸'이라는 사실을 깨달았다. 그리고 '양과 창자'는 이 원리에 따라 '飮食이라는 外界'와 '내 肉體라는 內界'를 이어주어 궁극적으로는 내 생명을 유지시키는 기능을 하고 있다. 따라서 이것은 '나와 萬物'을 '天地'와 '나'를 이어주는 '무지개! 구름다리!'이다. 이 때 '무지개! 구름다리!'는 자아와 타자를 이어주는 환상적인 매개체를 뜻한다.

그러므로 '위장'은 자아에게 있어서 바깥의 세계를 지각하고, 그 의미를 인식하도록 하는 기능을 하고 있다. 그리고 자아는 '위장'의 이러한 기능을 직접 볼 수는 없지만, '消化'와 '排泄'이라는 생리 작용을 통

해 자신의 몸이 세계와 관련되고 있음을 알 수 있다.

위에서 살펴보았듯이 송욱에게 있어서 '몸'은 그 전체로서 감각 기관이다. 그리고 그 감각 기관은 외부 세계와 아울러 자아의 내부도 지각할 수 있다. 따라서 '몸'은 자아와 타자, 내부적 자아와 외부적 자아가 서로 만나고 지각하는 공간이다.

2) 자아를 표상하는 몸

송욱의 '몸'에 관한 시학은 앞서도 지적했듯이, 메를로-퐁티의 영향을 많이 받았다. 그래서 그의 '몸'은 세계를 지각하는 차원에 머물지 않고, 오히려 '몸'의 실존 방식에 의해 세계를 새롭게 인식하려는 경향을 보여준다. 즉 그에게 있어서 '몸'은 세계를 지각하는 동시에 세계 속에 실존하는 하나의 존재이기도 하다.

> 내 마음에 性이 고인다
> 내 마음에 얼이 박힌다
> 나는 事物에서 얼뺌을 땐다
> 그러며는 내 몸에 맥이 박힌다
>
> ―<내 마음에……>의 전문

이 시에서, "내 몸에 맥이 박힌" 상태는 하나의 생명체가 살아서 세계 내에 존재함을 의미한다. 그런데 이 존재가 실존하기 위한 전제 조건은 "내 마음에 性이 고인", "내 마음에 얼이 박힌", "事物에서 얼뺌을 땐" 상태에 놓여 있어야 한다는 것이다. 이것은 결국 내 마음에 본성이 있고, 정신이 있으며, 사물의 본질을 직관할 수 있는 힘이 있어야 한다는 생각이다. 그리고 이러한 요소가 내 몸에서 합일될 때 비로소 내 몸은 진정한 생명력을 지닐 수 있다. 그러므로 이 때 '몸'은 본성에 대한 투철한 정신과 세계에 대한 냉철한 인식을 지닌 '자아'의 표상이다. 따라서 자아를 표상하는 '몸'은 고유한 '존재'이다. 결국 이러한 몸 혹은 몸을 소유한 '나'는 세계를 소유하고 있는 셈이다. '내가 세계를 소유한다'고 말하는 것은 '나는 실제로 세계에 관련되고' 있음을 말하는 것이며, 세계 속에 신체화됨으로써 세계에 붙잡힌 것을 말한다.9) 결국 이 말은 이 시가 보여주듯이, 마음과 사물에 의해 '맥'이 박힌 '내 몸'은 추상적인 세계가 아니라 구체적이고, 지각 가능한 세계 속에 놓이게 된다. 따라서 이러한 '몸'은 '나의 생리학'에서 드러나듯이 타자에 작용할 수 있는 존재가 된다.

> 머리를 베개삼아 자고 물론 먹기야 목구멍으로 먹고 눈으로 귀로
> 말로 생각한다.
> 발바닥으로 느낀다
> 궁둥이로 발꿈치로 숨쉰다
> 뱃속이 마음이다.
> 가슴은 염통이다
> 입은 온 몸을 대신하여 말한다
> 코는 하늘을 마신다!
> ─<나의 생리학—1978.11.10의 일기>의 전문

이 단상이 보여주는 '나의 생리'는 대체로 상식에서 벗어난 낯선 것이다. 하지만 '몸'을 구성하는 각각의 기관을 단순히 '몸'의 일부로 여기지 않고, 그 자체를 하나의 존재로 받아들인다면 이 낯선 발상은 쉽게 수긍될 수 있을 것이다. 즉 내 '몸'의 각 기관들은 기계적인 신진대사를 통해 '몸'을 구성하고 유지하는 유기체가 아니라, 각각의 존재이자 하나의 주체이다. 그래서 '눈으로 귀로 말로 생각'할 수 있고, '발바닥으로 느낄' 수 있고, '궁둥이로 발꿈치로 숨쉴' 수 있다. 또한 '뱃속'이 '마음'으로, '가슴'이 '염통'으로 치환될 수 있다. 바로 이러한 기관들의 뒤섞임이 바로 '나의 생리'이다.

그리고 이러한 생리를 지닌 '나'는 입을 통해 '온 몸을 대신하여 말한다.' 이 때 말한다는 것은 세계 속에 몸이 자신을 스스로 드러내는

---

9) R.M. Zaner 저, 최경호 역, 『身體의 現象學』(인간사랑, 1993), 280면.

행위이며, 세계 속에 작용한다는 의미이다. 따라서 '몸'은 세계와의 상
호작용을 통해 존재하고 있다. 그래서 자아는 세계 속에 존저하게 된
다.

위에서 살펴보았듯이, 송욱은 자아와 타자의 통로로서 '몸'을 새롭게
발견하였다. 그래서 이 몸을 통해 자아와 타자가 서로 만나고 상호작
용을 할 수 있다. 그리고 '몸'은 세계 속에 존재하는 자아를 표상한다.

3. 창조적 생명으로서의 말

1) 몸을 창조하는 말

송욱은 메를로-퐁티의 <말과 생각>에 관한 논의에 한 걸음 더 다
가선다. 여기서 '말'의 문제가 제기된다. "매혹된 상태를 벗어나서 우
리가 나와 남 사이에서, 그리고 나와 사물 사이에서 의미를 얻는 경
험이 이뤄지려면 말함과 사상의 공통된 영역이 있어야 한다. 물론 우
리 욕망과 감각세계 사이에는 <말없는 의사 전달의 물결>이 인다.
말함은 이러한 물결을 타고 뛰어 올라서 마치 몸짓처럼 의미를 따오
는 것이다. 또한 경험에 없지 못할 나와 타인 사이의 공통된 사상의
영역만 하더라도 말함과 표현에 의지하고 있다. 말함으로써 나는 외톨
박이인 <나는 생각한다>를 벗어나 남과 내 생각을 나눌 수 있다."[10]
즉 사람은 생각과 시선만으로는 경험을 하지 못하고 매혹된 상태에
빠질 뿐이므로 '말'의 존재가 중요하다는 메를로-퐁티의 사유를 송욱
은 적극적으로 수용한 듯하다.

> 말에서 개평뗀다 韻을 뗀다
> 말머리가 가슴이 꿍무니가 열린다

---

10) 송욱, 『文物의 打作』(文學과 知性社, 1978), 131면.

말과 말이 마음껏 껴안는다, 벌거숭이로……
말에서 딱지뗀다 꼭지뗀다
말을 혀끝바닥으로 만지락거리다가는
끝내 배알게 마련이다……
왜 잠자코 있지 않는가?
말과 말이 주고받는 tongue to tongue kiss!
말에서 만짐새 앉음새를 만져본다 쓰다듬는다
말이 만질만질 몽글몽글 망실망실하다가는
급기야 화닥닥 후닥닥 훨훨 나르고 만다!
말이 어찌 무뚝뚝하랴?

—<말은 造物主>의 전문

시인에게 있어서 '말'은 하나의 '몸'으로 받아 들여 진다. 그래서 그는 말에서 개평을 떼내고, 운을 떼낸다. 딱지떼고, 꼭지뗀다.' 그러면 말은 모든 군더더기를 떼어버리고 '벌거숭이' 본연의 몸이 된다. 그리고 이러한 '말'과 '몸'은 벌거숭이로 서로를 껴안으며 의미를 공유한다. 이것은 말이 일상의 오염에서 벗어나 순수한 생명력을 회복함을 뜻한다. 말에 대한 이러한 새로운 인식은 '말' 자체를 하나의 존재로서 받아들이고, 그 존재의 변화를 유심히 관찰하는 시인의 노력에 의한 것이다.

그리고 시인은 '말'과 조심스러운 교감을 나눈다. 그래서 그는 의사 소통의 과정에서 말을 만지고 쓰다듬는다. 그리고 말의 '만질만질 몽글몽글 망실망실한' 촉감을 느낀다. 그리고 시인은 말의 촉감에 따라 그것의 새로운 모습을 인식한다. 그런데 이 인식은 결국 인간의 입장에서는 '말'의 무궁한 생명력을 탐지하는 것이다. 따라서 말은 생명체로서 존재할 수 있다. 그래서 송욱은 자신의 일기에서 "말에는 필요한 時間과 空間을 주어야 한다. 말은 自然이면서도 人工이니까. 연장이면서도 목숨이니까 말은 길어야 할 때와 짧아야 할 때가 따로따로 있는 법이다. 그러므로 말은 生物體 말은 마치 生物體처럼 길길이 펼쳐지기도 하고 오물거리다가 오므라지고 들고…… 그리고 제물에 오므리고……"11)라고 적고 있다.

그에게 있어서 '말'은 그야말로 신비한 생명체이다. 말은 반복되고, 비틀어지고, 거꾸러진다. 하지만 그의 '말'은 필요한 시간과 공간 속에서 탄생한 하나의 精髓이다. 존재해야 할 자리에 존재해야 할 형태로 살아 있다. 이러한 말에 대한 새로운 인식은 항상 세계에 대하여 새로운 지각을 시도하려는 시인의 행위이기도 하다. 또한 이것은 세계속에서 너무도 친숙하게 받아들여진 사물에 대한 인식에서 벗어나, 사물의 목소리에 귀기울여 새로운 의미를 부여하고 부여받으려는 행위이기도 하다.

> 몸에 붙지 않는 옷이 있고 말이 있다
> 그러나 몸에 붙는 옷처럼 말이 내 몸에 붙는다
> 마치 영자처럼 귀신처럼 붙는다
> 말을 거울삼아 나를 비춰 본다
> 말 속에 있는 내가, 황홀한 내가 바깥세상을 비추어 본다
> 짯짯이 나를 살피는 말이여
> 송송 구멍 뚫린 말문구멍이
> 내 몸에 눈입콧구멍
> 귀목구멍을 송송 뚫어 놓는다!
> 말이야 많지만 말이 그렇지……
> 어디 입에 맞는 말이 많을까?
> 뜻이 게눈 감추듯 한다!
> 깊이가 감고 다무는 눈시울 입술……
> 내 몸은 문지방 문간방말……
> 열고 닫는 말문이기에
> 바깥세상 소문이 드날리는 문지방 문간방말에서
> 나는 나를 듣고 배운다
>   ―<말과 몸>의 전문

이 시에서 시인은 "몸에 붙는 옷처럼 말이 내 몸에 붙는다 마치 영자처럼 귀신처럼 붙는다"라고 '말'과 '몸'의 관계를 지적하고 있다. 그런데 중요한 것은 '말'도 하나의 존재라는 사실이다 그래서 '나'는 "말

---

11) 송욱, 같은 시집, 96면.

을 거울삼아 나를 비춰"볼 수 있으며, '말'도 '나를 살필' 수 있다. 시인이 '말'이라는 거울에 자신을 비춰 보는 것은 이 '말'을 통해 바깥 세상을 투시해 보는 행위이다. 곧 '말'로써 세계를 지각하고 표현하는 것이다. 그래서 순수한 '말'을 통해 세계를 새롭게 인식하는 것은 황홀하고 신비스러운 경험이다. 한편 '나'를 살피는 '말'이 "내 몸에 눈입콧구멍 귀목구멍을 송송 뚫어 놓는" 것 역시 황홀한 유희이며, 이것을 통해 '나'는 세계와의 원활한 의사소통이 가능하게 된다. 하지만 시인은 곧 '말'의 본질적 순수를 지켜나가는 것의 어려움을 자각한다. '말'이 많지만 입에 맞는 '말'은 많지 않다. 이것은 여전히 내 몸에 맞지 않는 '말'이 많다는 뜻이며, 내 몸에 맞지 않는 바깥세상의 일이 많다는 뜻이다. 이 말은 시인의 솔직한 고백이다. 시를 쓴다는 행위는 결국 '말'을 통해 몸짓을 한다는 것이다. 그런데 정말 시인의 입맛에 맞게 말을 쓰기란 쉽지 않을 것이다. 그리고 바깥세상 역시 시인의 입맛에 맞지 않을 것이다.

하지만 "내 몸은 문지방 문간방말…… 열고 닫는 말문이기에" 여전히 '몸' 혹은 말을 통해 세상의 의미를 듣고 배운다. 한편 이것은 '내 몸'과 '말'이 세계의 문지방에 놓여 있다는 존재 의식을 일깨워주고 있다. '문지방'은 두 공간 사이의 경계이자 통로이다. 그리고 '문지방'은 전환과 초월을 상징한다. 따라서 '내 몸'과 '말'은 '문지방'을 통해 현실의 어려움에 굴하지 않고, 보다 순수한 세계에 나아가기 위해서 끝없이 몸짓하고 의사를 전달하려고 한다. 그리고 이 몸짓과 말은 시인에게 있어서 시의 세계로 귀착된다. 즉 시인은 시를 통해 '내 몸'과 '말'의 전환과 초월을 이루려고 시도하였다.

> 흰구름을 푸른 산이 목돌이로 둘렀다
> 詩人의 말에 대한 感觸 혹은 촉감은 피어니스트의 피어노 건반에 대한 촉감, 혹은 바이오리니스트의 絃에 대한 촉감과 비슷하다. 시인은 말을 앞에 놓고 생각하기보다는 말을 두드리거나 만져본다. 그는 말의 알몸을, 벌거숭이말을 만진다. 그런데 무엇으로

만질까? 아아 손이 아니라, 눈이 아니라, 뜻이 아니라, 결국 詩로
서 말을 발가벗게 — 즐거운 마음으로—발가벗게 하고 만져본다.
그렇다면 詩란 무엇일까?

벌거숭이 宇宙가 아닐지 모르겠다, 아아 그리고 말은 詩에서 날
개를 퍼덕인다. 말은 시에서 마치 孔雀새처럼 눈부신 날개를 펴들
고 자랑한다! 그런데 공작새 날개에선 뭇太陽들이 소용돌이친다!
이 때문일까. 말이 詩에서는 마치 제비처럼 때로는 독수리처럼 나
르는 것은!

—<1978. 9. 18. 일기>의 전문

송욱은 앞서도 지적했듯이, 말을 추상의 세계에 존재하는 체계가
아니라 "두드리거나 만져볼 수 있는 있는" 구상의 세계에 존재하는 몸
으로 다루고 있다. 따라서 시인은 詩의 세계에서 말을 발가벗기고 만
져볼 수 있다. 이것은 송욱이 詩作活動에서 말에 얼마나 심취하고 있
는 지를 여실히 보여주며, 다른 시인과 그를 변별할 수 있는 하나의
특징이다. 그의 시는 "벌거숭이 말들의 우주"이다. 기존의 의미 세계
에서 타락한 말들이 그의 창조적 유희를 통해 새로운 생명을 얻고 있
다.

그가 『하여지향』에서 천착했듯이, 부정한 현실이 자아를 옥죄고, 자
아가 유폐의식에 사로잡힌 채 세계에 대항하여 내뱉았던 풍자의 말들
은 『詩神의 住所』에서는 더욱 다양하고 신선한 생명력으로 존재하고
있다. 그러므로 시에서 "말은 孔雀새처럼 눈부신 날개를 펴들고 자랑"
하며, "공작새 날개에선 뭇太陽들이 소용돌이"칠 수 있다. 이것은 '말'
이 소용돌이치는 태양을 통해 새로운 생명력을 지닐 수 있다는 의미
이다.

이상의 논의를 정리하면, 송욱에게 있어서 '말'은 하나의 '몸'을 지닌
존재이다. 그래서 그는 기존의 '말'에 대한 인식에서 벗어나, 말이 숱
한 군더더기를 떼어내고 새로운 생명력으로 다가서는 그 순간을 포착
하여, 말의 생명력을 고양시키려고 하였다. 따라서 그는 시에서 현실
적인 어려움에도 불구하고 '말'로써 '몸'의 새로운 생명력을 모색하였

다. 그리고 이러한 모색은 궁극적으로 시인으로서 자신의 생명력을 유지하려는 노력이기도 했다.

2) 사물을 창조하는 말

이제 송욱은 순수한 '말'을 가지고 사물의 세계로 나아간다. 그가 사물의 세계를 온전히 경험하는 것은 '말'을 통해서만이 가능하기 때문이다. 하지만 그는 사물의 친숙한 모습에는 관심이 없다. 오직 새 생명을 지니고 있는 '말'을 통해 사물의 본질을 인식하려고 노력하였다.

> 새가 열매를 까먹듯이
> 말이 事物을 까먹는다
> 말은 나르다가 앉았다가 한다
> 事物이 나무처럼 메아리치게……
>
> —⟨말과 事物⟩의 전문

송욱의 '말'은 이제 '새의 몸'으로 형상화되어 "事物을 까먹는다." 이것은 시인이 '말'을 발가벗겼듯이 사물도 '말'을 통해 발가벗기려는 시인의 의도를 내포하고 있다. 따라서 이것은 사물도 새 생명을 부여받는 창조의 순간에 놓여 있음을 뜻한다. 시인은 새가 나르고 나무에 앉아 세계와 접촉하듯이 '말'이 사물에 닿도록 하여 사물 자체가 새로운 의미를 메아리치도록 한다. 하지만 여기서 주목할 것은 '말'이 사물을 재현하는 데 그치고 있지 않다는 것이다. 오히려 사물이 말의 주체가 되어 자신의 존재를 메아리쳐서 알리고 있다. 이것은 인간이 언어로써 사물들을 추상화하고 사물들에게서 본질적 의미를 박탈해 버림으로써 필연적으로 사물의 침묵을 이끌어냈다[12]는 퐁쥬의 반성에서 기인하고 있다. 그래서 송욱은 사물이 스스로 자신의 본질을 드러

---

12) 한정석, 『Francis Ponge의 事物認識 硏究』(서울대 석사학위논문, 1992)
   65면.

널 수 있는 말의 탐구에 자신의 詩作 생명을 걸고 있다. 그러므로 송욱은 우선 기존의 사물에 대한 일체의 표현을 거부하고, 사물 그 자체의 존재 양식과 표현 양식에 접근하고 있다.

> 말을 낫처럼 도끼처럼 벼린다
> 말은 事物을 벼농사 보리농사처럼 타작한다……
> 나무처럼 벤다
> 그리고 펄펄 내리는 눈송이처럼 모두를 덮는다 잠재운다
> 봄이 오면 모두 노래시킨다 자라게 한다
> 처음에 말이 있고 道理가 있었다……
> 道가 몸을 밴 아담이여 仙人이여!
> 아리따움이 몸을 밴 이브여 아아 仙女여!
> 그들은 결코 樂園을 잃지 않는다
> 그들 사랑 앞에서는 魔鬼가 숨을 죽인다……
> 사랑이란 어질더어진 마음———
> 事物을 벼릿줄처럼 사로잡는다 그물로 모두 모개로……
> ―<事物과 사랑>의 전문

이제 시인은 인간 중심으로 사물을 인식하지 않고, 사물 중심으로 사물을 인식하기에 이르렀다. 그래서 시인은 '처음에 말이 있고 道理가 있었던' 시간으로 돌아갈 수 있었다. 그러므로 시인은 사물의 '말'을 통해서 '사물'을 베고 타작한다. 그리고 '말'은 사물을 덮고 잠재운다. 하지만 봄이 오면 만물이 소생하듯이 '사물'은 '말'에 의해 새로운 생명력으로 소생한다. 이것이 바로 자연의 섭리이다. 태초의 자연은 타락하지 않은 '말'과 '道理'가 있었기 때문이다. 즉 '말'은 "道가 몸을 밴 아담이여 仙人이여! 아리따움이 몸을 밴 이브여 아아 仙女여!"에서 드러나듯이 '道를 담고 있는 태초의 몸'이다. 그리고 이러한 '말'은 아담과 이브의 至高至純한 사랑의 마음으로 사물을 사로잡는다. 마침내 사물은 말로써 자신의 존재를 보여준다. 이 순간 사물의 생명력이 충만해 진다.

위에서 살펴보았듯이, 송욱은 인간이 지닌 사물에 대한 일체의 선

입견을 거부하였다. 그리고 오직 사물이라는 존재와 그것이 전하려는 '말'에 주목함으로써 사물의 본질에 다가서려고 했으며, 그 과정에서 말을 통해 사물의 새로운 생명력을 발견할 수 있었다.

궁극적으로 송욱은 '말'로써 '몸'을 창조했고, '말'로써 '사물'을 창조하였다. 그리고 그는 이러한 작업을 통해 인간의 '몸'과 사물의 '몸'이 지닌 본질에 접근하고자 했다.

4. 몸과 말의 합일 공간으로서의 자연

1) 逍遙遊의 공간 — 폭포

송욱은 몸과 말, 사물의 신비한 세계에서 그것들의 생명을 조화시키는데 골몰하였다. 이것은 결국 '세계 속 자아'의 정체성을 찾는 至難한 과정이었다. 그리고 시인이 상처받은 人生을 치유하는 끝없는 과정이었다. 그래서 시인은 이것을 위해 말을 발가벗기고, 사물을 까먹는 일을 마다하지 않고 오히려 즐거워했다. 그 속에서 완벽한 인생을 구축할 수 있다는 믿음이 있었기 때문이었다. 하지만 이제 시인은 몸과 말과 자신의 갈등을 인식하게 된다. 그리고 이 갈등을 풀기 위해서 동양의 정신 세계를 탐구하였고, 그 결과 장자의 '逍遙遊의 자유정신'을 발견하였다.

> 몸이 말을 안 들으면
> 몸이 하는 말을 들어야 한다
> 왜 逍遙山이 있지않은가?
> 逍遙遊가 있지않는가?
> 거닐다 노닐다가 바람 쐬며 시간 보낸다
> 목적을 노리면 모두가 허탕……
> 과녁배기는 가장 먼 他鄕!
> 과녁을 뚫으려면 목숨이 막힌다!
>
> —<逍遙遊>에서

이 시에서 자아는 자신의 몸임에도 불구하고, 말을 안 듣는 몸과의 갈등을 직시하고, 그것을 해결하기 위해 '몸이 하는 말을' 듣고자 한다. 그런데 이것을 위한 구체적인 행위는 바로 장자의 '逍遙遊' 정신에서 생겨난다. '逍遙遊'는 『莊子』 제1편에 나온다. 이 때 '逍遙'라는 것은 정신이 逍遙自在함을 의미하며, '遊'는 세속으로부터 벗어나 자유로움을 추구하고 나아가 도와 합일을 추구하는 것, 다른 하나는 세속에 살면서 세속적인 것, 인위적인 것에 지배당하지 않고 자신의 자유를 추구하는 것이다.13)

이제 시인은 '逍遙遊'의 정신으로 폭포 속으로 들어선다.

> 太陽은 香爐峯을 비추기에
> 향로처럼 보라빛 연기를 피운다.
> 아득히 보니 앞설려는 개울물을 폭포가 달아맸다
> 날을 듯이 흐르며 곧장 밑으로 三千尺이다.
> 어쩌면 銀河가 하늘 끝에서 쏟아졌으리라.
>
> 太陽은 우주에게 香을 피우는 향로이리라.
> 폭포는 개울물을 한뭄음 묶었다가 하늘을 쏘며 달린다.
> 폭포는 나른다 그리고 곧장이다!
> 폭포에서는 개울물이 銀河로 다다르련다.
> 곧장 쏟아지기에!
>
> —<瀑布—李太白을 위하여>의 전문

이 시는 이태백의 <望廬山瀑布>14)를 패러디한 것이다. 太陽은 香爐峯을 향로처럼 비춘다. 태양의 빛이 살아 있다. 그래서 시인은 그 빛과 연기가 만드는 경건하고 장엄한 분위기 속에서 아스라이 개울물을 본다. 그런데 개울물은 폭포가 된다. 물의 여러 형태 중에서 폭포만큼 물의 본질을 절묘하게 담고 있는 것은 드물다. 물은 증발하여

---

13) 조민환, 『중국 철학과 예술 정신』(예문서원, 1997), 214~219면 참고.
14) 이태백의 <望廬山瀑布>를 들어보면 다음과 같다.
　　日照香爐生紫煙　遙看瀑布挂長川
　　飛流直下三千尺　疑是銀河落九天

구름으로 응축되며, 비가 되어 지상으로 다시 내려와 생명을 기른다. 이 때 물은 낮은 곳에 있으면서 동시에 하늘에서 내려온다. 즉 물은 '상승'과 '하강'의 이중 운동을 그 본질로 한다. 폭포는 이러한 물의 이중성을 내포하고 있다. 또한 물의 본질은 흐름이다. 폭포는 그 쉼 없는 흐름을 우리에게 가장 신비하면서도 강렬하게 보여 준다. 따라서 송욱은 폭포가 담고 있는 물의 흐름을 직관하고 있는 것이다.

이제 개울물은 폭포가 되어 '날을 듯이 흐르며 곧장 밑으로' 떨어진다. "나르고 흐르고, 떨어지는" 것은 等價的인 행위이다. 그리고 폭포는 우주 속의 銀河가 하늘 끝에서 쏟아진 것이다. 이것은 폭포의 물이 바로 우주의 진리를 담고 있다는 인식에 의한 발상이다. 즉 물은 모든 생명을 기른다. 그러나 자신의 바람을 바라지 않는 까닭에 다투지 않고 모든 사람이 꺼리는 낮은 곳에 자리잡는다.15) 그리고 다시 물은 상승을 꿈꾼다. "폭포는 개울물을 한묶음 묶었다가 하늘을 쏘며 달린다. 폭포는 나른다 그리고 곧장이다! 폭포에서는 개울물이 銀河로 다다르련다." 이것은 폭포가 개울물을 다시 우주 속의 銀河로 회귀시키는 행위다. 이것이 가능한 것은 물은 '善'한 것이요, '道'를 담고 있기 때문이다.

> 불꽃처럼 번개처럼 솟는 폭포가
> 으젓하게 새하얗게 무지개진다
> 처음에는 銀河가 쏟아지드니
> 하늘과 구름만을 반쯤 바쳐 수놓는다.
> 우러러볼수록 기운은 우렁차서
> 장하다 造化가 이룬 功이여
> 구슬이 날리면서 안개가 가벼워라
> 물거품이 크나큰 돌을 때린다!
> 名山을 즐겨보니 사람이 싫다!
> 잠들고 싶은데서 잠을 자고저……
> ─<瀑布의 造化─李太白을 위하여>의 전문

---

15) 송욱, 같은 책, 146면.

　이 시도 앞에서 논의한 <瀑布>와 동일한 발상에서 이루어졌다. 銀河같은 폭포가 쏟아져 다시 구슬을 날리며, 안개로 가벼워지는 폭포의 물은 상승과 하강의 본질을 여전히 담고 있다. 그런데 물은 '안개처럼 가벼운' 것임에도 불구하고 물거품이 되어 크나큰 돌을 때린다. 이 세상에서 가장 부드러운 것인 '물'은 오랜 세월을 겪으면 가장 단단한 바위덩이조차 쪼아서 닳아 버리게 할 수 있는 것이다. "일정한 모습이 없는 것(無有)," 즉 물과 같은 것이 "빈틈 없이 있는 것(無間)," 즉 바위나 땅 속으로 스며들 수도 있다.16)

　이제 시인은 名山에서 자연의 道를 깨우치기 시작하였다. 특히 물의 '無'와 '道'는 그에게 인간사의 현장을 떠올리게 한다. 인간의 현실적 삶은 '물'의 흐름을 흐려놓고 있다. 서로 착하다고, 功이 많다고 다툰다. 서로 높은 자리에 오르려고 상대를 아래로 아래로 떨어뜨린다. 그래서 시인은 '사람이 싫다!'는 고백을 한다. 그리고 그는 자신이 '잠들고 싶은데서 잠을 자고자' 한다. 비로소 자연 속에서 영원의 안식처를 발견한 것이다.

> 毛細管 속을 폭포수가 쏟아 진다
>
> 그속에서는 銀河가 거꾸로 흐른다
> 그속에서는 거문머리채가 초록빛 숲으로 칠칠이 무성한다.
> 　　―<모세관 속을―달아 달아 밝은 달아 李太白이 죽은 달아>에서

　이 시에서 시인은 자신의 모세혈관 속에 폭포수와 은하를 흐르게 한다. 이것은 시인이 세계 속에서 살아오면서 더럽혀진 자신의 생명을 순수하게 정화시키려는 행위이다. 즉 시인은 우주 만물의 도를 거슬리며 살아온 자신의 삶을 반성하고, 물의 원초적인 생명력에 의존하여 새롭게 태어나려는 행위를 하고 있다. 따라서 이제 시인의 '거문머리채'는 '초록빛 숲', 즉 '생명의 공간'에서 무성하게 자랄 수 있다.

---

16) 송욱, 같은 책, 146면.

위에서 살펴보았듯이, 송욱은 자연, 특히 폭포에서 소요유하여 땅과 하늘을 아우르는 물의 도를 깨달았다. 그리고 이것을 통해 자연의 근원적인 생명력을 이해하고, 자신도 그러한 생명으로 거듭 태어나려고 시도하였다.

2) '道'와의 합일 공간 ― 자연

이제 송욱은 우주 만물의 '도'를 지니고 있는 세계, 바로 자연의 본질을 향하여 逍遙遊의 발걸음을 본격적으로 옮겼다. 그는 有爲의 時空에서 無爲의 時空으로 옮겨 왔다. 이러한 변화는 그의 정신사적 궤적을 고려할 때 老莊 철학으로의 귀착을 뜻한다.

> 바보는 바로 보자기…… 보기……
> 그는 萬物을 본다 싼다
> 두루뭉수리는 밑도 끝도 없다
> 뿌리는 있어도 보이지 않는다
> 서로 앞서고 뒤따르는 물결과 같다
> 南녘에서 반짝
> 北녘에서 번쩍
> 帝王들은 어차피 반짝이기 마련이다
> 그들은 金銀寶貝이기 때문이다
> 그들은 순간이기 때문이다
> 두루뭉수리는 마치 보자기처럼 보지 않고 자면서 萬物을 두루 싼다
> 그에게는 눈과 귀와 입이 없다
> 그러면서도 그는 가장 높은 帝王이다――
> 그는 가장 가운데를 다스린다, 말하자면 그는 노른자위다
> 그는 보고 듣고 먹기 전에 뭉친 기운덩어리
> 그는 아기가 되기 전에 뭉친 두루뭉수리
> 그는 있고 없기 전에 뭉친 마음뭉수리
> 그는 두루 드는 마음뭉수리…… 두루몸뚱어리……
> 목숨은 숨찬 물결이다
> 목숨은 숨찬 목덜미

달리는 말과 같다
목숨은 말 숨결 같은 말씀 물결이리라……
까치는 황홀한 보금자리……
까치는 황홀을 끼치는 黃金 돋보기…… 황금 돗자리……
금빛 과일이 노다지 사태난 개울물 물결……
―<莊子의 詩學>의 전문

이 시에서 송욱은 자연의 본연을 보려고 시도한다. 이 때의 자연은 인간을 둘러싸고 있는 산천이기보다는 莊子의 자연이다. 장자의 자연은 인간에게 이미 규정된 것이 아니라, 인간의 의식을 떠나 무심한 상태에 있을 때 그 모습을 드러낸다.17) 그래서 송욱은 자연의 형체를 '두루뭉수리'라고 말하고 있다. '두루뭉수리'는 辭典에서는 "어떤 일이나 형체가 짜임새 있게 꼭 이루어지지 못하고, 함부로 뭉쳐진 것" 혹은 "말이나 하는 짓이 변변치 못한 사람"18)이라는 부정적인 의미로 정의되고 있다.

그러나 송욱은 이 낱말에 '자연의 이치' 즉 '道'라는 새로운 의미를 부여하였다. '道'는 모습이 없고, 소리가 없다. 하지만 道는 이 세상에 모든 것을 부리고 있으며, 부릴 수 있다. 따라서 시인이 발견한 '두루뭉수리'는 "밑도 끝도 없고, 뿌리는 있어도 보이지 않는다." 즉 그는 '無'이다. 그래서 "서로 앞서고 뒤따르는 물결같이" 싸우거나 다툴 필요가 없다. 오직 자연에 몸을 맡길 뿐이다. 하지만 인간 세상은 그렇지 않다. 帝王들은 '金銀寶貝'라는 이유로 인위적인 빛을 바라며, 세상에 군림하려고 한다.

그러나 '두루뭉수리'는 '눈과 귀와 입이 없이'도 만물을 두루 싸며, '가장 높은 帝王'으로서 세계의 한 가운데를 다스린다. 이것은 '두루뭉수리'가 바로 우주 만물의 창조주, 자연의 본질이기 때문이다. 따라서 자아를 위시한 만물은 자연의 이치 안에서 살아야 하며, 이것에서 벗

---

17) 이기동, 『장자에게 얻는 지혜』(동인선원, 1998), 31면.
18) 한글학회, 『우리말 큰 사전』(어문각, 1991), 1140면.

어나서 살 수 없다. 또한 '두루뭉수리'는 '아기가 되기 전에 뭉친 기운 덩어리'다. 노자는 "'갓난 아기'는 억지로 기운을 부리려는 마음, 즉 이해를 따지고 계산하는 의식이 없다. 따라서 그는 생명의 기원에서 우러나오는 '원기'를 상징하는 존재이기도 하다."[19]고 하였다. 그러므로 '두루뭉수리'는 이 '갓난 아기'보다 더 근원적인 존재이다.

한편 '두루뭉수리'는 '목숨'이다. 이 '목숨'은 자연의 생명력이며, '도'를 담은 진리의 세계이다. 그래서 이러한 목숨이 미물인 '까치'에게 미칠 때, 까치는 단순한 짐승이 아니라 '황홀한 보금자리', 즉 우주 만물의 '도'를 담고 있는 귀한 존재가 된다.

> 눈이 밝다 귀가 밝다 그러나 코김은 세다 코침은 주고받는다
> 입맛은 달다 마음은 안다 잘 알면 德이다 말하자면 큰 기운이다
> 막히면 道가 아니다 굳으면 道가 아니다
> 숨통이 막히면 발버둥친다! 안다…… 숨결이 편하다……
> 道는 밝다 통한다 뚫어놓는다 피를 돌린다 나뭇가지에 물을 올린다! 움돋아 싹트는 밑거름 밑둥…… 샘물이 숨어 스며내린 뿌리……
>
> 숨결이 세차지 못하다고 어찌 하늘을 헐뜯으랴? 하늘은 항시 뱀처럼 매미처럼 허물벗는다 허울이 좋다?
> 하늘은 밤낮을 쉬지 않고 눈 귀 콧구멍 입구멍 마음구멍 알 수 없는 알구멍을 뚫어놓는다
>
> 사람은 오히려 마음이 막혀 알 구멍을 모르게 한다 마음이 어찌 모든 몸구멍을 살펴볼 수야……
> 염통이 밥통이 빈 구석 때문에 저절로 제 구실한다!
> 목구멍 마음구멍이 기지개를 마음껏 하늘껏 무지개 켠다……
> ─〈道의 生理學 ─ 莊子를 위하여〉의 전문

"굳으면 道가 아니다." 왜냐하면 道는 모든 존재에 내재하면서, 그 존재자를 존재하게 하는 원동력[20]이기 때문이다. 그래서 이 '道'는

---

19) 송욱, 같은 책, 148면.

'피', '물', '밑거름', '밑둥'이다. 그리고 하늘로 표상되는 자연은 '알구멍을 뚫어놓는다.' 즉 자연은 그 자체로 열린 세계이며, 존재가 합일되어 있는 세계이다. 하지만 사람은 자연과는 상충되는 인위적인 의식 세계를 만들고, 이 속에서 나와 남을 분리하여 살아간다. 그래서 결코 행복하지 않고, 만족할 수 없는 세계 속에서 치열한 경쟁을 하며, 죽음을 향해 살아간다.

그리고 사람은 마음이 막혀 자연을 받아들이지 못한다. 혹시 마음이 있더라도 "모든 몸구멍을 살펴볼 수야" 없다. 왜냐하면 마음으로는 자연의 이치만을 통찰할 수 있을 뿐이다. 오직 몸으로 자연을 인식할 때 자연의 이치를 알고, 몸을 자연에 의탁할 수 있다. 따라서 시인은 "염통이 밥통이 빈 구석 때문에 저절로 제대로 제구실한다"는 자연의 진리를 노래하고 있다. 이렇게 몸이 자연과 합일할 때 몸은 물론 마음도 '道'에 이를 수 있다. 이제 시인은 이러한 깨달음으로 우주 만물의 '道', 즉 자연과 합일하고 있다.

> 내 몸은 名山이다
> 그대몸은 大川이다
> 우리몸의 살아가는 理致다
> 우리몸은 道理를 이룬다!
> 우리몸은 죽어가는 이치다
> 이치는 깨알처럼 쏟아진다
> 이치는 잠처럼 쏟아진다
> 그리고도 이치는 햇살처럼 쏟아진다
>
> ―<내몸은>의 전문

시인은 긴 여정을 접고 자신과 '그대', '우리'의 몸이 '名山大川', 즉 '自然'이라는 궁극적인 깨달음에 이른다. 그리고 그는 '우리몸'에서 '살아가는 理致'와 '죽어가는 理致', '道理'를 발견한다. 즉 송욱은 우리 몸의 삶과 죽음이 하나의 자연 속에 합일되어 있다는 것을 인식하였다.

---

20) 이기동, 같은 책, 27면.

그래서 그는 有爲의 세계에서 벗어나 자연 속에서 '逍遙遊'를 즐김으로써 '道'에 합일하는 자신을 발견할 수 있었다. 이러한 자아의 발견은 그에게 '이치'라는 찬란한 햇살을 마음껏 누리게 하였다.

이상에서 살펴보았듯이 송욱은 결국 장자의 '逍遙遊' 정신에서 자연의 '도'를 발견하였고, 이것과 우리 몸이 합일되는 경지에 이름으로써 현실적 상처를 치유할 수 있는 깨달음의 경지에 이를 수 있었다.

5. 결론

송욱의 유고 시집 『시신의 주소』는 그의 시세계가 마지막으로 이른 자리라는 점에서 그 의미가 크다고 할 수 있다. 주지하다시피, 그는 전쟁이 휩쓸고 간 당대의 경제적·정신적 공황으로 인해 세계와 자아에 대해 부정적인 인식을 지니고 있었다. 그래서 그는 풍자라는 독설을 빌어 세계와 자아를 뜨겁게 비판했던 것이다. 그에게 있어서 현실은 결코 수용할 수 없는 부정적인 것이었기에, 그는 삶의 근거를 찾아 상상의 세계로 발길을 옮겼고 이 속에서 자아의 상흔을 치유할 수 있는 길을 찾았다. 그리고 메를로-퐁티와 퐁쥬를 만남으로서 자아와 세계, 말에 대하여 새롭게 눈을 떴다. 그리고 장자의 허무적 세계에서 소요유함으로써 초월의 경지에 이를 수 있었던 것이다.

따라서 이 글에서는 그의 시세계가 지닌 발상의 원리를 고려하여 『시신의 주소』를 세 단계로 나누어 고찰해 보았다.. 첫째 단계는 메를로-퐁티의 사유에 기초하여 '몸'을 탐색하고 있는 송욱의 의식세계에 관한 것이다. 송욱은 자아와 타자의 통로로서 '몸'을 발견하였다. 즉 '몸'은 자아가 타자를 지각할 수 있도록 하는 매개체였다. 하지만 '몸'은 그와 동시에 세계 속에 존재하며, 스스로 본질을 드러내고 세계에 작용하는 존재, 즉 '자아'의 표상이기도 하다. 둘째 단계는 송욱이 퐁쥬의 사유에 기대어 말의 세계에 천착하고 있는 부분이다. 송욱은 '말'

로써 '몸'과 '사물'의 생명력을 고양시키고, 이것들의 본질에 보다 가까이 다가서려고 시도하였다. 하지만 시인은 '몸과 말'의 갈등을 인식하였으며, 이것의 해결을 위해 동양 정신으로 눈을 돌렸다. 이것이 세 번째 단계이다. 송욱은 장자의 逍遙遊 정신에 이끌려 이태백의 폭포에서 逍遙遊하며 '우주 만물의 道'를 발견하였다. 그리고 이 순간 자아는 몸과 말과 사물과 아울러 '道'에 합일할 수 있었다. 따라서 이 시도를 통하여 시인은 궁극적으로 자아의 순수한 생명력을 회복할 수 있었다.

송욱은 전쟁이라는 상황 속에서, 잃어버린 인간성과 자유와 생명을 찾아 헤매야만 하는 원죄를 지니고 있었는지 모른다. 그래서 그는 이 원죄를 속죄하기 위해 끊임없이 자아와 타자의 세계, 그 훼손된 본질을 탐구하기 위하여 서양과 동양의 정신 세계를 넘나들었다. 그리고 이것을 바탕으로 하여 그만의 독특한 시 세계를 형성하였다.

하지만 그의 『시신의 주소』는 자아와 타자라는 존재를 철학적으로 접근하여, 시로 형상화하는 과정을 거쳤기 때문에 당대의 고뇌를 사실적으로 형상화하는 데에는 미흡하다고 볼 수 있다. 그리고 그의 시는 독자에게 미적인 쾌감을 주기에는 어려움이 있다는 점을 지적하지 않을 수 없다.

(서덕주 · 서강대 국문과 박사과정)

제2부

송 욱 시 론 연 구

특수 속에서 보편의 추구

—송욱 비평의 지향성

1. 서론

　어느 시대이건 개인과 사회는 그들에게 부여된 시련과 위기를 감당하며 살아왔다. 하지만 6·25 전쟁 이후 당대인이 겪어야 했던 역사적 운명은 그 어느 시대보다 가혹한 것이었음에 틀림없다. 식민지 상황에서 민족적, 국가적 정체성의 위기가 온전히 극복되기도 전에, 한반도에 들이닥친 파괴와 살상의 戰傷은 한 인간으로서 살아갈 수 있는 가장 기본적인 물적, 정신적 토대의 전면적 상실이었던 것이다. 시인이자 비평가 송욱에게 있어도 이러한 역사적 배경은 그의 실존에 있어 피할 수 없는 절대적 조건이었다. 한 개인의 문학적 행위가 결국 한 시대, 또는 특정한 사회 공간이 생산한 담론의 한 형태임을 새삼 상기할 때, 그의 비평 작업 역시 그만의 특유한 개인성을 넘어서 당대 한국 사회의 역사적 산물임을 전제로 하면서, 본고는 지금까지 심도 있게 다루어지지 않았던 송욱 비평1)의 전개 과정과 비평 의식의 지향성을 추적해 보고자 한다.

'황무지'2), '여백의 존재성'3), '화전민'4)의 땅 등으로 표현되었던 당대의 역사적 조건 속에서 폐허의 현실을 딛고 50년대 지식인들은 어떻게 다시 삶의 토대와 정신적 가치를 복원하였는가? 송욱은 바로 이러한 파괴된 정체성 회복과 와해된 문화의 재건이라는 시대의 필연적 요구를 그의 비평 작업 속에서 실천해 나간 당대 지식인 중의 하나였다. 개인적 실존과 좀더 밀착되어 있는 시작 행위를 병행하면서, 동서양을 포괄하는 광범위한 비평 작업을 통해 시대의 정신적 공백 상태를 헤쳐나갔던 송욱, 그는 현실을 객관적이고 냉정하게 직시하면서 안으로 끊어진 역사를 더듬어 봉합하고 그 원형을 탐색하며, 밖에서부터 밀려드는 신문화와 사상을 적극적으로 수용하여 새로운 한국적 모더니티의 형성에 일생을 던졌던 시인이자 비평가였던 것이다.

자아를 확인하고 파괴된 정체성을 확립해 가는 과정에서 가장 기본적인 인식의 틀이 되는 시공간의 문제는 송욱에 있어서도 그 출발점이 된다. '시간'의 단절과 '공간'의 궁핍을 극복하기 위한 인식론적 기획을 도모한 그에게 있어, 평생의 화두는 과거와 현재, 동·서의 만남과 그것의 변증법적 통합이었다. 전통과 현대의 대립항을 설정하고 두 문명 간의 끊임없는 대화를 시도한 전 과정은 궁극적으로 역사적 현재 속에 시간성을 회복하고 보다 풍부한 인식의 공간을 확보하기 위한 戰後 지식인의 치열한 기도였던 것으로 파악된다.

---

1) 지금까지 송욱의 비평에 대한 본격적인 논의는 거의 이루어지지 않았다고 볼 수 있다. 4권의 비평집을 통해 英美와 프랑스 중심의 서구 근대 작가들과 핵심적인 비평 이론들을 소개하여, 당대 한국 문단에 크나큰 영향을 끼쳤던 송욱의 업적에 비해, 후대에 그에 대한 심도 있는 평가 작업이 이루어지지 않은 것은 문제로 삼을 만하다. 특히 본고는 그의 서구 근대 문학의 전신자 역할뿐 아니라, 근대와 전통이라는 문제를 평생의 화두로 삼았던 그의 시대 인식에 초점을 두고, 그의 비평 의식의 궤적을 살피고자 한다.
2) 이봉래, 「전통의 정체」, 『문학예술』(1956.8)
3) 고석규, 『여백의 존재성』(지평, 1990)
4) 이어령, 『저항의 문학』(경지사, 1959)

> 내가 이 책에서 사용한 또 한가지 비평방법은 동양과 서양을,
> 문학과 사상의 전통, 정치와 사회의 차이, 이런 측면에서 비교해
> 보는 방법이다. 이는 한국의문화나 문학이 흔히 빠지기 쉬운 '닫
> 힌 상황'을, 공간상으로는 동양으로 서양으로, 그리고 시간상으로
> 는 과거와 현재, 그리고 미래를 지향하여, 훤칠하게 '열어보자'는
> 노력이다. 이 나라의 문화나 문학에 대한 사랑을, 나는 이렇게 밖
> 에는 표현할 수 없었던 것이다.5)

송욱의 비평 작업은 이렇게 시공간에 대한 자의식과 세계에 대한
열린 태도를 바탕으로 이루어진다. 본고는 송욱의 사상적 추이와 실
제 비평의 예를 보여주는 『시학평전』·『문학평전』·『님의 침묵—전편
해설』·『문물의 타작』을 통시적 흐름 속에서 전반적으로 살피면서 송
욱의 비평 의식의 윤곽을 제시하게 될 것이다. 특히, 그의 비평적 의
식이 다분히 변증법적 구조를 바탕으로 하고 있음에 주목하며, 그것
이 당대 한국의 문화적, 정신적 주변성의 극복문제과 송욱 개인의 정
체성 회복 과정에 어떻게 연관되는지에 관심을 갖는다.

그런데, '나'는 누구인가에 대한 근원적인 물음에서 시작하여, 한국
의 특수한 현실과 대면하고 다양한 외래 문화의 흡수를 통해 보다 이
상적인 가치들을 형성하고자 했던 송욱의 기획은 그 과정에서 서구
중심적 인식과 자기 비하와 같은 사유의 모순을 무의식적으로 드러낸
다. 이러한 양상은 식민주의와 전쟁과 분단 등을 겪으면서 불안정한
사회적 기반 하에 서구 근대와 대응했던 당시 한국적 상황을 드러내
는 하나의 지표로 파악된다. 그런데 송욱은 아래의 인용에서와 같이
시대와의 대응 속에서 부단히 변화하는 의식의 면모를 보여준다.

> 비평은 밀물처럼 밀려드는 외래사조 중에서 우리가 받아들여서
> 살찔 수 있는 것을 골라 이것을 흡수하고 동화하는 양식을 결정하
> 는 데 이바지하는 것이 되어야 하는 까닭이다..... 항시 강대국에
> 둘러싸여 정치적으로 불행한 역사를 겪은 우리 한국 사람의 비평

---

5) 송욱, 『시학평전』(일조각, 1963), 서문 4면.

> 의식이 겪은 결함은 외래문화와 한국의 고유 문화를 상극인 것으로 양자 택일해야 한다는 강박관념. 자칫 원시문화만을 고유 사상이라 숭배하거나 외국 사조를 신성한 것으로 보고 우리의 주체적 비평의식 그 자체를 송두리째 부정하는 잘못을 저지르고 말 것이다. 한국 사람의 비평의식에서 가장 절실하고 가장 곤란한 문제는 결국 어렵고 특수한 우리 환경에서 보편적인 문화가치를 창조하는 방식을 마련하는 것이다.6)

여기서 송욱은 서구 근대 문화에의 편향성을 드러내면서도 서구와 동양, 전통과 근대라는 문제들에 대한 진지한 사색 끝에 도달하게 된, 戰後 제3세계 지식인의 적극적인 현실 인식을 보여 준다. 결국 서구에의 경도, 동양의 결핍 그리고 이항 대립의 지양과 같은 인식의 변화 과정은 이러한 주체적이고 생산적인 담론의 형성이라는 그의 핵심적인 비평안으로 최종 수렴되고 있는 것이다.

본고는 송욱이 도달했던 '특수한 현실 속에서의 보편의 추구'라는 탁월한 통찰이 서구 문학 사상을 소개하는 그의 비교 문학적 작업 및 근대/전통, 서구/동양과 같은 대립항들 사이의 긴장을 풀어나가는 과정과 어떻게 맞물리고 있는지를 입체적으로 살피고자 한다. 또한 그러한 과정 속에서 발견되는 사유의 모순과 한계를 추적하면서, 그의 비평적 자의식이 심층적으로 구조화하고 있는 변증법적 인식 과정을 문학사적·문화사적 차원에서 해석하게 될 것이다.

2. 현실의 결핍과 서구에의 경도

1) 전통의 부재와 '동양적인 것'·'한국적인 것'의 결핍

송욱의 초기 저작인 『시학평전』에서 가장 먼저 제기되는 문제는 무

---

6) 송욱, 『文物의 打作』(문학과 지성사, 1978), 53면.

엇보다도 전통에 대한 인식이다. 현재(당대)의 시점에서 볼 때, 한국
의 전통은 단절되어 문화의 자양분 역할을 할 수 없다는 송욱의 부정
적인 인식은 『시학 평전』 전반에 지속적으로 나타나며 그의 초기 비
평의 사유를 지배하게 된다. 전통의 부재로 인한 정신적 공백 및 문
화적 빈곤을 극심하게 느낀 송욱이 취하는 이러한 전통에 대한 가치
절하는 어떠한 시선에서 기원하는가? 그것은 바로 그의 동양과 서양
에 대한 이분법적 인식과 서구 우위의 가치 평가에서 연유한다고 할
수 있다. 이로 볼 때 송욱의 세계관은 철저하게 이성과 합리성을 바
탕으로 하는 근대적 자아의 면모를 띠고 있음을 알 수 있다. 이러한
송욱의 서구 중심적 가치 기준은 동서양의 '전통관'과 '시간관'의 비교
를 통해서 구체적으로 제시된다. 먼저 서구를 대표하는 T.S 엘리어트
의 전통관은 송욱이 가장 큰 감화와 영향을 받고 있는 시각으로서 이
후 그의 비평 의식의 토대로 작용한다.

> 역사 감각은 시간에 의지하고 있는 것에 대한 감각과 시간을 초
> 월한 것에 관한 감각, 그리고 시간과 초시간을 합친 것에 대한 감
> 각인데, 이것이야말로 한 작가를 전통적으로 만드는 것이다. 또한
> 이러한 감각으로 말미암아 그는 자신이 차지하고 있는 시간상의
> 위치, 즉 자신의 시대성을 가장 날카롭게 의식한다.[7]

송욱은 엘리어트의 전통관, 즉 현재는 전통과 끊임 없는 상호 작용
하며, 대화를 통해 현재의 동시대성을 획득한다는 관점을 적극적으로
수용하면서, 이를 문학사의 인식 및 문학 창작 행위에도 적용한다.

> 전통에 기대고 있는 까닭에 지니는 문학사의 연속관과 자기 세
> 대의 특수성을 느끼기 때문에 가지는 과거와의 단절 의식, 이 분
> 열에서 이 틈바구니를 뛰어넘는 활동이 곧 작품 제작이라는 행동
> 이라고 설명할 수 있으리라.[8]

---

7) 『시학평전』, 11면.

또한, 이러한 과거와 현재가 동시적으로 살아 공존하는 양상을 훌륭한 문학 작품의 요건이자 성취해야 할 경지로 파악하고 있기도 하다.

> 과거의 모든 영원한 작품들의 동시적 질서를 의식한다는 것은, 어떤 시인이 작품을 만들어낼 때, 그 작품과 여러 작품과의 관계를 의식한다는 결과가 된다. 동시적이라 함은 곧 과거와 현재의 대립을 일단 부정하고 본다는 뜻이니까.9)

이렇게 과거와 현재의 역동적이고 살아있는 대화를 통해 동시대성을 획득하는 서구의 전통관에 비해, 동양의 전통관은 송욱에게 있어 매우 부정적인 양상으로 비친다. 엘리어트의 전통관에서 볼 때, 새로 나온 작품은 그것이 정말 새롭고 훌륭한 작품이라면, 반드시 문학의 전통적 질서를 개혁하는 구실을 하게 된다. 즉 전통주의자이면서 모더니스트인 경우, 전통적 질서를 의식하면서, 새로운 작품이 전통을 바꿔놓게 된다는 것이다. 이에 대해 우리의 전통관은 溫故而知新에 뿌리박고 있으나, 이는 과거의 고사나 典故가 지닌 규범을 따르는 일방적인 복고주의라고 송욱은 파악한다. "군자는 성인의 말을 두려워한다"와 같은 구절처럼 동양의 전통은 새로운 것이 옛것을 변화시킨다는 생각은 별로 강조하지 않고, 과거의 것으로의 복귀만을 중요시 한다는 것이다.10) 이렇게 엘리어트의 전통관이 매우 '동적인' 생각이며 '변증법적 사상'이자 '운동'을 지니고 있는 생각임에 반해, 동양은 정적이며 '과거에 사로잡힌 태도'를 보여주는 복고주의에 지나지 않는 것이 된다. 따라서 송욱은 동양보다는 서구의 시각을 따라, '예술이 소재나 기술 등에서 항시 변화한다는 생각을 가져야 한다'고 역설한다.11)

---

8) 같은 책, 11면.
9) 같은 책, 12면.
10) 『시학평전』, 14~15면.
11) 『시학평전』, 15면.

이러한 전통관에서 보여지는 송욱의 서구 우위의 가치 평가는 동서양의 시간관의 비교에서 더욱 극명하게 드러난다. 그는 陸機를 통해 대변되는 중국의 시간관과 아우구스티누스를 통해 대변되는 서양의 시간관을 이렇게 비교한다.

> 〈서양의 경우〉…… 훨씬 분석이 있고 논리가 있고 또한 운동이
> (直觀이 계속된다고 하니까말이다) 있다. 즉 과거, 현재, 미래 '직
> 관'을 통하여 계속되고 통일되고 또한 운동하고 있는 것 이다. 이
> 에 비하면 陸機〈동양의 경우〉의 생각과 표현은 매우 막연하고 정
> 적이다. 비논리적이고 분석이 없는 사상을 지녀왔다. 우리도 그
> 영향 밑에서 생각하고 느끼며 생활하여 온 것이다. 서양의 사상사
> 는 의식의 역사인데, 우리의 전통에는 출발부터 의식과 논리의
> 건축이 없었다.12)

서양이 역동적이고 변증법적인 사유와 논리를 바탕으로 하는 반면, 동양은 막연하고 정적이며 비논리적인, 분석이 없는 사유이며, 서양의 사상사는 의식의 역사인데, 동양에는 처음부터 의식과 논리가 없었다는 차별적 인식과 가치 판단은 초기 송욱에게서 발견되는 오리엔탈리즘적 사유13)의 일면이라 할 수 있다. 서구에 비해, 동양의 사상을 부

---

12) 같은 책, 17면.
13) 에드워드 사이드에 의해 개념화되어 널리 통용되고 있는 '오리엔탈리즘'이란 서구의 시각 속에 비친 동양의 이미지, 또는 유럽 중심의 서양인이 그들의 담론 속에 구성한 동양인에 대한 인식을 말한다. 그것은 우월한 서구인에 대해 상대적으로 열등하고 미개한 동양인의 이미지를 재생산해 왔으며, 서구 근대 제국주의자들의 동양이나 제3세계를 식민지화하는 정책을 합리화하는 기반이 되었다고 사이드는 역설한다.(Edward W. Said, 『Orientalism』박홍규 역, 교보문고, 1991, 11~90면). 예컨대 동양인은 비합리적이고 열등하며(타락되었고), 유치하고, '이상'한 반면, 유럽인은 합리적이고 도덕적이고 성숙되며 '정상적'으로 보는 편견이 바로 그것이다(Said, 75면).
　이는 결국 서구가 동양에 대해 가진 '문화적 헤게모니'를 통해 유지되어 왔는데(Said, 23면), 송욱의 초기 비평에서 현격하게 나타나는 서양과 동양의 이분화 및 동양에 대한 부정적 의식과 열등감은 바로 이러한 오리엔탈리즘의 투사라 할 수 있다. 즉 송욱이 지적하는 서구의 이성 중심의 사유가 갖는 합리성 및 역동성과 동양의 정서와 직관이 갖는 비논리성과 비합리성 및 수동

정적이고 열등한 것으로 파악하는 그의 시각은 유교와 불교 등의 동양 사상에 대한 가치 폄하에서 더욱 극명하게 드러난다.

> 모든 시간이 道를 이루지 못한 無明과 愚痴라는 원천에서 흘러나온 한갖 妄想에 지나지 않는다. 이러한 시간의 부정만을 볼 따름이다... '不', '無'가 우글거리는 불교의 부정성을 짐작할 수 있다... 유교의 전통주의는 과거를 향해서 뒷걸음질치는 것이었으며, 불교는 아주 송두리채 시간의 존재를 부정하여, 역사의식을 초월하고 있는상 싶다.14)

유교의 상고주의, 복고주의와 역사 의식의 부재 그리고 불교에서의 시간성의 부재 및 허무적 세계관 등으로 파악되는 동양의 철학과 시간관은 현재의 시점에서 결코 긍정적이고 생산적인 기능을 할 수 없다고 송욱은 보고 있는 것이다. 비록 엘리어트를 통해 송욱은 전통의 보편적 가치를 흡수하고 그것을 바탕으로 창조적이고 생산적인 담론을 형성하려는 적극적인 태도를 보이지만, 이 시기 송욱 다분히 서구 근대의 이성중심적이고 합리주의적 세계관에 치우쳐, 동양적 또는 한국적 특수성 속에서 문화의 자양분을 찾아내지 못하고 있다.

> 지금까지 우리에게는 현대에 알맞는 역사감각을 길러줄 만한 전통사상의 원천이 없다고 밝혀진 셈이다.15)

이렇게 동양의 전통 자체를 부정적으로 파악하는 송욱에게 있어 새로운 문학 또는 문화의 모델은 서구의 예16)에서 찾아질 수밖에 없다.

적이고 정적인 속성의 비교는 다분히 우월과 열등, 긍정과 부정의 가치 평가가 내재해 있음을 드러낸다. 서구 근대의 사상과 문화에 심취해 있던 초기 송욱에게 발견되는 서구 오리엔탈리즘의 투영은 50년대 당시 서구 근대주의자들의 전통 부정론 속에서 발견되는 일면이라 할 수 있다.

14) 송욱, 『시학평전』, 21면.
15) 같은 책, 22면.
16) 송욱은 현대의 특수한 의식과 전통의식이 훌륭하게 융합, 조화, 통일된 예로 '아폴리네르의 시'를 들며, 엘리어트의 〈황무지〉, 〈四重奏西曲〉에서 중국식

그 결과 송욱이 정의한 새로운 전통관은 우리의 고전을 재료로 하면서 '세계 문학 전통의 동시적 질서'17)를 보유하는 것으로 정의된다.

또한 송욱은 예술을 '餘技'로 보았던 동양(유학)의 전통을 부정적으로 파악하는 반면, '예술을 하나의 기술로 보고, 형식과 구성과 구조로서 새로운 효과를 주려는 서양 예술관'을 옹호한다.18) 송욱이 느낀 '동양의 산수화와 피카소의 그림 사이의 엄청난 거리'19)는 분명 각각의 문화가 가지는 고유성을 바탕으로 한 존재론적 거리가 아니라, 서구적 가치 기준이 만들어낸 오리엔탈리즘적 사유에 착색된 서양과 동양의 차별적 거리임에 틀림이 없다. 그밖에도 발레리와 엘리어트의 비교 과정에서, 발레리의 수학적 진리와 순수 이성에 대한 탐구와 같은 기하학적 사유와 엘리어트의 전통 및 역사의식에 대한 긍정적인 평가20)는 서구 문학이 보여주는 새로운 인식의 영역에 송욱이 감화받고 있음을 보여준다. 그런데 리차즈의 심리주의적 비평에 대해, 그의 심리적 가치관이 종교적인 것, 형이상학적인 것을 부정하고 과학적 세계로 환원시키려 한다는 송욱의 비판21)은 합리주의적인 서구 근대적 사유를 수용하면서도 경험론적, 실증주의적 사고를 넘어서는 보다 초월적인 가치관을 선호하는 경향을 드러낸다. 리차즈에 대한

상고주의와는 달리, 역사의식이 미래를 지니고 있다는 것, 그리고 시간 의식이 육화되고 있다는 사실, 의식과 종교의식과의 관계 등을 발견한다. (『시학평전』, 22-25면)

17) 송욱은 우리의 고전은 작품으로서 가치가 있다기보다는, 우리말의 수사와 용법과 낱말이라는 귀중한 '재료'를 간직하고 있는 광으로서만 중요하게 되며, '세계문학 전통의 동시적 질서'란 과거의 모든 훌륭한 작품이 이루고 있는 가정(전제 요소)으로 규정한다 (『시학평전』, 30면).

18) 같은 책, 31면.

19) 같은 책, 33면.

20) 같은 책, 43-46면

21) 같은 책, 94-113면.
리차즈의 문학 비평을 지나치게 실증주의적이고 기계론적 사유로 이해하거나 시적 언어를 지칭하는 '사이비 진술(pseudo-statement)'에 대한 경직된 이해와 '배제의 시/포괄의 시' 등의 리차즈의 핵심 개념에 대한 송욱의 자의적인 해석은 재고의 여지를 남긴다.

부정적인 해석과 과도한 비판은 송욱의 초월적 진리에 대한 관심과 관념, 종교 지향성 그리고 시인으로서 직관을 바탕으로 하는 그의 詩觀에서 비롯된 것으로 해석된다.

코울리지의 상상력 이론을 소개하고, 미국 신비평 이론가인 부룩스를 통해 역설과 아이러니의 미학을 높이 평가22)하면서, 송욱은 한국시의 상상력의 결핍과 동양의 시적 정서가 갖는 지성의 결핍을 지적한다. 특히 그는 '시를 빚어내는 창조력은 논리나 과학적 합리성을 뛰어넘은 요소를 반드시 지니고 있는 것'23)이라 하고 훌륭한 시작품은 '역설이 발전하는 과정'이라 정의내린다. 그러면서 송욱은 황진이의 시에 대해 동양의 시가 지닌 배경의 넓이나 내면 공간의 안정감 혹은 초월감을 지니고 있다고 보고, '주관적 시간'이 지니는 이미지의 능동성을 긍정적으로 평가한다.24) 그러나, 송욱은 한국의 민요적 전통을 대변하는 김소월의 시와 시론을 전면적으로 비판하면서 다시 동양적, 한국적 가치에 대해 부정적 태도를 취한다.

> 그〈김소월〉는 우선 도시보다는 전원을, 밝음보다는 어두움을, 그리고 문명보다는 자연을 더욱 존중한다. 그러나 오늘날 시인은 이와 반대의 태도나 주장을 가져야 마땅할 것이다. 소월의 태도는 실상 이조시대에 시조를 쓴 사람들이 지닌 심정을 그대로 드러내고 있다. 우리나라가 개화기를 겪으며 이룩된 도시문화 혹은 도시의 생활을 배경으로 하는 소재를 그는 시의 테마로부터 제거하고 있다. 말하자면 그의 시는 리차아즈의 포괄하고 종합하는 시가 아니라 배제하고 혹은 제거하는 시에 속한다고 말할 수 있으리라... 보들레르는 어디까지나 巴里라는 도시의 시인이었다... 유럽 근대

---

22) 신동욱 교수는 1950년대 비평의 대표적 특색 중의 하나로서 형식주의 비평을 들며, 클린 부룩스를 중심으로 하여 영미 신비평을 당시 문단에 소개한 송욱의 『시학평전』에 주목하고 있다(신동욱, 『한국현대비평사』 시인사, 1988, 91면). 작품의 구조를 세밀하게 분석하고 살피는 이러한 신비평의 실례들은 이후에 송욱이 보이는 텍스트의 형식에 대한 관심 그리고 문학관(예술성과 사상성의 결합) 형성에 영향을 미치고 있음을 발견할 수 있다.

23) 같은 책, 132면.

24) 같은 책, 134-135 면.

> 시의 시초에 서 있는 시인과 우리나라 근대시의 출발점에 서 있는
> 시인의 태도와 의식이 이처럼 정반대임을 우리는 잊지 말아야 할
> 것이다.25)

이렇게 송욱은 소월과 보들레르를 직접적으로 비교하면서, 소재 또
는 배경(도시와 농촌)만을 근거로 하여 작품의 질적 평가를 내리고
소월의 시를 전근대적인 시로 규정한다. 보들레르로 대표되는 도시적
감성의 문명시를 근대시의 모델로 설정하고 한국적 전통을 제거해야
할 시대착오적 시로 규정하는 위의 발언은, 초기 송욱이 지닌 서구
중심의 근대적 가치 편향성이 낳은 비평적 오류의 일면이라 할 수 있
다. 뿐만 아니라, 소월의 동양적 전통이 왜곡된 동양 해석이라 하여,
동양의 패러다임 내에서도 소월에게서 구현되는 한국적 가치를 상대
적으로 폄하하고 있다.

> 소월의 동양은 잘못 파악한 동양. 동양의 야윈 일면. 참다운 동
> 양 전통을 구현하지 못했다.26)

이러한 시각은 먼저 감각이나 정서보다는 이성, 사상을 중시여기는
그리고 '참다운 동양 전통'이라 하여 선험적인 절대 기준을 먼저 설정
해 놓고 그것에 한국 작품을 비교하여 가치 절하하는 송욱의 면모를
엿보인다.27) 또한,

---

25) 같은 책, 136~137면.
26) 같은 책, 137면.
27) 우리 학문을 억압하는 구조로서 서구의 동양에 대한 오리엔탈리즘뿐 아니라
동양권 내부에 존재하는 또 하나의 오리엔탈리즘적 사고가 있음을 지적하는
정재서의 지적(정재서, 「중국, 그 영원한 제국을 위한 변주」『동양적인 것의
슬픔』살림, 1996, 84-85면)은 송욱의 초기 비평적 사유를 설명함에 있어
설득력을 갖는다. 의식적 또는 무의식적으로 한국의 역사와 문화의 원천을
중국에서 찾는 華夷論的 인식은 한국의 학문적 사유를 사대주의적 발상에
종속시키는 오래된 억압기제라 할 수 있는데, 송욱은 김소월이나 정지용의
작품 평가에서 이러한 중국 중심의 오리엔탈리즘을 일면 드러내고 있다.

> 〈소월의 『시혼』에서 영혼불멸설은〉 미의식이 뚜렷하지 못한 데
> 서 우러나온 것이며, 시인은 무엇보다도 먼저 시작품을 '만드는
> 사람'이라는 의식이 박약할뿐더러, 기술의 중요함을 깨닫지 못한
> 징조라 아니할 수 없다.28)

라는 지적에서 알 수 있듯이, 송욱은 김소월이 구현한 민요적 형식
및 그것의 미적 가치를 전면 부정하고 있다. 또한 소월은 비평 의식
또한 거의 없는 것으로 송욱에 의해 평가되는데, 이러한 소월에 대한
평가를 통해 우리는 송욱이 초기에 한국의 전통적인 시 형식과 감상
성에 강한 거부감을 나타내고 서구적 모델을 바탕으로 하여 새로운
형식을 탐색하고 시적 자아의 지성적 자각을 중시하는 전형적인 모더
니스트의 면모를 발견하게 된다. 이러한 서구편향의 근대적 가치 추
구는 항상 우리의 현실이 아직 그것에 미치지 못함을 자각하게 하고,
동양적인 것 그리고 궁극적으로 한국적인 것의 결핍을 환기시킨다.

2) 새로움과 깊이— 서구적 근대의 표상

송욱은 이상적인 근대시의 모델을 불란서 중심의 서구 상징주의에
서 찾는다. 상징주의 시는 바로 전통적 형식의 진부함 또는 소박함을
탈피할 수 있는 '새로움'의 형식일 뿐 아니라, 한국시의 전통에서 부족
하다고 인식한 사상적 '깊이'를 충족시키기 때문이었다.

그는 일차적으로 영미 비평과 불란서 비평을 비교하기 위해, 이브
본느후아의 시각을 빌어 오는데, 정신적 전통과 언어의 음악성의 문
제를 다루면서 영어와 불어의 언어적 차이를 든다. 불란서 시는 영미
시의 의미와는 달리 논리적, 실증적 개념을 넘어서서 마력이나 반향
을 동반하는 음악성을 가진다고 보고 있다29). 이러한 음악성의 문제
는 바로 영미 시가 지니지 못한 상징성을 확보하게 되는데, 본느후아

---

28) 같은 책, 139면.
29) 같은 책, 146~151면.

의 시각을 따르자면, 시는 논리적 의미의 분석이나 "복잡한 의미의 저편에 여전히 존재한다고 생각되는 시의 범위를 넘어서는 그 무엇"[30]이 된다. 따라서 시는 '실재 혹은 실존이 지닌 깊이'[31]를 요구하게 되며, 이러한 詩觀은 바로 송욱이 기대한 시의 본질이 된다. 이러한 인식론적 깊이와 그것을 매개하는 언어의 표현성을 시를 평가하는 절대적 비평 기준으로 설정한 송욱은 이러한 요소가 충족되지 않는 한국의 많은 시들을 냉정하게 비판한다.

반면, '새로움'과 '깊이'로서 송욱을 충족시킨 대표적인 시인은 보들레르이다. 그는 리샤르의 『시의 깊이』에서 보들레르 〈액운〉의 해설을 자세하게 소개한다. 리샤르는 "문학이란 의식이 존재를 걸머잡으려는 노력이 가장 단순하고 순진하게 드러나는 여러 장소 중의 하나"[32]라 정의한다. 그는 또한 시인의 기투를 "순수한 감각적 인상과 자연 그대로의 정서와 태어나고 있는 이매쥐의 수준"[33]으로 보는데, 리샤르가 말하는 시의 깊이란 다음과 같이 정의된다.

> 시인들이 횡단하여 구제되고 우애를 갖추게 되는 깊이이며, 또한 '이름할 수 없는 것', '있을 수 없는 것 그리고 죽음'이며, '문학의 불가능성'과 연결되어 있는 문학의 절대경이다.[34]

보들레르는 바로 이러한 깊이를 시 속에 실현하고 있다고 송욱은 본다. 그는 상상력의 심리적 수준을 뛰어넘고 작자 자신에 관한 실존적 직관에 다다른 시인이며, 역설이나 의미를 분석하는 영미의 비평과는 다른 수준을 제시하는 시인인 것이다.

감각적 현상이나 육체에 물들지 않는 '이데아'의 정결함과 '만물

---

30) 같은 책, 155면.
31) 같은 책, 156면.
32) 같은 책, 159면.
33) 같은 책, 169면.
34) 같은 책, 164면.

의 교감'을 주장하는 미학을 주장하는 보들레르는 무한과 자아 사
이에 다리를 놓을 수 있다. 만물이 자아를 거쳐 '생각하고', 자아
가 만물을 통해서 '생각하는' 음악적, 회화적 상태가 바로 그
것이며 이는 '크나큰 몽상'이 된다.35)

영미시는 경험과 현상의 세계에 치중하는 반면, 불란서 시는 플라
톤적 이데아에 닿아 있는데, 이데아가 어떻게 감각의 세계의 핵심 안
으로 잘못 들 수 있는가, 또한 이데아가 어떻게 제약과 죽음을 겪을
수 있으며, 이데아가 자신의 절대적 지위를 유지하면서도 우연의 세
계로 들어올 수 있는가 등을 밝히게 된다36). 송욱은 말라르메의 시에
서 이러한 이데아의 시학을 발견하고, 발레리의 시에서 형이상학적
순수시의 원형을 설정한다. 이러한 불란서 상징주의시에 대한 그의
선호는 영미 시의 특색으로 파악되는 실증적, 분석적 사고를 넘어서
려는 송욱의 관념적 인식론의 경향을 드러낸다. 이러한 형이상학에
대한 관심이나 초월주의적 인식 성향은 그의 시선이 서구 근대성에서
동양 사상으로 전이된 이후에도 지속적으로 나타나며 송욱 비평의 최
종 지향성을 어느 정도 암시한다.

이렇게 엘리어트의 전통관과 리차즈의 과학주의, 신비평의 역설의
미학, 그리고 새로움과 깊이의 미학으로서 시의 새로운 경지를 열었
던 서구 상징주의 시 등을 섭렵하면서 시를 보는 기준을 형성해 간
송욱은, 김기림, 정지용을 중심으로 한 한국 모더니즘 시와 시론의 실
상을 맹렬하게 비판한다. 김기림을 부정적으로 평가한 다음 구절을
보자.

김기림은 자기 나름의 근대적 시이론을 소개한 거의 유일한 존
재이다. (『시학평전』, 178)... 그러나 기림은 가장 과학적인 비평
가 리챠즈보다도 더욱 과학을 믿었고, 이 때문에 과학과 시의 종
합에 대해서도 더욱 낙천적이고 소박하다. 그래서, 김기림의 '시

---

35) 같은 책, 175면.
36) 같은 책, 176면.

> 의 과학'은 끝내 몽상에 지나지 않았으며, 그의 시론은 외국문학
> 에서 얻은 단편적 지식의 두루뭉수리에 지나지 않았다.37)

송욱은 이렇게 비평가로서 김기림을 폄하할 뿐 아니라 그가 생각한 모더니즘은 엘리어트의 매우 동적인 역사의식과 전통의식에 비교할 때, 역사의식과 전통의식이 없어 '현재의 살아있는 과거'를 모르는 수준이었다고 평한다. 송욱에게 있어 김기림은 내면성이나 정신성을 거의 모르는 시인이자 비평가였으며, 엘리어트의 〈황무지〉도 제대로 이해하지 못하였으며 감수성이 발달되지 않아 '원시', '명랑', '건강' 등의 단순한 모더니즘의 구호만을 제시하였다고 혹평받는다.38) 김기림 비판에서 송욱은 "참다운 역사의식과 깊은 내면성, 정신성을 가지고 시대성을 소화, 비판하고 혈육화"39)해야 함을 강조한다. 이 역시 송욱의 이상적 기준, 즉 서구 시에서 발견되는 예술성과 현대성을 겸비한 시적 조건을 중심으로 한국의 모더니즘 시를 재단하는 절대 기준이 된다. 그러한 기준 하에서 김기림의 시적 성취와 비평안은 결국 한국 시와 시론의 결핍을 드러내는 지표가 될 뿐이다.

이러한 송욱의 시에 대한 절대 기준은 정지용 비판에서도 이어진다. 우선, 김기림이 주창한 모더니즘 시론을 시적으로 실현한 예로서 정지용을 들면서, 그의 시 〈바다〉에서 감정을 드러내지 않은 것은 '현대성'이라 할 수 있으나, 그는 단지 순수한 감각적 인상만을 다루었다며 사상적 깊이의 부족을 지적한다40). 따라서 정지용 시는 감각만이 있는 서정시가 주류이고, '생각'이 있는 시에서도(주로 종교시) 실존적일

---

37) 같은 책, 183면.
38) 김기림의 대표적 시편인 〈기상도〉 또한 그에 의해 비판되는데, "외국풍을 가진 꽃, 국제열차, 항구의 이국풍, 세계지도 혹은 방명록, 혹은 외국 영사관의 건물" 등의 소재 차원에서 이국적 항목들의 나열에 그치며, 이렇게 피상적으로 모더니즘을 표방할 때는 지났다고 송욱은 보고 있다. (같은 책, 185-194면)
39) 같은 책, 194면.
40) 같은 책, 196면.

수 있는 주제를 위하여, 새로운 언어형식을 창조하지 못했다고 비판한다.

또한 정지용은 주제가 제한된 시인으로, 정지용의 시 〈비〉를 한시의 관점에서 보면서, 두보의 시와 비교하여 '동양적 시세계에 대한 모욕'이라 평하고 있다. 이는 두보의 시가 자연과 사회, 정치와 종교를 종합한 작품인데 비해, 정지용의 시는 여운 혹은 시운을 맛볼 수 없는 빈약하고 메마른 작품이라는 지적이다. 이러한 정지용에 대한 폄하에는 김소월의 경우에서 마찬가지로, 중국 중심의 동양 인식이 작용하고 있음을 알 수 있다.

그런데 이러한 가치판단 너머에는 송욱 특유의 연역법적 사유 방식이 함께 작용하고 있음을 확인할 수 있다. 즉 하나의 이상적인 기대치를 먼저 설정해 놓고 그러한 기준을 바탕으로 여러 실제적 개별 작품들을 적용하는 송욱의 사유 경향은 그의 비평 의식을 특징짓는 구성 요건 중에 하나이다. 내재적으로 볼 때 이는 송욱의 비평을 관념적이고 도식적으로 만드는 요인으로 작용하기도 한다. 또한 끊임없이 한국시에서 후진적인 한국적 근대의 결핍 상태를 제기하는 그의 부정적인 비판과 상대적으로 서구 중심의 가치관을 따르는 이면에는, 송욱이 지녔던 이상주의적 지향성, 즉 절대적 보편에 대한 믿음과 추구가 있음을 발견할 수 있다. "상징시는 인간 존재의 깊이에서 역사적 현실도 훌륭하게 다룰 수 있다는 사실을 증명하며, 근대문명과 인간성의 어떤 보편적인 본질을 다룬다"[41]는 지적에 있어서 그의 서구 근대의 추종을 거론하기 전에, 보다 통합적이고 완전한 문학적 본질을 찾고자 했던 송욱의 열망이 자리하고 있었음을 간과할 수 없다. 그러나 서구적 패러다임 속에서 이러한 본질을 추구했던 송욱에게 당대의 한국적 현실은 받아들이기 힘든 후진적이고 결핍된 현실로만 비쳤으며 한국적 특수성은 서구 보편에 가려 빛을 잃게 된다.

---

41) 같은 책, 233면.

3. 현실의 구축과 종합에의 의지

1) 이분법적 사유와 양항 대립의 지양

송욱의 초기 비평적 사유는 이분법적 도식을 바탕으로 한 상호 비교와 특정한 항(근대〉전통, 서구〉동양, 동양〉한국)의 우위를 주장하는 양상을 보인다. 그 결과, 그의 비평은 서구 근대에 대한 편향성, 서양인의 시각에 의해 형성된 미개한 동양의 이미지를 투영하는 오리엔탈리즘적 사고, 동양 내에서 전통의 기원으로서 중국을 지향하는 화이론적 인식 등을 일면 노출하였다. 그런데 이러한 논점들을 야기시키는 그의 이분법적 사유는 두 번째 비평집인 『문학 평전』에 오면 일련의 변화를 보인다. 즉 이항 대립의 구조 내에서 우월과 열등의 이분법을 산출하기보다는 그것의 종합적인 지양(synthesis)을 추구하는 양상을 보다 뚜렷하게 보이는 것이다. 이러한 양상은 먼저 문학 텍스트의 내재적 구성 조건으로서 예술성과 사회성의 종합, 시학의 측면에서 내용과 형식의 종합, 그리고 과학적 사유와 상상적 사유의 종합을 심도 있게 다루게 된다.

> 문학 비평의 방법에는, 대개 문학의 윤리적 면을 보는 윤리적 비평, 사회적 측면을 살피는 사회적 비평, 그리고 특히 작품의 예술성을 가려내는 예술적 비평, 이 세가지가 있다고 할 수 있다. 그리고 이와 같은 세가지 방법은 참된 문학이 해야 할 세가지 기능과 대응하고 있는 것이기도 하다. 참된 문학이란 어떤 '새로운' 윤리를 드러내는 것이리라. 또한 그것은 우리가 정치나 사회에 대하여 갖추어야 할 올바른 태도와 떼어놓을 수 없다. 그리고 그것은 '새로운' 진실과 아름다움을 지닌 예술품이어야 한다.42)

『문학평전』 서문에서 송욱은 그의 비평적 방향은 '윤리성', '사회성', '예술성'의 결합에 두고 있음을 천명하고 있다. 그 중에서도 사회에 대

---

42) 송욱, 『문학평전』(일조각, 1969), 서문 1-2면.

한 '새로운 윤리'를 확보할 것을 강조하고 있는데, 작품의 사상적 면에서 윤리적인 면과 정치적인 면을 분리하여 다루고 있는 부분이 주목된다. 또한 여기에다. 문학이 지녀야 하는 예술성의 고양을 통해 텍스트가 사상 일변도로 나아가지 않도록 균형을 추구하고 있다.

> 문학과 예술이 반영한 사회성, 정치성과 아울러 예술성 자체를 높이는 것도 과제로 삼아야 한다(우리는 문학과 예술에 있어 근대적 전통이 얕은 만큼, 이 점은 특히 유의해야 한다).[43]

이러한 사회성과 윤리 그리고 예술성의 결합의 문제는 초기 『시학평전』에서의 서구 근대 모델에 대한 경도와 그 영향력에서 한 발 벗어나, 문학의 본질적인 문제로 시선을 돌리며 송욱 자신의 고유한 비평적 견해를 확고히 하는 경향을 보여준다. 즉, 문학이 한 사회와 가지게 되는 긴장과 상호 작용의 양상에 포착하면서, 송욱은 '사상성과 예술성의 결합'이라는 자신의 비평적 안목을 보다 견실하게 다지게 되는 것이다. 이러한 과정에서 송욱은 이광수와 李箱의 작품을 비교하여 문학에서의 '윤리', 한국 휴머니즘의 문제를 매우 비중있게 다룬다.[44] 송욱은 이광수의 작품 『흙』, 『無明』에서 문학과 계몽, 문학과 모랄의 분열을 보고, '노예의 윤리'라 하여 그의 작품에 나타난 윤리의 허구성을 비판한다. 또한 李箱의 『날개』에서는 생명에 대한 외경, 사회 의식이 결여된 반윤리적 성격을 문제로 삼는다. 이러한 두 작가에 대한 비판은 문학에 있어 사회성 및 진정한 휴머니즘의 실현이 송욱에게 가장 중요한 문학적 요건임을 여실히 보여준다. 이광수의 작품을 도스토옙스키나 독일적 전통과 비교하고, 李箱의 『날개』를 사르트르의 작품과 비교하면서 여전히 그는 한국 작가의 작품에 나타나는 윤리의 한계와 문학적 결핍을 지적하고 있다. 그러나 초기의 선험적이고 관념적인 기준이 낳은 비평의 피상성에서 한 발 나아가, 이 시

43) 송욱, 『문물의 타작』(문학과지성사, 1978), 15면.
44) 『문학평전』, 2-102면.

기에 송욱은 문학의 구성 요건에 대한 확고한 시각과 자신의 비평 의식을 바탕으로 실제 작품을 심도 있게 다루고 있다.

이렇게 초기에 불란서 상징주의의 초월적이고 관념론적 사유에 대한 선호로부터 벗어나 문학의 사회적 기능에 보다 주목하는 송욱은, 이데올로기에 종속되지 않는 진정한 사상의 발견에 초점을 두고 까뮈의 반항 의식에 관심을 가진다. 송욱은 까뮈의 반항 의식이 개인의 자유와 권리에 바탕을 두는 실존적 행위의 결과이면서, 혁명과는 달리 선험적 이론이나 관념적 체계에 속박되지 않는 역동성을 지니며, 변화하는 역사 속에서 인간의 보편적 가치를 추구하는 힘을 가진다고 보고 있다.

> 반항은 사실이라고 하는 막다른 골목을 뛰어드는 행동이며, 어떤 체계나 이성을 지니지 못하고 투명하지 못한 항변이다. 이에 대해, 혁명은 사상을 따라 행동을 규정하고 이론의 테두리 안에서 세계를 만들려는 노력이다. 역사상에 혁명은 없었다.45)

또한, 송욱은 까뮈의 반항이 신성의 세계에서 세속적 세계로의 전환이며, 이는 결국 신에 대한 도전이라는 인간주의적 철학을 바탕으로 하고 있는 것으로 파악한다. 그러나 무엇보다도 송욱이 지적하는 까뮈의 반항 의식의 핵심은 신을 거부하면서도 역사를 벗어나지 않는 변증법적 속성이라 할 수 있다. 인간의 역사와 사회와 삶 자체로부터 "도피하지 않으면서 거부한다"46)는 까뮈의 명제 속에서, 송욱은 '고양시키면서 동시에 부정하는' 변증법적 힘을 발견하고, 또한 그 속에서 예술의 원리 또한 발견하게 되는 것이다. 이렇게 송욱은 초기의 이항 대립의 도식적 구조에서 벗어나서 현상 속에 내재한 변증법적 원리에 보다 심층적으로 접근하는 면모를 보이게 된다.

---

45) 같은 책, 125면.
46) 같은 책, 147면.

반항도 예술과 마찬가지로 고양시키는 동시에 부정하는 운동이
다.47)

까뮈의 반항의 시학에서 송욱은 문학 텍스트가 지녀야 할 예술성과
사회성의 진정한 통합을 확인한다. 소설을 염두에 두고 까뮈가 말한
"예술이란 통일성에 대한 우리의 갈망이 표현된 것"이라는 정의에서와
마찬가지로, 송욱은 삶을 바라보는 형식이 결국 예술의 형식과 긴밀
하게 연결됨을 간파하고 있다. 송욱은 특히 까뮈의 반항이 궁극적으
로 스타일을 통해 형상화되어야 함을 역설한다.48) "위대한 예술 형식
은 가장 훌륭한 반항의 표현", "위대한 예술, 스타일, 그리고 참된 반
항, 이 세가지는 양식화와 실재의 긴장된 조화에 있는 것"49)이라는
까뮈의 진술을 인용하면서 송욱은 삶과 예술, 실재와 허구의 근원적
인 관계, 그리고 좁게는 문학 텍스트 내에서 형식과 내용의 유기적
관계를 되묻는다.

소설뿐 아니라 시에서도 형식과 내용이 미학적으로 조합된 예술의
시학을 정립하기 위해, 송욱은 동서의 시학을 비교한다. 그는 먼저 김
억의 시론과 그가 영향을 받은 영국 상징주의 시인, 시몬즈의 시론을
비교하면서 함께 비판한다. 기분이나 정조를 상징으로 잘못 생각한
시몬즈의 오해를 그대로 이어받은 김억이 결국은 소월의 〈그림자 시
학〉을 빚어내었다고 보는 것이다.50) 그 결과 한국 근대시는 상징주의
를 제대로 소화시키지 못하게 되는데, 한국 민족은 정조와 분위기에
잘 동화되고 최상의 가치를 두는 '기분의 민족'이며 사상도 '기분화'된
다 하여, 우리 시에서 의식의 치열성과 철학적 사유가 부족함을 역설
하고 있다. 즉 그들의 시학은 기분, 정조, 음률과 같은 형식적 측면에
치우쳐 지성을 기반으로 하는 사상성과의 유기적인 결합이 이루어지

---

47) 같은 책, 131면.
48) 같은 책, 142면.
49) 같은 책, 144면.
50) 같은 책, 204면.

지 못함을 비판하고 있는 것이다. 이렇게 여전히 한국의 시적 전통은 초기에서처럼 여전히 부정적으로 파악되고 있지만, 이 시기 송욱의 시각은 단순한 서구 근대 지향성을 지향하는 관념적 인식 단계에서 벗어나 '형식과 내용의 유기적인 결합'을 구체적인 문학 작품의 예와 직접적으로 연결시키면서, 문학에 대한 보편적 인식을 체화시키고 있다. 작가의 지성과 정서의 조합, 그리고 텍스트의 예술성과 사회성의 조합, 긴장과 정확성의 확보, 그리고 종교성을 지니면서도 구체적 경험의 세계에 뿌리박아야 한다는 그의 문학관은 초기의 피상성과 관념성을 넘어, 문학에 대한 보다 구체적이고도 실질적인 인식을 보여주고 있다는 것이다.

송욱의 변증법적 사유의 심화는 릴케와 바슐라르의 해석에서 나타난다. 릴케의 시 속에서 자기충만을 통한 내면공간의 외면적 시간화 및 이러한 시간의 내면공간화 과정, 즉 '공간과 시간의 변증법'[51]을 발견한다. 또한, 릴케에 대한 바슐라르의 해석에서 내면 공간과 외면적 시간의 변증법 및 그 속에서 다시 大와 小의 변증법과 내밀성과 팽창의 변증법을 찾아낸다.[52] 그러면서 송욱은 이러한 릴케와 바슐라르의 사유의 변증법적 양상을 다시 서구적인 특질로 인식한다. 즉 릴케의 시에서는 육체가 정신화되고, 승화되면서도 역시 육체적 면 혹은 물질적 면이 강조된다고 보는 것이다.

서구 변증법 속에서 물질성을 발견한 송욱은 이를 동양 즉 한국의 문학 작품과 비교하여, 동양적 변증법의 비물질적 특성을 포착해낸다. 즉 릴케의 장미와 나옹의 '靜菴' 비교하면서, 예술적 경향의 우세로 인해 서양은 물질화 경향을 지니는 반면, 불교와 같은 종교적 경향의 우세로 동양은 고려 공민왕의 王師였던 나옹의 한시, 〈고요한 庵子〉에서의 특유한 내면 공간에서와 같이 비물질화 경향을 띤다고 보았다.[53] 릴케와 황진이의 내면공간의 태도 비교하면서[54] 송욱은 유럽

---

51) 같은 책, 211면.
52) 같은 책, 214면.

근대사상과 전통적 동양사상의 거리를 이제 객관적으로 인정하기 시작한다. 이는 초기의 서구 중심의 위계적, 차별적 거리가 아니라 각각의 고유성을 어느 정도 인정하는, 차이를 바탕으로 하는 거리에 대한 인식이다.

> 빠스칼은 무한의 공간을 심연처럼 느끼고 몸서리친다... 동양사람은 고승이나 명기이거나를 가릴 것 없이 무한대의 공간에 오히려 안주하고 구제를 느끼며, 존재의 모태로서 '無'를 찬송하는 것이다... 우리는 허공과 일체가 된다.55)

또한, 바슐라르의 물질적 상상력에서 물질에 관한 명상을 통해 열린 상상력을 발견하고 그것은 물질과 꿈, 육체와 정신의 합치, 능산적, 소산적 자연이 통일되는 경지로 파악한다.56) 그리고 이러한 바슐라르에게서 송욱은 서구의 나르시시즘의 전통을 발견하고 이를 동양의 나르시시즘과 연결한다.

> 동양의 문학 전통에는 나르시시즘이 뚜렷이 이룩되지 못했다. 바슐라르는 '보는 것'과 '스스로 나타나려는 것'의 변증법적 관계를 말했거니와, 백낙천은 자기의 그림자가 아닌 학과 물고기를 좀더 뚜렷이 응시할 뿐, 스스로 자신을 나타내려 하지 않는다. 따라서 주체와 보이는 객체 사이의 날카로운 대립도 없다. 또한 백낙천의 작품에는 미적 세계와 윤리적 세계가 완전히 구분되지 않는다. 윤리적 세계에는 곧 사회가 뒤따라 온다. 대상과 안목의 통일을 꾀하고 미학적 규범을 절대시하는 범미주의와도 거리가 멀다. 이러한 차이는 한국에서 근대 이전의 시와 근대 이후의 시세계를 갈라놓는 것이다.57)

---

53) 같은 책, 216-217면.
54) 같은 책, 218-219면.
55) 같은 책, 219면.
56) 같은 책, 231면.
57) 같은 책, 295면.

송욱은 백낙천 시의 나르시시즘적 요소가 작자와 외부 세계 사이의 대립 관계가 아니라, 상호교류 관계 양상을 띠고 있음을 발견한다. 즉 동양의 인식론이 지니는 변증법적 양상이 서구의 논리와 이성, 자아와 타자의 분리를 전제로 하는 상태에서의 변증법적 사유 방식과의 질적인 차이를 가진다는 것이다. 이러한 서구와 동양의 존재론적 차이에 대한 송욱의 자각은 점차 동양적 특수성과 한국의 고유한 정체성 모색으로 나아가게 된다. 이는 한용운에 대한 송욱의 분석과 평가에서 여실히 드러난다. 결국 송욱의 사상이 지니는 변증법적 구조(서양-동양-한국)는 보편과 근대, 서구라는 외래 공간을 넘어, 보편을 담보한 특수한 현실, 즉 나의 공간으로 나아가는 과정을 실현한다.

2) 전통과 근대의 변증법적 종합 - 한용운

> 현대의 위대한 시인들은 모두 자기의 예술이 기대고 있을 만한 정신적인 지주를 가지고 있다. 우리는, 또한 역사와 사회에서 가지고 나온 우리의 경험 속에서 겸손하게 찾아야 할 것이다.[58]

서정주의 시 작품 속에서 생명을 근원으로 하는 서정시를 발견하는 송욱은 위 진술에서와 같이, 우리의 전통에 좀더 적극적인 시각을 갖게 된다. 서구의 문화에서 근대적 예술의 이상적 모델을 찾았던 송욱은 한국적 현실 속에서 '정신적 지주'의 역할을 하는 시인이 필요함을 절감하였는데, 한용운이 바로 그 역할을 하게 된다. 전통과 동양, 그리고 한국을 새롭게 인식하는 송욱에게 한용운은 무엇보다도 '헤아릴 수 없는 깊이'[59]를 지닌 시인이었다. 불교를 기반으로 하면서 종교적 초월의 차원이 대중에게도 열려 있으며 이질적인 대립항들을 변증법적으로 지양시켜 풍부하고도 열린 정신적 세계를 구현하는 만해 시의 미학은 송욱에게 완벽한 것으로 비쳐졌던 것이다.

---

58) 『문물의 타작』, 94면.
59) 송욱, 『님의 침묵-전편 해설』(일조각, 1974), 1면.

> 이 시집 전체는 시와 화두, 혹은 시와 寓話가 융합된 것으로서 구성되어 있다… 첫째 禪과 관계가 있는 불교사상, 둘째 疑情에서 깨달음에 이르는 禪의 체험, 셋째는 말과 이마쥬로서 나타난 시가 그것이다. 그 세가지 빛은 한 작품에서 결국 하나의 광채를 이루게 되지만, 각 작품이 풍기는 빛깔은 모두 다르기 마련이다. 이런 점에서 우리는 만해가 다다른 깨달음의 경지가 얼마나 참되고 휘황한 것인가를 추측할 수 있게 하는 동시에, 그의 놀라운 창조력과 천재를 뚜렷이 느낄 수 있다.60)
>
> (『님의 침묵-전편해설』, 서문2-3)

송욱은 『님의 침묵』 시집 전체는 '疑情에서 깨달음에 이르는 과정'이며 "시에서 표현할 수 없는 禪을 보고, 선에서 표현할 수 없는 시를 찾으려"한 결과물로 설명한다.61) 또한 이는 깨달음의 증험을 내용으로 한 '證道歌'로서 모든 작품이 화두를 지니고 있으며, 독자는 누구나 〈님의 침묵〉을 읽고 疑情을 느끼며 깨달음에 이르고자 하는 중생이 된다고 보고 있다. 여기서 송욱은 『님의 침묵』의 禪사상적 측면62)을

---

60) 같은 책, 〈서문〉 2~3면.
61) 송욱은 禪과 한용운의 시의 공통된 요소로서 疑情를 들고 그의 시에서 갖가지 이미지들은 바로 이러한 疑情를 표현하는 매개체가 된다고 보고 있다. 이렇게 〈님의 침묵〉은 불교의 교리를 바탕으로 하는 설법과 화두가 일으키는 것 같은 疑情, 그리고 悟道를 내용으로 하는 證道歌, 이 세가지 요소가 '사랑의 시'와 융합한 것이 된다. (『문물의 타작』, 119면)
62) 『님의 침묵-전편해설』, 373-407면.
   송욱은 『님의 침묵』의 사상적 원천을 다음과 같이 상세하게 다룬다. 먼저 '生佛一如' 사상을 통해 '주관과 객관의 互用' 문제("주관 전체와 객관 전체가 서로 통하여 작용하면서 견성하는 과정)1)를 설명하고, '色卽是空'과 '眞空妙有'의 의미를 통해 空과 非空, 有와 非有에 대한 의식적 분별을 떠나는 경지인 깨달음의 경지를 강조한다. 그밖에도 희생을 통해 자아를 확대하는 無限我, 絶對我의 경지, 즉 자아의 희생을 통한 자아의 절대화, 생명의 희생을 통한 생명의 무한화를 이루는 깨달음의 변증법을 발견하고, '精進과 忍辱'에서 오히려 희생을 푸는 열쇠로 보며, '평등과 차별' 의식의 경계를 해체하고, 靜과 動 또한 둘이 아님을 깨닫는 禪定의 경지를 제시함으로써 만해 시에 나타난 동양 禪사상의 핵심을 설파한다. 이러한 만해의 인식을 송욱은 서구 논리학의 용어로 '동일과 모순을 융합한 논리'로 파악한다. '靜卽動, 動卽靜'와 같은 깨달음의 경지는 서구의 동일, 모순, 排中의 원리를 인정하면서도 동시

매우 심도있게 다루고 있음에 주목할 만하다. 그러면서 송욱은 이러한 만해의 사상을 근본적으로 논리의 틀 속에 자리하는 서구의 변증법과 비교하면서 양자의 고유성과 둘 사이의 차이성을 다시 한번 확인하게 된다.

전통적 요소를 현대적으로 변용하면서 서양의 인식론을 뛰어넘는 동양의 사상적 깊이를 지니고 있는 한용운은 송욱에 의해 최대의 찬사를 받게 된다. 명상의 시인일 뿐 사회성이 결여된 타고르와 비교해, 만해는 사회와 역사 의식을 갖춘 투사적인 면모를 지니며, 시 속에서 '사상과 표현'의 완벽한 조화를 이루게 된다. 이렇게 작품 내의 '형식과 내용의 유기적인 결합'(예술성)을 보이고, '종교적, 철학적 사상의 깊이'를 지니며 동시에 '사회성과 역사성'을 지님으로써 만해의 『님의 침묵』은 송욱이 요구하는 모든 조건을 충족시키는 그의 문학적 理想이 된다.

4. 현실의 극복과 초월적 세계 인식

1) 시공간적 틀의 해체와 경계의 지양

『문학평전』에서 보여주었던 종합적 지양과 『님의 침묵-전편 해설』에서 禪사상에서의 변증법적 인식은 초기의 서구 중심의 위계적 가치판단을 지양하고, 동양 사상의 특질과 차이를 보다 객관적으로 드러내려는 송욱 비평의 변화를 보여 주었다. 그런데 이러한 의식의 전이는 그의 마지막 비평집 『文物의 打作』에서, 또다른 전개 양상을 보인다. 그것은 바로 그의 인식 논리의 틀이었던 주체/객체, 전통/현대,

---

에 부정하는 중간자 또는 초월의 상태2)에 있게 되는 것이다. 즉 '相卽相離', '不卽不離', '非一非二'는 모두 동일률, 모순률, 배중율을 긍정하면서도 초월하는 것이 된다. 만해에게서 님(A)과 나(非A) 사이에 있는 깨달음이라는 논리적 중간자 혹은 초월의 경지는 '一切惟心' 즉 논리 자체의 초월을 가리킨다.

동양/서양 등의 이분법적 경계 자체를 뛰어넘어 새로운 시공간으로 나아가려는 그의 지향성이다. 이러한 양상은 송욱의 초기 비평에서부터 이미 부분적으로 암시되었으며, 만해 한용운을 거쳐 후기에 이르러, 인간 실존의 위기를 극복하고 동서양 사상적 차이 자체를 넘어서는 대안적 세계관으로 선택된다.

이러한 송욱의 초월적 인식의 심화 과정은 먼저 서양의 메를로-퐁티와 퐁쥬 사상에 대한 관심에서 촉발된다. 송욱은 자신이 한때 심취했으며 당대 한국 문단을 지배했던 사르트르의 실존 비평에서 닫힌 無와 실존적 불안 의식, 자아와 타자의 대립적 관계가 파생시키는 단절에 한계를 느낀다. 실존주의에서 파고드는 근대적 자아의 존재론적 불안은 당대 송욱이 처한 戰後의 한국적 현실의 총체적 위기와 맞물려 많은 지식인들을 사로잡았지만, 실존주의 철학 자체가 그러한 현실을 극복할 수 있는 인식론적 기능을 하지 못했던 것이다. 그 결과 송욱은 대안으로서 메를로-퐁티를 선택한다. 송욱은 메를로-퐁티의 저작인 『지각의 현상학』을 대상으로 현상학적 사유가 허용하는 신체와 정신의 연계성, 자아와 타자 또는 사물, 세계와의 상호주관성을 발견한다.

> 메를로-퐁티의 사상이 지닌 매력과 수수께끼는 주관과 객관, 그리고 나와 타인, 세계를 엄격히 구별하면서도 이런 것들을 주관적인 측면에서는 하나의 시력으로, 또한 객관적인 측면에서는 세계의 살로 보는 양의성에 있다... 그의 사상에 있어 一과 多, 個와 全體도 역시 양의성의 관계에 있다.63)

이렇게 메를로-퐁티를 통해 자아와 세계를 이어주는 매개로서 '신체(살)'를 발견한 송욱은 또한 자아와 사물을 연계하는 '말'을 새롭게 탐색한다.

---

63) 송욱, 『문물의 타작』(문학과지성사, 1978), 128면.

　　말함과 생각 그리고 몸짓은 연대적 측면과 사회적 측면을 드러
낸다. 이는 공적 지속을 이루는데, 나와 남 사이에는 담벼락이 가
로놓이며, 이는 우리 자유의 테두리 안을 벗어나는 것이 아니라.
오히려 나와 타인 사이에서 한 없는 대화를 나누도록 마련하는 것
이 된다. 이러한 공적인 지속은 바로 역사를 표상하며, 역사는 마
치 우리의 육체가 그러하듯이, 모든 것이 문제가 되고 연결되면서
도 하나의 전체로서 작용한다. '역사의 살'이 곧 나의 살이고 타인
은 내 살의 살이 되고, 감각 세계라는 보편적 세계의 살과 역사의
살은 궁극적으로 상호 관련되는 것이다. 결국 역사의 正體란 역사
의 육체인 것이며, 그 속에서는 인간의 자유와 사물의 중량이 모
두 중요하며 경제적 하부 구조와 우리의 사상이 '끊임없는 교환관
계'에 있다.64)

이는 바로 일상 속의 사물, 일상 속의 인간의 신체, 보편적 세계 속의
구체적인 역사 등을 육화된 주관성으로 보고, 감각과 이성, 육체와 정
신, 현상과 본질 등에서의 이원적 분리를 철학적으로 극복하여 새로
운 인식론적 대안을 찾고자 했던 송욱의 사상적 지향성과 맞물린다.
이렇게 메를로-퐁티에의 심취는 서구 철학에서 자아와 타자(세계)의
분리가 가져오는 심연을 극복하고 세계 내의 소외를 벗어나려는 송욱
의 철학적 지향성을 암시한다. 그러면서도 송욱은 메를로-퐁티에게서
다시 서구적 철학 전통의 흔적을 발견한다.

　　메를로퐁티는 또한 '모든 면에서의 영 혹은 제로'를 제약없는 無
라고 하지 않고 '제약 없는 존재'라 한다. 그는 존재와 無 대신에
보이는 것과 보이지 않는 것의 교대 관계, 교차 관계를 중심으로
사상을 전개한다. 이는 결국 운동이 되며, 인간과 세계도 운동 속
에 자리 잡은 존재가 된다. 운동이야말로 인간 세계의 안정 상태
가 이룩되는 바탕이 된다.65)

　여기서 송욱은 메를로-퐁티가 인간과 세계의 본질을 정지가 아니라

---

64) 같은 책, 133면.
65) 같은 책, 137면.

운동으로 보는 것에서 서양 철학자의 특징을 발견한다. 서양에서는 정지를 '움직이지 않는 것' 즉 운동의 영점으로 보지만, 동양에서는 오히려 운동을 정지의 영점 혹은 영도로 본다고 해도 지나치지 않다는 것이다. 이러한 서구 자체에 대한 끊임없는 성찰과 한계의 인식은 이후 그가 동양적 세계로 귀착하게 되는 단계적인 발판이 된다.

또한 송욱은 말과 사물에 대한 새로운 인식을 F. 퐁쥬를 통해 얻는다. 사물 자체가 지니는 고유한 언어를 차아내어 세계에 질서를 부여하고자 한 퐁쥬[66]에게서 송욱은 문학을 통해 인간과 사물 간의 위치를 전도시키고 그 속에서 새로운 본질을 찾아야 함을 깨닫게 된다. 이렇게 메를로-퐁티와 퐁쥬의 세계는 송욱에게 신체/마음, 주체/대상(사물) 사이의 상호주관적 소통의 가능성을 제시하게 하며 서양 철학의 전통 속에서 초월적 인식론의 기반을 제공한다. 그러나 송욱은 이들의 철학에서도 "세계의 기이성을 표현함을 임무로 삼는다"[67]라고 진술하면서 서구 현대 철학자의 불안을 엿본다. 즉 송욱은 서구 철학사의 전통에서 주관/객관, 육체(사물)/정신(사상), 존재/무 사이의 이분법적 한계를 극복하는 초월적 사유의 가능성을 찾아내지만, 그 속에 내재해 있는 서구 지성의 한계를 느끼고 후에 동양적 초월의 세계로 시선을 돌리게 되는 것이다.

2) 인식론적 대안 담론 ─ 노장 사상의 동양적 세계관

메를로-퐁티와 퐁쥬가 보여주는 인식론은 이성 중심의 사유 및 나와 타자 사이의 심연에 자리하는 사르트르적 실존주의의 한계를 극복하고자 한 서구 철학의 새로운 영역이었다. 그러나 송욱은 이러한 서구 철학 내에서 배태된 경계 해체의 역설적 사유에서 한발 더 나아가 동양 담론에서 초월적 사유의 극한을 모색한다.

---

66) 같은 책, 83-87면.
67) 같은 책, 138면.

'正言反逆'이라 표현되는 노자의 역설 개념에서 시작하면서, 송욱은 기존의 진리를 부정하는 노자 특유의 전복적 상상력과 존재와 無가 같은 뿌리라는 노자의 역설적 사유에 심취한다.68) 無爲自然의 원리와 더불어, 無가 죽음이 아니라 모든 생명의 근원이며 자연의 본질과 일치하며, 부드럽고 약한 것(물, 여자, 갓난아이)은 無의 상징인 동시에 생명의 이미지라는 노자의 인식은 서구 변증법과는 다른 사유의 깊이와 발상의 전환을 송욱에게 제공하게 되는 것이다.

> 노자의 역설의 논리는 正을 뜻하고자 할 때, 이를 反을 통해서 표현하는 것인데. 이는 어디까지나 정과 반이 서로 상극이라는 전제에서 출발한다. 서양의 패러독스도 이러한 전제를 두고 있다. 그런데 노자에서는 정과 반이 반드시 서로 반대가 되고 상극인 관계에 있지는 않다. 無는 有의 어머니라는 생각이 드러내고 있듯이, 無와 有는 오히려 상대방을 낳고 키워주는 관계에 있다.69)

이러한 無의 세계는 초기의 송욱이 동양을 대표하는 불교에서 파악한 "'不', '無'가 우글거리는" 부정적 無의 세계도 아니고, 서구의 실존주의 철학에서 발견한 닫혀진 無의 세계도 아님에 주목해야 한다. 이는 바로 동양적 세계에 대한 재발견이면서, 부정과 긍정을 과정을 거치면서 새로운 긍정을 찾아 전진해 왔던 그의 변증법적 사유의 기착지이기도 한 것이다. 그 결과, 송욱은 여기에서 노자적 역설 속에서 서양식의 역설과는 다른, '同의 논리'를 바탕으로 한 동양적 사유의 특색을 발견한다.

> 모든 正과 反을 같은 것으로 보게 하는 매개체는 道 혹은 無라

---

68) 같은 책, 139-163면.
   송욱은 노장 사상에 대한 해석에 있어 송대의 사상가인 蘇轍의 해설을 기본적으로 따르는데, 蘇轍은 노장 사상을 유교라는 중국의 정통 사상에 대한 주변부 또는 유교에 대한 대립적 사상으로 보는 것이 아니라, 유교, 도교, 그리고 불교를 어느 정도 융합하려는 입장을 보이고 있다.
69) 같은 책, 156면.

고 할 수 있다.70)

끊임없는 비교를 통해 대상이 지니는 본질에 보다 객관적으로 접근하고자 하는 송욱은 서구 변증법과 노자의 변증법 또한 비교, 구별하고자 한다. 노자가 말하는 곧음은 굽은 것을 포함하고 있으며 공교로운 것은 서투름을 포함하고 있기 때문에 '크게 곧음'이라 했고, '크게 공교로움'이라 했는데, 그는 이를 바로 헤겔 변증법에서의 正과 反을 종합한 결과로 본다. 또한 노자에서 정과 반의 구별은 서양의 논리에서처럼 그리 중요한 것이 아니며, 뿐만 아니라 헤겔이 말하는 종합이란 정과 반의 '다음'에만 올 수 있는 것이라고 주장한다. 이는 역사의 과정을 설명하는 논리이지만, 노자에서는 자연의 원리가 역사의 원리를 앞서고 있으며 자연은 역사보다 높은 위치에 있는 것이라 송욱은 파악한다. 이때 자연의 논리인 同은 정과 반이 갈라지기 이전의 상태, 즉 정과 반을 앞선 상태를 뜻하며, 이는 헤겔의 종합과 정반대의 면이 된다. 또한 노자의 同은 정과 반의 두 요소를 섞어 놓은 合이 아니라, 두 요소가 서로 갈라지기 전의 상태라고 송욱은 생각한다. 헤겔의 생각을 역사의 진보에 관한 논리라고 치면, '同의 논리'란 자연과 생명으로 되돌아가기 위한 '복귀의 논리'라고 그는 말한다.

송욱은 이렇게 노자 철학을 통해 궁극적으로 그것이 갖는 '종합력과 융합의 힘'을 찾고자 하며 다시 노자를 서구 철학자 베르그송과 비교한다.71) 여기서 송욱은 노자는 가득히 찬 것보다는 빈 것을 높이 평가하였고 모든 존재는 무에서 태어난다고 보는 반면, 베르그송은 실재는 항시 움직이고 생성되고 있고, 공허한 곳이 없는 충만된 것이라고 생각한다고 구별한다. 그러나 송욱은 베르그송의 철학은 모든 사물과 존재의 바탕을 지속과 자유로운 선택으로 보고 있기 때문에, 無가 존재를 앞설 수 있는 권리가 있다는 생각과는 상극이 된다고 보고

---

70) 같은 책, 158면.
71) 같은 책, 163-166면.

있다.

> 규정된 무의 이미지는 존재에 가득찬 이미지이며, 주관과 객관
> 의 이미지를 한꺼번에 담고 있는 것이다... 이러한 무의 이미지는
> 이미 존재 일반을 지니고 있기 때문에, 존재와 대립 시키거나 혹
> 은 존재를 앞서고 혹은 존재의 밑바닥에 깔려있는 것으로 생각할
> 수 없음은 뻔한 노릇이다.72)

송욱은 베르그송의 『창조적 진화』에서 위 구절을 인용한 뒤 이에 반
박한다73). "실상 우리가 부정하는 대상은 외적인 것 즉 사물이거나,
내적인 것 즉 의식의 어떤 상태"이며 자연 속에는 절대적 공허란 없다
는 것이 그의 주장이다. 無 혹은 공허로써 표현되는 나머지는 모두가
사고라기보다는 감정이며, 좀더 정확히 말하면, 감정이 물들인 사고가
된다고 그는 말한다. 송욱에게 있어 모든 존재의 부정인 절대적 無란
성립될 수 없는 유사 관념이며, 다만 하나의 낱말에 지나지 않으며,
모든 부정은 이차적 긍정이 될 뿐이다.

또한 송욱은 이러한 모든 부정은 無를 가정하고 있다는 하이데거의
생각에도 반대한다74). 하이데거에 의하면, 우리는 죽음을 대면하고
있는 존재인 만큼 無의 기원이요, 근거가 된다. 그러나 그의 논리는
절대적인 것이 아닌데, 부정은 이성의 작용이지만, 無에 관한 경험이
전혀 없는 사람은 부정의 본질을 잘 이해하지 못하게 된다고 송욱은
주장한다. 어떤 無에 대한 '감정'이 부정이란 논리적 작용을 앞서서 그
것을 가능하게 만드는 까닭이 된다는 것이다.

또한 송욱은 서구 실존철학에서 포착하는 "생경한 실존, 지성으로서
이해할 수 있는 세계의 한계"75)에 대해 부정적인 시선을 던지고 사르
트르의 『구토』을 통해 실존적 부조리와 닫혀 있는 無에 대한 절망을

---

72) 같은 책, 168면.
73) 같은 책, 168-174면.
74) 같은 책, 174-178면.
75) 같은 책, 182면.

다시 환기한다. 결국 존재와 無라는 근원적 화두를 풀기 위해 하이데 거, 사르트르, 베르그송과 헤겔 등의 서구 철학자들의 정신 세계를 배 회했던 송욱은 동양의 노자 사상으로 돌아온다. 無와 실존적 불안을 해결하지 못한 서구 철학의 이성적 사유의 한계를 확인한 송욱은 노 자에게서 '생명과 만물의 기원'으로서의 '無'의 새로운 경지를 발견하게 되는 것이다.

> 동양에서는 노자, 장자, 그리고 불교가 보여주듯이 존재와 무가 언제나 융합될 수 있다는 사상이 전통을 이루고 있는 반면, 서양 에서는 기독교에서 말하는 인격신을 통한 만물 창조설은 물론 철 학사 전체가 존재에 치중하고 있는 사상 전통을 가지기 때문에, 동양에서는 무가 가치인데 비해, 서양에서는 반가치가 된다. 이는 노자에서 나타나는 同의 논리와 하이데거, 헤겔에서 볼 수 있는 대립의 논리, 즉 동일성과 타성의 대립을 엄격히 고집하는 논리의 차이이다.76)

그토록 오랜 시간 동안 두 문명의 시공간을 교차하면서 고민하고 사색한 송욱은 바로 그가 초기에 강력하게 부정했던 동양 사상 속에 서 대안적 인식론을 확인한다. 그것은 대립과 분리의 이성적 사유를 넘어서는 노자의 초이성적 역설의 공간이 된다. 이는 서구 이성적 사 유가 낳은 풍부한 근대 문화 속에 경도되었던 지식인의 서구 극복이 라는 측면에서도 흥미롭게 해석된다. 그의 노장적 동양 세계의 탐색 은 초기의 서구 근대 지향적 가치 탐색과 대조를 이룬다. 언뜻 이러 한 동양 담론으로의 회귀는 결국 서구에 대한 대립항으로서의 동양의 재발견이라는 측면에서, 이분법적 구도에서 크게 벗어나지 못하는 인 식으로 보일 수도 있다. 그러나 앞에서 살펴 보았듯이, 송욱의 동양으 로의 인식론적 행로는 서구 사유와의 지속적인 비교 작업 및 그것의 변증법적 지양 과정을 거친 결과임에 주목해야 한다. 그리고 그 변증 법적 지양이란 한국적 특수성에 대한 끊임없는 자기확인과 새로운 담

---

76) 같은 책, 183면.

론 생성에의 의지를 반영하고 있다. 지나치게 큰 틀을 전제로 하여 여러 층위의 동서양 사상을 자의적인 잣대로 비교함으로써 파생되는 여러 문제점을 감안하더라도, 『문물의 타작』에서 보여주는 송욱의 동양 인식은 그가 궁극적으로 추구했던 '특수 속에서의 보편의 추구'라는 비평적 지향성이 산출한 '자기에 대한 진정한 발견'과 긴밀히 연관되는 것이다.

5. 결론

서구 근대 문학 및 사상에의 경도와 동양적인 것의 비하를 보였던 『시학평전』의 초기 비평 단계를 거쳐, 송욱은 두 번째 비평집 『문학평전』에서 위계적 가치 판단을 벗어나 동양과 서양, 전통과 현대라는 시공간적 이분법의 틀을 변증법적으로 지양하려 했다. 그리고 그의 마지막 평론집인 『문물의 타작』에서 송욱은 동서양의 경계 자체를 넘어, 인간 이성의 실존적 사유의 한계를 극복하려는 초월적 인식론의 경향을 뚜렷하게 보여준다. 이는 초기 비평에서 부각되었던 서구 근대적 이성의 한계를 극복하려는 의지이면서, 두 번째 비평집에서 더욱 초점화되는 그의 인식적 기반인 서구 변증법의 틀 자체를 극복하려는 의지를 반영하는 새로운 국면이다. 즉 송욱은 노자 사상에서 대안적 세계관을 발견함으로써 서구 콤플렉스와 오리엔탈리즘적 의식을 극복하기에 이르른 것이다. 또한 아래의 인용은 이러한 인식론적 전이 과정을 거치는 가운데에서 송욱이 궁극적으로 이르고자 했던 비평의 목표 의식을 집약해서 드러내고 있다.

> 한국인의 주체성이란 결국 이 나라의 정치, 경제, 사회 그리고 문화를 어느 정도까지 우리 자신의 눈으로 보며 우리 손으로 이룩하느냐, 이러한 가능성의 반영일 것이다.77)

이는 바로 세계를 타자의 시선인 아닌 자신의 안목으로 바라보고, 자신의 힘으로 사회를 경영할 수 있는 주체적 능력의 확보로서, 그의 '특수에서 보편적 가치를 획득하는 작업'이 목표로 했던 보다 실질적인 문제 의식이기도 하였다. 그러나 빈곤과 결핍의 현실을 배경으로 하면서 서구 문화에 대한 콤플렉스가 조장하는 식민주의적・사대주의 발상과 단절된 전통을 이어야 한다는 강박관념 속에서 '주체적 전망의 획득'이라는 노정은 결코 순탄한 길이 아니었다. 무엇보다도 주어진 현실을 객관적으로 냉철하게 인식하면서 그것을 토대로 당위론적 가치관을 형성하고 생산적인 미래를 전망한다는 일은 사회적 토대 전반이 무너진 시대의 戰後 비평가에게 결코 쉽지 않는 요구이기 때문이다. 자칫 오리엔탈리즘적 사고 또는 사대주의 사상에 편입되거나, 아니면 정반대로 폐쇄적 국수주의에 빠지기 쉬운, 반식민지 상태의 戰後 한국적 상황을 통과하면서 송욱은 이러한 두 극단적인 사유의 일면을 부분적으로 보여주기도 한다.

또한 동서양의 문학 작품 및 사상을 비교함에 있어 비교 대상이 지니는 각각의 특수한 배경들이 고려되지 않음으로써 나타나는 논리의 비약과 사변적 진술, 그리고 자의적인 비교 평가가 파생시키는 난삽함 등은 송욱 비평의 결함으로 제기될 만하다. 그러나 그럼에도 불구하고 이들은 변명의 여지를 가진다. 그것은 바로 이질적인 것, 새로운 것에 대한 개방과 적극적인 대화, 그리고 시간적・공간적 확장과 깊이의 심화를 통해 폐허의 현실에서 자기 정체성을 재건하고 한국 사상의 새로운 지평을 열고자 했던 그의 성급한 열망이 낳은 부작용으로 해석될 수 있기 때문이다.

이상주의적인 종합주의자 송욱의 비평 작업을 집약하는 문구인 '특수성 속에서의 보편의 추구'는, 戰後 당대의 현실 속에서 송욱이 파악한 탁월한 시대 인식이다. 하지만 이는 21세기에 들어선 지금 현재 우리 사회가 풀어야 할 절실한 화두로서 중요한 의미를 갖는다.

---

77) 송욱, 『문학평전』, 102면.

> 동양과 서양이 한국 문화 안에서 조화를 이루고 종합되는 것은
> 여러 가지 실패와 난관을 극복하면서 오랜 시일을 겪은 다음, 먼
> 훗날에 올 이 나라의 황금시대에서 비로소 가능한 노릇이리라.[78]

다분히 유토피아적 색채를 띠고 있는 위 발언에서 송욱은 1960년대에 이미 그 시대를 뛰어넘는 통찰을 엿보이고 있다. 바로 특수한 한국적 현실 속에서 그것의 부정성과 폐쇄성을 극복하고 외래의 다양한 보편적 가치들을 적극적으로 수용하여 새로운 보편을 창조하는 작업, 그것이 수대를 거쳐 이루어야 할 민족의 지속적 과제임을 앞질러 간파하고 있는 것이다. 송욱이 남긴 미완의 작업이 이 시대를 살아가는 우리에게 맡겨진 임무임을 자각하는 한, 그가 제기한 문제 의식들은 여전히 유효하며 그와의 대화는 앞으로도 계속될 것이다.

(서지영 · 한국정신문화연구원 · 한국학 대학원 박사과정)

---

78) 송욱, 『문물의 타작』 55면.

새로운 문학 전통 수립을 위한 탐색

—『詩學評傳』 연구

1. 서론

1950년 월간지 ≪문예≫에 작품 <장미>를 발표하면서 본격적인 시작 활동을 전개하는 송욱은, 실제적인 시 창작과 문학에 대한 이론적이고 학술적인 모색을 동시에 전개한 시인이자 비평가라는 점에서 우리의 주목을 끌어 왔다. 이 가운데 1962년 ≪사상계≫ 3월호에 처음 원고가 발표되기 시작한 『시학평전』은 창작과 이론의 조화를 도모하는 시인-비평가로서의 그의 면모가 본격적으로 드러나는 첫번째 평론집이라는 점에서 중요한 위상을 차지하고 있다. 그러나 이 책이 단순히 그의 첫번째 이론서이기 때문에 중요성을 띠고 있는 것만은 아니다.

우선 송욱 자신의 개인사적인 측면에서 바라보면, 이 평론집은 시집 『하여지향』으로 대표되는 그의 초기 시 세계가 그 이후 어떠한 이론적 모색과 고민 끝에 변모하여 갔는지 살펴볼 수 있는 훌륭한 지침서의 역할을 한다는 점에서 주목 받을 필요가 있다. 그의 전체적인 문학 세계는 앞서 말한 것처럼 실제적인 시 창작과 정밀한 이론적 적용이 변증법적으로 어울어지면서 입체적으로 구성되어 있는데, 제2시집 『하여지향』(1961)이 발간된 이후 제3시집 『월정가』(1971)가 출간되기까지 십 년 동안의 이론적 모색기는 송욱의 시 세계를 올바르게 가늠하기 위한 하나의 이정표의 역할을 해 주고 있는 것이다.

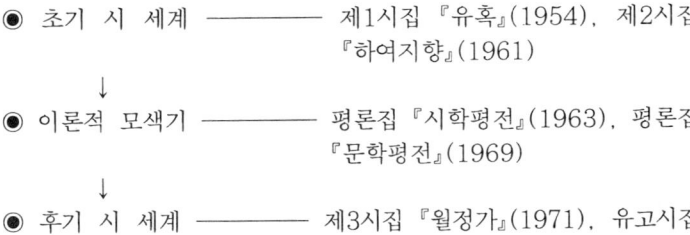

따라서 그의 시 세계의 통시적인 변모 양상을 제대로 파악하기 위해서는 이론서인 『시학평전』과 『문학평전』에 대한 면밀한 고찰이 병행되어야 할 것이다. 하지만 지금까지의 기존 연구에서는 분석의 초점을 주로 초기 시집 『하여지향』에 맞추면서 송욱을 단순히 '풍자의 시인'으로 규정하는 것에 그쳤기 때문에, 그의 전반적인 시 세계의 지속과 변이 양상을 총체적으로 조망하는 데에 일정한 한계를 보이고 있다. 다시 말해, 초기시와 후기시의 변화의 징후를 감지할 수 있는 시인 자신의 이론적 모색을 살펴보기 위해서는 이들 평론집에 관한 독립적이고 집중적인 연구가 절실한 실정이다.

다른 한편으로, 시인으로서의 송욱 자신의 개인사적인 측면을 떠나 우리 문학사 전체를 놓고 볼 때 이 평론집은, I. A. 리챠즈나 C. 브룩스 등과 같은 영·미 계통의 신비평과 J. P. 리샤르와 같은 프랑스 비평을 본격적으로 수용하고 소개한 최초의 체계적 저작이라는 점에서 중요한 의미를 지니고 있다. 특히, 당시 피상적으로만 이해되고 있었던 프랑스 상징주의 시인들의 시 세계를 이론과 실제 양 측면에서 정밀히 분석한 그의 선구적 업적은 바람직한 외래문학 수용의 한 전범을 보여주는 귀중한 사례라고 할 수 있다.

『하여지향』을 통해 '풍자'라고 하는 방법론적 실험을 행한 송욱은 거기에서도 일정 정도의 한계를 느끼자 새로운 시적 모색을 하지 않으면 안되는 상황에 처하게 된다. 문제점에 봉착하게 되자 그가 우선적으로 관심을 돌린 쪽은 "과연 우리 문학에 전통이란 존재하는 것인가" 하는 문제였다. 그런데 송욱에게 있어서 그 질문에 대한 대답은 부정적인 것이었다. 한 시인이 시적인 한계와 난점에 봉착하게 되었을 때 본받고 계승할 만한 문학적 전통이 존재한다면 다행이겠지만 그렇지 못하다면 어찌해야 하겠는가? 당연히 외부로 시선을 돌리지 않을 수 없게 될 것이다. 『하여지향』과 『월정가』 사이의 휴지기의 10여년 간을 그는 문학 이론, 그것도 영·미와 프랑스를 중심으로 한 서구의 문학 이론에 매달렸다. 그는 시 창작을 잠시 멈추고 서구의 문학 이론에 천착하게 되었고, 그 결과로서 『시학평전』이 쓰여지게 된 것이다.1) 이러한 목적 하에 기획된 『시학평전』의 목차는 다음과 같다.

> 제 1 장 東西文學背景의 比較
> 제 2 장 詩創作과 批評意識
> 제 3 장 想像力의 理論과 實地批評

---

1) 영국에서 영문학을 전공한 뒤 돌아와 동경대학에서 영문학을 가르치면서 창작의 길을 걸은 근대 일본의 작가 나쓰메 소세키(1867~1916)는 자신의 저서 『문학론』 서문에서 다음과 같이 말한 바 있다. "나는 이곳에서 문학이란 무엇인가 하는 문제를 근본적으로 해결해야겠다고 생각했다. 그와 동시에 남은 일년을 이 문제를 연구하기 위한 첫번째 기간으로 전부 사용하리라고 생각했다. 나는 하숙집에 틀어박혔다. 모든 문학 서적을 트렁크 속에 집어 넣어 버렸다. 문학 서적을 읽고 문학이 무엇인가를 알려고 하는 것은 피로 피를 씻는 일과 마찬가지라고 생각했기 때문이다." 가라타니 고진, 박유하 역, 『일본근대문학의 기원』(민음사, 1997), 18면 참조. 송욱 역시 소세키와 마찬가지로 시를 읽거나 쓰면서 시란 무엇인가를 알려고 하는 것은 '피로 피를 씻는 일'이라고 느꼈을지 모른다.

제 4 장　科學的詩觀에 대한 批判 ― I. A. 리챠아즈
제 5 장　美國 新批評과 韓國의 詩傳統
제 6 장　英・美의 批評과 佛蘭西의 批評
제 7 장　韓國모더니즘批判
제 8 장　象徵美學과 近代的現實 ― 샬르・보드레에르
제 9 장　宇宙와 맞서는 <이데아>의 詩學―스테환느・마라르메
제 10 장　意識의 火炎과 琉璃人間 ― 뽈・바레리
제 11 장　唯美的超越과 革命的我空― 萬海 韓龍雲과 R・타고오르
제 12 장　本質的純粹와 經驗的非純粹― 바레리와 엘리엇트의 詩論

부록 1-1　現代詩와 詩人 / 부록 1-2　詩와 知性 / 부록 1-3
現代詩의 反省 / 부록 2-1　딜렛탄티즘考 / 부록 2-2　作家의
形成과 環境

　부록을 제외한 본문 각 장의 내용을 살펴보면, 우선 제1장과 제2장
은 동양과 서양의 시론을 대비적으로 분석한 부분이고, 제3장은 S.
T. 코울리지를 중심으로 한 유럽의 상상력 이론을 소개한 부분이다.
제4장과 제5장은 영・미 신비평을 분석・소개하면서 그 가운데 아이
러니와 역설의 개념을 중심으로 우리의 문학에 대응시켜 보는 부분이
다. 제6장은 영・미 계통의 비평과 프랑스 계통의 비평을 비교 분석
한 부분이고, 제7장은 김기림과 정지용의 모더니즘을 비판적으로 고
찰한 부분이다. 제8장부터 제10장까지는 프랑스 상징주의 시인들의
시 세계를 이론과 실제 양 측면에서 정밀히 분석한 부분으로 제7장에
서 1930년대 한국 모더니즘을 비판한 사항과 연관되어 있다. 제11장
과 제12장은 한용운과 타고르의 시를 비교하거나 발레리와 엘리어트
의 시론을 비교 분석한 부분이다.
　본고는 이러한 『시학평전』의 내용을 주제별로 범주화하여, ① 동서
시론의 배경론, ② 서구 비평 이론의 도입, ③ 한국 시인의 시와 시론
비판, ④ 상징주의 시와 시론 도입 ⑤ 영향과 대비론 등 크게 다섯
가지 범주로 나누어서 살펴보도록 하겠다. 또한, 본고의 주된 목적은
우선적으로 『시학평전』에 나타난 문학 이론가로서의 송욱의 사상적

궤적을 살피는 일이기 때문에, 이 평론집과 실제 그의 시와의 관련성과 같은 어쩌면 더 중요하고도 본질적인 사항은 차후의 과제로 미루도록 하겠다.

2. 동서시론의 배경론

1) 역사의식과 상고주의

『시학평전』의 부제는 "문학배경을 비교하는 안목으로 한국시인의 입장에서"이다. 여기에는 동양과 서양의 문학을 그 '배경'에 유의하면서 '주체적'으로 파악하겠다는 의미가 명시적으로 표출되어 있다. 다시 말해 이 부제에는, 우리 문학의 새로운 가능성을 모색하기 위해 우선 동양과 서양의 문학 배경을 비교 검토한 뒤 그 장단점을 능동적으로 취사선택하겠다는 의도가 담겨져 있는 것이다.

이러한 그의 의도는 이 책 서문에도 잘 드러나 있다. 그는 여기에서 이 평론집의 논의를 크게 세 가지로 나누어 한정하고 있다고 밝히고 있다. 첫째, 작품 그 자체를 면밀하게 분석하는 소위 실지비평, 둘째, 동서 문학 배경을 비교하여 그 차이와 대조되는 면을 밝혀 보려는 노력, 셋째, 시 창작 의식과 시작의 과정을 드러내는 일 등이 그것이다.2) 첫번째의 논의는 시작품의 구조를 세밀하게 분석하고 살피는 영·미의 신비평을 염두에 두고 하는 말이다. 그리고 두번째 논의는 부제에 실려 있는 의도를 다시 한번 재확인한 것이며, 세번째 논의는 프랑스 비평의 실례를 끌어온 것이다.

> 미국의 신비평은 그 기본원리를 작품이 담고 있는 의미분석에 두고 있다. 나는 이와 반대로 시작품이 개념적 의미를 초월하여

---

2) 송욱, 「서문」, 『시학평전』(일조각, 1963), 3면.

창조된 개체적 존재이며, 과학의 진실에 시의 진실이 맞선다고 주
장하는 불란서 비평도 아울러 소개하고 살펴보았다. 실존철학적이
라고 할 수 있는 이러한 비평은 시창작 의식의 깊이를 파악하고
시와 시론의 실존적 전망을 훤칠하게 터놓아 주는 점에서 영·미
의 비평이 갖고 있는 단점을 보충하여 주는 귀중한 것이 아닐 수
없다.3)

이러한 언급은 영·미의 신비평과 프랑스 비평의 장점만을 추출하
여 우리 문학의 자양분으로 삼으려 하는 저자의 의도가 분명히 드러
난 경우라 하겠다. 균형감각을 가지고 어느 한쪽에 치우치지 않은 채
각 논의의 장점만을 취하려는 이러한 태도는 이후 일관적으로 지속되
는 그의 문학관이기도 하다. 그는 이러한 목적을 위해서 우선적으로
동양과 서양의 문학 배경을 비교할 것을 제안한다. 한 문학 "작품의
해명에만 치우치면, 마치 작품이 역사적 배경을 떠나서 진공 속에서
이루어진 것처럼 생각하여 작품이 태어난 바탕인 문학 배경과 문학
전통이 하고 있는 기능을 자칫하면 무시하기 쉽"4)기 때문이다. 즉,
작품 그 자체에 초점을 맞추어야 하지만 그 배경 또한 무시해서는 안
되며, 오히려 그 배경의 차이를 먼저 인식하는 것이 작품 이해의 선
결조건이라고 생각한 것이다. 이후 '역사적 배경'이라는 용어는 '전통'
이라는 말과 함께 그의 비평관의 핵심을 이루는 주요 요소로서 지속
적으로 작용한다.

그는 동양과 서양의 문학관의 차이를 발레리와 공자의 문학관을 비
교함으로써 대신한다. 그는 발레리의 문학관을 서양철학사의 흐름에
기반한 것으로 보면서 다음과 같이 평가한다.

> 항시 보는 주체가 보이는 대상보다 높은 가치를 지닌다는 것,
> 그리고 순수한 보편성은 순수한 의식의 절대적 일반성에 그 바탕
> 을 두고 있으며, 이러한 보편성이야말로 우주에서 가장 위력을 지

---

3) 같은 책, 4면.
4) 같은 책, 3면.

니고 있다는 것을 알려준다. 이러한 생각은 바레리의 기본태도이
기도 하거니와 의식의 절대적 가치를 믿는 것을 보면 그의 생각
역시 서양철학사의 일절과 같은 인상을 준다.5)

송욱은 이와 같이 언급하면서, 의식의 절대성만을 인정하고 다른
모든 우상을 부정하는 발레리의 정신은 공자로 대표되는 우리의 전통
과는 아주 거리가 먼 것이라고 단언한다. 즉, 우리가 시를 대하는 태
도는 공자가 말한 '思無邪'에 일치하는 것인데, 오로지 진정과 인정만
이 시의 내용을 이룬다고 생각하는 우리는, 치밀한 계산을 통한 언어
의 음악적 건축이라는 형식으로 형이상학을 노래한 발레리의 시학을
도저히 이해할 수 없다는 것이다.

이어서 그는 시에 있어서의 전통의 중요성을 강조하면서 T. S. 엘
리어트의 역사의식과 중국의 尙古主義를 비교한다. 송욱은 엘리어트
의 「전통과 개인의 재능」이라는 유명한 논문을 소개하면서 그의 역사
의식을 매우 높이 평가한다. 엘리어트 논의를 "새로 나온 작품과 전통
을 이룬 과거의 작품의 관계는 새로운 작품이 과거의 규범에 맞아야
한다는 일방적인 것이 아니고, 이 양자가 서로 상대방의 가치를 결정
짓는다는 두 가지 방향으로 작용하는 관계"6)라고 단적으로 설명하면
서, 그와 대비되는 우리의 전통관을 비판적으로 서술한다.

> 우리의 전통관은 '옛것을 익히고 새로운 것을 알면 남의 선생이
> 될 수 있다(溫故而知新 可以爲師矣)'는 공자의 말에도 표현되다시
> 피 과거의 고사나 전고가 지닌 규범을 따라야 한다는 일방적인 것
> 이었다. … (중략) … 새로운 것을 알아야 또는 만들어야 비로소
> 과거의 훌륭함을 깨달을 수 있다는 생각이 박약하여서 요순시대
> 는, 즉 황금시대는 항상 태고에만 있을 수 있는 것으로 되어버렸
> 다.7)

---

5) 같은 책, 6면.
6) 같은 책, 13면.
7) 같은 책, 14~15면.

송욱에 의하면 이는 지나치게 과거에만 사로잡혀 있는 문학태도인
것이다. 그는 이러한 역사의식을 동서의 시간관 차이에서 기인하는
것으로 보고, 서양의 아우구스티누스의 시간관과 동양의 불교적 시간
관을 그 근거로서 제시한다.

이와 같이 서구의 문학관을 호의적으로 이끌어 온 것은 송욱 자신
이 우리 문학에 전통이 부재하다고 생각했기 때문이다. 송욱은 다른
한 글에서 자신이 외국문학인 영문학을 전공하게 된 이유로 크게 다
음 두 가지를 들은 바 있다. 첫째, 우리 문학은 전통이 부재하고 역사
의식이 결여되어 있다. 둘째, 따라서 문학의 이론적인 근거와 지적인
토양을 구하기 위해 외국문학을 선택하게 되었다.8)

이와 같이 과거를 부정하는 전통부재론은 근대성을 추구하는 모더
니즘적 사고의 일반적인 특성이라 할 수 있다. 예를 들어 근대성의
문제를 시간적인 측면과 관련지어 볼 때 '과거와의 결별 내지는 부정
의 측면'에서 바라볼 수가 있다. 옥타비오 파스에 의하면 근대성이란
거부이고 바로 조금 전의 과거에 대한 비판이며 지속성에 대한 방해
라는 것이다.9) 새로운 세계, 곧 근대 세계는 미래에 대해 열려 있다
는 점에서 낡은 세계와 구별된다. 그렇기 때문에 신기원적인 새로운
시작은 현재의 매 순간마다 자기 자신으로부터 새로운 것을 낳는 일
을 변함없이 되풀이 한다.10) 새로운 것을 낳아 가는 부단한 과정에서
전 시대의 불합리한 요소들이 비판 받고 부정되는 것은 자연스러운
현상이다. 이와 같은 맥락에서 송욱도 전시대와는 전혀 다른 새로운
문학 세계를 꿈꾸었는지도 모른다. 그래서 그는 서구 모더니스트들의
논의에 나타난 역사감각을 호의적으로 인용하면서 자신의 견해를 분

---

8) 송욱, 「외래문학 수용상의 제문제점」, 『문물의 타작』(문학과 지성사, 1978)
참조.
9) Octavio Paz, 윤호병 역, 『낭만주의에서 아방가르드까지의 현대시론 - 진흙
속의 아이들』(현대미학사, 1995), 16면.
10) J. Habermas, 서도식 역, 「근대의 시간 의식과 자기 확신 욕구」, 김성기
편, 『모더니티란 무엇인가』(민음사, 1994), 373면.

명히 하고 있는 것이다.

2) 한국문학의 전통 부재론

이어서 그는 위에서 언급한 동서 문학관의 비교를 바탕으로 우리 문학에 시선을 돌려 다음과 같이 자문한다. 우리에게 본받을 만한 문학적 전통이 존재하지 않는다면 그 대안으로써 내놓을 수 있는 것은 무엇인가 하는 물음이 그것이다.

> 지금까지 우리에게는 현대에 알맞은 역사감각을 길러줄 만한 전통사상의 원천이 없다고 밝혀진 셈이라면, 전통의 저수지라고 할 수 있는 우리의 언어를 예술수단으로 하는 시인은 어떻게 시를 써야 하겠는가?11)

이렇게 질문을 한 후 그는, 시조와 같은 우리나라의 고전시가는 지금 창조되고 있는 예술품의 가치를 밝혀 주는 참된 고전으로서 우리에게 좋은 영향을 미치고 있지 못하고 있다고 비판하면서 '전통단절론'과 '세계 문학 전통, 나아가 인류 문화 전통의 동시적 질서'를 강하게 주장한다.

> 그러면 우리는 고전을 어디에서 찾아야 하는가? … (중략) … 전통의 단절이다. 그러면 새로운 전통관을 만들어 내야 한다. … (중략) … 그러면 우리는 세계 문학 전통의 동시적 질서를 생각하자. 한 걸음 더 나아가서 인류의 문화 전통의 동시적 질서를 가정하고 이것을 의식해도 좋으리라.12)

하지만 그의 이와 같은 거창한 주장은 그가 그 글 바로 다음에서 솔직히 토로한 대로 '어처구니 없는 가정'이 될 공산이 크다. 더욱이

11) 『시학평전』, 22면.
12) 같은 책, 29~30면.

세계 문학 전통과 인류 문화 전통의 동시적 질서를 가정하면서 새로운 전통관을 만들어야 한다는 그의 이상적인 주장은, 동서양의 문학적 배경이 엄연하게 다르므로 그것을 제대로 인식하는 것이 중요하다는 그의 처음의 기본 전제와 모순이 된다. 그가 우리의 전통을 부정하기 위해서 호의적으로 끌어온 엘리어트와 발레리와 같은 시인들은 다른 문학적 배경에서 바라보면, 만고불변의 절대적 진리를 말하고 있는 것이 아니라 단지 그들 자신의 사상이나 사조의 일단을 주장하고 있는 것으로 볼 수 있으므로 얼마든지 반론과 반박이 가능할 것이다. 하지만 송욱은 그것을 절대적이고 보편적인 것인 양 이끌어 와서 과격한 전통단절론의 근거로서 자신의 논의를 뒷받침하고 있는 것이다.

또한 그가 비판적으로 바라본 동양의 '藝術則餘技' 사상도 오해한 측면이 있다. 문장에만 힘을 쓰면 도덕을 해친다는 전통적인 유교 사상은, 내용인 도덕성만을 중시하고 문예적인 것은 모두 말소해야 한다는 의미가 아니라 글의 겉꾸밈에만 치중하는 세태를 비판하기 위해 나온 것으로 어느 한쪽을 완전히 도외시하기 위해 나온 의미가 아니다.

이처럼 전통의 부재에 기인한 과거 부정의 정신이 과도하게 작용하는 바람에 그는 유럽 정신에 특유한 기하학 정신을 지나치게 신비화하는 태도를 보였다. '화전민 정신'이라고도 할 수 있는 무조건적인 과거 부정의 정신이 일종의 '새것 컴플렉스'로 전이되어, 재래의 동양적인 것은 모두 부정하고 일견 새로운 것처럼 보이는 서구 쪽으로 경도하는 왜곡 현상이 나타난 것이다.

3. 서구비평 이론의 도입

1) 한국시의 상상력 결핍

앞 장에서 살펴본 바와 같이 그의 전통부재론은 다소 과격한 감이 없지 않으나, 우리 문학의 새로운 활력을 위해서 외국의 시론을 고려하고 참조한다는 생각은 기본적으로 옳은 것이다. 그는 먼저 S. T. 코울리지와 W. H. 오든의 '상상력 이론'을 소개한다. 그는 학자답게 먼저 용어의 정의를 내리는 것으로부터 논의를 시작한다. 즉, "상상은 감각과 거리를 두고 마음 속에서 재생된다는 점에서 지각과 다르고, 기억 내용에 없는 새로운 것을 창조하여 지닐 수 있다는 점에서 기억과 다르며, 구체적이고 직관이라는 점에서 추상적 사고와 다르다"13)라고 분명히 개념 규정을 한 후에 본격적인 이론 소개에 들어가는 것이다.

그는 이어서 코울리지의 제일상상력과 제이상상력을 제시하면서, 이는 신이 천지와 만물을 창조하였다는 기독교적 사상 전통에 기인하는 것이라고 하여, 배경을 중시하는 그의 사상적 면모의 일단을 다시한번 보여 준다. 그런 후에 그는 코울리지의 이론을 오든의 '신성한 것과 세속적인 것'에 연결시켜 논의를 심도 있게 전개시킨다. 즉, 제일상상력과 신성한 것을 연결시키고 제이상상력과 미의식을 연결시키는 것이다.

송욱은 이러한 논의를 추상적인 이론의 설명에만 그치는 것이 아니라 실제 시 작품을 가져다가 분석함으로써 자신의 소개 비평을 구체화하고 활력이 있게 만든다. 그는 <법은 사랑처럼>이라는 작품을 통해 상상력 이론의 실제 적용 가능성을 탐구한다. 그러나 중요한 점은 이처럼 실제로 작품을 가져다가 분석에 임하고 있다는 사실이 아니라 그것을 우리의 문학 현실에 실제로 접목시키려고 끊임없이 고민하는

---

13) 같은 책, 54면.

송욱의 기본 태도이다. 즉, "문학배경을 비교하는 안목으로 한국시인의 입장에서"라는 이 책의 부제가 암시하듯이, 이론을 위한 이론의 소개가 아니라 그를 통한 우리 시의 혁신이 중요한 과제인 것이다. 그리고 이 점은 범위를 좁혀서 살펴보면 송욱 자신의 시창작의 혁신을 위한 반성과 모색이기도 하다.

> 이렇게 보면 현재 이 나라의 시의 고갈은 어떻게 생각해야 되는 것일까? 그것은 제이상상력의 결핍을 표시하고 있지 않은가? 그리고 이는 제일상상력의 대상인 신성한 존재가, 다시 말하면 한국 사람의 신성한 존재가 시대의 진전에 따라 매우 변화한 까닭이리라. 그리고 새로 나타나려는 신성한 존재의 모습을 시인들이 아직 알아차리지 못했거나 잘못 안 탓인지도 모른다.[14]

이러한 송욱의 지적은 시인인 자신에게 자문하는 반성과 자책의 목소리이면서 동시에 이 땅에서 시를 쓰고 있는 당대의 모든 사람에게 들려주는 경고의 목소리이기도 하다. 그는 눈길을 서구의 시론에 두고 있으면서도 자신이 디디고 있는 이 땅의 현실을 잊지 않으려고 노력하고 있는 것이다.

2) 역설과 반어의 시학

이와 같은 그의 일관된 입장은 영·미의 신비평을 소개하면서도 계속된다. 그는 우선 I. A. 리챠즈의 '과학적 시관'을 비판적으로 검토한다. 리챠즈의 평론 「과학과 시」를 대상으로 하여 일종의 '평론의 평론'을 행한 송욱은 리챠즈가 과학의 신자, 특히 심리학의 신자라고 규정한다. 그리고 비판하기를,

> 리챠아즈를 따르면 과학을 제외하고 종교나 형이상학, 철학 등

---

14) 같은 책, 89면.

이 모두 지식으로서 별로 가치가 없는 감정의 요구라는 것이다. 단순화의 과정이 과학적 방법의 일면이라고 하드라도 이는 지나친 단순화라고 하겠다.15)

하지만 지나친 단순화의 오류를 범한 것은 리챠즈가 아니라 오히려 송욱 자신일 수도 있다. 과학과 시를 구분한 리챠즈의 의도는 시를 폄하하기 위해서가 아니라 그 둘이 엄연히 다른 차원에서 존재한다는 사실을 강조하기 위해서이다. 송욱 자신도 같은 글에서 "그는(리챠즈를 가리킴 — 인용자) 과학의 결함을 밝히고 또한 시의 장점을 상세히 말하고 있"16)다고 인정하기도 하였다. 그렇지만 결국 리챠즈의 입장은 과학자의 그것과 같다고 송욱은 비판의 강도를 늦추지 않고 있다. 리챠즈의 '과학자적 입장'은 과학자의 입장에서 시를 부정하려는 의도에서가 아니라 작품 분석에 있어서의 엄밀성을 강조한 것인데 송욱은 이 사실을 간과한 듯하다.

이어서 그는 영국 빅토리아 시대의 대표 시인 A. 테니슨의 <눈물, 덧없는 눈물>이라는 시를 분석한 C. 브룩스의 글을 소개한 후 이를 다시 우리 시에 적용하면서 재검토하는 기회를 갖는다. 그는 "과학자의 진리는 역설의 모든 흔적을 씻어 버린 언어를 요구한다. 명백히 시인이 말하는 진리는 다만 역설을 통해서만 접근할 수 있는 것이다."17)라는 브룩스의 말을 인용하면서 아이러니의 시학과 역설의 시학을 소개한다.

송욱은 이러한 브룩스의 역설의 시학을 황진이의 시조18)와 연결시켜 신비평적 논의를 '우리화'한다. 그는 황진이의 시조에서 역설의 논리를 발견하고 이를 이 시조의 가장 뛰어난 탁월성으로 인정한다. 그

---

15) 같은 책, 99~100면.
16) 같은 책, 91면.
17) 같은 책, 119면.
18) 동짓돌 기나긴 바믈 한허리 둘헤 내여
   츈풍 니불 아래 서리서리 너헛다가
   어른님 오신 날 밤이여든 구뷔구뷔 펴리라

에 의하면 이 시조의 우수성은 "상상력을 통하여 홀로 새우는 동짓달의 기나긴 밤이 오신 어른님과 춘풍처럼 훈훈하게 보내는 봄밤이 되기 때문이다."19) 바로 여기에 브룩스가 말한 아이러니가 있고 역설이 있다는 의미이다. 작자인 황진이는 내면적 거리를 통해서 그리움이나 사랑뿐이 아니라 육감까지도 승화시키고 있다는 것이 송욱의 평가인 것이다. 그러면서 그는 역설과 아이러니의 기법이 동양의 시적 정서에는 그리 어울리지 못하여 왔다는 지적을 잊지 않는다.

> 역설과 아이로니는 어디까지나 날카롭고 모진 효과를 설명하기에 주로 쓸모가 있다. 특히 동양의 시가 지닌 배경의 넓으나 내면의 공간 혹은 거리에서 오는 으젓함과 안정감 혹은 초월감을 다루기에는 그리 마땅한 수단이 되지 못할 것이다.20)

그의 이러한 지적은, 역설과 아이러니란 '갈등의 시학'을 설명하기에 적당한 것이지 사대부의 시조와 같이 '화해의 시학'을 읊조리는 전통적인 동양의 시가와는 어울릴 수 없다는 점에서 타당성이 보인다. 그러나 역설과 아이러니만이 시의 시다움, 즉 시성을 나타내 주는 전부는 아니라는 점에서 일정 정도 한계점을 노출하고 있기도 하다.

3) 노래하는 시와 말하는 시

마지막으로 송욱은 영·미의 비평과 프랑스의 비평을 비교하면서 서구 비평 이론의 소개를 마무리한다. '노래하는 시'와 '말하는 시'의 구분이 그것이다. 그에 의하면 프랑스의 시와 평론의 중심에는 '이야기'가 아니라 '노래'의 개념이 있다고 한다. 그 근거로서 발레리의 말을 인용하는데, 그 말에 의하면 '노래'라는 말은 '마법'·'반향'·'마력'·'부적' 등의 말과 거의 같다는 것이다. 이와 반대로 엘리어트는

---

19) 『시학 평전』, 134면.
20) 같은 책, 135면.

현대시의 특색을 '노래하는 시'가 아니라 '말하는 시'로 보고 있으며 시어의 음악성의 원천을 '회화체 언어'에 두고 있다고 지적한다.

이와 같은 영·미 시와 프랑스 시의 차이는 정신 전통의 거리에 그 원인이 있다고 송욱은 보았다. '전통'과 '배경'의 문제가 다시 한번 강조되고 있는 것이다. 또한, 프랑스 사람은 정신 작용이나 예술의 양식을 엄격히 구분하여 여러 양식을 하나의 작품 안에 종합하는 것을 꺼리는 데에도 그 원인을 찾을 수 있고, 영어와 불어의 음악성이 각기 다른 특색을 지닌 까닭이라고도 보았다. 그가 이와 같이 영·미의 비평과 프랑스의 비평을 상호 비교한 것은 그 차이성을 부각시키려는 의도에서가 아니라 그들이 각기 나름의 전통적 배경에 확고히 기반을 하고 있다는 사실을 강조하기 위해서이다.

4. 한국 시인의 시와 시론 비판

1) 김소월과 전통의 문제

송욱은 위에서 검토한 서구의 시론을 바탕으로 하여 한국 시인의 시와 시론을 비판적 안목으로 바라본다. 우선 그는 김소월의 시와 시론을 비판한다. 그는 동서 시론의 배경을 비교하는 앞서의 자리에서도 엘리어트가 중시하는 '전통'의 가치를 강조한 바 있는데, 이를 기반으로 소월의 <산유화>가 전통적 민요에 비해 얼마나 진보하였으며 또한 역으로 민요라는 전통에 얼마나 영향을 주었는지 의심스럽다고 말하여 그 비판적 입장을 뚜렷이 한 바 있다.

송욱이 소월을 비판하는 것은 다음과 같은 이유 때문이다. 우선 "우리나라가 개화기를 겪으며 이룩된 도시 문화 혹은 도시의 생활을 배경으로 하는 소재를 그(김소월을 가리킴 — 인용자)는 시의 테마로부터 제거하고 있"[21]기 때문에 송욱은 소월을 비판한다. 그러면서 그는 덧붙이기를, 소월의 시는 리챠즈의 포함하고 종합하는 시가 아니라 배제하고 혹은 제거하는 시에 속한다고 하였다. 이는 송욱이 리챠즈의 '포괄의 시'와 '배제의 시' 개념을 근본적으로 오해한 결과이다. 리챠즈가 말한 포괄의 시란 상반되고 모순되는 충동을 조직화하여 조화와 균형을 부여하는 시를 말하며, 배제의 시는 제한되고 동질적인 체험만을 조직하는 시이다.22) 단순히 도시의 문화를 배제했다고 해서 배제의 시가 되는 것은 결코 아닌 것이다.

또한 그는 보들레르와 소월을 비교하여 "유럽 근대시의 시초에 서있는 시인과 우리나라 근대시의 출발점에 서 있는 시인의 태도와 의식이 이처럼 정반대"23)라고 통탄하였는데 이러한 단순 비교가 가능한 것인지 의심스럽다. 송욱 자신이 줄기차게 주장한 것처럼 양국의 문화적·사회적·정치적 배경이 다를 것이 분명한데 이러한 수평 비교가 의미가 있을 것인지 의문스러운 것이다. 소월이 시작 활동을 펼치던 식민지 조선에 과연 근대적인 도시라는 것이 존재하는 것일까? 도시를 노래하지 않으면서도 충분히 '근대적인 것'을 노래할 수 있지 않을까?

한편 소월의 시의식의 근본은 '무상과 변전'이라고 하는 동양적 사고에 기반하고 있는데, 제대로 된 동양적 전통을 인식하기 위해서는 두보나 이백을 알아야 하지만 소월은 그렇지 못하다고 송욱은 지적한다. 소월이 노래한 동양은 "잘못 파악한 동양이며 동양의 야윈 일면에 지나지 않는다. 이백이나 두보를 읽어 본 사람이면 누구나 이 나라의 근대시에 나타난 동양이 반드시 가장 줄기차고 심오하고 훤칠한 동양의 정화가 아니라는 사실을 뼈져리게 느낄 수 있으리라"24)는 그의 주장은, 보들레르를 가져다가 우리의 것을 비판하는 것과 마찬가지로 외래적 기준에 뜯어 맞추어 재단비평하는 경우이기 때문에 설득력이

---

21) 같은 책, 137면.
22) 김준오, 『시론』 4판(삼지원, 1997), 31면의 각주 28) 참조.
23) 『시학 평전』, 137면.
24) 같은 책, 137면.

부족하다. 두보와 이백이 노래한 문화적 배경과 소월이 노태한 문화적 배경이 동양이라는 이름 아래 억지로 하나로 묶여지는 것은 지나친 감이 있다.

송욱은 소월의 시 작품에 대한 비판에 그치지 않고 그의 시론에도 비판의 칼날을 휘두른다. 「시혼」에 나타난 소월의 시의식을 "미의식이 뚜렷하지 못한 데서 우러나는 것이며, 시인은 무엇보다도 먼저 시작품을 만드는 사람이라는 의식이 박약할 뿐더러 기술의 중요함을 깨닫지 못한 징조"25)라고 폄하하였다. 송욱의 이러한 비판의 근거는 '만드는 사람', '기술의 중요함'이라는 말에서 짐작할 수 있듯이 엘리어트의 시론에 입각한 것이다. 개성몰각론을 주장하는 엘리어트의 입장을 폭넓게 받아들이는 송욱의 처지에서 바라본다면, 시를 쓰는 시혼의 존재는 인정할 수 없는 경우가 될 것이다. 시간과 공간을 초월하여 존재하는 소월의 '시혼'은 엘리어트 이론에 호의적인 송욱의 경우 받아들이기 힘든 개념인 것이다. 그러면서 그는 시인의 본분이란 남의 마음 속에 시적 상태를 창조하는 것이라는 발레리의 견해를 끌어와 이러한 비판을 마무리한다.

> 시인에게 중요한 것은 그가 시혼을 가졌다는 사실이 아니라 읽는 사람의 마음 속에 시혼을 창조하든지, 그 여부인 것이다. 독자에게 감흥을 주지 못하면서, 즉 독자의 마음 속에 시혼을 창조하는 '효과를 나타내도록' 작품을 만들지 못하면서, 자기는 영원불변의 시혼을 지녔다고 아무리 주장해도 이는 한낱 웃음거리 밖에 되지 않는다.26)

이러한 견해는 '효과를 나타내도록'이라고 강조한 부분에서도 알 수 있듯이 엘리어트의 시론을 전적으로 수용한 결과라 할 수 있다. 이러한 시관의 차이는 넓게 보아 낭만주의적 시론과 고전주의적 시론의

---

25) 같은 책, 139면.
26) 같은 책, 145면.

대립이라고 볼 수 있을 것이다. 여기에서 송욱이 강조하고자 하는 바는 소월의 비판에만 있는 것은 아닐 것이다. 송욱은 소월 비판을 통해 새로운 시 형식의 개발과 그를 통한 새로운 시 전통의 수립을 줄기차게 주장하고 있는 것이다. 즉, 여기에서도 '전통의 부재'와 '전통의 창조'는 지속적인 그의 화두인 셈이다.

2) 역사의식의 부재와 사이비 모더니즘

한편 같은 맥락에서 송욱은 우리나라의 1930년대 모더니즘 시에 대해서도 비판의 칼날을 들이댄다. 그는 김기림과 정지용으로 대표되는 초기 한국 모더니즘을 속알맹이가 없이 껍데기만 있는 허상에 불과한 것으로 보고 있다. 이러한 비판의 이론적 근거 역시 전적으로 엘리어트에 의지하고 있다.

> 스물 다섯이 넘은 뒤에도 계속하여 시인이 되려며는 역사의식을 반드시 지녀야 한다는 엘리엇트의 말은 너무나 유명하다. 그러나 기림의 모더니즘은 이러한 역사의식이 없었기 때문에 二五세를 넘어서 무르익지는 못하였다.[27]

김기림의 경우 내면성에 대한 자각이나 역사의식이 없이 그저 천박한 외국풍의 분위기에 휩쓸렸기 때문에 진정한 의미의 모더니즘과는 거리가 멀다는 지적이다. "결국 기림의 모더니즘은 모던보이의 모더니즘이 되고 말았다"[28]고 폄하하면서, 이러한 외국풍의 거짓된 몸짓의 예로서 <비>・<호텔>・<모과>・<초코레에트>・<따리아> 등의 작품에 나타난 이국풍의 시어들을 예로 들었다. 이처럼 송욱은 엘리어트의 '역사의식론'을 잣대로 하여 김기림의 모더니즘을 사이비로 몰고 가고 있다. 그래서 그는 다음과 같이 시의 현대성을 정의한다.

---

27) 같은 책, 188면.
28) 같은 책, 189면.

　　우리가 시대성에 민감하면 할수록 참다운 역사의식과 깊은 내면
　성과 정신성을 가지고 시대성을 소화하고 비판하고 혈육화할 때
　에 비로소 참다운, 즉 예술다운 현대시를 쓸 수 있으리라.29)

다시 말해, 형식과 기교만의 모더니즘이 아니라 튼튼한 역사적 의식
을 배경으로 한 내면적인 모더니즘만이 참다운 현대성에 접근해 있다
는 주장이다.

　　또한 송욱은, "엘리엇트는 독자가 알아차리지 못하는 사이에 기성운
율에 가까워지다가 독자가 이를 눈치채게 되자 그것으로부터 멀어지
는 새로운 운율을 사용해야 한다고 주장"30)했다면서 이를 근거로 음
악성에 기초한 회화체의 언어가 중시되어야 한다고 생각하였는데, 김
기림은 운문의 중요한 요소인 리듬을 부정하였기 때문에 문제가 있다
고 비판하고 있다.

　　김기림과 마찬가지로 당시의 대표적인 모더니스트인 정지용에게도
비난의 화살을 돌린다. 송욱은 정지용의 〈바다〉와 보들레르의 〈바
다〉를 비교하면서 한국의 모더니즘은 내면성의 표현에 있어서 성공
적이지 못했다고 평한다. 그래서 "이국풍이나 시각적 인상을 위주로
하는 피상적인 사이비 모더니즘이 되었다"31)고 비판한다. 비록 정지
용이 새로운 감성의 시를 쓴 것은 인정되지만 그 주제적 측면에 있어
서도 편협한 수준에 머물러 있고 표현 형식도 현대시의 주제를 수용
하기에는 미흡한 수준이라는 지적이다. 따라서 정지용이 "시의 수사에
고심하면 할수록, 그리고 예술가로서 정진하면 할수록 현대시의 세계
로부터 완전히 물러가는 모순"32)에 직면하게 되었다고 신랄히 비난한
다.

　　다시 말해, 역사의식에 기반하지도 못하고 심오한 내면성을 성취하

---

29) 같은 책, 194면.
30) 같은 책, 188면.
31) 같은 책, 206면.
32) 같은 책, 206면.

지도 못한 채 기교만을 부리는 시를 현대적인 시로 볼 수 없다는 주
장인 것이다. 김기림의 경우와 마찬가지로 정지용에 대한 비판의 근
거도 역시 엘리어트의 이론으로부터 끌어온 것임을 이를 통해 알 수
있다. "대체로 T. S. 엘리엇트에게서 하나의 크나큰 봉우리를 이룬
영국과 미국의 모더니즘시는 그 이전의 시보다 주제를 훨씬 넓힌 데
에 특색을 볼 수 있"[33])으나 우리나라의 모더니즘 시에서는 그렇지 못
하다는 지적이다. 결국 송욱에 의하면 김기림과 정지용으로 대표되는
1930년대 한국의 모더니즘 문학은 다음과 같은 이유에서 실패한 운
동에 불과한 것이다.

> 김기림의 경우처럼 시의 주제를 용감하게 넓히면 넓힐수록 예술
> 성이 없어져서 시가 사라졌거나 정지용의 경우처럼 현대성과 예
> 술성의 두 가지를 모두 간직하려고 노력한 시인에게서는 주제의
> 범위가 어쩔 수 없이 줄어들 수밖에 없었으며 결국은 현대성이 거
> 의 완전히 사라지는 곤경에 빠지고 말았던 것이다.[34])

즉, 송욱은 '적절한 주제의 확보'가 시의 현대성을 담보하는 조건이
라고 본 것이다. 진정한 현대시가 되려면, 주제가 지나치게 확장되어
서 예술성이 사라지는 결과를 초래해서도 안되고, 그것이 지나치게
축소되어 현대성을 상실해서도 안된다는 것이다.

5. 상징주의 시와 시론 도입

1) 상징주의 체험과 모더니즘

송욱은 위에서 밝힌 것처럼 김기림이나 정지용과 같은 시인들에 의

---

33) 같은 책, 294면.
34) 같은 책, 295면.

해 전개된 초창기 한국 모더니즘 문학이 실패할 수밖에 없었던 주요 요인으로 상징주의 체험의 부재를 들었다. 그는 우리나라의 "모더니즘이 상징주의를 거치지 않았기 때문에 내면화하지 못했으며 혹은 현대성을 정신화하지 못하였다"[35]라고 단언하고 있다. 이러한 언급은 이 책 후반부에서 만해 한용운을 설명하는 가운데에서도 반복돼고 있다.

> 한 마디로 말하면 한국의 현대시는 감각과 사상을 결합하여 음악적 조화를 이루지 못하였으니 이런 점에서는 특히 상징시로서 휘황한 횃불을 올리고 있는 불란서의 여러 거장들로부터 많이 배우고 깨우쳐야 할 것이다.[36]

따라서 그는 우리 시의 새로운 전통을 창조하기 위해서는 프랑스 상징주의 시인들의 시를 상세히 소개하고 분석할 필요가 있다고 느낀 듯하다. 그래서 『시학평전』 제8 · 9 · 10장은 프랑스 상징주의의 대표적 시인인 보들레르와 말라르메와 발레리에 관한 장으로 할애한다. 그런데 이 세 장에서 다루고 있는 시인들은 송욱 자신의 견해라기보다는 주로 세번째로 언급하게 되는 시인인 발레리의 의견에 동조하고 있는 입장이다. 다시 말해 발레리가 선배 시인인 보들레르와 말라르메를 평가한 내용에 기반해 송욱도 자신의 견해를 피력하고 있는 것이다.

2) 보들레르의 비판적 지성

송욱은 "실로 유럽 근대시는 그(보들레르를 가리킴 — 인용자)로부터 뚜렷한 성격을 가지게 되었다고 말해야 할 것"[37]이라는 발레리의 말을 인용하면서 보들레르에 관한 자신의 견해를 개진해 나아간다. 발

---

35) 같은 책, 207면.
36) 같은 책, 294면.
37) 같은 책, 207면.

레리는, 근대 세계의 대표적 시인으로 보들레르가 우뚝 설 수 있었던 이유로서 '비판적 지성'을 거론한 바 있는데, 송욱은 발레리의 그러한 의견에 적극 동조하고 있다. 발레리의 말처럼 "훌륭한 시의 재능이 비판하는 지성과 결합되어 있"[38]기 때문에 보들레르의 탁월성이 존재한다는 생각이다. 그래서 송욱은 이 사실을 자신의 용어로 달리 이렇게 표현했다.

> 우리는 보들레르야말로 "신비와 계산을 가장 새롭고 가장 매력 있게 결합시키는 방법의 고안자"라고 보아야 할 것이다.[39]

'훌륭한 시의 재능'이 바로 '신비'이고, '비판하는 지성'이 바로 '계산'인 것이다. 이를 다시 표현을 바꾸어 설명하면 '육체와 정신의 결합'이며 "의지와 음악적 조화가 매우 희귀하게 연결되어 있는"[40] 것이라고 할 수 있다. 이 점이 전대의 고답파 시인들과 변별되는 보들레르만의 특징이다. 송욱은 이러한 보들레르의 상징주의적 특성을 <만상의 조응>이라는 그의 실제의 시를 끌어와 설명에 임하고 있다. 그는 이 시의 전문을 인용한 후 앙드레 훼랑의 주석을 참고하여 해석을 한다. 이 시는 잘 알려진 대로 "물질 세계와 영혼의 세계가 마치 소리와 메아리처럼 서로 짝을 지어 부르고 대답한다는 생각을 표현"[41]한 것이라고 송욱은 일목요연하게 설명하고 있는 것이다. 송욱이 당시로서는 국내에서 가장 정확하게 프랑스 상징주의 시를 이해하고 있었다는 평가는 바로 이 지점에서 확인할 수 있다. 비록 다른 여러 프랑스 연구자들의 주석을 참고하기는 하였지만 매연마다 한 구절 한 구절 꼼꼼히 분석하며 그 의미를 추적하는 작업은 당시로서는 혁신적인 것이었다. 단순히 추상적인 개관에 그치는 것이 아니라 실제 시를 원문과

---

38) 같은 책, 203면.
39) 같은 책, 209면.
40) 같은 책, 211면.
41) 같은 책, 215면.

함께 가져다가 분석하는 그의 서술 방식은 이후 말라르메와 발레리를 설명하는 장에서도 계속된다.

3) 말라르메의 이데아의 시학

송욱은 제목에서 말라르메의 시학을 '이데아의 시학'으로 규정하였다. 다시 말해, 플라톤과 마찬가지로 말라르메도 사물마다 이에 상응하는 원형이나 이데아가 절대적 세계에 존재하고 있다고 보고 그 세계를 노래했다는 지적이다. "예술 특히 시의 목표는 원형을 불러 일으키는 것이며 모사를 마련하는 것이 아니다"[42]라는 델휄의 말에 동감을 표하면서 말라르메의 시학을 설명한 것이다. 또한 그는 띠에리 모니에의 의견을 받아들여 말라르메의 시적 특징으로 '언어 그 자체의 발견'을 들었다.

> 마라르메는 한 마디로 말해서 지금까지 잠자고 있었던 언어의 어떤 능력을 처음으로 철저하게 이끌어 냈다는 뜻이다. 그리고 마라르메의 언어는 모든 낱말에 이르기까지 "하늘빛과 진주빛의 깊이"를 보여주고 있으며 "순수한 불꽃으로 불타는" 순간으로써 구성되어 있다고도 한다.[43]

송욱은 말라르메가 언어의 놀라운 능력을 발견하게 된 계기를 설명하기 위해 발레리의 의견을 빌어온다. 그리고는 그에 대해 평하기를 "시인의 언어에 대한 작업을 주로 지성적인 면에서 고찰한 생각이 나타나 있다"[44]고 보았다. 앞에서 보들레르를 설명하면서 그 중요한 특징적 요소로서 든 '비판적 지성'을 여기에서도 강조하고 있는 것이다.

---

42) 같은 책, 244면.
43) 같은 책, 240면.
44) 같은 책, 242면.

4) 발레리의 순수시

이러한 논의는 발레리의 순수시를 언급하는 자리에서도 계속된다. 발레리를 설명하면서 송욱은 '순수의식' 혹은 '순수한 자아'를 줄곧 강조한다. 발레리의 "순수자아라고 함은 의식의 절대경을 말한다."[45] 이러한 순수자아 혹은 순수의식과 밀접한 관계에 놓여 있는 것이 바로 발레리의 순수시이다. 그는 장 이띠에의 설명을 빌어와 발레리를 평가한다.

> 우선 순수시에 다다르려면 무엇보다도 선명한 의식을 가지고 자기의 예술수단을 완전히 지배해야 된다는 뜻이다. 그리고 둘째로는 감각적 인상이 정서나 사상보다 더욱 순수한 예술적 재료이며 순수한 예술의 최고 목표는 바로 마력이라는 것이다. … 또한 바레리는 순수성에는 분석과 음악성이 필요하다고 밝혀 주기도 한다.[46]

발레리의 시를 분석한 위 인용을 잘 살펴보면, 앞서 보들레르와 말라르메를 설명하면서 사용되었던 개념들이 용어만 달리하여 변주되고 있다는 사실을 알 수 있다. 특히 '분석'과 아울러 '음악성'이 필요하다고 언급한 부분에서 그러한 사실을 짐작할 수 있다. 그리하여 "결국 실지로 하나의 시작품은 언어라는 원료에 아로새긴 "순수시"의 단편으로서 구성되어 있다"[47]는 결론에 다다르게 된다. 송욱은 이러한 발레리의 시적 특징을 앞서의 경우와 마찬가지로 이론적으로 설명하는 데에 그치는 것이 아니라 실제 발레리의 시인 <뚜렷한 불꽃이……>를 가져다가 세세히 분석하며 논증하고 있다.

이상과 같은 프랑스 상징주의 시와 시인들에 대한 상세한 해설은 당시로서는 그 분석의 깊이가 더 할 나위 없이 깊은 것이었다. 비록

---

45) 같은 책, 267면.
46) 같은 책, 268면.
47) 같은 책, 270면.

대부분의 논의를 프랑스 현지 비평가들의 의견에 크게 빚지고 있는 것은 사실이지만, 국내에서 피상적으로만 이해되던 상징주의를 이 정도로 정확하게 이해하고 있던 시인이나 비평가는 아직 없었다 해도 과언이 아니다.

그런데 우리는 송욱이 단순히 프랑스 상징주의 시를 올바로 소개하기 위해 세 개의 장을 할애한 것이 아니라는 사실을 다시 한번 음미해 볼 필요가 있다. 송욱이 상징주의를 철저하게 분석하고자 한 이유는 앞서 언급했던 것처럼 우리 모더니즘이 실패한 이유로서 상징주의 체험의 부재를 꼽았기 때문이다. 잘못 끼워진 단추를 제대로 끼우기 위해 그는 상징주의라는 기초부터 튼튼히 할 필요성을 느꼈던 것이다.

6. 영향과 대비론

1) 역사와 전통에 대한 자각

송욱은 우리 현대시가 "어떠한 사상을 담뿍 지니고 있지 못하고 형식과 음악성에 대한 탐구가 충분치 못"[48] 한 상태에 머물러 있다고 비판한다. 다시 말해, 프랑스 상징주의 시처럼 음악적 조화의 기반 위에 감각과 사상이 훌륭히 조응하고 있는 경지에는 아직 우리 시가 도달하고 있지 못하다는 지적이다. 특히 7장에서 그가 비판한 바와 같이 김기림과 정지용으로 대표되고 있는 한국의 모더니즘 문학의 실패는 송욱에게 있어서 뼈저린 것이었다. 즉, 믿고 따를 만한 문학적 전통은 우리에게 전적으로 부재한 상태인 것이다.

그러나 송욱은 이 평론집의 마지막 부분에서 한용운이라는 우리 문학사의 걸출한 시인을 새삼 '발견'하고는 외국의 시인과의 대비적 분석을 통하여 그 탁월성을 입증하려 했다. 인도의 시성이라고 불리는

---

48) 같은 책, 294면.

타고르보다도 훨씬 훌륭한 시인이며, "우리 사상전통의 근대화에 위대한 행적을 남긴 사람"49)이 바로 한용운이라는 평가가 그것이다. 송욱은 우리 문학사에서 한용운의 『님의 침묵』이 지니고 있는 위상을 다음과 같이 극찬에 가까울 정도로 평하고 있다.

> 첫째로 만해의 시는 우리 신문학사에서 가장 높고 넓으며 깊은 인간성을 표현한 작품이다. 둘째로는 그의 산문시가 현재 이 나라에서 시로서 표방되는 것보다 훨씬 더 높고 절실한 '시'를 싱싱하게 담고 있기 때문이다.50)

송욱이 판단하기에 한용운의 시가 타고르의 시보다 우수한 이유는, 전자의 시에는 후자의 시에서와는 달리 '사회'와 '역사'와 '혁명'이 내포되어 있기 때문이다. 송욱은 이러한 사실을 한용운의 시 「타골의 시를 읽고」를 분석하면서 구체적으로 논증한다. 이 시는 한용운이 타고르의 시 「園丁」을 읽고 나서 "타고오르에 대하여 공명하고 찬사를 아끼지 않고 있는 동시에 날카로운 비판을 하고 있는"51) 작품이라고 한다. 이 때 한용운이 공명을 느끼고 있다 함은 불교사상적 측면을 말하는 것이고, 비판을 하고 있다는 것은 역사의식 내지는 사회의식적 측면을 가리키는 것이다. 한용운과 타고르는 모두 산문시라는 형식을 사용하였고, 종교적 세계를 서정적 사랑의 시라는 표현을 빌려서 노래한 공통점이 있으나, 역사관이나 사회관에 있어서는 판이한 양상을 보이고 있다는 지적이다.

> 만해가 보기에는 사회와 역사적사명을 벗어나서 절대적원리에만 봉사하는 생활은, '깨어진 사랑'에 울고 혹은 '떨어진 꽃'을 슬퍼하는 것과 같다. …(중략)… 또한 절대적원리에 영적으로 순종하는 생활이란 필경은 '주검의 향기'를 좋아하며 '백골의 입술'에

---

49) 같은 책, 295면.
50) 같은 책, 296면.
51) 같은 책, 310면.

입맞추는 것과 흡사한 노릇이 될 뿐만 아니라, 이러한 세계만을
아무리 훌륭하게 노래해도 그것은 다만 '무덤을 황금의 노래로 그
물치는' 것과 같은 것이라고 만해는 모진 비판을 한다.52)

다시 말해, 한용운과 타고르를 비교하는 이 장의 제목처럼 후자는
'유미적 초월'에 안주하고 있으나 전자는 사회적이고 역사적인 인식이
뚜렷한 '혁명적 我空'을 지니고 있기 때문에 그 탁월성이 존재한다는
지적이다. 즉, "사색과 명상에 잠겨 생명의 기쁨을 노래한 타고오르와
는 달리, 만해는 아공과 혁명 속을 자유롭게 갈마들며 민족과 종교와
문학에 몸을 바"53)쳤기 때문에 한용운의 위대성이 발견된다는 말이
다.

이처럼 송욱에게 있어서 '문학을 위한 문학'이란 무의미할 뿐만 아
니라 위험한 것이기조차 한 것이다. 역사와 전통에 대한 뚜렷한 자각
없이 아름다움만을 추구하여서는 시다운 시가 만들어지지 못한다고
그는 판단한 것이다. 이러한 그의 문학관은 앞서 1930년대 모더니즘
문학을 비판한 근거와 일맥상통한다. 역사의식에 근거하여 심오한 내
면성을 획득해야 하고 음악성에 기초하여 적절한 사상과 주제를 담고
있는 시가 진정한 시이며 현대성을 담보한 시라는 일관된 그의 시론
은 이곳에서도 표출되고 있는 것이다. "어떻게 전통을 생생하게 몸에
지니고 어떻게 미래를 개척하며 '사느냐', 이 문제와 맞설 때마다 『님
의 침묵』이 지닌 사자후에 귀를 기울이리라"54)는 그의 결연한 외침
은, 어떠한 사상도 제대로 담지해 내지 못하고 있고, 형식과 음악성에
대한 탐구도 부족한 우리 현대시에 내리는 준엄한 질책의 목소리로
들린다.

---

52) 같은 책, 312면.
53) 같은 책, 321면.
54) 같은 책, 321면.

2) 순수시와 비순수시

이 장에서 송욱은 '순수'와 '비순수'라는 대립항을 통해 발레리와 엘리어트의 시론을 비교 분석한다. 우선 그는 발레리 시학에 대한 엘리어트의 비판을 소개하는 것으로 논의를 시작한다. 엘리어트에 의하면, 주제만을 의식하고 다른 요소들을 모두 무시하는 것은 시가 아직 존재하고 있지 않은 상태인 것이며, 스타일만을 중시하고 나머지를 모두 배제해 버리는 것은 시가 이미 사라진 상태라고 보았다. 다시 말해 순수와 비순수의 극단은 모두 시를 해치는 결과를 초래한다는 지적이다. 송욱은 이와 같은 엘리어트의 견해에 전적으로 동의했다.

> 시를 위하여 가장 훌륭한 태도는 '이야기 그 자체와 이야기가 표현된 방식', 다시 말하면 시의 주제와 표현의 스타일, 이 두 가지에 모두 관심을 기울이는 것이다…… 이렇게 엘리어트는 바레리처럼 극한을 노리지 않고 주제지상인 소박한 시관과 스타일지상인 극도로 세련된 시관 사이에서 건강한 중용을 지키려는 듯이 보인다.55)

양 극단을 배제하고 '건강한 중용'을 추구하는 태도는 엘리어트뿐만 아니라 송욱 자신의 문학관이기도 하다. 주제적 측면과 음악성을 모두 구비한 시가 좋은 시라는 의미이다. 따라서 절대적인 의미의 순수시는 실제로 존재하기도 힘들지만 그리 바람직한 것도 아니다. 실제로 발레리가 주장한 순수시 이론도 이론적 천명에 그쳤을 뿐 그의 작품 자체는 완전한 순수시와는 거리가 있었던 것이 사실이다. 다시 말해 송욱의 판단에 의하면 발레리의 시에도 주제적 측면이 탁월하게 형상화되어 있는 것이다.

그러나 "반현대, 반역사의 경향을 극한까지 추구한 바레리의 시세계에는 역사와 사회가 없다."56) 바로 이 점이 엘리어트의 시론과 분명

---

55) 같은 책, 325면.

하게 차이가 나는 발레리의 특징이다. 송욱은 발레리의 이러한 경향
을 그리 바람직하지 못한 것으로 여겼다. 앞서 한용운과 타고르를 비
교했을 때와 동일한 근거로 엘리어트와 발레리를 평가하고 있는 것이
다. 하지만 송욱은 그렇다고 해서 발레리의 시가 전적으로 훌륭하지
못하다고 폄하하지는 않았다. 두 시인 사이의 역사적 배경의 차이를
고려해 보면, 각자는 자신의 문학 전통 내에서 충실히 그 사명을 다
하였다는 판단이다.

> 바레리의 시학이나 작품은 철학적으로 그리고 '순수시를 노리는
> 방향으로' 심각하고 성실한 것이고, 엘리어트의 시론이나 작품은
> 역사와 사회를 떠날 수 없는 넓은 인간조건을 리어리스트의 안목
> 으로 노래하며 이것을 이것대로 '예술품'(유미적이 아닌)으로 마련
> 하는 방향에서 역시 심각하고 성실하였다고 생각해야 될 것이다.
> 따라서 바레리는 유미적이며 철학적이고, 엘리어트는 사회적이며
> 역사적이어서 결국은 도덕적 의미까지 지닌 세계를 작품 안에 담
> 게 되었던 것이다.57)

 송욱은 이와 같이 두 시인을 평가함에 있어서도 '건강한 중용'을 지
키려고 애썼다. 차이성을 옳고 그름, 혹은 좋고 나쁨의 가치평가로 바
로 이어버린 것이 아니라, 그 차이를 인정하고 각각의 배경에 유의했
던 것이다.

7. 결론

 지금까지 문학 이론가 내지는 문학 평론가로서의 송욱의 사상적 궤
적을 다섯 가지 범주로 분류하여 살펴보았다. 그는 "한국 사람의 입장
에서 비판을 하면서 흡수하고 동화하는 양식을 결정하는 데 이바지하

---

56) 같은 책, 329면.
57) 같은 책, 332면.

는 것이야말로 이 나라의 비평이 해야할 기능"58)이라고 굳게 믿은 사람이었다. 이것은 "이 나라의 특수한 문학 상황 안에서 한편으로는 외래 사조를 우리 입장에서 과감하게 그리고 주동적으로 소화하며 한편으로는 우리 자신의 문학을 건설하는 방법을 찾아내는 일"이며 "전통의 변화와 외래사조의 조정을 꾀함으로써 분열되었던 문학적 인격을 다시 통일시킬 수 있"59)는 일이다.

당시 엘리어트의 영향을 절대적으로 받은 그가 이 평론집에서 최우선적으로 관심을 가졌던 점은, 전통이 부재하는 시대에 어떻게 하면 새로운 문학적 전통을 수립할 수 있을 것인가 하는 문제였다. 그는 비록 지나친 전통부재론을 주장함으로써 과도한 자기비하와 외래지향성을 보인 것도 사실이고, 몇 가지 부분에서 오류와 모순을 드러낸 것도 사실이지만, 이는 하나의 방법론적 자세일 뿐이었다. 다시 말해, 외국 시론을 수용하고 참조하는 것은 우리의 것을 모두 부정하기 위한 것이 아니라, 결국 우리의 문학을 더욱 풍부하고 가멸지게 만드는 하나의 '방법론적 회의'의 자세인 것이다. 그는 외국 시론을 소개하고 분석하면서 우리의 현실을 신랄하게 비판하기는 했지만 한시도 우리의 시 자체를 잊은 적이 없었다. 외국 시와 시론의 적용 가능성을 반드시 우리의 입장에서 견주어 보는 등 주동적 입장을 잃지 않기 위해 부단히 노력한 것이다. 그는 이를 위한 균형감각을 갖추기 위해서 영·미의 시론과 프랑스의 시론이라는 대비되는 문학론을 절충하여 조화롭게 수용하고자 애썼다.

소통이론의 입장에서 보면, 문학이라는 것은 발신자와 수신자 사이에서 발생하는 특정 메시지의 약호화와 해호화의 과정이라고 할 수 있다. 이 가운데 약호화의 경우에 비중을 두고 고민한 쪽은 시인으로서의 송욱이라고 한다면, 해호화 쪽에 중심을 두고 연구에 몰두한 쪽은 비평가로서의 송욱이라고 할 수 있겠다. 비록 그 방향성은 다르지만

---

58) 같은 책, 서문 5면.
59) 같은 책, 5~7면.

모두 문학이란 무엇인가, 우리에게 있어 시란 무엇인가 하는 점을 규명해 내기 위한 일관적인 노력의 일환이라고 볼 수 있겠다. 이와 같이 시인이자 비평가인 송욱은 이론과 실제 양면에서 문학성의 본질을 탐구하기 위해 진지한 탐색의 손길을 게을리 하지 않은 우리 문학사에서 보기 드문 귀중한 존재라고 하겠다.

(엄성원·서강대 강사)

교합과 주체성의 시학
—『문학평전』연구

I. 서론

1960년대는 문단 전반에 걸쳐서 순수·참여의 큰 담론에서 자유로울 수 없는 시대였다. 문학과 관련된 사람이라면 누구나 그 혼돈의 저류에 휘말려 있었다는 것이 저간의 평가이다. 그런 면에서 송욱의 문학적 위치는 남다른 평가를 받을만 하다. 많은 저작과 시창작을 남겼음에도 불구하고 송욱은 그 흐름에서 빗겨나 있기 때문이다. 그런 면에서 송욱 비평의 담론은 60년대의 거대 담론의 틀을 해체하고 생각할 때 새로운 조명이 가능할 것이다. 그러나 송욱이 비록 1960년대를 풍미했던 순수·참여 논쟁에 개입되어 있지는 않았지만 나름대로 문학의 예술성과 사회성에 대해 자신의 견해를 피력하고 있다는 것이 이『문학평전』속에 여실히 드러나고 있다. 다만 송욱이 관념적인 구호나 시비의 차원이 아니라 구체적인 이론과 실천적인 글쓰기를 통해 자신의 견해를 피력하고 있다는 점에서 여타 비평가와는 다른 면모라 하겠다.

송욱은 1953년 ≪문예≫지에 「서정주론」을 발표하면서 비평활동을 시작한다. 이후 1963년까지 ≪사상계≫을 중심으로 한 비평적 글쓰기의 결과물이 『시학평전』(일조각, 1963)으로 묶여진다. 이후 1964년 ≪신동아≫12월호에 실린 「想像世界의 哲學」에서부터 『문화비평』 제1호에 실린 「氣分의 詩學과 뉘앙스의 詩學──金億·시몬즈·素月·베르레에느」에 이르기까지의 비평문을 엮은 것이 『문학평전』(일조각, 1969)이다.

『문학평전』에서 송욱이 전개하고 있는 그의 비평적 특성은 한 마디로 '교합의 시학'이라 할 수 있다. 즉 예술성과 사회성, 윤리와 반윤리, 과학과 상상력, 과거와 현재, 서양과 동양의 변증적 통합이다. 그러면서도 그는 궁극적으로 우리 문학에 대한 주체성 찾기에 골몰하여 그 비평방법을 꾸준히 모색하고 있다. 그 산물이 바로 『문학평전』으로 나온 것이라 하겠다.

『문학평전』은 송욱의 현실안이 드러나는 저술이다. 그것은 휴머니즘과 반항이라는 용어로 축약된다. 그런 면에서 송욱의 시학은 반항의 시학이기도 하다. 또한 송욱의 비평은 비교문학적 측면에서도 고찰이 가능하다. 「기분의 시학과 뉘앙스의 시학」을 비롯한 여타의 글들이 한국을 비롯한 동서양의 작가들을 비교하여 평가하고 있기 때문이다.

이런 측면에서 본고는 『문학평전』에서 드러나는 송욱의 비평정신을 유형화하여 서술하고자 한다. 결과적으로 송욱은 동서양의 시학을 비교하면서 그 보편성을 발견하여 우리 문학의 독창성을 확립하려는 태도를 취한다. 그것이 곧 주체성의 시학으로 발전하는 것이라 하겠다. 특히 송욱의 시론은 시이론인 동시에 창작을 염두에 둔 시사상적 성격을 갖고 있다 하겠다.

『문학평전』은 11개의 글이 총4부로 묶여 구성되어 있다. 그 세부 목차를 나열하면 다음과 같다.

서문

　이 중 제3부 제3장 「바슈라아르시학과 물질적 상상력」과 제4장
「나르시스와 명경지수」는 《신동아》(1964.2)에 게재된 글이며, 제4
부 제1장 「한국지식인과 역사적 현실」는 《사상계》(1965) 4월호에,
제2장 「비평과 행동」(1965) 7월호에 실렸다. 제3부 제2장 「동서시에
나타난 내면공간」은 《아세아학보》(1965.12)에, 제1부 제1장 「일제
하의 한국 휴머니즘 비판」은 《동아문화》(1966.6)에, 제2장 「자기기
만의 윤리」는 《아세아학보》(1966.10)에, 제3부 제1장 「기분의 시
학과 뉘앙스의 시학」은 《문화비평》(1969. 봄호)에 게재된 것이다.

2. 송욱 비평정신의 배경

1960년대는 4·19와 5·16등 역사적 사건이 그 성격을 달리하면서 심하게 몸부림치며 요동치는 것으로부터 시작된다. 그것은 혼란이기도 하지만, 6·25로 황폐화된 1950년대의 현실상황을 극복하고 그에 반응한 것이기도 하다. 이러한 역사적 현실 속에서 문학도 상응하는 다양성을 드러낸다. 시사적 측면에서 "1960년대는 신시의 역사를 60년으로 볼 때 예술적 자각과 성취를 가능하게 했던 1930년대 이후 두 번째 해당되는 시정신의 확대, 심화의 시기라 하겠다."1) 그러한 시정신의 확대와 심화는 다양한 양상으로 표출이 되는데 그 첫째가 난해시로 일컬어지는 언어의 실험이다. <현대시> 동인을 중심으로 전개된 이러한 시적 경향은 지적인 언어와 내면 탐구로 1960년대의 마음의 내적 풍경을 그려내고 있다. 한마디로 내면지향의 존재성 탐구가 시인의 의도라 할 것이다. 둘째는 현실지향적 경향의 시들이다. 소위 참여시로 대변되는 이러한 경향은 당대 사회 역사적 상황에 대한 천착으로부터 발아되어 역사와 민중에 대한 관심을 주된 소재로 삼고 있다. 이 두 경향이 동전의 양면처럼 표리를 이루어 1960년대를 지배하고 있었지만 기존의 관념이나 형식에 대한 거부반응이었다는 점에서는 동일하다. 이러한 부정의 시학의 대척점에 여전히 전통적 정서와 형식을 고수하려는 경향이 존재하고 있었는데 그것이 세 번째 경향이다. 서정주를 비롯하여 소위 生의 究竟을 추구하는 이들이 그들인데, 전통적 세계와 자연을 소재로 한다든지, 신앙과 같은 신비의 세계등 현실이 배제된 정서가 주류를 이룬다. 이와 함께 시조 또한 형식적 실험을 통해 끈질긴 생명력을 보인다. 이처럼 시정신이 존재와 상황의 틀 속에서 경쟁적으로 확대 심화된 시기가 1960년대이다.

소설사적 측면에서도 앞서 언급한 詩史와 유사한 구조를 띠고 있

---

1) 최원규, 『한국현대시의 성찰과 비평』(국학자료원, 1993), 335면.

다2). 즉 김승옥 · 이청준 · 최인호 등 내성적 · 실험적 창작기법을 과감하게 도입한 모더니즘적 경향과 신상웅 · 이문구 · 방영웅 · 정을병 등 정통적인 사실적 수법을 지향하지만 전대와는 다른 새로운 시대의식을 보이고 있는 경향. 그리고 전통적 서정주의 문학 혹은 민족주의적 경향이 그것이다.

이와 같은 시대와 문학사적 배경 속에서 비평 또한 존재성과 상황성이라는 각각의 집단적 의식을 표출하는 양상을 띠며 전개된다. 이에 대해 김윤식3)은 60년대 비평이 50년대 전후 비평이 빠져 들어갔던 영도의 좌표를 뛰어넘어, 정상적인 상태를 회복하게 된 것으로 파악한다. 이처럼 60년대 비평은 전대의 억압적 분위기, 즉 현실배제적인 이데올로기에 대한 반명제로서 '참여'라는 이름으로 반응한 것이라 하겠다.

> 1930년대의 세대 논의가 두 이데올로기(순수 참여)의 내재화를 보인 상태였다면 해방공간은 두 이데올로기의 열전장이었다. 50년대의 전후 비평은 영도의 좌표로서 탈이데올로기적인 상태이기에 비평사적 의미망을 형성하지 못하거나 극히 미미한 정도로만 볼 수 있을 따름이다. 그러나, 60년대 비평은 다시 비평사적 의미망에 포용될 수 있는 상태로 돌아오는 것이다.

전대에 대한 이러한 거부반응은 때론 '저항'이라는 이름으로, 때론 '비순수'라는 이름으로 거명된다. 이어령은 「무엇에 대하여 저항해야 하는가」4)에서 역사에 대한 관심과 책임의 자각, 그리고 인간에 대한 애정을 '저항'이라고 말한다.

> 오늘날 작가가 무엇을 해야 될 것이라는 뚜렷한 신념이 생겨날

---

2) 윤병노, 「새세대의 충격과 60년대 소설」, 『한국현대문학사』(현대문학, 1995), 391~403면 참조.
3) 김윤식, 『한국 현대문학 비평사』(서울대출판부, 1994), 281~282면.
4) 이어령, 「무엇에 대하여 저항하는가」, 『저항의 문학』(기린원, 1986), 28면.

것이다. 첫째는 역사에 대한 관심이며, 그것에 대한 책임을 자각하려는 정신이다. 둘째는 인간이 인간을 사랑할 수 있도록 애정을 만들어주어야 할 것이다. 세째는 사람들로 하여금 그의 적과 그의 벗을 명확히 가리켜 주는 일이다. … 그래서 결국 이제 작가는 석불을 마멸시키는 비와 바람과 같은 <자연성>에 저항해야 하는 것이 아니라, 그것을 파괴하는 인간 스스로의 <손>, 그 인위성에 저항해야 한다.

그래서 그는 "인간의 상황과 절연된 아프리오리한 사물이란 영원한 추상에 불과한 것이며, 또 그런 것은 실상 있을 수도 없다."5)고 말하고 "인간이 인간과 싸워야 한다는 것은 인간이 인간의 역사와 대결한다는 말이며, 그 역사 속에서 우리가 눈을 돌린다는 것이며, 오늘의 이 역사적 현실을 비판하고 폭로하고 그리고 지양해 나아가야"6)한다고 주장한다. 이때 '저항'의 의미는 '대결, 비판, 폭로'등의 어휘로 점철되어 있지만, 그 실체는 분명치 않다. 다만 확인할 수 있는 것은 전후 현실에 대한 염증과 휴머니즘적인 인간애라는 보편적 감정의 표출이라는 것이다. 「작가의 현실 참여」7)라는 글에서 그 일단을 확인할 수 있다. 즉 이어령이 말하는 '저항'은 개인적인 사적 감정도 아니며, 정치성을 띤 것도 아닌 것으로 '문학 자체에 대한 위협', 즉 언어의 박탈에 '저항'하는 것이다. 이것으로 볼 때 이어령이 말하는 '저항'의 담론으로 60년대의 비평 현상을 온전히 설명할 수는 없을 것이다.

> 이렇게 지난 작가들은 '문학인으로서의 책임'을 이룩하지 못한 채 사소설의 '안방' 속에 칩거하였거나 기껏 그 책임을 진다는 것이 정치적 선전문 내지는 군가의 영역을 벗어나지 못한, 즉 문학 그 자체를 살해한 현실 참여의 '오해의 가두'에서 방황했다. 굴욕 속에서 정치적 학살 속에서 은둔의 요람을 찾던 기권 자들의 문학—그리하여 우리의 언어는 '죽음의 늪'에 괴어 빛을 잃었고 어둠

---

5) 같은 책, 22면.
6) 같은 책, 25면.
7) 이어령, 「작가의 현실 참여」, 『지성의 오솔길』(현암사, 1966), 321~322면.

의 골목 속에서 폐물처럼 녹이 슬었다.

 '비순수'를 언급한 것은 유종호이다. 그는 「비순수의 선언」8)에서 송욱의 『하여지향』을 비평적인 시로 평하고 그것이 비순수의 선언이라고 말한다. 이때 그가 말한 '비순수'는 과거시에 대한 반명제로서의 현대시의 등장을 의미한다. 즉 『하여지향』이 고전적인 음악성이나 심미감은 잃고 있지만, 새로운 의미의 시적 실험을 하고 있다는 것이다. 현실 풍자의 내용을 담고 있어서라기보다는 그 언어실험 때문에 비중을 두고 있는 것이다. 이렇게 볼 때 '비순수' 역시 현실과의 관계 속에서 찾을 수 있는 의미가 아니라 기법상의 고민에서 도출된 비평 담론임을 지적할 수 있겠다.

> 미와 예술은 결코 동의어가 아닙니다. 醜나 공포를 나타내는 예술 작품이 많이 있읍니다. 『何如之鄕』이 양복장이의 속요라고 하더라도 그것이 결코 시의 부정은 아닙니다.··· 과거의 시와 비교해 심미감의 退潮를 지적할 수가 있읍니다만, 그 대신 얻은 것이 있기 때문에 새로운 시가 아닙니까. 뿐만 아니라 독자로 하여금 미와 예술의 문제를 생각게 한다는 사실 자체가 또 씨의 특성이 아닙니까. 따라서 비평적 시라고 할 수가 있는 거죠. 非純粹의 宣言입니다.

 이처럼 '저항'이나 '비순수'라는 개념은 전후의 시대적 담론, 즉 황폐한 현실에 대한 극복과 과거에 대한 반성이라는 시대 담론과 상동성을 갖는 비평 담론일 뿐이며, 이는 50년대가 불안과 허무의식, 절망과 패배감이 지배하는 시대였음을 생각할 때 이어령의 '저항'의 담론과 유종호의 '비순수'의 담론이 무엇을 염두에 두고 발설한 것인지 짐작이 가능하다.9) 이렇게 볼 때 60년대는 60년대의 사회구조 속에서

---

8) 유종호, 「비순수의 선언」, ≪사상계≫1960. 3. 291~299면.
9) 이런 측면에서 박철희 교수는 「韓國詩와 6·25의 體驗」에서 "해방 후 한국시를 넓게는 분단의 소재사요 좁게는 6·25의 소재사라고 말한다."(오양호, 「전후 한국시의 지속과 변화·Ⅱ」『대학국어』(형설출판사, 1998), 263면에서

그에 상응하는 의미의 담론이 구사되어야 한다는 결론에 이르게 된
다.10) 결국 김윤식의 논리처럼 '60년대 비평'을 '戰後 비평'의 반명제
로, 나아가 戰前 비평의 회복이라고 보는 것은 인과론적인 인식의 접
근이라 하겠다. 그래서 60년대에 전개된 비평논쟁은 또 다른 의미 구
조 속에 끼워넣어야 할 것이다. 60년대 비평은 60년대 구조 속에서
발생한 것이기 때문이다.

이러한 문학사적 맥락 속에서 송욱은 『문학평전』의 「서문」에서 문
학의 목표와 문학의 구실, 나아가 참된 문학의 의미를 밝히고 있다.
그는 '문학의 목표'를 자아와 사회와의 관계 속에서 어떤 통일된 의미
를 모색하는 것으로 보고 있다. 그 근거를 다음과 같이 들고 있다.

> 사람이란 의식과 육체라는 매우 색다른 두 가지가 결합되어 있
> 는 자기 자신과 사회를 대면하고, 타인과 어울리면서 살기 마련이
> 다.11)

다시 말해 문학은 자기기만에 빠지기 쉬운 인간성을 드러내어 이것
을 통일된 의미로 이끌어 가려는 노력을 그 구실로 하고 있다는 것이
다. 그리고 문학비평의 방법을 윤리적 비평과 사회적 비평, 그리고 예

재인용) 이는 해방이후 현대의 문학 작품을 파악하는 데 있어 일관되게 자리
하고 있는 분단과 6 · 25의 소재를 놓고 그 때 그 때 나름대로 반응하고 있는
면면을 따져 볼 때 그 시기의 문학성이 도출될 수 있음을 말하는 것이다. 이
렇게 볼 때 각 시대 별로 내면지향과 외면지향의 경향이 일관되게 자리하고
있겠지만 그 표출 양식은 다른 것임을 알 수 있다. 그 반응 구조를 고찰할 때
그 시대의 시사가 엮어질 것이다.

10) 골드만은 발생론적 구조주의를 통해 작품 세계의 구조와 어떤 사회 그룹의
심적 구조는 상동관계 homologie의 관계에 있거나 그렇게 인지될 수 있는
관계에 있다는 가설을 내세운다. 이렇게 볼 때 1960년대의 비평의 행위는
과거의 구조를 파괴하고 새로운 전체성의 구조화를 통해 이루어진 것으로
1960년대의 일상적인 삶이 문학적인 차원으로 뒤바뀐 것이라 할 수 있다.
(김치수, 『구조주의와 문학비평』(기린원, 1989)에서 「뤼시앙 골드만편」 241~
272면 참조)

11) 『문학평전』「서문」, 1면.

술적 비평으로 나누고 이것을 문학의 기능과 각기 대응시킨다. 그래
서 '참된 문학'은 문학의 예술성과 사회성의 적절한 교합으로 보고 있
다.

> 어떤 이는 문학의 정치적, 사회적 측면을 귀중하게 생각하는 비
> 평에 질색을 한다. 그런가 하면 어떤 사람은 문학에서 정치나 사
> 회만을 보려고 한다. 그러나 이러한 두 가지 태도만으로는 우리
> 문학을 기름진 고래실처럼 만들 수는 없을 것이다.12)

이처럼 교합의 태도를 견지한 표본으로 송욱은 까뮈와 바슐라르를
들고 있다. 즉 까뮈가 유럽사상사를 <반항>의 틀에서 살펴본 다음
예술과 정치의 상호 보완적 역할을 파악한 점과 바슐라르가 과학의
시학을 견지하면서도 인간의 상상력을 존중한 것에 큰 의미를 부여하
고 있는 것이다. 우리 문학의 경우에는 이광수와 이상의 경우를 들어
그 윤리와 반윤리를 언급하고 있다. 그 결과 이광수의 소설을 통속적
인 것으로 규정하고 나아가 우리 문학의 통속성을 리프먼의 <상투형>
개념을 가지고 비판한다. 그리고 동서양의 문학을 비교함으로써 그
문화와 문학의 차이점을 극복하고 공통된 공간을 마련하려고 한다.
이처럼 송욱은 비평 방법의 모색에 골몰한 흔적을 『문학평전』에서 쏟
아내고 있는 것이다.

---

12) 같은 책, 2면.

3. 예술성과 사회성의 교합

1) 민족애의 윤리성 추구

(1) 이광수의 『흙』 비판

송욱은 이광수의 『흙』과 『無名』 이상의 『날개』를 비교하여 예술성
에 대한 자신의 견해를 밝힌다. 이광수의 작품 『흙』은 계몽소설, 전원
소설, 농촌소설, 민족주의 사상을 표현한 작품으로 알려졌다. 송욱은
이광수의 「문학의 가치」를 인용하면서 이광수가 말한 '문학적 걸작'을
만드는 비결에 대해 언급하고 있다. 그것은 송욱의 시각에서 걸작이
아니라 상투형의 기술에 지나지 않는 것이다. 즉 『흙』의 이야기 전개
가 통속, 대중소설의 상투형 기술이라 비판한다. 이 소설에는 선인과
악인이 뚜렷이 구분되어 등장하고 있기 때문이다. 그리고,

> 새로운 시대의 청년 ≪허숭≫이 高文에 합격하여 변호사가 되
> 고, 장안 부자의 사위가 되고, 아내는 절세의 미인이요 재원이다
> ‥‥‥.13)

이와 같은 점을 들어 대중소설의 상투형임을 지적한다. '허숭'이라는
인물이 소유한 완벽한 인간형. 그리고 '해피 엔드'의 결말. 송욱은 이
를 목가적 윤리라고 한다. 김동인의 「춘원연구」에 따르면 『흙』의 '허
숭' 시혜적 인물이라 할 수 있다. 특히 농촌 풍경에 대한 낭만적이고
회고적 감상과 심각한 경제적 현실이 함께 묘사되어 등장하고 있는
점을 지적하며, 회고적 감상은 현실을 해부하는 고통을 회피한 것으
로 보고 있다. 송욱은 그것을 문학과 계몽, 문학과 모랄의 분열이라고
비판한다. 또 한편 우연의 일치를 들어 대중소설로 이 작품을 본다.

---

13) 『문학평전』, 5면.

> 작자는 간통한 아내를 다루는 특수한 상황에 있어서의 모랄을
> 보여 주었어야 대작가다운 솜씨가 나타났을 것이다. 작가가 모랄
> 의 대원칙을 되풀이함으로써 만족해서는 참된 예술가라고 볼 수
> 없으리라.14)

윤리의 민족적 차원과 개인적 차원의 구분이 모호한 점을 비판한
대목이다. 송욱은 '모든 도덕율의 중심에는 인간성에 대한 견해와 세
계관과 역사관이 깃들어 있어야 한다'는 월터·릿프만(『輿論』 120-
121)의 논지를 근거로 삼는다. 정치적 압제 밑에서는 인간다운 인간
이 살 수 없는 것이다. 정치를 무시하는 휴머니즘이란 이와 같이 병
신이 되기 쉬운 노릇이다. 이 작품에서 선인이면 그러할수록 인간다
운 인간으로 표현되지 못하는 것은 심각한 '아이러니'가 아닐 수 없다
고 지적한다.

> 조선의 마음은 말 없고 꾸밈 없으며 절망 상태에서도 원망이 없
> 는 것이라고 표현한 작자는 만주를 일본의 손아귀에 넣으려 싸움
> 터로 가는 일본 군인에게서는 애국, 희생, 용감, 통쾌, 눈물겨움
> 등 아주 여러 가지 긍정적이며 적극적 미덕을 발견한다. 작자는
> 이미 <작가로서> 일제에 패배하고 있는 것이다. …… 그들의 윤
> 리적 우월성을 뜻한다고 해석함으로써 노예의 윤리를 확립시킨
> 것처럼 보인다.15)

이 인용에서 송욱의 주체적인 비평정신을 엿볼 수 있다. 이광수의
조선인 인물 묘사 방식이 일본인에 비해 패배적임을 지적하고 그것이
노예의 윤리이며, 이광수의 윤리성이 허위임을 지적하고 있다.

송욱은 또한 이광수의 문체를 비판한다. 춘원의 현란한 문체는 '눈
이 오면 반드시 아름답다'는 감정의 상투형을 길게 표현한 데 지나지
않는다는 것이다. 예술적 필치가 섞여 있지만, '이마쥬'가 쌓이면서 일

---

14) 같은 책, 19면.
15) 같은 책, 35-36면.

관된 상징성을 못 이루기 때문에, 그저 훌륭한 문장을 자꾸 늘어놓고 있을 뿐이라는 것이다. 결국 이것은 예술이 아니라 훌륭한 작문이다. 예술적 필치가 섞여 있는 훌륭한 간판장이의 그림, 혹은 신파극의 배경이 됨직한 그림에 지나지 않는다. 그래서 작자의 문장력은 낭비되고 있다는 것이다.

이처럼 문장의 상투적 아름다움으로 점철된 『흙』은 정치, 사회, 윤리 등 모든 면에서 놀라운 반지성적 경향을 보일 수밖에 없음이 지적된다. 그것은 곧 반현대적이며, 비합리적이라고 비판한다. 이광수의 소설이 이러한 의식을 반영하여 통속화될 수밖에 없는 것은 사회의식과 정치의식의 회피라고 보고 있다. 이러한 의식의 결여로 이광수의 소설이 대중적일 수밖에 없는 근거를 릿프먼의 언급에서 찾는다.

> 대중의 구미에 알맞는 드라마는 우리가 현실적이라고 느낄 수 있을 만한 배경에서 시작하여, 생각할 수 없을 정도로 낭만적은 아닐지라도 대중의 소망에 만족을 줄 만큼 낭만적인 무대에서 끝이 나야 한다. 그 중간의 구성은 비교적 자유롭게 할 수 있지만, 대중은 무자비하게 추구한 리얼리즘을 배척한다. 이는 그들 자신이 참가하고 있는 싸움에서 패배하는 모습을 보며 기뻐할 수 없는 까닭이다.16)

다음은 송욱의 형식주의적인 비평정신을 엿볼 수 있는 부분이다.

> 나는 이미 이 작품(이광수의 『흙』)의 <통속성>을 드러내기 위하여 충분한 근거와 증거를 제시한 성싶다. 뿐만 아니라, <선구적인 예술가와 비평가는 다름 아닌 상투형을 변화시키는 사람>(리푸먼, 『輿論』, 67면)인 것을 우리는 잊지 말기로 하자.17)

이 언급에서 송욱은 근거와 증거를 중시하는 비평태도를 보이고,

---

16) 같은 책, 50면.
17) 같은 책, 51~52면.

형식적인 비평정신을 소유하고 있음을 보이고 있다. 그리고 송욱의
비평은 현실 상황과의 연계 고리를 놓지 않고 있다. 이광수의 소설에
서 보이는 상투성, 즉 목가적이며 회고적인 민족관, 관념적 윤리관 그
리고 현대적 지성의 치정화는 당대 일제 시대의 상황의 반영이라고
보고 있으며, 그러한 상투적 구조가 정치, 사회, 경제, 문화, 교육 등
송욱이 살았던 당대를 지배하고 있음을 간파하고 있다. 이러한 비평
태도에서 송욱이 예술성과 사회성을 함께 중요시하고 있음을 알 수
있다.

(2) 이광수의 『無明』 비판

이 작품은 정치적 자기기만이 윤리적 자기기만으로 변화한 것으로
불교라는 종교에 의지해서 중생이 고해에 들게 된 것이 일제라는 사
실을 망각하고 있다고 이광수를 통박하고 있다. 비록 『무명』이 리얼
리즘적인 묘사에도 불구하고 인물에 투영된 작가 의식에는 권선징악
의 경향이 있음을 지적하고 그것이 예술적 견지에서 결격이 된다고
본다. 여기서 송욱은 투시적 비평태도를 보이고도 있다. 그것은 다음
과 같은 언급에서 드러난다.

> 현재의 안목으로 볼 때에, 그는(이광수) 작가로서 자기분열을
> 일으키고 말았다."18)

이 글에서는 한용운과 이광수의 비교가 이루어진다. 전자가 펼친
불교정신을 혁명가의 불교로 후자를 노예의 불교로 정의한다. 송욱은
한용운에게 경도 되어 있다. 송욱은 한용운의 시적 성취도와 종교적
차원을 뛰어 넘는 민족애의 윤리성에 매료되어 있는 것이다. 이 또한
예술성과 사회성의 교합이라는 비평시각에서 비롯된 것이라 할 수 있

---

18) 같은 책, 71면.

다. 이러한 경향은『한용운시집 님의 침묵 전편해설』(과학사, 1974)으로 표출된다. 예술성과 사회성의 교합을 주장하는 그의 비평정신이 이광수의『무명』을 분석하면서도 드러나는 것이다. 다음은 그와 같은 견지에서 언급한 말이다.

> 문학작품이 독자들의 마음 속에 일으키는 반응의 정치적 사회적 기능과 작품의 문학적 가치를 물론 우리는 구별해서 생각해야 한다. 그러나, 우리가 현재 그러한 기능을 문제삼지 않고서 순전히 문학적 가치에만 골몰해도 좋은 이상적인 상황에서 문학을 하고 있다고 생각한다면 그것은 어처구니없는 자기기만이다.19)

(3) 이상의『날개』비판

이광수의 소설이 송욱에 의해 비판 받은 점은 그의 통속성, 즉 송욱의 표현대로 한다면 상투형이었다. 반면, 이상의 소설에서 송욱이 문제삼은 것은 그의 반윤리적인 측면이다. 일상적인 규범을 통해 이상의 작품 세계를 분석하는 것에는 일부 오해가 일 수 있지만 송욱의 지적 속에는 작가정신의 측면에서 시사하는 바가 있다.

송욱에 의해 이상의 천재성은 여지없이 격하된다. 자의식의 과잉이나 신심리주의, 초현실주의의 발로라는 이상의 영광은 한낱 사춘기의 자기기만에 불과하다는 평가에 의해 그 빛을 잃고 있다. 이상에 접근하는 송욱의 잣대는 역시 문학의 사회성이다. 이상에게는 예술가의 특유한 본래적 윤리를 기대하기 어렵다는 것이다. 우리가『날개』에서 재미를 느끼게 되는 것은 오직 '비유와 이마쥬'에 속아 넘어간 것 뿐이며, 그 감각적 쾌감과 의미없는 추상적 비유를 통해서 드러난 주제라는 것은 '권태'일 뿐이라는 것이다.

이때 송욱이 이상에게서 그의 자기기만을 문제삼는 근거로 작가의 모랄을 제기하는데, 달리 말한다면 그것은 작가의 주체성에 관한 문

---

19) 같은 책, 74면.

제였다.

> 감옥과 같은 1930년대 일제하의 이 나라에서도, 어느 정도 근
> 대사회는 비롯되고 있었고, 유럽의 사조는 밀려 들어왔으나, 그것
> 은 결국 일본을 거쳐서 받아들일 수밖에 없어, 일그러지고 물탄
> 것이 되기 쉬웠다.20)

이러한 지적 속에는 근대성이라는 것이 단순히 '감정적 포오즈'에
그쳐서는 안되고 자아와 세계와의 교류를 통해 만들어내는 인간 의식
적 측면의 강조가 있어야 된다는 점이 드러난다. 이때 비교대상으로
삼은 작가가 사르트르이다. 사르트르의 『공손한 창부』(La Putain
Respectueuse 1946)와 이상의 『날개』의 비교를 통해 이상은 생명에
대한 외경, 사회윤리, 증언정신이 결여돼 있는 반면, 사르트르는 이러
한 점을 모두 소유하고 있다고 지적한다. 그러나 이러한 지적의 이면
에는 1930년대의 문제가 비판의 대상이었다기 보다는 1960년대의
상황에 대한 위기의식이 더 농후했던 느낌이 든다. 즉 송욱은 다음과
같은 생각을 이상에게 말하는 것이 아니라 60년대 작가에게 말하고
있는 것이다.

> 한국인의 주체성이란 결국 이 나라의 정치, 경제, 사회 그리고
> 문화를 어느 정도까지 우리 자신의 눈으로 보며 우리 손으로 이룩
> 하느냐, 이러한 가능성의 반영일 것이다. 이러한 가능성을 실현하
> 는 아무런 방법이나 행동을 노리지 않고 주체성이라는 말만을 되
> 풀이함은 결국 주체성이 살기 어려운 우리의 상황에 대하여 오히
> 려 눈가림하는 자기기만의 주문에 자나지 않을 것이다.21)

---

20) 같은 책, 79면.
21) 같은 책, 102면.

2) 까뮈의 수용

(1) 까뮈의 <반항의식>

송욱은 알베르·까뮈의 저서인 『반항하는 인간』에서 서구인의 반항을 그리고 조선조 말기의 개화과정에 일어난 반항운동을 통해 한국인의 반항을 살피고 있다. 이 때 송욱의 의도는 우리 문학의 주체성과 사상적으로 기름진 발전을 꾀하는 데 있다. 그 주체적 역사의식은 비이데올로기적인 것으로 외래사상의 신봉과 도피 모두를 비판하는 것이다. 그것은 60년대의 현실적 문제와 결부되어 있다. 즉 이데올로기의 극단적 대립이 그것이다. 까뮈는 <이데올로기>가 저지르는 범죄를 특히 논리의 범죄로 규정하고 있다.

> 두 가지 <이데올로기>가 극단적으로 대립하고 있는 상황에서는 누구나 한편에 가담하여 죽이거나 죽거나 할 수밖에 없는 궁지에 빠지고 만다. 실상 까뮈의 『반항하는 인간』도 이러한 극한상황에 대한 고찰에서 비롯한다.[22]

송욱의 현실인식은 현실이 부조리하다는 것이다. 여기서 까뮈가 말하는 부조리는 새로운 가치의 창조를 위한 태도를 철저하게 가지려는 하나의 역설적 방법이라고 생각한다. 그래서 부조리의 의식이 철저하면 할수록 우리는 자살이나 살인을 감행하든지 새로운 자기를 창조하든지 두 길밖에 없다는 것이다. 거기에 반항이 있다. 그러나 송욱이 의도한 반항은 결코 자살이나 살인이 아니라 창조에 있음은 그의 주체의식에서 그 근거를 찾을 수 있다. 그리고 반항의 의식은 <자유냐 죽음이냐> 하는 의식이기도 하다. 이 때 반항은 반드시 이기적인 동기에서만 일어나는 것이 아니다. 결국 송욱이 까뮈의 <반항의식>에서 주목한 것은 반항이 지니는 이타성이다. 이는 문학의 예술성과 관

---

22) 같은 책, 111면.

련하여 사회성의 중요성도 간과해서는 안된다는 그의 일관된 논지에서도 확인할 수 있는 것이다. 그가 대상으로 삼고 있는 반항은 어디까지나 사회적인 반항이기 때문이다. 그것은 다시금 그의 일관된 비평정신인 주체성과도 연결이 된다.

> 반항하는 사람은 자기의 위신을 위하여 싸우는 까닭에 보다 주체적이다. 물론 인간으로서의 위신은 사회적 상황을 떠날 수 없으므로, 개인의 위신을 위한 반항은 결국 사회적 조건에 대한 반항으로 넓어지는 까닭에, 현재에 반항이란 모든 인간의 위신을 위한 것이 된다.23)

송욱이 60년대라는 현실을 인식하는 데 있어 문제삼는 것은 인간적 가치이다. 즉 까뮈가 말하는 반항이다. 모든 사람의 연대의식 위에 그 도덕적 가치를 이룩하려는 노력이다. 그것은 자연스럽게 송욱의 휴머니즘에 대한 생각으로 이어진다. 여기서 인간에 대한 사유는 신과의 관계에서 이루어지게 된다. 송욱의 신관은 까뮈의 신관을 통해 드러난다. 까뮈는 형이상학적 반항인을 통해 신과 대결하게 되는데 그것은 인간중심적인 휴머니스트의 면모이다. 까뮈가 신을 부정할 때 그것은 신의 존재를 부정하기보다는 신에 대한 도전이 된다. 거기에 인간의 역사가 존재하게 된다. 그 역사 속에서 까뮈가 인간의 자유를 중요한 원동력으로 삼았듯이 송욱 역시 인간의 자유를 근간으로 하는 윤리와 혁명에 초점을 맞추고 있다. 이때 윤리와 혁명은 인간의 자유에 값하는 덕목이 된다.

> 사실 혁명은 형이상학적 반항의 논리적 결과라고 할 수 있는 것이다. 우리가 혁명운동을 분석해 보면, 그것도 형이상학적 반항과 마찬가지로 인간을 부정하는 세력과 맞서서 인간을 되찾으려는 절망적이며 피투성이가 되는 노력이라고 할 수 있는 까닭이다. 다만 혁명가는 신을 거부하고 난 다음에 필연적으로 역사를 선택하

---

23) 같은 책, 119면.

는 사람일 따름이다.24)

여기서 송욱은 역사적 니힐리즘에 대해 언급하게 된다. "역사적 니힐리즘은 모든 윤리적 규범을 무시하고 역사만을 거룩한 것으로 섬기는 것을 말한다."25) 이렇게 볼 때 이광수는 역사적 리힐리즘에 빠져 있다고 하겠다. 이광수는 인간의 윤리를 무시하고 당대 역사적 현실에 복무한 점이 인정되기 때문이다. 이러한 역사지상주의는 당대 정치권력에 대한 굴복을 의미하는 것으로 이에 대한 거부가 반항정신인 것이다. 결국 이광수는 파시즘에의 신봉자일 따름이다.

송욱은 60년대를 니힐리스트들이 용상을 차지한 시대로 파악하고 있다. 그래서 허무화의 기술만이 발전한 시대라고 진단하고 있다. 신이 떠나버린 자리에 역사가 들어서 있는 형상이 60년대 임을 송욱은 간파하고 있다. 그 역사는 공산주의와 파시즘이라는 도덕적 니힐리즘이기도 하다. 혁명은 역사의 산물이다. 그러므로 역사의 가치는 반항에서 이루어져야 한다는 논리이다.

> 반항이란 권력의 세계에서는 볼 수 없는, 모든 인간에게 공통된 인간성을 선언하는 것이다. 반항은 창조적이며, 혁명은 니힐리스트적이다.26)

> 우리는 혁명의 근원인 반항에서 형식을 떠난 규범, 그리고, 역사에 예속되어 있지 않은 규범을 찾아내야 할 것이다. 그리고 우리는 이러한 규범이 가장 순수하게 드러나는 것을 예술의 창조활동에서 정확하게 살펴볼 수 있는 것이다. 그러므로, 우리는 반항과 예술의 관계를 따져 볼 고비에 다다른 셈이다.27)

이 인용을 통해 송욱이 까뮈의 반항을 수용한 이유가 예술이 무엇

---

24) 같은 책, 125면.
25) 같은 책, 126면.
26) 같은 책, 130면.
27) 같은 책, 131면.

인가라는 혹은 예술은 어때야 하는가에 대한 고민이었음을 알 수 있다. 예술 또한 반항의 자질을 갖고 있기 때문이다. 이렇게 볼 때 반항의식은 창조욕구라 할 수 있다. 이러한 반항정신의 예술적 표출이 시에서 나타난 것이 쉬르레알리즘이다. 신에 대한 도전, 인간중심의 사고에서 까뮈가 언급한 형이상학적 반항의 일단을 볼 수 있다. 초현실주의 시의 비합리성, 신이 빈자리에 놓은 신비주의, 욕망의 시학 등은 반항의 시학이기도 하다. 전체성이 아닌 통일성에 대한 갈망, 전체성은 혁명의 시학이고 통일성은 반항의 시학이다. 송욱이 초현실주의에 집착하는 데서 60년대의 잔상을 역추적할 수 있다. 그 전체성과 합리성의 차꼬에 채여 송욱도 또한 신음하고 있음을 짐작할 수 있다. 그 시대가 예술의 무덤이 되는 시대이기도 하다는 것을 말이다.

송욱은 또한 예술에서의 스타일을 중요시 한다. 예술가는 스타일을 통해 특이한 것과 보편적인 것의 통일성을 이루어내기 때문이다. 까뮈는 예술에서 스타일을 추구할 때 그 시대는 통일성을 열렬히 갈망하는 시대로 본다. 그처럼 송욱도 60년대를 예술적 전환기로 파악하고 있는 것이다.

"까뮈는 소설을 同意의 소설과 異議의 소설로 구별한다. 그리고 형식과 스타일을 부정 혹은 거부의 힘이라고 생각한다."28) 외곡이야말로 예술과 항변의 표지이다. 그리고 반항의 창조성과 풍요성도 거기서 나타난다. 이것은 스타일을 통해 이루어진다. 그러므로 위대한 예술형식은 가장 훌륭한 반항의 표현이다. 위대한 예술, 스타일, 참된 반항, 이 세가지는 양식화와 실재의 긴장된 조화에 있는 것이다. 다시 말하면 내용과 형식의 유기적 통일성을 의미하며, 예술성과 사회성의 교합을 의미한다. 까뮈가 극복하려는 것은 역사지상주의, 혁명, 니힐리즘이다. 여기서 반항이 새로운 모랄로 등장하는 것이고, 그 반항의 참된 모습이 예술이다. 이것이 송욱의 시학이다. 역사지상주의는 반윤리적인면에서, 혁명은 전체성을 신봉한다는 점에서, 니힐리즘은 휴머

---

28) 같은 책, 142면.

니즘에 대한 거부이기에 극복의 대상이 되는 것이다. 반항의 철학은
모험의 철학이다.

(2) 한국인의 반항

> 우리는 이미 까뮈가 주장하는 반항이란, 불란서의 근대가 발전
> 시킨 철학, 혁명, 사상, 그리고 정치적 사회적 전통에 바탕을 둔
> 것임을 알게 되었다. 따라서, 우리들 한국 사람이 그대로 받아들
> 일 수 없는 점이 적지 않을 것이다. 또한 돌이켜 생각하면, 우리
> 의 역사가 지닌 반항의 실례를 살펴보는 것도 중요한 일이 아닐
> 수 없다. 한국인의 반항은 오직 사람의 역사가 밝혀줄 수 있다고
> 해도 좋을 것이다.29)

이 인용을 통해서 송욱의 주체적인 비평정신을 엿볼 수 있다. 비록
까뮈의 반항정신을 아날로지하지만 그 반항의식을 우리의 역사 속에
서 찾으려 하고 있다.

홍재학30)의 상소문 속에서 송욱의 역사의식을 읽을 수 있다. 즉 송
욱은 홍재학이 유교사상에 바탕을 두고 개국을 주장하는 사람들을 외
세로 규정했다고 본다. 그리고 그 정치비판의 기준이 과거지향적이었
으며, 상고주의적임을 비판한다. 여기에서 주목할 것은 시대의 변천에
따라 조국을 지키는 대책도 달라져야 한다는 송욱의 역사의식이다.

최제우를 통해 송욱은 동학의 반항정신이 유교적 전통을 따른 것이

---

29) 같은 책, 149면.
30) 같은 책, 149면. "洪在鶴. 1848(헌종14)-1881(고종18) 이조말의 지사. 어
려서 아버지의 가르침을 받은 뒤 華西 李恒老에게 배웠다. 1876(고종13)
일본과 수호조약을 맺고자 논의할 때, 참판 최익현이 그를 반대하는 疏를 올
리고 흑산도에 정배되매 在鶴은 통탄하였고, 1880년 일본에서 돌아온 수신
사 김홍집이 청나라 황달헌이 지은 『조선책략』을 왕에게 바치자, 개화정책을
반대하는 수구파인 유학자들은 물끓듯이 일어나 서울에 올라오기 시작했다.
각 지방의 유림 대표들이 계속 상소하였는데, 그 중에서도 관동대표인 在鶴
의 상소문이 대표적인 것으로 당면한 국정을 통박하고 왕까지도 공격하여 만
인의 원성을 대변한 듯하였고, 거의 결사적인 반대운동을 전개하였다."

라고 본다. 종교를 정치적 이데올로기로서 해석한 것은 유교의 제정일치라는 전통을 따른 때문이라고 할 수 있다는 것이다. 그리고 송욱은 최제우의 <인내천> 사상의 인간본위정신, 민주성을 재론하면서, 그것이 기독교의 인간관 보다 더 인간지상주의적이라고 말한다. 거기에 민간신앙적 요소가 가미되고 있음을 특징으로 꼽는다. 특히 주목한 것은 동학사상이 폭력적인 사회혁명에까지 이르기는 하지만 왕에 대한 충성과 유교적 윤리의 원칙을 그대로 인정하고 있다는 점이다. 그러면서도 동학을 이 나라 근대사의 가장 뚜렷한 반항의 금자탑이라고 평가한다. 그러나 홍재학이나 동학의 반항은 어찌됐든 전통적 유교사상에 바탕을 둔 반항이었다고 본다. 그래서 근대적 반항의 출발을 서재필의 《독립신문》과 '독립협회'의 활동에 두고 있다. 이러한 자유와 독립을 위한 반항정신의 연장선상에 3·1운동과 4·19 학생혁명이 있다고 인정한다. 이 한국인의 반항은 제4부 「한국지식인과 역사적 현실」에서 보다 구체적으로 이어진다. 이광수의 「인간개조론」의 허상을 비판하면서 그 대척점에 있는 한국인의 반항을 언급하고 있다.

4. 동서시학의 교합

1)표현의 시학

(1)김억과 시몬즈

김억은 아더 시몬즈 Arthur Symons(1865-1945)의 시집 『잃어진 眞珠』를 번역한다. 이 번역시집에 영향을 받은 것이 소월이다. 이 점에 송욱은 주목한다. 원제목은 『아더·시몬즈 詩集』(Poems Arthur Symons; 2vols.,William Heinemann; London)으로 역시집 『잃어진

眞珠』라는 제목은 김억이 임의로 지은 것이다. 원시집 두권에서 60여 편을 골라 번역한 것으로 주목할 것은 이 원시집을 소월이 안서에게 전해주었다는 것이다. 즉 소월이 이 두 권의 원시집을 가지고 있었다는 것이다. 이 점을 송욱은 중요하게 여기고 있다. 이것은 우리 현대시에 있어서 시몬즈의 영향이 무시할 수 없는 것이 되기 때문이다. 송욱이 주목한 또 한 가지는 이 역시집 서문에 김억의 시론이 있다는 사실이다. 이 서문에서 김억은 번역에 있어 중점을 둔 것이 原詩의 무드 mood를 허물지 않으려 했다고 적고 있다. 그리고 김억은 시몬즈의 시에 대해 즉흥적 태도를 보이고 있고, 우리말에 대해 절망하고 있다. 우리말에 형용사와 부사가 부족하다는 것이다. 그래서 번역은 창작이라고 말한다. 이러한 김억의 절망에 대해 송욱은 김억이 우리 현대시의 초창기에 있었기 때문일 것이라고 진단한다. 이러한 진단 속에서 송욱은 주체적 비평정신의 일면을 보인다. 즉 송욱은 우리 문학의 자기비하, 자기 분열, 열등감을 극복해야 한다고 보고 있다.

> 金億은 新文學의 草創期에 있어서 <世界文壇의 寵兒> 아더 · 시몬즈의 작품을 대하고 대단한 콤프렉스, 自己 分裂에 빠지고 있다. 시몬즈에 대한 劣等感과 이에 반발하여 시몬즈 작품의 한국어 번역을 통하여, 그보다 더 훌륭한 詩를 만들어 보려는 희망, 즉 優越感에 대한 동경이 그것이다.31)

그리고 김억이 시몬즈의 詩觀을 무드 mood로 본 것에 대해, 그 情調로 번역된 것이 감정과 마음의 상태인 '기분'이라고 지적한다. 그래서 김억의 시학을 송욱은 '기분의 시학'으로 평하고 있다. 그런데 이 '기분의 시학'은 불란서 상징시학이 아니라 영국 퇴폐주의라고 본다. 김억은 시몬즈의 시론을 평론집 『산문과 운문에 관한 연구 Arthur Symons; Studies in Prose and Verse, 1922』의 서문을 통해 인용하게 된다. 송욱은 이 저술을 통해 시몬즈의 '기분의 시학'을 살피고 있다.

---

31) 같은 책, 180면.

즉 시몬즈의 예술지상론은 예술의 원리가 도덕의 원리 위에 위치한다고 본다. 도덕은 시대사조에 따라 변할 수 있지만 예술은 영원하기 때문이라는 것이다. 인간성이란 자연의 일부로서 영원한 실체이며 그 실체를 아름답게 빚어내는 것이 예술의 기능이라고 본다. 여기에 대해 송욱은 도덕의 변화는 곧 예술의 변화를 가져올 수 있다는 점과 인간성 역시 달라진다는 논리를 들어 진실에 가깝지 않다고 본다. 단지 시몬즈가 살던 당대의 도덕성에 대한 반발로서 표출된 견해라고 비판한다.

또 하나 시몬즈의 시론에서 송욱이 관심을 가진 것은 상징에 관한 생각이다. 시몬즈는 우리 눈앞에 있는 세계 전체를 하나의 상징으로 본다. 그래서 외계의 현상을 도덕적으로 판단하여 시의 주제로서의 적당, 부적당을 가리고, 외계의 현상보다는 인간의 내심이 더욱 무한하며, 영원하다고 주장한다. 송욱은 이러한 시몬즈의 생각이 상징주의로부터 기분 혹은 감정적 주관론으로 치우친 것임을 지적한다. 그리고 시몬즈는 도덕을 종으로 삼을 수 있는 영원한 예술의 주제로서 '인간의 기분 the moods of men'만을 든다. 그 '잔물결'의 기분이 표출된 것이 시라는 것이다. 그러나 시의 주제가 단순히 기분의 존재 밖에 되지 않는다는 것이 송욱에게는 불만이며, 예술의 영원성은 시의 순간성으로해서 마찬가지로 영원하지 못할 수 있다는 모순에 빠짐을 지적한다. 여기서 이러한 시몬즈를 위대한 시인으로, 비평가로서 지목한 김억의 안목이 문제가 된다. 결국 송욱은 김억이 수용한 상징주의가 시몬즈의 기분의 시학처럼 그 분위기만을 수용한 것임을 비판하고 있는 것이다. 김억이 불란서 상징시인 중에 베를레느를 중요하게 생각한 것을 그 증거로 들고 있다. 송욱에게 있어 시몬즈와 김억의 시학은 기분의 시학 곧 순간성의 시학에 지나지 않았다. 사람과 예술에서 중요한 것은 기분만이 아니라 무언가 더 영원한 것이 있을 거라는 믿음이 그에게는 있었던 것이다. 그것이 실천된 것이 송욱의 시인 것이다.

(2) 소월의 <陰影詩學>과 김억의 <純實詩學>

시몬즈의 '기분의 시학'은 소월의 「詩魂」32)에 나타나는 영원불변설에 영향을 미쳤다고 송욱은 파악한다. 즉 시몬즈가 예술의 원리는 영원하다고 주장한 것이 소월에게 영향을 미쳤다는 것이다. 그러면서 시몬즈와 소월의 시론이 갖고 있는 유사성을 예를 들어 비교한다. 소월은 인간에게는 그림자와 같이 가까운 영혼이 있다고 한다. 그 영혼의 실체가 영원불변한 시혼의 본체라고 주장한다. 그래서 시작품은 음영, 즉 그림자라고 한다. 여기서 송욱은 시몬즈의 '기분의 시학'이 소월에게 와서 '그림자의 시학', '음영의 시학'으로 둔갑했다고 말한다. 이에 대해 송욱은 소월이 동양 사람으로서 無에 대한 애착을 표시한 것이라고 해석한다. 이러한 결론에 도달한 것은 송욱의 주체적 시학에서 비롯된 것이라 볼 수 있다. 소월이 비록 시몬즈의 시론을 수용하려 했지만, 결국은 자신이 경험한 동양적 의식에서 자유로울 수 없었다는 것을 부각시킴으로써 주체적 시론의 확립이 송욱에게 중요한 문제임을 암시하는 것이라 하겠다. 이러한 동양 지향적 의식은 송욱의 유고시집인『시신의 주소』에서 그대로 실천된다.

또 한번 언급되는 것이 시몬즈의 '기분의 시학'을 수용한 김억의 '情調의 詩學'이다. 김억이 절망한 것은 우리의 언어였다. 그래서 그는 표현보다는 주관적인 詩想을 우선시 한다. 그것이 시라는 것이다. 이에 대해 송욱은 예술에 있어서의 표현지상적 태도와 표현의 힘을 중시하는 주장을 한다. 그리고 시인과 비시인을 구별하는 기준이 시상의 차이가 아니라 표현의 힘에 차이에 있음을 덧붙인다. 나아가 김억이 시론에도 절망하게 되고 그것이 찰라의 정조, 단순성과 소박성에 자리를 양보하게 된 것이라고 본다. 김억의 이러한 생각은 '純實한 純實性'으로 표현된다. 이러한 지적 속에서 송욱의 시론은 김억의 시론과 대척점에 자리하고 있음을 알 수 있다. 즉 시상에 의지하는 관념

32)『개벽』 59호, 11~17면.

성, 즉 단순성에서 벗어나 표현의 힘에 의지하는 시의 영원성에 시의
본체를 두고 있다. 이러한 표현의 힘이 표출된 것이 『하여지향』을 비
롯한 그의 시들이라 하겠다. 김억의 '單純詩學', '素朴詩學'이 가 닿은
것은 상징시의 음악성이다. 이처럼 김억이 음악성을 강조하게 된 것
은 베를레느의 영향이라고 송욱은 판단한다. 여기서 김억이 불란서
상징주의를 일면만 인식했음을 지적한다. 그것이 '뉘앙스의 시학'이다.

(3) 베를레느의 시학 고찰

베를레느의 시학을 고찰하는데 있어 송욱은 베를레느의 詩 <詩學>
을 사례로 삼는다. 이 시의 제1절에서 베를레느는 시의 음악성을 중
시한다. 이에 대해 송욱은 한국말의 시법이 불란서의 시법과 다르기
때문에 그 음악성은 우리에게 특별한 의미를 갖지 못한다고 본다. 제
2절에서는 '정확하게 들어 맞는 말보다는 생각의 가장 미묘한 뉘앙스
를 더 훌륭하게 풍길 수 있는 어렴풋한 말이 더욱 좋'다고 말한다. 송
욱은 이 어렴풋한 상상력의 발현이 정확하고 뚜렷한 표현이 꽃핀 시
대 뒤에 온 문학사적 단계에만 나올 수 있는 것이라고 지적하며 우리
는 아직 그 단계에 있지 않다고 본다. 이러한 판단을 통해 우리 시가
힘을 쏟아야 할 부분이 정확한 표현의 단계임을 알 수 있다. 여기에
서 송욱의 시에서 볼 수 있는 명징한 시어의 교직과 표현의 기계적
양상의 근거를 확인하게 된다. 제3절에서는 베를레느의 상징적 효과
가 적어도 명확성을 거친 심상임을 언급하고 있다. 이 또한 송욱이
추구하고 있는 시의 본체이기도 하다. 제4절은 뉘앙스의 시학이 시인
과 독자간의 감수성의 조화임을 볼 때 그것이 보들레르의 『萬象의 照
應』과 같은 차원이라고 이해하고 있다. 중요한 것은 이러한 조화에서
우러나는 암시성이다. 제6,7절을 통해 송욱은 자연스런 음악성이 불
란서의 문학적 전통의 산물임을 지적한다. 즉 불란서의 낭만파나 고
답파의 복잡한 운율법의 형식적 강조에 대한 반발이었다는 것이다.

그렇기 때문에 우리 현실과는 동떨어진 것이라는 것이다.

결론적으로 시몬즈는 상징을 정조나 기분으로 잘못 이해했고, 그것을 그대로 수용한 것이 김억이나 소월의 '그림자의 시학'과 '단순시학'이라는 것이다. 그래서 김억은 오직 소월의 시만에 만족하게 되는 것이고 그 실천이 소월의 <금잔디>·<진달래꽃>이 된다. 여기서 송욱은 60년대 시단이 김억이나 소월의 범주에서 벗어나지 못하고 있음을 지적한다. 아직도 상징주의를 소화하지 못하고 있음을 비판한다. 그리고 다음과같이 기분을 넘어서는 창작과 비평을 요구하고 있다.

> 만일 우리가 <기분의 민족>이라고 하면 김억이 <기분의 시학>을 주장한 것이나, 소월시가 성공한 원인의 일부도 설명이 될지는 모른다. 그런데, 우리의 창작과 비평은 얼마나 기분을 넘어서고 있는 것일까? 외국의 사조도 기분화하여 받아들이고자 하는 것이 아닐까? 문학에 있어서도 사상의 기분화는 사상의 <氣化>를 초래하고 말 것이다. 기분을 주장한 시인 아더·시몬즈가 영국에서 빛을 잃은 것은 우연이 아닌지도 모른다".33)

2) 동서양의 내면공간 비교

다음 세 사람을 비교하는 잣대는 공간에 대한 감수성 즉 그들의 내면공간의 성질이 어떤 것인가 하는 것이다. 릴케는 시간조차도 물질화하지만, 懶翁은 육체를 비물질로, 정신적 경지로 몰고 간다. 여기에 황진이는 무한대의 우주와 자신을 일체로 만드는 내면공간을 마련한다. 이들 동서양의 시를 비교하면서 송욱은 동서양의 사상을 비교하게 된다. 그리고 그것은 인간성의 거리이기도 하다는 점을 강조한다.

---

33) 『문학평전』, 205면.

(1) 릴케의 <장미의 내면>

고시조에 등장하는 '꽃'34)의 내면공간과 릴케의 시<장미의 내면 Das Rosen-Innere>에 드러나는 '장미'의 내면공간을 통해 동서양의 시에 나타난 내면공간을 비교하고 있다. 여기서 살펴본 것은 '내면공간이 외면화하여 시간이 되는 계기가 자기충만의 극치에' 있다는 것이다. 다시말해 자기충만을 통한 내면공간의 외면적 시간화, 그리고 이러한 시간의 내면공간화의 과정을 파악한다. 이것은 공간과 시간의 변증법이다. 릴케의 장미와 고시조의 꽃의 차이는 릴케의 장미가 미묘하고 복잡한 상징의 음악적 건축이지만, 고시조의 꽃은 단순한 서정에서 우러나온 소박한 이마쥬라고 해석한다. 송욱은 릴케의 이 작품에 바슐라르가 주목한 사실을 언급하며, 바슐라르의 시학을 소개한다. 그것은 물질과 상상력의 관계를 밝히는 물질상상력 혹은 질료상상력의 시학이다.

바슐라르는 大와 小의 변증법, 내밀성과 팽창의 변증법을 찾아낸다. 릴케의 시에서 육체와 내면공간의 관계를 찾아낸 것이다. 여기에 대해 송욱은 이 시에서 내면공간과 외면적 시간의 변증법을 보았다고 언급한다. 여기서 공간의식, 즉 동양적 사상의 시간의식은 서양적 사상의 발로라고 본다. 송욱이 궁극적으로 꾀하고 있는 주체성의 시학이 동서양의 사상적 전통을 변증법적으로 통합 발전시키는 것임을 암시하는 말이라 하겠다.

(2) 나옹의 한시

송욱은 바슐라르가 주장하는 내면공간의 육체화를 주목하고 있다. 그런 취지에서 나옹의 한시 <靜菴>35)에서도 육체적인 면을 찾으려

---

34) 변종현저『고시조정해』,86~87면.
　나뷔야 청산 가쟈 범나뷔 너도 가쟈/가다가 져므러든 고긔드러 자고 가쟈/
　고제서 푸딕졉ᄒ거든 닙혜셔나 자고 가쟈

하지만 찾지 못한다. 그 결론은 동서양의 내면공간의 차이 때문이다. 즉 서양은 육체가 정신화되고 승화되면서도, 육체적인 면 혹은 물질적인 면이 강조되지만 동양의 경우에는 자기충만의 감미로운 육체가 없기 때문이다. 이것은 불교적 경지이기도 하다.

(3) 황진이의 한시

송욱은 황진이를 이미지의 시인이라고 표현한다. 그녀의 시 <詠半月>36)에서 半月은 부정과 존재의 결핍을 상징한다고 한다. 그 반월이 바로 황진이의 내면공간이다. 그러면서 릴케와 황진이의 내면공간을 비교한다. 그 차이는 유럽 근대사상과 전통적 동양사상의 거리이기도 하다는 점을 강조한다. 특히, 파스칼의 『빵세』를 인용하면서, 파스칼이 무한대의 우주에 대해 두려움을 갖는 반면, 우리의 고승이나 명기는 오히려 무한대의 공간에 안주하려 한다는 것이다.

　　유럽 근대의 과학자 겸 철학자, 빠스깔은 무학의 공간을 심연처럼 느끼고 몸서리친다. 그는 오직 <思考>를 통하여 무한대의 우

---

35) 월정사판 『나옹집』

<靜菴>	<고요한 庵子>
萬慮都歸一念消	萬가지 생각이 모두
六牕從此極廖廖	一念으로 돌아가 사라진 뒤에
當軒寶月常常寂	여섯 窓이 이제 아주 적막하고
和興淸風四壁飄	추녀 끝에 달린 보배로운 달도
	항시 적적한데
	시원한 바람에 어울리어
	四面 壁이 펄렁 나부긴다.

36) <詠半月>　　　　<半月의 노래>

誰斷崑崙玉	누가 崑崙山의 玉을 깎아서
裁成織女梳	織女 빗을 맞추어 만들었는가?
牽牛一去後	牽牛가 일단 가버린 뒤에
愁擲碧空虛	시름결에 던진 빗
	半月이 뜬 푸른 虛空이여!

주가 주는 두려움을 극복하려고 한다. 그러나, 우리들 동양 사람
은, 고승이나 명기이거나 가릴 것 없이, 무한대의 공간에 오히려
안주하고 구제를 느끼며, 존재의 모태로서 <無>를 찬송하는 것
이다. 동양인의 막막한 공간은 결코 유럽인의 심연이 아니다! 따
라서, 무한대의 공간은 우리를 <點처럼 집어 삼키지> 못할뿐더
러, 오히려 우리는 허공과 일체가 된다.[37]

5. 과학과 상상력의 교합

1) 창작과 비평의 철학적 모색

송욱은 창작과 비평을 겸하면서 작품의 일관성을 가늠하는 잣대를
찾는다. 이러한 고민 속에서 그가 도달한 것은 철학적 회의이다. 즉
자신의 행위와 존재에 문제의식을 갖게 된다. 그 보편적이고 초월적
인 철학으로서 다음을 거명한다. 앙리·베르그송의 『웃음. 희극적인
것의 의미에 관한 논문(Le Rire, Essai sur la Signification du
comiqu)』, 싸르트르의 『存在와 虛無』(L'Étre et le Néant)가 이에 해
당되는데, 송욱은 이 두 철학자에 대해 의문을 품는다. 베르그송의 기
계적 사고와 싸르트르의 시에 대한 무관심 때문이다. 이 때 시와 예
술의 창조와 비평에 도움이 될 만한 철학자로서 가스통·바슐라르를
거명한다. 바슐라르의 시학에서 송욱이 주목한 것은 다음과 같다.
첫째, 바슐라르의 시론이 철학적 시론이면서도 구체적이라는 것이
다. 그래서 작품의 세부까지 밝혀낼 수 있는 방법이 된다는 점이다.
그 이유가 불, 물, 흙, 공기 등 물질을 바탕으로 한 상상력을 염두에
두기 때문이라는 것이다. 둘째, 바슐라르 시론의 비사회적이고 비역사
적인 측면이다. 물질을 우리의 내면성의 깊이와 대응하고 있는 깊이
로 보고 있기 때문이다. 물질을 바탕으로 시의 세계, 문학의 판도를

---

37) 『문학평전』, 219면.

조명하고 있다는 것이다. 그러나 그 비사회성과 비역사성이 오히려 보편성을 갖게 된다는 점을 주목한다. 더더욱 중요한 것이 바슐라르의 철학적 시론이 시의 비평이나 감상뿐만 아니라, 시의 창조력과 시흥까지 북돋아 준다는 것이다. 그것이 셋째이다.

송욱은 바슐라르의 세 번째 시론인 『물과 꿈. 物質的 想像力에 관한 논문(L'Eau et les Rrêves: Essai sur l'Imagiantion dela Matière)』을 인용하여 동서시에 나타난 물의 심상에 대해 언급한다. 먼저 '물질적 상상력과 그 심화작용'에서 시는 두 가지 상상력의 협력에 의해서 이루어진다고 한다. 形式想像力과 物質想像力이 그것이다. 전자는 視覺에 의한 것이고, 후자는 내면적인 夢想과 같다. 여기서 물질적 상상력은 정신이 아니라 다만 형식에 대립되는 것이다. 그러면서도 물질적 상상력이 물질 속에 파고들면 '존재의 싹'에 다다르게 되고 거기에 내면적 형식이 있다고 한다. 송욱은 이 내면적 형식이 플라톤의 이데아적 형식과는 다른 것이고 그것을 뒤집는 것이라 말한다. 그리고 다음을 인용한다.

> 물질상상력이 시적 가치를 얻는 방향에는 두 가지가 있다. 하나는 깊이 잠겨드는 심화의 향방이며, 또 하나는 높이 나는 비상의 방향이다. 심화하는 각도에서 볼 때에 물질은 헤아릴 수 없는 신비처럼 보인다. 비상의 방향에서 본다면 질료는 무진장의 힘을 가진 기적처럼 보인다. 하여간 우리가 어떤 물질에 관한 명상에 잠길 때에는 <열린 상상력>이 드러날 것이다.[38]

그 열린 상상력이라는 것은 우리의 상상력이 불, 공기, 물, 흙과 결합되어 이루어내는 꿈과 같은 것이다. 여기에서도 송욱은 항상 동서양을 비교한다. 상상력에 있어 그 공통점을 찾는데, 예로 든 경우가 중국 송대 郭熙의 畵論 『林泉高致』이다. 바로 물과 대지와의 관계에 대한 생각이다.

---

38) 같은 책, 231면.

> 山은 물로써 핏줄을 삼는다. 그러므로 山은 물을 얻어 비로소 산
> 다. ―곽희
> 물은 大地의 피다. 물은 大地의 生命이다. ―바슐라르

다음으로 송욱은 물의 내밀성 intimité에 주목한다. 워어즈워드(1770~
1850)의 장시 『서곡 The Prelude』 속에 나오는 '추억의 깊이'와 '물의
깊이'가 갖는 친밀성이다. 즉 물의 내면적 깊이와 우리 존재의 내면적
깊이가 서로 조응하는 것이 내밀성이다. 송욱은 이것이 곧 보들레르
가 말한 '조응 correspondance'이라 보고 있다.

이어 송욱은 물의 아름다움과 그 양과 깊이를 노래한 시인으로
뽈·끄로오델 Paul Claudel를 든다. '꿈의 풍경'을 본 끌로델의 상상
력을 인용하며 물이 가지고 있는 역동성 즉 탄력을 주목해야 한다고
말한다. 다음과 같은 바슐라르의 말을 인용하면서.

> 물질상상력의 밑바닥까지 다닫는 하나의 몽상……. 이러한 본질적
> 인 몽상은 두말할 것 없이 바로 반대되는 것의 결혼이다.[39]

물과 불이라는 상극이 만나 역동성을 갖게 된다는 것이다. 거기에
몽상이 자리하고 있다. 송욱은 물의 탄력에 이어 물이 가지고 있는
원초성과 그 통일력에 주목한다. 역시 폴·끌로델의 <영혼과 물>이
라는 시를 예로 든다. 그 통일력에 핵심은 조화이다. 물이 나타내는
모습은 비록 변화가 많지만, 물의 시학은 통일성을 지니고 있다는 것
이다. 물의 언어와 인간의 언어가 그 액체성으로 해서 통일을 이룬다
는 것이다.

다음은 물이 가지는 모성성이다. 어머니와 아들의 관계처럼 자연이
무한에 투사된 모친이라고 바슐라르는 말한다. 여기서 송욱은 아들이
어머니를 향하는 사랑, 즉 시인이 자연에 투사하는 상상력의 힘이 바
로 이미지라고 한 것을 주목한다. 송욱은 이것이 시를 비롯한 모든

---

39) 같은 책, 240면.

예술의 근본원리라고 본 것이다. 바다에 대한 모성을 표현한 사례로
든 것이 鄭知常의 시＜大同江＞40)이다. 이 시에서 작별의 슬픔이라는
경험이 비와 같다고 보고, 이러한 경험이 우리의 내면적 깊이 속에
깊이 메아리칠 때 영원한 '꿈의 풍경'이 펼쳐진다는 것이다. 이 작별의
마음이 물과 조응하는 또다른 예로 황진이의 한시＜奉別蘇判書＞41)
를 든다. '매화의 향기가 피리소리에 응답한다는' 구절을 들어 그 아름
다운 내면적 통일성을 주목한 것이다. 이것은 보들레르의 상징미학과
통하는 것이다. 이와 함께 뽈·에뤼아르 Paul Éluard의 바다와 물에
관한 작품을 예로 든다.

　이러한 사례를 통해 송욱은 정지상의 시에 나타난 물이 엘뤼아르의
물보다는 그 물질성이 여리기는 하지만, 한국인의 눈물에 '육체'를 마
련한 것을 높이 평가한다. 여기서 궁극적으로 송욱의 비평양상이 주

---

40)＜大同江＞

雨歇長堤草色多	비 그치자 긴 방죽에
送君南浦動悲歌	풀빛이 무성하다
大同江水何時盡	南녘 浦口에서 그대를 보내니
別淚年年添綠波	슬픈 노래가 일고 동한다
	大同江 흐르는 물이
	언제나 다할까
	헤어진 눈물은 해가 갈려도
	푸른 물결을 넘실 더한다

41)＜奉別蘇判書(世讓)＞　　＜蘇世讓과 삼가 작별하면서＞

月下庭梧盡	달빛 아래 뜰안에는
霜中野菊黃	오동닢이 다하고
樓高天一尺	서리 내려 들국화가 노랗다
人醉酒千觴	樓閣은 높아서 하늘이 一尺
流水和琴冷	사람은 취한다 술이 千 잔
梅花入笛香	흐르는 물이 거문곳 소리에
明朝相別後	젖어 차갑고
情與碧波長	梅花가 피리에 들어
	향기로운 가락이여!
	내일 아침 서로 헤어진 뒤엔
	情이야 물결 따라 푸르고 길어라

체성에 있음을 확인하게 된다. 다시 말해 동서양 작품의 비교는 우리 고유의 예술성을 확립하려는 모색에서 비롯된 것이라 할 수 있다.

2) 동서양의 나르시시즘 비교

또 한번 물에 관한 시학을 펼친 글이 바로 「나르시와 명경지수」이다. 우선 『도덕경』에 나타난 물을 주목한다. 노자가 물을 무위의 상징, '천하에서 가장 부드러운 것', 생명의 본질과 절대적 선의 상징으로 본 점이다. 이것은 바슐라르가 물에 대해 언급한 내밀성과 여성성과 같은 맥락이 된다. 淮南子의 경우도 물을 일정한 모습이 없는 것으로 파악한 바 있다. 이 무형자의 지향이 물질인 물에서 시작하여 빛을 거쳐 다다르려 한다는 점에서 물질적 상상력이 바탕이 되고 있다는 측면에서 그러하다.

여기서 송욱은 나르시시즘을 통해 물이 갖고 있는 이미지의 실체에 접근하려 한다. 그는 물을 거울과 같다고 보고 거울에 비치는 얼굴에 의미에 대해 존재론적인 물음을 던진다. 이러한 보편적 물음에 대한 해답을 『삼국유사』에 나오는 앵무새 이야기[42]에서 찾는다. 나르시시즘의 본질이 짝없는 사랑과 죽음이라는 것이다.

나아가 송욱은 물이 갖는 상상력의 본질에 접근하기 위해 물과 거울의 유사성을 파괴하는 시도를 한다. 즉 물은 열린 세계이고, 거울은 닫힌 세계라는 것이다. 이것은 달리 말하면 자연과 인공간의 차이와도 같다. 그래서 시적 경험이 완전하게 표출되기 위해서는 인공적 사물로부터 출발하여 자연의 물질에 도달해야 한다고 말한다. 그 전범

---

42) 『문학평전』, 265면.
　　"제42대 흥덕대왕은 寶歷(唐敬宗의 年號) 2년 丙午에 즉위하였다. 얼마 아니하여 使臣 간 사람이 있었는데, 鸚鵡 한 쌍을 가지고 왔다. 오래지 아니하여 암놈은 죽고, 홀아비가 된 수놈이 슬피 울어 마지 않는지라, 王이 사람을 시켜 거울을 앞에 걸어 놓았더니, 거울 속의 그림자를 보고 짝을 얻은 줄 알고 거울을 쫓다가 그리자임을 알자 슬피 울다가 죽었다. 왕이 노래를 지었다. 하나 歌詞는 알 수 없다."

으로 송욱은 말라르메를 든다. 물론 거울을 소재로 한 시다. 여기서
말라르메를 가공되고 의식적인 시를 쓰는 시인이라고 평가하며 그의
시가 성공하는 것은 물이라고 하는 자연적 물질의 이미지가 도와주었
기 때문에 거울 속에서 내면적 공간의 넓이가 심화될 수 있었다는 것
이다. 또한 말라르메의 시에서 보이는 관능미의 비밀이 정신적이며
관념적인 차원을 떠나서, 물질적인 상상력의 발판을 마련할 때 풀릴
수 있다고 말한다. 즉 다음과 같은 인용에서 드러난다.

> 물은 꿈꾸는 사람의 <나타나려는 意志>와 一致하며, 바라보는
> 것과 스스로 나타나려는 것은 하나의 변증법을 이룬다는 생각.43)

이는 시각이라는 감각이 관능에 이르는 과정이다. 물을 바라보는
것은 단순한 시각적 가치이다. 그러나 물이 그 바라보는 대상을 나타
내려는 의지는 관능적인 가치라 할 수 있다. 이러한 나르시스의 양면
성이 이상화되어 우주 전체의 나르시시즘으로 확대된다. 이때 송욱이
거론하고 있는 시인이 가스께 Joachim Gasquet이다. 이 시인이
『나르시스』에서 "世界는 스스로 자신을 훌륭하게 압축해서 표현한 나
르시스이다"라고 말한 점을 주목한 것이다. 이와 같은 차원에서 바슐
라르가 쉘리와 키이츠를 언급하고 있다. 물이 나르시스의 도구로서
작용한 경우이다.

또한 송욱은 바슐라르가 나르시시즘을 심미적 규범을 절대시하는
범미주의의 싹이 된다는 점에 주목하여 범미주의에 천착하게 된다.
그것이 바로 '우주의 나르시시즘'과 흡사하다고 지적한다. 즉 개인의
나르시시즘과 우주의 나르시시즘이 서로 작용하면서 융합되어 가는
과정이 범미주의적 경험이라고 일컫는다. 달리 말해 시각과 그 대상
의 결합이 상상력의 기본원칙이 된다는 결론에 도달한 것이다.

송욱은 이것을 토대로 동양의 나르시시즘을 찾는다. 白樂天의 水止의

---

43) 같은 책, 272면.

詩境을 분석함으로써 동양에서 보이는 물과 인간의 상상력에 대해 언급한다. 그 결론은 『중용』의 사상에 입각해 있다는 것이다. 서구의 문학에서 모든 작가나 작중화자가 자신의 모습을 물에 비쳐보는 것에 비해 백낙천은 물속의 자신의 그림자 보다는 물 속의 학과 물고기를 응시할 뿐이다. 그렇기때문에 보는 것과 보이는 것, 즉 주체와 객체의 대립이 존재하지 않는다. 다만 백낙천은 '보는 안목'과 '보이는 대상'의 통일을 꾀한다고 본다. 이러한 차이를 송욱은 나르시스와 군자의 차이라고 말하며 나아가 한국에 있어 근대 이전의 시세계와 근대 이후의 시세계를 갈라 놓는 잣대로 파악한다. 그 실례로 『遊山歌』와 정지용의 『아침』44)을 예로 든다. 전자가 근대이전의 시세계를, 후자가 근대이후의 시세계를 드러내고 있음은 자명하다. 그런데 여기서 송욱은 후자의 시가 관능적 이미지를 갖게 된 것이 유럽시의 영향으로 파악한다. 그리고 한국시에서 관능적 이미지가 부족한 것이 관능에 대한 심리적 부자유 때문이라고 파악한다. 실제 이 관능적 감각은 송욱의 시에서 실천되고 있음을 볼 때 한국시의 문제점을 지적하고 그 대안을 모색하는 과정이 그의 詩作과 시론의 핵심이라 할 수 있다.

6. 결론

이상으로 『문학평전』을 통해 전개된 송욱의 시론을 '교합과 주체성의 시학'이라는 틀을 가지고 유형화하였다. '교합의 시학'은 문학의 이질적인 두 자질의 변증법 통일을 모색하는 비평태도였음을 확인할 수 있었다. 즉 예술성과 사회성, 동양사상과 서양사상, 전통과 개성의 교직을 통해 창조적인 시론을 꾀하려는 시도라 하겠다. 이런 점에서 60년대 비평의 거대 담론이었던 순수·참여의 논쟁에서 송욱의 면모는 신선한 것이라 하겠다. 문학을 문학 본연의 잣대로 바라보면서도 문

---

44) 정지용, 〈아침〉의 일절 "아아 乳房처럼 솟아오른 水面!"

학을 둘러싸고 있는 세계와의 긴장을 잃지 않으려 했던 그의 현실안을 엿볼 수 있다. 특히 전통과 관련해서 우리 문학에 대해 자기비하의 열등감을 비판하면서도 서양이론을 과감히 수용하여 우리 문학에 새로운 자양분을 공급하려는 노력을 게을리 하지 않은 문학정신은 평가되어야 할 점이라 생각된다. 그것이 주체성을 견지하는 시론으로 이어져 송욱 자신의 창조적인 시창작으로 이어진 점이 더욱 그러하다.

결론적으로 『문학평전』을 중심으로 드러나는 송욱 비평의 의의는 다음과 같이 정리할 수 있다. 송욱이 서구의 다양한 이론, 즉 실존주의, 상징시학, 신비평, 휴머니즘 등을 수입하여 한국에 소개함으로써 창작은 차치하고서라도 이론 분야에 있어서는 비로소 세계성을 확보하게 되는 토대를 마련했다는 점이다. 해석의 다양성은 곧 창작의 다양성을 요구하는 것임을 생각할 때 우리 시문학의 토양이 기름지게 되는 하나의 계기라 할 수 있다. 그러나 아쉬운 점이라면 동서시학의 교합이 곧 우리의 시학이 되기에는 우리 문학에 대한 내적 성찰이 미흡하지 않은가 하는 점이다. 그러한 취약점이 오히려 송욱으로 하여금 주체성의 시학을 강조하게 하는 결과를 낳은 것이 아닌가 한다.

(이민호 · 청주교대 강사)

사물과 말, 초월성의 시학

—『문물의 타작』연구

Ⅰ. 서론

어느 시대나 자기 시대만의 특수한 위기 의식과 고통이 있게 마련이다. 하지만 이러한 위기의식과 고통은 전쟁이나 혁명과 같은 역사적 전환기에 있어서 보다 급진화된 양태로 나타나며, 이는 궁극적으로 인간의 실존을 위협한다.

송욱의 비평은 1950년대 한국 전쟁에서 초래되는 시적 주체의 실존적 위기와 시대적 고통을 주된 문학적 배경과 내용으로 삼고 있는 연장선상에 놓여있다. 본고는 송욱이라는 한 문학인이 전환기적 현실 속에서 현실을 인식하고 주체화하여 자신의 실존적 위기를 극복하는 방식과 함께 그것을 비평적 담론으로 형상화하는 방식에 관심이 있다.

전쟁은 인간 주체에게 친밀한 세계의 상실과 그것으로부터의 단절을 강요하는 폭력이다. 이때 이러한 단절과 상실에서 오는 자아와 세계 사이의 심연, 불안과 공포, 과거에 대한 향수와 미래에 대한 희망 등 서로 모순되는 역설적 감정의 복합체가 주체의 내면 속에서 역동적으로 작용하게 된다.

송욱의 경우 시 창작과 비평의 병행을 통해 자아가 자기 자신과 세계에 대해서 대응하는 방식에 천착하였다. 특히 비평 행위에 있어서는, 비평이란 세계에 대해 비평가 자신이 그 언술내용을 관철시키고자 하는 적극적인 문자 행위인 만큼 새로운 문학적 방향 수립을 과제로 삼고 있다. 즉, 비평 행위가 개인의식과 삶의 보편적 원리를 어떻게 매개시키는가에 놓여 있기 때문에 시 창작 행위에 비해 보다 적극적인 담론의 성격을 띠게 되는 것이다.

송욱은 전후 한국문단에서 가장 필요한 것이 문학적 방법론의 수립이라고 판단한다. 이를 위해서는 창작에 있어서 새로운 문학 정신의 도입과 비평에 있어서 방법론의 수립에 총력을 기울여야 한다고 역설하는데 후자의 경우 외국 이론의 도입을 모색하는 것으로 드러난다.

그 이론 가운데 송욱이 제일 먼저 심취했던 것은 실존주의 사조였다. 인간에게 있어서 전쟁 체험이 위기로 나타나는 것처럼 한국 전쟁은 사회의 모든 분야에서 근대적 질서가 구축되는 동시에 근대의 위기와 모순에 대한 인식을 선취하는 계기가 되었다.

이상과 같은 1950년대 상황 속에서 실존주의는 한국 문단의 주조적 사조로 등장하게 되었다. 송욱은 앞서 언급했던 것처럼 시와 비평의 동시적 창작을 시도했는데 시에 있어서 의식화된 언어적 단층과 비평에 있어서 전통과 외래사조를 결합한 정신적 지평의 탐색을 전개해 나간다. 그것은 송욱 개인의 삶의 궤적과도 일치하며 시 쓰기를 통해 현실적 혼란에 대한 대타의식이 드러나고, 이론적 근거나 지적인 토양을 찾기 위해 외국문학(영문학)을 전공할 수밖에 없었으며 결과적으로 우리 문학에 있어서의 전통과 역사의식의 결핍을 깨달아[1] 극복하려는 움직임이 그의 비평적 행로로 나타나게 되는 것이다.

그의 초기 비평의 이론적 근거는 사르트르에서 출발하고 있는데 즉

---

1) 송욱, 「외래문학 수용상의 제문제점」, 『문물의 打作』(문학과 지성사, 1978), 68~74면.

자존재와 대자존재의 이원적 현상학을 비롯해 메를로-퐁티의 사물과 정신 사이의 의사소통의 방법을 도입하고 있다. 이들은 훗설 이후의 사상을 기조로 한 실존적 현상학의 갈래에 포함되는데 이와 같은 실존적 현상학2)과 바슐라르의 이미지 현상학이 송욱 비평의 지적 사유를 형성하고 있다.

본고에서는 이러한 송욱 비평의 지적 사유의 과정을 세번째 평론집인 『문물의 打作』(문학과 지성사, 1978)을 통하여 살펴보고자 한다. 『문물의 打作』의 경우, 그의 실존철학 도입과 수용의 과정이 여실히 나타나 있으면서 동·서양 이론의 결합 방식을 통한 한국문학의 정신적 지평에 대한 탐색이 시도되고 있다.

또한 동·서 시학의 비교와 검토를 통해 한국문학의 비평적 거점을 마련하는 양상이 드러나고 있는데 본고에서는 이를 한 비평가가 문학사적 위기에 직면하여 새로운 문학적 방향을 수립하려는 노력으로 파악하고 그 비평적 행로를 탐색해 해명하는데 목적을 둘 것이다.

---

2) 한국 현상학회 편, 『세계와 인간 그리고 의식지향성』(서광사, 1992) 현상학은 관념론의 한 형태로서 '인간의 의식'이라 불리는 추상태와 순수한 가능성들의 세계를 탐구하려는 학문으로, 세계는 나와의 관계 속에서 나의 의식의 상관물로서 파악되며 이때 나의 의식은 선험적으로 드러난다. 현상학적 비평에서 텍스트 자체는 작가의 의식의 한 순수한 구현체로 환원되며 그 모든 문체적, 어의적 측면들은 '정신'이라는 본질에 의해 통합되는 복잡한 총체의 유기적 부분들로 파악된다. 여기에서 주된 관심의 대상이 되는 것은 반복되는 주제나 이미지의 패턴들에서 발견되는 '정신의 심층구조들'인데 이러한 심층구조를 파악하면서 비평가는 작가- 그의 세계를 살아간 방식, 주체로서의 작가와 객체로서의 세계간의 현상학적 관계들을 파악하게 된다. 엄격한 의미에서 실존주의(실존적 비평)와 현상학은 구별되지만 송욱은 별다른 구별 없이 수용한 양상을 보인다.

2. 실존적 고립의 탈출과 '정신적 부활'의 의지

—'닫혀진 無'의 세계

1) '정신적 죽음'으로부터의 '부활' 모색 — 실존주의의 세계

1950년대 시인들에게 있어서 전쟁 체험은 중요한 문제로 대두된다. '전쟁'이란 사건이 가지는 파괴성을 통해 많은 시인들에게 있어 그것은 그들의 미적 실존을 가늠하는 한가지 방식으로 인식되었기 때문이다. 전쟁은 모든 사회적 제도를 무너뜨리고 도덕성을 말살해 개개인을 자신의 고유한 자아로부터 소외시키는 현상을 야기한다. 그에따라 전쟁 이전에 구축된 합리적 이성에 대한 믿음은 깡그리 소멸되며 불안과 위기 의식이 생활 세계를 지배하는 특이한 현실 공간을 만들게 되는 것이다.

이러한 시대적 혼란상은 우리 문단의 경우도 예외일 수 없었다. 송욱은 전후 한국문단을 '사상의 전무후무한 공백기'3)라고 규정하고 '정치.경제의 뒷받침이 없는 허깨비와 같은 유사근대'4) 속에서 살아가고 있다고 판단한다.

그의 이러한 문제의식을 통하여 송욱 문학의 출발이 전후의 불안과 위기 의식이 팽배한 1950년대 문단의 구도 속에 놓여지고 있음을 짐작할 수 있다. 우선 그는 다음의 글에서 자신의 문학적 출발점을 다음과 같이 기록하고 있다.

> 내가 시를 쓰기 시작할 무렵, 시는 나에게 있어 정신적 죽음을 겪은 다음에 부활을 얻는 거의 외줄기 길이었으며 그처럼 심각하고 중요한 것이었다. 그리고 이러한 내면적 욕구를 느낀 다음에 내가 맞서야 하는 과제는 나의 內心이 지닌 욕망을 충족시켜 주는 내용을 지닌 동시에 훌륭한 작품을 쓰는 데 도움이 될 수 있는 모

---

3) 송욱, 『문물의 타작』(문학과 지성사, 1978), 173면.
4) 같은 책, 63면.

범을 찾아서 공부하는 것이었다.

　　나는 이것을 외국 문학에서 상당히 많이 얻어 볼 수 있는 것처럼 느꼈다. 나는 보들레에르나 T.S.엘리어트와 함께 두보를 애독하였다.5)

위의 언급을 통해 송욱의 시쓰기가 '정신적 죽음'과 '부활'로 대변되는 현실의 고통과 파행성의 극복으로부터 비롯되고 있다는 것을 시사받을 수 있다.

여기에서 시를 통한 상상력의 계발만이 현실의 파행성을 극복할 수 있다고 생각한 관점이 드러나는데, 시대적 좌절감과 그에 따르는 지적인 황폐감이 송욱의 시를 탄생시키는 중요한 동기가 된다는 것을 알 수 있다.

이러한 '정신적 죽음'으로 표현된 전후의 실존적 상황 인식은 훼손된 삶에 대한 불안 의식을 극복하려는 대안으로써 자신의 문학에 대한 '부활의 의지'로 나타나게 된다. 이 시점에서 '정신적 부활'의 발판이 되어준 것은 그가 관심을 가지고 있던 외국문학에서였다. 1950년대가 불안과 위기의식이 만연해 있던 시기라는 점과 그러한 사회적 분위기 속에서 자연히 서구의 실존주의 사상은 국내 지식인들 사이에 빠르게 침투되고 있었다. 이를 통해 볼 때 영문학 전공자인 송욱이 외국 문학에 대한 지대한 관심의 맥락 속에서 실존주의를 수용한 것은 자연스러운 일이었다.

그의 실존주의 수용의 맥락을 보면, 『시학평전』(일조각, 1963)과 『문학평전』(일조각, 1969)을 거치면서 몰입했던 사르트르 철학과는 달리 특히 『문물의 타작』(문학과 지성사, 1978)은 메를로-퐁티를 위시한 현상학적 비평이 주도적으로 드러나 있다.

『시학평전』과 『문학평전』에서 소개한 자아에 대한 사르트르의 이원적 인식과 바슐라르의 물질적 상상력 이론은, 그의 시 세계를 크게 셋으로 나누어 살펴볼 때6) 앞의 두 단계와 상통하고 있음을 알 수

---

5) 같은 책, 52면.

있다.

즉, 첫번째 시적 자아가 세계에 대한 부정적 인식을 보이면서 불안 의식 및 타자와의 단절 상태를 풍자적 언어로 드러내는 시기이다. (→ 시집 『유혹』(1954, 사상계)과 『何如之鄕』(1961, 일조각)의 세계) 두번째는 시인의 정신적 영역이 상상력과 상징적 이미지를 통해 무의식적, 형이상학적, 초자연적 영역에로 확대되는 시기이다.(→ 시집 『월정가』(1971, 일조각)의 세계) 세번째는 현상학적 인식을 정립함과 동시에 말과 사물 그리고 신체에 대한 관심을 극대화하고 있는 시기이다. (→ 시집 『詩神의 住所』의 세계)

앞의 두 단계에서 사르트르의 실존적 비평과 바슐라르의 이미지의 현상학에 대한 소개를 통해 현실 세계의 철저한 이원성을 허구적 세계의 무한하고 개방적인 상상력으로 넘어서려는 노력을 보여 왔다. 이 시기를 지배한 송욱 비평의 저변에는, 존재일반과 인간의 본질로서의 실존에 대한 不安意識이 주된 흐름으로 나타나고 있었다.

不安이란 의식은 현존재가 세계 속으로 몰입하는 것을 불가능하게 하는 요소7)이다. 세계 속으로 몰입이 불가능해진 현존재는 따라서 자기 자신에로 되돌아가게 되고 가장 자기적이고 타인과 몰교섭적인 고립에 이르게 된다. 이때 대상이 없는 상태에서 자아를 괴롭히는 것이 不安이며 그것의 실상은 無이면서 실존 자체로 볼 수 있다. 사르트르의 경우, 나의 존재를 구성하고 있는 유일한 제 1의 기투에 직면하여 고독과 불안 속에서 자신이 나타난다8)고 언급했다. 다시 말해 나는 無에 의해서 세계로부터 그리고 나의 본질로부터 떨어져나갔기 때문에 어떤 무엇도 내가 존재한다는 보장을 줄 수 없다는 것인데, 자신을 받들고 있는 無라는 인식으로 인해 불안의식이 생겨난다고 보는 것이다.

---

6) 조미영, 「송욱 시 연구 – 현상학적 창작 과정을 중심으로」(서울대 석사논문, 1994)

7) 하이데거, 전양범 역, 『존재와 시간』(시간과 공간사, 1992), 258면.

8) 사르트르, 양원달 역, 『존재와 無』(을유문화사, 1983), 71~85면.

이때의 無라는 것은 경험된 세계의 인간의 실존은 고통 속에 붙어 있는 존재이며 따라서 타자는 나에게서 분리된 자이고 이러한 타자와 세계에 대한 적대감이 형성되어 있는 닫힌 無의 세계이다. 그것은 말라르메가 말하는 열린 無와 반대되는 개념으로 인간이 자신의 세계 속에서 유폐된 채로 의식의 자유를 누리며 무의미하고 부조리하게 사물을 인식하는 것이다. 이 시기에 송욱이 추구한 이러한 인식은 자아와 세계의 단절과 이원성의 대립의식이 라는 '닫혀진 無'로 판단되며 그것은 또한 초기에 영향을 받았던 육체와 영혼의 암흑 속에서 지성을 구하고자 했던 보들레르의 인식과도 상통한다고 보여진다.

송욱의 이러한 비평적 행로는 이제 사르트르를 비판하는 지점에서 새로운 대안으로 만나게 되는 메를로-퐁티의 이론을 통해 계속되고 있다.

2) '정신적 부활'의 가능성 — 신체·말·사물의 세계

(1) 실존적 지표로서의 신체 — 사르트르와 메를로-퐁티의 사유

송욱은 『문물의 타작』 전반에 걸쳐 자아와 세계(타자)를 이어주는 것은 신체이며 자아와 사물을 연결하는 것은 존재로서의 말이라고 역설한다. 이러한 말, 신체, 그리고 사물에 대한 사유의 과정은 상상력에 의해 현실을 초월한다는 것보다는 생활세계에 더욱 단단한 뿌리를 두고 현존재의 구체적인 경험의 영역에 접근하려는 모색의 움직임으로 파악된다.

다시 말해 시집 『시신의 주소』와 함께 송욱은 신체에 대한 철학적 사색을 통해 육화된 주관성을 인식하고 세계와의 풍성한 상호작용을 회복함으로써 그의 문학활동 초기부터 추구해온 '정신적 부활'의 가능성을 넓혀나갔던 것이다. 이러한 인식은 송욱이 사르트르의 철학을 본격적으로 비판하고 메를로-퐁티의 현상학적 사유를 수용함으로써 가능해졌다.

> 우리나라에서도 사르트르 하면 프랑스의 유명한 철학자라고 알
> 려져 있다. 그러나 그와 거의 같은 시기에 후서들을 계승한 훌륭
> 한 現象學者로서, 또한 사르트르보다 좀 더 나은 철학자로서 모리
> 스 메를로-퐁티가 역시 프랑스에 나타난 사실을 아는 사람은 좀
> 적은 것 같다.(…중략…) 그러나 메를로-퐁티의 주저인 『知覺의
> 現象學』을 읽어보면, <현상학적 존재론>이라는 부제가 달려 있
> 는 사르트르의 『存在와 無』보다는 훨씬 훌륭하게 현상학과 인간이
> 라는 존재가 밝혀지고 있어서, 사르트르의 철학서를 읽기 전에 메
> 를로-퐁티를 읽지 않은 것을 몹시 뉘우칠 지경이다. 뿐만 아니라
> 메를로-퐁티의 철학에서는 언어와 표현의 문제가 하나의 중심을
> 이루고 있다.9)

위의 인용에서와 같이 송욱은 메를로-퐁티를 수용하면서 새로운 나
름대로의 시적 대응을 모색하게 된다. 즉, 사르트르를 수용함으로써
불안과 위기의식이라는 실존적 상황 극복을 시도했던 그가 그 나름의
한계에 부딪치면서 새로운 대안으로 메를로-퐁티를 선택하게 되고 실
존 철학에 대한 관심을 내면적이고 정신적인 부분인 현상학으로 전환
시키고 있는 것이다.

송욱이 이렇듯 사르트르를 비판하는 지점에서 메를로-퐁티를 수용
함으로써 그의 비평적 인식의 변천을 살펴볼 수 있다. 즉, 사르트르와
메를로-퐁티 철학의 대비를 통해 그가 구축하고자 했던 인식의 틀을
엿볼 수가 있는 것이다.

우선, 메를로-퐁티는 종래의 철학에서 의식과 대상을 엄격히 구분
하여 대상과 의식을 각각 별개의 것으로 취급하려는 이원론적 인식론
을 비판하는 것에서 자신의 철학적 출발점을 모색한다. 그는 하이데
거와 함께 선험적 자아 대신에 세계에 운명지워진 세계-내-존재를 강
조하는데, 세계와 고립된 자아를 설정하고는 세계를 설명할 수 없다

---

9) 송욱, 『문물의 타작』, 123면.

고 말한다. 다시말해 이는 곧 주관과 객관을 분리하는 이원론에 대한 비판이기도 하다.

사르트르의 경우, 의식(대자)과 존재(즉자)사이에 어떠한 <제3의 관계항>도 제공해 주지 못했으며 궁극적으로 육화된 현상, 즉 메를로-퐁티의 『지각의 현상학』의 중심 주제인 <신체와 세계에의 의식의 內存>을 발견하지 못했다.10)

사르트르와 메를로-퐁티의 가장 큰 대립점은 사르트르가 즉자와 대자, 사물과 인간을 철저히 구별함으로써 인간과 세계 사이에 연결된 관계를 부정하는 결과를 초래하고 있다는 데서 비롯된다. 즉, 사르트르의 경우 의식과 존재의 총합으로서의 즉자-대자-존재는 불가능하다고 보는 반면 메를로-퐁티는 그러한 종합이 우리의 세계-내-존재 속에서 가능하며 실현될 수 있다고 보는 것이다.

이러한 관점에서 메를로-퐁티는 인간의 모든 신체·정신적 활동들은 상호 연관되며 '현상학 신체' 자체가 이미 心身兩面的 존재라고 역설하고 있다. 그가 바라보는 현상학적 혹은 실존적 철학은 자아가 세계와 타인 속에 이처럼 내존해 있음에 대한 놀라움의 표현이자 주체와 세계(타인들) 사이의 유대를 보여 주려는 시도11)라고 규정한다. 이러한 메를로-퐁티의 현상학적 사유에 기대어 송욱은 나와 타인, 사물의 관계를 다음과 같이 인식한다.

> 메를로-뽕띠의 생각을 따르면 내가 나 자신이나 타인을 파악하고자하면 감각세계라는 재료 전체가 드러나는데, 이는 나와 타인이 모두 그 세계속에 들어 있기 때문이다.…… 나와 타인은 감각세계라는 재료 전체와 어떤 같은 대상을 바라보는 작용을 통해서 <혈연관계>를 맺는다. 말하자면 타인들은 <나와 쌍둥이고 내 살>이다.…… 나와 타인 그리고 사물은 각각 개별적인 그 자신이면서도 모두 세계의 보편적인 살과 연결되어 있다.12)

---

10) 랭거, 서우석 역, 『메를로-퐁티의 지각의 현상학』(청하, 1992), 167~168면.
11) 퐁티, 오병남 편역, 『현상학과 예술』(서광사, 1983), 101면.
12) 송욱, 『문물의 타작』, 위의 책, 128면.

여기에서 송욱은 인간의 마음으로부터 신체를, 그리고 주체로부터 대상을 분리하는 것에서 벗어나 나와 타인이 같은 감각 세계를 공유하는 동일자라는 인식을 통해 세계 내의 소외를 극복하려는 태도를 보여주고 있다. 즉, 신체-주관은 세계라고 하는 자연의 공동체이기에 사르트르가 인식한 '타인의 신체는 내가 활용하는 도구이다'라는 논리를 부정해 근원 감각으로서의 신체는 수단성이나 정보와 같은 차원이 아닌 실존의 지표라고 인식하고 있는 것이다.

(2) 사물과 말, 인간의 의사소통 — F.퐁쥬의 사유

메를로-퐁티의 신체-주관이라는 개념을 수용하면서 인간의 모든 경험이 근본적으로 신체의 체험에 토대를 두고 있다는 인식에 도달한 송욱은 자아와 타자가 단절되지 않는 상호 주관적인 의사소통의 문제에로 접근한다.

> 이처럼 메를로-뽕띠는 내 시선과 타인의 시선 그리고 내 생각뿐인 경우 에는 만사를 파악하지 못하고 매혹된 상태에 빠져서 경험을 하기 힘들다 고 밝힌다. 매혹된 상태를 벗어나서 우리가 나와 남 사이에서, 그리고 나와 사물 사이에서 의미를 얻는 경험이 이뤄지려면 말함과 사상의 공통된 영역 이 있어야 한다. 물론 우리 욕망과 감각 세계 사이에는 <말 없는 의사 전 달의 물결>이 인 다. 말함은 이러한 물결을 타고 뛰어올라서 마치 몸짓처럼 의미를 따오는 것이다. 또한 경험에 없지 못할 나와 타인 사이의 공통된 사상의 영역만 하더라도 말함과 표현에 의지하고 있다. 말함으로써 나는 외톨박이인 <나는 생각한다>를 벗어나 남과 내 생각을 나눌 수 있다.13)

여기에서 송욱은 '말함'에 대해 주목하고 있다. 그는 데카르트의 <나는 생각하기에 존재한다>는 코기토 Cogito에서 벗어나 타자와

---

13) 같은 책, 131면.

나 사이의 상호 주관성을 마련하기 위한 성찰에 몰입한다. 즉, 자아의
식의 폐쇄된 공간 속에서 벗어나 의사소통의 가능성을 모색하고 있는
데 이는 후기시에서 추구했던 '몸과 사물','몸과 말'에 대한 인식과 동
궤에 있다.

또한 그의 말과 사물에 대한 인식은 F.퐁쥬의 소개를 통해 다음과
같이 언급되고 있다.

> 퐁즈는 우리 정신과 사물, 혹은 사상의 관계를 타동사와 목적어
> 의 관계와 같다고 본다.(…) 바꾸어 말하면 예술가와 사물의 관계
> 는 존재 양식이기도 하다. 그처럼 많은 사물이 있으니까 그처럼
> 많은 존재 양식이 있을 수 있으며, 이러한 존재양식의 표현이 바
> 로 예술 작품이다. 그리고 오직 예술가만이 사물이란 표적을 맞출
> 수 있다.(…) 기억과 상상력과 감동 때문에 무거워진 정신을 말로
> 표현하면 우리가 가벼워지며, 작품은 사물과 같은 존재가 되어서
> <건너편에까지 넘어가기도> 한다.

> 참된 사물은 무엇일까? 그것은 <우리 욕망에 대하여 한없이
> 객관으로 대상으로 남게 마련인 것>, <우리를 구경하고 심판하
> 는 사물들>이다. 그러면서도 <천만 요행으로 우리와 은밀하게
> 서로 헤아리는>관계에 있는 사물들이다. 이런 경우에 사물이란
> <집안에 이룩해 놓은 성당>과 같다. 그러나 아름다움이란 우리
> 가 결코 다닫지 못하는 것이다. 우리는 사물의 핵심이라는 성당
> 가운데까지는 들어가지 못하기 때문이다14).

F. 퐁쥬는 말의 한계와 통속성에 대한 반성을 통해 사물에 대한 인
식을 새롭게 이끌어 낸 시인이다. 퐁쥬는 세계의 질서와 조화를 되돌
리기 위해 사물 고유의 언어, 즉 표현의 정확성과 세밀함으로 사물들
을 무질서에서 구해내고자 했다.15)

송욱은 인간이 중심을 이룬 것처럼 보였던 서양 문화에 퐁쥬가 사
물이 주인공으로 된 문화를 드러내고 있다고 보았다. 그의 이러한 관

---

14) 같은 책, 86면.
15) 한정석, 「Francis Ponge의 사물인식 연구」(서울대 석사논문, 1992)

점 속에는 참된 예술가가 자기 욕망에 대해 한없이 객관으로 대상으로 남게 마련인 사물의 본질을 표현해야 하기 때문에 그 위치가 매우 고통스럽다는 인식이 흐르고 있다.

즉, 말과 대상의 화합이 현실 세계에서는 불가능하며 오직 문학 속에서만 가능한데 예술가는 표현의 쇄신을 통해 말의 의미적 깊이의 근원을 새롭게 발굴함으로써 사물 자체를 거듭 태어나게 해야 한다고 보는 것이다. 따라서 인간의 위치를 사물과의 관계 속에서 새롭게 조명하고 그 의미망을 구축하는 것을 역설하고 있다고 보여진다.

3. 실존적 초월과 동양적 세계관
— '열려진 無'의 세계

1) 근대의 성찰과 통합적 자아

근대는 인식 주체의 자기 동일성을 전제로 하여 인간을 세계 해석의 중심원리로 정립시켰다. 가령 데카르트의 코기토적 주체, 즉 의식 활동의 주체로서의 자아는 사유와 존재의 근원적 동일성을 전제로 한다. 이러한 동일성에의 지향은 헤겔 철학에 이르기까지 서구 근대 철학사의 중심을 이루고 있다. 헤겔의 인식론이 지닌 가장 큰 특징은 변증법적 사고에 있다. 그는 모든 사유규정에 내재하는 모순은 사유의 결함이 아니라 철학적 인식의 구성적 계기이며, 이 사유의 부정성이나 모순이 스스로부터 긍정성을 산출한다고 본다. 즉 자아의 사유에 대한 '특정한 부정' bestimmte Negation으로서 나타나는 최초의 부정성은 사유나 사유의 주체를 부정하는 절대적인 부정성을 지닐 수 없으며, 이 양자간의 모순을 지향함으로써 절대적인 종합에 도달하게 된다는 것이다. 결국 사유의 활동은 '동일성과 비 동일성의 동일성'이라는 변증법적 종합에 이르러 비로소 멈출 수 있다. 이러한 헤겔의 변증법은 주체와 객체의 대립, 자아와 타자의 대립, 유한성과 무한성의 대립을 보편자로 통합함으로써, 이전의 철학사가 보여주었던 분열과 대립을 극복하고자 했을 뿐만 아니라 절대적인 진리가 인식 가능하다는 믿음과 행복감을 가져다 주었다.16)

근대는 이러한 인식론적 원리 위에서, 그리고 이성에 대한 무조건적인 신뢰 위에서 봉건적인 생산양식을 타파하여 기존의 생활 양식 일체를 불합리하고 부조리한 것으로 규정하고 부르조아 계급의 생활양식과 가치 기준을 사회 전반에 전일화하는 데까지 나아가게 하였다. 이러한 전일화의 과정은 모든 사물·인간을 타자로 규정하고 이 타자를 자기 동일적 주체의 의지 아래 굴복시킴으로써 동일화하는 과정으로 나타난다. 이것이 바로 계몽적 이성이 체계에 대한 의지로 전환되는 대목이다.

그런데 근대의 계몽적 이성은 애초에 의도했던 바와는 달리 인간에게 무한한 진보나 유토피아를 가져다주지는 않았다. 역사를 유토피아를 향해 직선적으로 발전하는 진보의 과정으로 생각했던 근대적 사유는 20세기에 들어 독점 자본주의 출현, 제국주의의 팽창, 파시즘의 대두, 두 차례의 세계 대전 등을 통해 점점 그 광기적 본성을 드러내었다. 즉, 이성은 세계에 대한 과학적 사유와 자연으로부터의 인간의 해방을 가능하게 하였지만, 이 이성의 이성 자체를 반성하는 힘을 상실하고 단지 인간의 자기 유지를 위한 도구적 이성 Instrumentelle Vernunft으로 전락하였다. G.바티모는 이러한 일련의 변화들을 이성의 역행적 귀결 counter-finality of reason이라는 말로 재정의하면서, 도구적 이성에서 나타나는 기술의 오용이나 진보가 파국으로 귀결될 가능성은 언제나 생각해 온 범위 내의 것이라는 판단을 제시하였다.

한국의 근대 문학사를 이해하기 위해서는 먼저 근대 문학사 일반에 나타나는 자아와 세계 사이의 심연과 단절에 대한 논의가 필요하다. 즉 계몽적 이성의 진보에 대한 맹목적 믿음과 직선적 시간의식이 초

16) 한자경, 『자아의 연구』(서광사, 1997), 171-203면.

래한 인간과 자연, 주체와 객체, 본질과 현상의 분리에 대한 인식이 근대문학사에 고유한 세계인식의 기반으로 나타나고 있다.

이러한 양상이 전후를 기점으로 하여 근대적 경험 세계의 분열과 주체—객체의 분리에 심각한 문제 인식을 제기하고 자아와 세계의 유기적 통합을 지향하는 방향으로 전개되었다. 즉, 아날로지적 세계상 Analogical Vision에 기반하여 주체와 객체, 인간과 자연 사이의 분열을 극복하고 현실을 초월하여 자아와 세계의 유기적 통합을 회복하는 것이다.

근대의 아날로지 시학은 전근대적 서정시에서 나타나는 자아와 세계의 유기적 통합과는 근본적으로 상이한 것이다. 전근대적 서정시에서 자아와 세계의 통합은 선험적으로 주어지는 것이었고 경험 세계 내에서 그 통합을 손쉽게 확인할 수 있는 것이었다면, 근대시의 경우 자아와 세계의 유기적 통합은 자아와 세계에 대한 성찰을 통해서 구성되거나 혹은 초월적 상상력을 통해 피안의 세계에 도달할 때만 성취될 수 있는 것이었다. 따라서 근대시에서 자아와 세계의 통합은 현재적 시간이 아니라 대부분 과거에 대한 회상이나 미래에 대한 기대를 통해서 환기될 수밖에 없다.

아날로지의 시학에서 시적 주체는 통합적 자아 unified self로서 표상된다. 이 통합적 자아는 경험적 자아를 이상적 자아에 지양시킴으로써 획득되는 것인데, 낭만주의자들에게 있어서 이 이상적 자아는 유년기의 자아나 신화적 주인공 등으로 설정되고 있다. 시적 주체가 자아를 이러한 허구적 주인공에 일치시키는 이유는 경험 세계와의 화해 불가능성을 드러내면서, 동시에 그것을 초월하여 이상 세계와 통합될 수 있는 자기 동일적 세계 사이의 통합을 기본적인 시적 구조로 삼고 있기 때문이다.

낭만주의 시인들은 이러한 자아—세계 인식에 바탕하여, 서정시의 유기체 이론을 확립하는 데로 나아갔다. 그들은 인간이 자연적 유기체의 일부이며 소우주의 模寫일 뿐만 아니라, 한편의 시자체가 생명이 있는 유기체라고 생각하였다. 시는 '우주의 책'이며, 시의 아름다움은 자연미와 동일한 것이다. 또한 그들은 한편의 시가 우주와 자연의 아날로지인 것처럼 시의 언어도 우주와 자연의 생명을 담아낼 수 있어야 한다고 생각하였다.

이러한 측면에서 시집 『시신의 주소』와 맥락을 같이 하는 송욱 비평의 경향은 통합적 자아로 표상되는 아날로지의 시학에 놓여있다고 보여진다. 즉, 송욱이라는 비평적 주체는 전후세계(경험세계)와의 화해 불가능성을 극복하기 위해 이상적 자아를 동양적 세계의 노장사상 모델에서 찾아와 일치시키려는 노력을 보여주고 있는 것이다.

2) 동서 시학의 비교 — 비평의 임무

유고집 『시신의 주소』와 같은 맥락에 놓인 송욱 비평의 경향은 메를로-퐁티 수용과 F.퐁쥬 등에 심취하여 상실된 존재감을 회복하는 것을 넘어서서 이러한 일련의 서양적 인식 체계를 비판하는 것으로 드러난다. 그는 외국문학 이론에 관심을 갖는 것이 어디까지나 우리 말로 시를 잘 쓰기 위함17)이라는 기본적 전제를 가진 문학인이었다.

또한 50년대의 시대적 좌절감에서 문학이 어떻게 한 개인의 실존적 의식을 지켜갈 수 있는지에 대해 고민하였다. 이러한 양상은 당대 문예 비평의 임무를 설명하고 있는 다음의 글에서 뚜렷이 찾아지게 된다.

> 비평이 하는 구실은 작품과 독자 사이에서 매개 작용을 하며 의사 전달과 이해를 북돋우는 데 있는 것이리라. 그렇지만 이 나라의 비평은 이보다 훨씬 무거운 짐을 지니고 있는 것이 사실인 성싶다. 바로 비평이야말로 밀물처럼 밀려드는 외래 사조 중에서 우리가 받아들여서 살찔 수 있는 것을 골라 이것을 흡수하고 동화하는 양식을 결정하는 데 이바지하는 것이 되어야 하는 까닭이다.

---

17) 『문물의 타작』, 69면.

우선, 위의 인용에서는 외국 문학 이론의 수용을 통해서 비평적 공
백을 이겨내야 한다는 입장을 보이고 있는데 그 중에서도 우리에게
'흡수'되고 '동화'될 수 있는 양식을 선별해야 한다는 관점이 엿보인다.
그러한 양식을 찾아내야 하는 비평의 임무는 다름아닌 '보편적 진리'
를 찾는 것이라고 역설하면서 외국 문학 이론의 수용의 목적이 단순
한 수입에 그치지 않는 문제임을 표명한다.

> 우리가 이미 가지고 있는 것을 귀중하게 간직하는 동시에 우리
> 에게 없는 것을 외국문화로부터 서둘러 찾아내어 이것을 하루바
> 삐 우리의 것으로 만들어 버려야 한다. 이와 같은 의식적 노력을
> 게을리 할 때, 자칫하면 원시 문화만을 고유 사상이라고 숭배하는
> 처지에 빠지거나 그렇지 않으면 외국어와 외래 사조를 신성한 것
> 으로 보고 우리는 주체적 비평의식 그 자체를 송두리째 부정해 버
> 리는 웃지 못할 잘못을 저지르고 말 것이다. 한국 사람의 비평의
> 식에서 가장 절실하고 가장 곤란한 문제는 결국 어렵고 특수한 우
> 리 환경에서 보편적인 문화 가치를 창조하는 방식을 마련하는 것
> 이다. 지금 우리 안에는 여러 가지 외래 사상과 전통이 야릇하게
> 혼합되어 같이 살고 있다. (…) 이 때문에 나는 동서 문화 배경을
> 비교하여 그 흡사한 점보다는 그 차이와 대조를 이루는 면을 뚜렷
> 이 밝히는 크나큰 과제가 문학 비평에서도 매우 중요하다고 생각
> 한다. 일례를 들면 나는 공자의 <思無邪>라는 시관과 발레리가
> 주장하는 순수의식, 혹은 <완고한 엄밀성>을 바탕으로 한 시관
> 을 비교하여 봄으로써, 동양인의 사관, 혹은 예술관과 서양인의
> 그것이 날카롭게 맞서고 있는 점을 드러내려고 하였다.18)

송욱이 시론에 몰두하게 되는 내적 배경이 엿보이는 이 글에서
초·중기에 보인 외국문학에의 경도와 몰입이 더 이상 비판적 대안일
수 없다는 인식과 그 반성의 결과가 외국 시론의 검토의 필요성을 가
져왔다는 점을 알 수 있다.

즉, '보편적인 문화가치'의 탐색이란, 외국 시론의 연구가 자기 시의

---

18) 같은 책, 53-54면.

정체성을 극복할 수 있는 방법으로 선택됨과 동시에 문학을 넘어선 문화(혹은 문물)19)의 사상적 기반을 동양의 그것에서 찾으려고 했다는 것이다.

문학현상의 보편성에 대한 문제는 T.S.엘리어트의 문학이론을 수용하면서도 언급한 바 있었다.

> 엘리어트는 전통이 지닌 질서를 날카롭게 의식하는 면에서는 전통주의자이지만 새로운 작품이 전통을 바꿔놓는다고 본 점에서는 모더니스트이다.20)

여기서 송욱은 엘리어트가 「전통과 개인의 재능」에서 언급한 현대의 시인들이 전통에 대해 인식해야 할 필요성에 관심을 기울였던 듯하다. 엘리어트는 문학창작에 있어서 전통의 계기를 강조하며 다음과 같은 논의를 하고 있다.

> 전통이란(중략) 유산으로 물려받을 수 있는 것이 아니며, 그것을 획득하기 위해서는 큰 노력을 기울여야 한다. 우선, 전통은 역사의식(the historical sense)을 내포하고 있는데(중략) 이 역사의식은 과거의 과거성(the pastness of the past)에 대한 인식뿐만 아니라 과거의 현존성(presence)에 대한 인식을 동시에 포함한다. 이 역사의식은 자기 세대의 의식을 뼈 속에 간직하고 글을 쓸 뿐만 아니라 호머 이후의 유럽 문학 전체와 그 안에 있는 자기 나라의 문학 전체가 동시에 존재하고 하나의 질서(order)를 형성하고 있다는 의식을 가지고 글을 쓰도록 강요한다. 이 역사의식은 '일시적인 것'(the temporal)은 물론 '초시간적인 것'(the timeless)에 대한 의식이며, 양자를 함께 의식하는 것인데 이는 작가를 '전통적'으로 만드는 것이다. 또한 그것은 작가를 시간 속

---

19) 『문물의 타작』의 책머리에서 그는 '문화가 아니라 문물을 문제로 삼는다'고 했는데 이때의 문물이란 참된 문화로서 글과 사물의 올바른 관계에서 비롯한다고 언급한다. 그리고 우리 몸과 마음, 나와 세계, 현재와 과거, 동양과 서양의 관계를 타작하는 것이 자신의 문학관임을 밝히고 있다.

20) 송욱, 『시학평전』(일조각, 1963), 10면.

에서의 자신의 위치 즉 자신의 동시대성(contemporaneity)을
가장 예민하게 의식하도록 해주는 것이다.21)

즉, 엘리어트는 작가(시인)가 지녀야 할 역사의식이란 단순히 '과거
의 현존성'과 이로 인한 전통 자각의 필요성만을 의미하지 않고 이와
더불어 자신의 동시대성을 깊이 자각해야 할 것을 강조한다. 송욱은
이러한 엘리어트의 견해를 충분히 받아들여 전통의 직시(과거의 현존
성)와 새로운 질서의 형성(동시대성의 자각)에 천착하게 된다. 그러한
관심이 동·서양 문화의 균형 감각으로 이어지고 우리 문학의 '보편성
탐색'의 연구로 연결되었으리라 추측된다. 그 '보편성 탐색'이야말로
현 단계의 시 비평이 지향해야 할 임무라고 보았던 것이다.

3) 동서 문물관의 비교 — 전통과 현대의 초결합 모델

송욱이 우리 시 비평의 논리적 거점을 마련하는 작업은 동양의 노
장 사상을 선택하는 것으로 나타난다. 동서 시학의 비교를 통해 드러
난 서구 문화에 비판적 시각이 자연스럽게 잠재되어 있던 동양 사상
으로 전이되고 있는 것이다. 그가 서구문화의 비판적 대상으로 가져
온 것은 베르그송과 하이데거, 사르트르와 같은 실존주의 철학자들이
었는데, 실존주의를 허무의식의 극복 대안으로 삼았던 논의에서 진보
된 양상을 제시하고 있다. 즉, 실존주의에 몰입하면서 대면하게 된 말
과 사물에 대한 모순적 관계에 대한 인식은 즉자와 대자의 현실적 결
합에 대한 노력을 포기하게 하면서 상상의 세계로의 진입을 허용하게
했다.

송욱의 실존적 존재의 상실감 회복과 세계-내-존재로의 존재감 획
득은 현실과 상상의 세계를 화합시키는 대신 상상의 세계, 즉 초현실
적인 세계 속으로 인도하게 되었다. 그는 여전히 상실된 존재로서 無

---

21) T. S. Eliot, 〈Tradition and individual talent〉, Seleted Essays
　　(Faber & Ltd. 1980). 14면.

인 자신을 무한에 연관시킴으로써 대상에게 자아를 투영하고 생명력과 몽상을 부여하면서 無인 자신의 존재를 떨쳐 버리려는 노력을 보여주게 된다. 그리고 논의의 연장선상에서 결국 無란 근본적으로 부정적이 아니라고 말하는 동양의 노장사상에 관심을 가지게 되는 것이다.

> 동양에서는 노자·장자, 그리고 불교가 보여 주듯이 존재와 무(無)가 언제나 융합될 수 있다는 사상이 전통을 이루고 있는 반면에, 서양에서는 기독교에서 말하는 인격신을 통한 만물 창조설은 물론 철학사 전체가 존재에 치중하고 있는 사상 전통을 가지고 있기 때문에, 동양에서는 무가 가치인데 비하여 서양에서는 반가치가 되는 것이다.
> 이는 노자에 나타나는 同의 논리와 하이데거나 헤겔에서 볼 수 있는 대립의 논리, 즉 동일성과 타성의 대립을 엄격히 고집하는 논리의 차이라고도 할 수 있다.22)

송욱이 이렇듯 동서 문물관에 드러난 無 의식의 차별적 논리를 통해 몰입하게 된 노장 사상은 우선 無란 근본적으로 부정적인 것이 아니며 모든 존재하는 것을 포용한다고 설명하고 있다.

> <道의 신기하고 묘한 곳>을 보고자 하면, <항시 없음(常無)>을 거쳐야 한다. 즉, 차별을 초월하며 존재의 모체인 참된 無를 거쳐야 한다.(…) 노자에 있어서 특히 놀라운 점은 無가 죽음이 아니라 모든 생명의 근원이며 자연의 본질과 일치한다는 생각이다. (…) 부드럽고 약한 것은 無의 상징인 동시에 생명의 이미지인 것이다.(…) 물은 無의 이미지이며 도가 모습으로 나타난 상징이다.23)

즉, 시인이 이원적 세계 인식에서 자아와 세계의 단절을 통해 결국

---

22) 『문물의 타작』, 183면.
23) 같은 책, 139~183면.

자신이 無인 것을 발견했는데 이러한 無인 자신을 우주 무한에 연관시킴으로써 구원하고자 하는 태도인 것이다. 이러한 노장 사상의 소개는 無가 부정적 의미가 아니라 모든 존재의 시작이며 생명의 근원임을 인식한데서 이루어지고 있다. 그리고 광폭하고 단단한 것이 아닌 부드럽고 약한 것의 이미지로 물과 여인, 갓난아기를 설정한 것이 궁극적으로 無라는 것을 발견하고 있다. 이렇듯 無가 죽음이 아닌 무한의 이미지라는 인식을 도입하면서,

> 그렇다면 노자에 나타나는 역설이란 서양식의 역설이 아니라 <同의 논리>를 바탕 혹은 전제로 한 동양의 특색을 지닌 것으로 보아야 한다.

라는 동양적 사유의 태도를 드러낸다. 이와 함께 하이데거와 베르그송, 사르트르의 논의를 가져와서 동·서양 철학의 사유의 기반을 비교하고 인간 존재에 대한 차별성을 검토하고 있다.

노자에 있어서 무는 생명과 만물의 기원이며, 그 상징은 물과 여자와 갓난아기지만, 하이데거에 있어서 無는 불안으로서 드러나며 인간과 모든 존재의 의미와 가치를 무너뜨리는 작용이다. 노자에서 되풀이하여 나타나는 물과 여자와 갓난아기와 사르트르의 『구토』는 무엇보다도 동서양에서 무가 얼마나 정반대의 내용을 지니고 있는지를 간단히 그리고 매우 뚜렷이 보여주고 있다. 즉 노자의 無가 생명과 모든 존재가 발생하는 원천이라고 하면, 하이데거와 사르트르에 있어서 無는 모든 존재가 군더더기로 돌아가는 종말을 뜻한다고 말할 수 있으리라.

이후에도 노자로 대변되는 동양적 사유로의 경도는, 불안이나 단절로 인식되었던 無의 개념을 생명의 근원인 無의 개념으로 바꾸어 인식하고 있음을 설명해준다. 이 때의 생명의 개념으로서의 無란 결국 '열려진 無'라는 말라르메의 '열린 무 Neant ouvert와도 상통하는 것이다. 서구문학 이론의 無 개념이 세계와 나의 교섭(대화)을 방해하

는 不安의식으로 드러났다면, 말라르메와 노장사상의 無는 자아와 세계의 상호 의사소통을 가능하게 하는 개념이다. 즉, 자신의 세계 속에서 자폐된 상태로 머물지 않고 끊임없이 실존적 탈출을 시도한 시적 주체가 그 탈출의 통로로써 마지막으로 선택한 결과가 '열린 無'임을 짐작할 수 있다.

송욱의 경우, 그 탈출의 통로는 처음에는 실존주의가 선택되었는데 말의 감각적 영역을 되찾아 사물을 존재론적 원상태로 회복하려는 움직임을 통해 타인과 나 사이의 상호주관성 내지는 자아의식의 폐쇄된 공간 속에서 벗어나 의사소통의 가능성을 모색하려고 했다. 그러나 이러한 의사소통의 관계 속에서 말과 사물의 극명한 대립 관계를 더욱 확연히 인식하게 되는데 이로써 다시금 유폐된 세계 속에 갇힌 주체의 상실감이 두번째 탈출구를 모색하게 되는 것이다. 초현실적 상상의 세계를 뒷받침하고 있는 동양의 노장사상을 수용함으로써 현실 세계의 실존적 존재의 상실감을 극복하려고 했다.

송욱의 이러한 우리 문학의 보편성 탐색은 사상적 본류를 동양의 노장사상과 서양 철학의 비판적 인식에 두면서 서정주와 한용운을 통해 이상적인 이론과 창작의 결합 모델을 발견하고 있다.

> 서정주 씨의 작품을 읽어보면 (…) 그가 얼마나 자기의 감정과 생명에 충실한 태도를 끝끝내 견지하였는가를 무엇보다도 명백히 말해 준다. (…) 이 시인의 작품에 우리는 이 나라의 현대시가 세워 놓은 한 도표를 본다.24)

> 선은 서양에는 없을 뿐더러, 흔히 만해와 비교되는 타고르도 알지 못하는 것이다. (…) 시집 『님의 침묵』은 지금까지 세계에서 오직 한 권 밖에 없는 <사랑의 증도가>에 틀림없다고. 이 시집은 장차로 문학사는 물론, 우리 사상사에 있어서도 대승선의 눈부신 표현으로서 확고한 지위를 항시 차지하고도 남음이 있으리라.25)

---

24) 같은 책, 94면.

그 중에서도 그는 한용운 문학을 높이 평가하고 있는데, 이후의 만해 연구로 집중되면서 불교사상성으로 편향된 모습26)을 보여주고 한 시인의 작품성에 대한 평가보다는 시인 정신만을 지나치게 강조하고 있다는 문제점도 지적된다. 그러나 그의 최종적인 결론은 다음에 도달하고 있다.

　　우리는 서양의 현대 문화와 동양의 전통을 비교하고 융합함으로써 새로운 우리 문화와 사상을 이룩해야 한다.

4. 결론

송욱은 평론집 『문물의 타작』 서문에서 '참된 문화는 글과 사물의 올바른 관계에서 비롯한다'라고 전제하면서 몸과 마음, 나와 세계, 동양과 서양에 대한 글을 쓰고 싶다고 밝히고 있다. 그가 생각하는 이러한 전제들은 『문물의 타작』을 지배하는 사상의 근거로 잘 드러나 있다.

초기 시집에서 꾸준히 추구해온 자아와 세계의 단절과 이로 인한 불안의식은 사르트르 철학이 기본적인 사상으로 삼고 있던 현실세계의 철저한 이원성과 상통하는 것으로 보인다.

이 때 송욱 비평이 지향했던 것은 유폐된 세계 속에서 부조리하게 사물을 인식하는 인간의 실존을 철저히 해부하는 작업이었다.

그리고 자아와 세계의 단절을 극복하는 지표로서, 몸과 말, 사물의 관계를 메를로-퐁티의 사유를 통해 시사받고 이를 적극적으로 수용하기에 이른다. 인간의 모든 신체·정신적 활동들이 상호연관되며 자아가 세계와 타인 속에 이미 내존해 있다는 메를로-퐁티의 입장은 송욱에게 있어 자아와 세계의 풍성한 의사소통의 가능성을 넓히며 새로운

---

25) 같은 책, 119면.
26) 송욱, 『님의 침묵 전편 해설』(과학사, 1974)

비평적 균형감각으로 자리잡아 간다. 이러한 사유의 일환으로 보들레르와 엘리어트에서 노자, 장자를 넘나드는 폭넓은 동서양의 담론이 수용되었던 것이다. 물론 다음에 나오는 만해연구를 통해 동양적 사유체계가 지나치게 초월적인 세계로 몰입되어 불교편향성으로 흐르고 있다는 지적이 있지만 동서양 文物의 대화방식이 이처럼 풍성하고 자연스럽게 수용되었다는 점에서 『문물의 타작』이 가지는 위상이 돋보인다고 하겠다.

(연혜진 · 서강대 국문과 박사과정)

혁명적 我空과 사랑의 證道歌

—『님의 침묵, 전편 해설』 연구

I. 서론

송욱은 일찍이 서구 문예 이론을 앞장서 도입함으로써 현대 문학의
이론 성립에 중요한 역할을 한 학자이다. 그러나 그가 단지 서구의
이론을 알리는 데에만 급급했던 것은 아니다. 주지하다시피 활발한
창작 활동을 한 것은 물론, 우리의 사상적 전통을 탐색하는 노력도
소홀히 하지 않았다. 그러한 노력이 가시적으로 드러난 것이 『'님의
침묵', 전편 해설』이다.[1]

한용운에 대한 그의 관심은 일찍이 1963년 간행된 『시학평전』에서
부터 보인다. 여기에서는 「유미적 초월과 혁명적 我空」이라는 제목으
로 『님의 침묵』을 타고르의 시 <園丁>과 비교하고 있으며, 본격적
인 탐구는 『'님의 침묵', 전편 해설』에 이르러 이루어진다. 그는 이 저

---

1) 송욱, 『'님의 침묵', 전편 해설』(일조각, 1974). 그러나 『'님의 침묵', 전편 해
    설』은 과학사에서 최초로 간행된 것으로서 일조각에서는 이를 밝히지 않고
    있다.

서에서 『님의 침묵』의 서문 격인 「군말」 및 88편의 개별 작품에 대한 해설, 판본의 비교를 통한 텍스트 확정의 문제, 만해시의 미학, 그리고 『님의 침묵』의 구조 등을 살피고 있다. 앞서의 글이 만해의 혁명적 투사로서의 면모를 부각시키고 있다면, 『'님의 침묵', 전편 해설』에서는 禪師로써의 면모가 강조되고 있다. 이러한 관심이 그 후까지 계속된다는 것은 『'님의 침묵', 전편 해설』에 수록되었던 논문, 「시집 『님의 침묵』의 구조-칼날과 불덩이」를 그의 세 번째 문학론서인 『문물의 타작』에 재수록한 것만 보아도 알 수 있다. 이처럼 만해와 『님의 침묵』에 대한 송욱의 관심은 평생을 두고 이어진다.

그렇다면 송욱은 왜 이처럼 『님의 침묵』에 몰두했던 것일까? 한 두 편도 아닌, 시집에 수록된 전 작품을 해설할 만큼, 그리고 초판본과 재판본을 일일이 대조해서 텍스트를 확정하는 수고를 아끼지 않을 만큼 그를 사로 잡았던 『님의 침묵』의 마력은 무엇일까?

『'님의 침묵', 전편 해설』에 접근하는 그의 태도에서 특히 주목할 것은 전 작품을 禪 사상과 관련해서 분석하고 있다는 점이다. 그가 서구 문예 이론에 누구보다도 밝았음을 생각할 때, 충분히 다른 접근 방식을 취했을 수도 있었을 것이나 그럼에도 불구하고 전 작품을 불교 사상으로 꿰고 있으니, 이는 무심히 보아 넘길 일이 아니다.

이와 같은 두 가지 의문을 풀 수 있는 열쇠는 『'님의 침묵', 전편 해설』 「서문」에서 찾아볼 수 있다. 즉, 송욱은 『님의 침묵』에서 '헤아릴 수 없는 깊이'를 발견하였으며, 그 깊이의 정체를 밝히고자 그와 같은 노력을 기울였던 것이다. 그는 그 깊이의 출처를 다음의 세 가지에서 찾는다. 첫째, 불교의 교리에 대한 심오한 지식과 지혜, 둘째, 疑情에서 깨달음에 이르는 과정을 다룬 주제의식, 셋째, 그러한 주제를 표현하기 위해 취했던 '사랑의 시'라는 형식 등이 그것이다.2)

따라서 본고에서는 무엇보다도 송욱이 말한 『님의 침묵』의 '헤아릴 수 없는 깊이'가 무엇인지 구체적으로 살피는 것이 목적이다. 송욱의

---

2) 같은 책, 1~2면.

이러한 관점을 살핌으로써 그가 궁극적으로 꿈꾸었던 문학의 실체를 드러내는 것은 이와 같은 연구의 당연한 귀결점이 될 것이다.

2. 굳센 생각과 아름다운 노래

1) 疑情과 깨달음의 노래

송욱은 『님의 침묵』이 지닌 '헤아릴 수 없는 깊이'에 대해 언급하면서 『님의 침묵』에 수록된 작품 한 편 한 편을 公案, 즉 話頭로 볼 것을 제안한다. 그에게 있어서 만해는 깨달음에 이른 사람이기 때문에 『님의 침묵』은 깨달음에 이른 사람이 부른 노래, 즉 화두가 되는 것이다. 『님의 침묵』에 수록된 전 작품은 처음부터 끝까지 이런 관점에서 해설된다.3) 이는 만해의 미학적 특질을 밝히고 있는 논문, 「사랑의 증도가—만해의 미학」에 집약적으로 나타난다.

이 논문에서 송욱은 만해의 禪 사상을 주로 만해의 「禪과 인생」을 인용하여 소개하면서 점차 그의 미학에 접근해 간다. "모든 중생은 佛

---

3) 이러한 해설은 때로 지나치게 단순해서 문학작품의 자율성을 인정하지 않는 듯한 인상을 주기도 한다. 가령, 송욱은 <?>의 '동풍에 몰리는 소낙비는 산 모롱이를 지나가고, 뜰 앞의 파초잎 위에 빗소리의 남은 음파가 그늬를 뜁니다'라는 구절을 해설하면서 '산모롱이를 지나간 소낙비'는 지나간 迷惑과 疑情을 뜻하며, 따라서 '빗소리의 남은 음파가 그늬를 뜁다'고 함은 빗방울이 떨어지는 소리를 시각화한 것이라면서 '觀世音菩薩'과 연결짓고 있다. 중생에게 음성을 보이도록 하는 부처님과 보살의 자비를 표현한 것으로 해설하고 있는 것이다. 또한 '觀世音' 혹은 '觀音'에는 觀自在의 뜻이 있는데, 이는 중생이 볼 수 없는 존재이면서도 중생을 보며, 자유롭게 구제할 수 있는 지혜를 체득한 보살의 작용을 말한다고 하면서, 이렇게 보면 '빗소리의 남은 음파가 그네를 뜁다'는 구절은 천진스럽고도 모더니즘을 풍기는 동시에 불교사상의 일면과도 합치한다고 하고 있다. 이러한 해설은 작품 전체의 구조를 무시하고 각각의 시어를 불교 사상으로 치환하는 과도하고 단순한 해설처럼 보이기 쉽다.(같은 책, 157면)

性을 지니고 있으나 妄念이 일면 본래의 맑고 깨끗한 本性을 잃어버리게 되는데 마음을 닦으면 그 본성을 되찾게 된다. 마음을 닦는 것은 오직 禪의 방법, 즉 話頭를 통해 疑情을 불러일으키고, 그로부터 깨달음에 이르는 길 뿐이다"라는 것이 그 대강의 내용이다. 疑情이 곧 깨달음으로 연결되는 것은 아니지만, 이 疑情의 상태를 기점으로 깨달음을 얻느냐 그렇지 못하느냐가 결정된다는 것이다.4)

송욱이 이처럼 만해의 禪 사상으로부터 논의를 시작하는 것은 『님의 침묵』이 지니고 있는 주제를 보다 선명하게 드러내기 위해서이다. 즉, 『님의 침묵』이 迷惑의 상태에서 疑情을 거쳐 깨달음에 이르게 되는 과정을 주제로 삼고 있음을 보여주고자 한 때문이다.

이는 만해를 깨달음에 이른 존재로 보는 그의 관점도 무관하지 않다. 그는 만해가 진리에 다다르기 위한 세 가지 인식방법을 모두 성취했기 때문에 깨달음에 이른 존재라고 여겼다. 『님의 침묵』과 같이 사고와 표현의 창조력이 탁월한 문학 작품을 남겨 놓았다는 점에서 比量에 이른 것이고, 깨달음을 직접 체험했다는 점에서는 現量을, 『佛敎大典』의 저자라는 점에서는 佛言量을 완성했다는 것이다.5) 바로 이러한 이유에서 『님의 침묵』의 작품들은 '證道歌', 즉 깨달은 사람의 노래로 규정된다.

만해를 깨달음에 이른 사람으로 보는 것과 대응하여 송욱은 독자를 疑情의 상태에 머무는 존재로 규정한다. 이러한 해석은 송욱이 이 시집을 단순한 證道歌로 보지 않고 '사랑'이라는 수식어를 붙이고 있는 것과도 연관된다. 이로써 『님의 침묵』은 여타의 證道歌와 구별되는데, 이때 송욱이 말하는 '사랑'은 특정한 대상을 향한 사랑이 아니라 모든

---

4) 같은 책, 378~379면.
5) 진리에 다다르기 위한 세 가지 인식방법이란 比量, 現量, 佛言量을 말한다. 이 가운데 比量은 원인과 이유를 캐고 비유로 추리하고 헤아림을 말하고, 現量이란 몸소 실지로 보고 추리와 헤아림을 빌지 않고서 자연히 규정됨을 말하며, 佛言量이란 여러 불경에 비추어 규정을 내리는 것을 말한다. 圭峯宗密, 『禪源諸詮集都序』, 券上, <五量有三種> (같은 책, 404~405면에서 재인용)

중생에게로 향하는 慈悲에 가까운 개념이다. 만해는 布施, 持戒, 忍辱, 精進, 禪定, 知慧의 六度는 그 근본이 精進에 있으며, 그 최종 목적은 布施에 있다고 보았다.6) 송욱은 만해의 이러한 해석에서 중생에 대한 자비심, 즉 '사랑'의 의지를 읽어낸다. 다시 말해, 『님의 침묵』을 저술한 행위 자체가 "無緣의 자비로 중생을 연민하고, 부단의 고행으로 중생을 연민하는" 보살 행위의 일종이라고 보았던 것이다.

송욱이 『님의 침묵』을 해설한 행위 또한 이러한 관점에서 볼 수 있다. 말하자면, 『님의 침묵』이 중생을 깨달음에 이르게 하고자 하는 만해의 大慈大悲에서 우러나온 것이라면, 『'님의 침묵', 전편 해설』은 독자에게 만해의 참사상을 전해주고자 하는 송욱의 사명감에서 비롯된 것이며, 해설서로 하여금 깨달음에 이르지 못한 독자와 깨달음에 이른 만해를 중개하여 독자를 깨달음에 이르게 하는데 일조하기를 원했다고 추측할 수 있는 것이다.

2) 자아와 생명의 희생을 통한 혁명

『님의 침묵』을 '사랑의 증도가'로 보는 입장은 이미, 그보다 앞서 저술된 『시학평전』에 실린 「유미적 초월과 혁명적 我空」에서부터 예기되어 있던 것이다. 그는 이 글에서 『님의 침묵』의 또 다른 미학적 원리로써 사회적 혁명에 관한 주제를 읽어내고 있는데, 이러한 정신이 확장될 때 '자비'가 되는 것은 말할 것도 없다.

만해에 따르면, 모든 중생은 佛性을 갖고 있으며, 이를 깨치는 것은 모두 마음에 달려 있다.(一切唯心) 그렇기 때문에 마음을 닦으면 가리워진 佛性을 되찾게 된다. 그러나 만해는 禪定의 의의를 대아적인 차원으로까지 넓힌다. 즉, 마음을 닦음으로써 自我가 확장되어 시간적으로는 과거와 현재와 미래의 한계를 극복할 수 있게 되고, 공간적으

---

6) 한용운, 「精進」, 『전집』 2권(1937), 333~335면 (같은 책, 395면에서 재인용)

로도 가족, 사회와 국가, 그리고 우주와 일체 중생 모두에게로 확장된다는 것이다.

송욱은 이러한 자아확장의 계기를 '희생'으로 설명한다. "자아를 희생함으로써 자아가 절대화에 이르고, 생명의 희생을 통해 생명이 오히려 무한화에 이르게 된다"는 것이다. 송욱은 『님의 침묵』 전반에 "어떤 것을 위하여 자기를 희생할 때에는 그 어떤 것으로 변하기 때문에 희생을 통해서 자아가 확장될 수 있고, 생명이 無限化될 수 있다"는 만해의 희생 개념이 녹아 있음을 발견한다7).

송욱은 이 '희생' 개념을 사회·정의적 주제로 해석한다. 특히 만해와 만해가 깊이 영향을 받은 타고르를 비교하는 부분에서 구체적으로 드러나는데, 그는 만해가 산문시 형식을 빌어 종교적 세계를 서정적 사랑의 시로 표현했다는 점과 自他不二, 즉 개별적 자아와 보편적 자아가 다르지 않다고 보는 사상적 공통점을 발견한다. 이는 自他不二가 두 시인이 뿌리내리고 있는 불교 및 인도 사상의 정신적 토양인 이상 당연한 귀결이다.8)

그럼에도 불구하고 송욱은 만해와 타고르의 결정적인 차이를 놓치지 않는다. 타고르의 <園丁>과 『님의 침묵』을 비교하는 부분에서, 타고르는 사색과 명상에 잠겨 생명의 기쁨을 노래하는데 머문 반면, 만해는 我空과 혁명의 경지를 모색하는데까지 나아갔다는 것이다. 송욱은 만해가 지은 <타골의 시>를 근거로 들어 이러한 사실을 강조한다. 만해는 이 작품을 지음으로써 타고르에게서 영향받았음을 스스로 시인한 셈이 되었지만, 그 내용은 사실상 타고르에 대한 비판적인 입장을 취하고 있다. 다음은 송욱이 <타골의 시>를 해설한 일부이다.

　　　타고오르의 시집 『園丁』과 『님의 침묵』을 읽고 두드러지게 느끼

---

7) 같은 책, 393면.
8) 송욱, 「唯美的 超越과 혁명적 我空」, 『시학평전』(일조각, 1971), 310면.

게 되는 것은 타고오르에게는 사회와 역사가 없고 더군다나 혁명
은 찾아볼 수 없다는 사실이다. 그는 오로지 절대자의 화원에서
꽃을 가꾸며 생명의 영적 결합과 개별적 생명이 절대자에게 대하
여 느끼는 동경을 '아름답게' 노래하는 명상의 시인이란 인상을 강
하게 준다. 그러나 일생을 수도와 민족운동에 아울러 바친 만해가
보기에는 사회와 역사적 사명을 벗어나서 절대적 원리에만 봉사
하는 생활은, '깨어진 사랑'에 울고 '떨어진 꽃'을 슬퍼하는 것과
같다. 그러니까 '눈물을 떨어진 꽃에 뿌리지 말고 꽃나무 밑에 티
끌에 뿌리서요', 이렇게 말하고 있는 것이다. 또한 절대적 원리에
영적으로 순종하는 생활이란 필경은 '주검의 향기'를 좋아하며 '백
골의 입술'에 입맞추는 것과 흡사한 노릇이 될 뿐만 아니라, 이러
한 세계만을 아무리 훌륭하게 노래해도 그것은 다만 '무덤을 황금
의 노래로 그물치는' 것과 같은 것이라고 만해는 모진 비판을 한
다. '무덤 위에 피 묻은 깃대를 세우서요', 이 한 줄에서 우리는
일생을 민족운동에 바친 혁명가의 우렁찬 소리를 들을 수 있다.9)

　　송욱은 <타골의 시>에 나타난, 타고르에 대한 만해의 비판적인
입장을 두둔한다. 이 작품의 시적 대상인 '깨어진 사랑에 우는 벗'이란
다름 아닌 타고르라고 보면서 그러한 비유로부터 타고르를 사회와 역
사, 그리고 혁명을 결하고 있는 '명상의 시인'으로 보는 만해의 비판적
관점을 읽어내었던 것이다. 만해에게 있어서는 '생명의 영적 결합'과
'절대자에 대하여 느끼는 동경'이 아무리 아름다운 것이라 하더라도
사회와 역사를 결한다면 공허한 것이며, 송욱은 바로 만해의 이와 같
은 견해에 적극 동의하고 있는 것이다. 이는 "무덤 위에 피 묻은 깃대
를 세우서요"라는 구절을 타고르와 같이 반역사적이고 개인적인 태도
를 취하는 이들에 대한 비판으로 해설하는 것만 보아도 알 수 있다.
즉, 송욱은 이 작품에서 사회와 역사 의식을 갖춘 '혁명가의 우렁찬
소리'를 들으면서 만해를 투사로써 재차 강조하고 있는 것이다.

　　그러나 송욱은 만해의 혁명정신 역시 禪의 연장선에서 다룬다. 혁
명의 의지 또한 모든 중생을 구제하고자 하는 열망에서 비롯되었다고

---

9) 같은 책, 312면.

보기 때문이다. 따라서 송욱의 관점에서는 만해가 행했던 민족 해방을 위한 투쟁이나, 혁명의 외침이 다른 혁명가나 독립투사들의 그것과는 다르다. 마치 모든 중생을 구제하기 전에는 열반에 들지 않겠다던 미륵 보살의 그것처럼, 만해의 혁명 정신은 보다 근원적인 출발점, 즉 중생에 대한 사랑과 연민에서 비롯되었기 때문이다.

3) 禪에서 문자를, 문자에서 禪을

송욱이 만해에게서 보살과 혁명가의 면모만을 본 것은 아니다. 사상을 탁월하게 표현한 시인으로서의 면모 또한 놓치지 않는다. 특히, 禪에서는 일반적으로 不立文字라 하여 깨달음의 경지를 문자화하는 것에 대해 부정적인 입장을 취하는데, 만해는 오히려 적절한 언어와 표현을 통하여 見性에 이를 수 있다고 보았다는 사실에 주목하면서 『님의 침묵』을 읽을 때에도 만해의 이를 염두에 두고 읽어야 한다고 주장한다. 그리고 이러한 태도를 '禪에서 문자를 보고 문자에서 禪을 얻는 태도'라고 부른다.10)

송욱은 만해의 이러한 언어관 역시 衆生濟度를 향한 열정으로 해석한다. 송욱이 보건대, 만해는 문필활동을 매우 중요하게 여겼으며, 그 궁극적인 목적은 중생의 제도에 있었다. 송욱은 이에 대한 근거로써 『님의 침묵』이 모국어로 되어 있다는 사실을 제시한다. 그리고 이 시집과 거의 같은 시기에 발표된 <가갸날에 대하여>를 인용하면서 이러한 사실을 다시 한 번 강조한다. 즉, 그 시의 다음과 같은 구절, "우리말로 표현하면 혀 끝에서 물결이 솟고 분 아래서 꽃이 피는 생명과 자유를 누릴 수 있다"가 모국어에 대한 만해의 애정을 증명한다고 보았다.11)

그러나 송욱에게 있어 『님의 침묵』은 말로 할 수 없는 경지를 말로

---

10) 『'님의 침묵', 전편 해설』, 403면.
11) 같은 책, 403면.

표현했다거나 모국어로 씌여졌다는 점에서만 의의가 있었던 것은 아니다. 그러한 작품은 『님의 침묵』 이외에도 있을 수 있으며, 시란 기본적으로 말로 할 수 없는 것을 말로 하고자 하는 의지의 산물이기 때문이다. 그럼에도 불구하고 송욱이 『님의 침묵』을 높이 평가하는 것은 '사상과 표현이 놀랍게 결합된 작품'이라는 사실 때문이다. 다시 말해 말로 할 수 없는 경지임에도 불구하고 굳이 말, 그것도 모국어의 형식을 빈 것이야말로 '禪'과 '衆生濟度' 사상에 가장 적절한 형식을 탐구한 산물이라고 보았던 것이다. 송욱이 이 시집을 '굳세게 생각하고, 아름답게 노래'한 작품이라고 보는 것도 바로 이러한 이유에서이다.

이는 송욱이 만해를 김기림 및 정지용과 비교 언급하는 부분에서 좀더 확실히 드러난다. 만해와 거의 같은 시기에 활동하였던 이 두 시인은 그러나 송욱에게 있어서는 사상과 표현의 조화라는 측면에서 만해에게 훨씬 못미친다. 김기림은 현대성이라는 사상만 지닐 뿐 표현의 측면에서는 미숙하여 예술로 승화시키지 못했으며, 정지용은 예술성은 확보하였지만 사상적 공허함은 감추지 못하였기 따문이다.12) 송욱이 『님의 침묵』을 상징주의시와 비교하는 것 또한 이러한 연장에서 이해할 수 있다. 그에게 있어 상징주의시는 사상과 표현이 완벽하게 조화를 이룬 전범이었는데, 그가 이런 상징주의시과 『님의 침묵』을 비교한 것은 『님의 침묵』이 그에 견주어 손색이 없을단큼 사상과 표현이 훌륭히 결합된 산물이었음을 시사하는 것이다.

4) 전통의 계승과 동서 사상의 비교

송욱은 『님의 침묵, 전편 해설』의 「서문」에서 『님의 침묵』이 '모국어로 쓰여졌으면서도 우리의 전통 사상을 잃지 않은' 유일한 문학작품이라고 말한다. 모국어로 쓰여진 문학작품은 많지만 대개 한자를 버

---

12) 송욱, 「唯美的 超越과 혁명적 我空」, 『시학평전』, 296면.

리면서 우리의 전통사상도 함께 잃었다는 송욱의 지적을 받아들일 때,
그가 『님의 침묵』을 우리의 문학사 안에서 표현과 사상의 두 가지를
훌륭하게 결합시킨 유일한 작품으로 보는 것도 무리는 아니다. 게다
가 이 시집이 담고 있는 禪 사상은 중국, 일본, 그리고 우리 나라 밖
에 없으며, 그 가운데서도 자국어로 그 사상을 표현한 것은 『님의 침
묵』밖에 없다고 하면서, 그렇기 때문에 『님의 침묵』은 전세계에서도
유일한 가치를 지닌다고까지 한다.[13]

『님의 침묵』이 모국어로 쓰여졌으면서도 사상적 전통을 잃지 않았
다는 것은 표현과 사상이 훌륭하게 결합되었다는 것만을 의미하지는
않는다. 송욱에게 있어 이러한 결합은 전통의 계승, 과거와 현대의 조
화를 의미하는 것이기도 하다. 모국어를 통한 작품활동이 근대문학기
에 들어 이루어진 현대적인 산물이라면, 『님의 침묵』이 담고 있는 禪
사상은 전통적인 것이라고 할 수 있기 때문이다.

송욱이 만해에게서 사상 전통 근대화 시도를 발견하는 일은 동양과
서양의 사상을 비교하는 부분에서 잘 드러난다. 『님의 침묵』의 미학
을 보들레르로 대표되는 불란서의 상징미학과 비교하는 부분에서 송
욱은 동양적 불교전통이 '色卽是空', 즉 존재와 무, 실재와 현상은 다
른 것이 아니라고 보는 관점을 취하는 반면, 서양에서는 철저하게 이
둘을 구분하는 전통을 갖고 있다고 본다. 그리고 '色卽是空'이야말로
모든 중생에게서 自他不二, 見性, 그리고 自我擴張의 가능성을 보장해
주는 동양사상의 근본원리라는 것을 강조한다.[14]

또 송욱은 타고르와 만해를 비교하는 글의 서두에서 타고르와 엘리
어트를 비교하기도 하는데, 이 부분에서도 역시 동양과 서양사상의
차이를 명확히 밝히고 있다. 타고르의 <園丁>에서는 개별자와 절대
자가 아트만(개별 자아의 참된 바탕)을 매개로 하여 하나로 이어지지만,
엘리어트의 <황무지>에서는 自他가 날카롭게 대립을 하며, 이러한

---

13) 같은 책, 294면.
14) 『'님의 침묵', 전편해설』, 387~388면.

사상적 특징이 각각 육체적이고 감각적인 <황무지>의 표현과 비감각적이고 추상적인 <園丁>의 표현을 낳는다고 보는 것이다. 이 두 비교를 통해 송욱은 동양사상의 핵심을 自他不二로 보는 자신의 견해를 드러냄과 동시에 『님의 침묵』을 그 대표적인 구현물로 지시한다.

송욱이 『님의 침묵』을 해설하는 중에도 계속해서 이처럼 동양과 서양의 사상을 비교하는 것은 그에게 이 문제가 평생의 화두였기 때문이기도 하지만, 『님의 침묵』이 지닌 사상을 동양사상의 대표격으로 위치시키려는 의도가 있었기 때문이기도 하다. 다시 말해 동양과 서양 사상을 비교함으로써 동양사상의 특징을 전경화하고, 우리에게 필요한 전통 계승의 가능성을 모색한 후 『님의 침묵』이 그 대안이라는 사실을 보여주고자 했던 것이다.

이러한 사실은 『'님의 침묵', 전편 해설』의 <서문>에서 확인할 수 있다.

> 우리가 현대시를 참다운 예술로서 이룩하자면 전통에 관하여 넓고도 깊은 동적인 생각을 항시 지니고 있어야 한다. 그러니까 시의 주제를 넓히어 사상과 현실에 더욱 접근하기 위하여서나, 올바른 우리의 전통관이 생생하게 용솟음치게 하기 위하여서나, T.S. 엘리어트와 같은 영·미의 거장으로부터 또한 많이 배워야 할 것이다.
> 그러면 우리의 시 현대화는 아닐지라도 우리 사상전통의 근대화에 위대한 행적을 남긴 사람은 없는 것인가? 그리고 이러한 위대한 인물이 시와 관계가 있는 경우에는 더욱 우리에게는 귀중한 선구자가 아닌가? 여기서 우리는 누구보다도 먼저 손꼽아 생각할 수 있는 인물은 바로 만해 한용운이다.15)

이 글에서는 그는 근대문학 성립 초기의 한국문학이 한문을 버림과 동시에 사상적 공황상태에 빠지게 되었다고 보면서 안타까워한다. 다시 말해 엘리어트가 말하는 의미의 '전통'이 한때 우리에게도 있었을

---

15) 같은 책, 295면.

것이나, 그 전달수단을 버림으로써 제대로 계승되지 못했다는 것이다. 그리고 유일하게 『님의 침묵』만이 전통을 제대로 잇는 유일한 작품이라고 본다. 그리고 이러한 이유로 인해 『님의 침묵』만이 근대문학에 가까이 간 유일한 경우로 꼽힌다.16)

그가 서구 문예이론을 소개한 『시학평전』, 『문학평전』에 이어 『'님의 침묵', 전편 해설』을 펴내게 된 것도 이러한 사실과 무관하지 않다. 다시 말해서, 두 문예이론서가 서구문예 이론과의 비교 검토를 통해 우리 문학의 현재를 진단하기 위한 것이었다면, 『'님의 침묵', 전편 해설』은 계승해야 할 전통을 모색하기 위한 지침이 되는 것이다.

3. 결론

우리의 근대사는 봉건주의와의 단절 및 제국주의에의 대항이라는 이중적인 문제 상황속에서 전개되어 왔다. 그 결과 근대문학 역시 전통의 올바른 계승과 근대적 이념의 성취라는 두 가지 과제를 동시에 해결해야 하는 난관 속에서 표류하게 된다. 그와 같은 문제는 송욱이 활동할 당시인 1960년대라고 해서 별로 다를 것이 없었다. 게다가 당시의 '참여와 순수' 논쟁은 정당한 계승의 전통과 바람직한 문학의 모색을 위해 필요한 에너지를 아깝게 소진시키고 있었다. 송욱은 바로 이러한 당대의 상황으로부터 사상과 표현, 예술과 실천을 조화시키고 올바른 문학전통을 수립하고자 하는 시도를 하게 된 것이다.

『'님의 침묵', 전편 해설』 및 만해에 대한 그의 다른 논문들은 바로 그러한 문제를 해결하고자 한데서 비롯된 것이다. 즉, 그는 이 작업을 통하여 우리 문학의 전통을 우리의 것에서 찾으려 시도한 것이며, 사상과 표현의 조화를 이룰 수 있는 가능성을 모색하고 있는 것이다.

그가 『님의 침묵』에서 이러한 가능성들을 발견한 것은 다음의 네

---

16) 같은 책, 3면.

가지 이유에서이다. 첫째, 『님의 침묵』은 깨달음과 자비의 실천에서 비롯된 산물이라는 점, 둘째 사회와 역사와 혁명에 대한 사상을 모두 갖추고 있다는 점, 셋째, 그러한 사상을 훌륭하게 문학적으로 형상화 하였다는 점, 넷째, 禪 사상을 훌륭히 형상화함으로써 전통을 새롭게 이어가고 있다는 점 등이 그것이다. 이처럼 송욱에게 있어 만해는 실 천가이자, 훌륭한 시인, 그리고 깨달음을 얻은 대선사였으며, 이러한 면모야말로 송욱이 평생을 두고 갈구했던 모습이기도 할 것이다.

(윤지영 · 서강대 국문과 박사과정)

송욱의 생애와 문학

―전기적 접근

　나의 모국어는 나의 법신이고 조국이라는 명제에서 자신의 정체성을 추구했던 송욱이 간지도 벌써 20년이란 세월이 흘러갔다. 그가 <하여지향>에서 구사한 비판적이고 풍자적인 언어들은 그 시대로 보아 생소하고 이단의 목소리로 많은 문제를 던졌다. 그러나 그가 소중하게 갈고 다듬은 목소리에 대한 반향은 자못 컸으나, 그것은 찬반 양론으로 갈려져 있었다. 그러나 그가 대학강단에서 강의하면서 확립한 시론은 우리 현대시사에서 큰 공적이 아닐 수 없다.

　30년대의 김기림과 최재서 등이 서구의 문학이론을 바탕으로 확립한 시론을 그는 한 차원 높인 것이다. 한마디로 그는 동서의 고전문학에 대한 해박한 지식을 바탕으로 동서문학 배경의 비교, 특히 한국문학의 새로운 해석법을 제시하여 우리 현대문학사에서 하나의 전환점을 이룩한 시인이며 문학이론가이기도 하다.

1. 홍주성 기슭 五官里의 생가

송욱은 1925년 4월 19일 충남 홍성군 홍성읍 오관리(五官里) 417 번지에서 아버지 송양호(宋良浩, 본관은 礪山)과 어머니 김동성(金東成, 본관은 경주) 사이에서 2남(2남 5녀중)으로 태어났다.[1] 그의 부친은 원래 전북 김제 출신이었는데, 그가 홍성으로 옮겨온 시기는 확인할 수가 없다. ≪조선총독부관보≫의 '서임 및 사령'란에 의하면 그는 1910년 10월 1일자로 군서기(충청남도)로 임명된 것으로 나타나 있 다. 그 후 그는 1929년 12월 28일 군수직에서 의원 면직되기까지 충청남도 당진군 군수(1926.3.30)와 경기도 강화군 군수(1927.3.12) 를 역임한 것으로 되어 있다.[2]

그의 부친이 강화군의 군수직을 사임하고 서울 종로구 화동 135번 지(현재 호적상의 본적지)로 이주하기까지 충남 홍성읍에 살고 있었던 것으로 전해지고 있다. 그러나 이것은 어디까지나 그럴 것이라는 추 측일 따름이지 확인된 것은 아니다. 당시의 교통여건으로 보아 그의 부친이 당진이나 강화로 전임될 때마다 거주지를 옮긴 것으로 보아야 만 한다. 그때 각 지방 군수의 관사가 있었던 것을 감안하면, 이런 추 정이 결코 잘못된 것이라고 생각되지 않는다.[3]

홍성읍 오관리는 성벽의 외곽 지대에 위치하고 있었다. 송욱이 태 어났을 때만 해도 이곳이 이렇게 도시화되어 있지는 않았을 것이다. 그런데 지금은 농촌 읍지의 전원적인 속성을 거의 찾아볼 수가 없다. 이런 현상은 이곳에만 국한된 것만은 아닐 것이다. 산업화 사회로 접 어들면서 우리 나라 농촌읍지는 급변하여 도시화되고 대도시의 병적

1) 그의 호적상에는 2남 5녀 중 2남으로 되어 있다. 그런데 김용성의 『한국현대 문학사탐방』에서는 3남 7녀중 3남으로 태어났다고 하고 있는데, 왜 이런 차 이를 나타내고 있는지 알 수가 없다. 그의 창씨개명 관계는 경기중학 학적부 에 나타나 있는데 '富山文夫'로 되어 있다.

2) 박종석, <송욱의 '님의 침묵―전편해설' 연구>, 3면 참조.

3) 송욱의 바로 아래 여동생인 琡(1928)의 출생신고지가 강화군 부내면 관청리 745번지로 되어 있는 것으로 보아 그렇게 짐작된다.

인 증후가 나타나기 시작한 것이다.

송욱이 태어난 오관리도 마찬가지다. 그가 어렸을 때의 모습은 그 어디에도 찾아볼 수가 없다. 그가 태어난 집조차도 헐린지 이미 오래고, 그 터전(오관리 417번지)은 분할되어 여러 채의 새 주택들이 지어져 있었다. 그리고 그가 너무나 어려서 떠났고, 또 세월이 너무나 많이 흘렀기 때문에, 그들이 이곳에 살았다는 사실을 아는 사람을 찾을 수조차 없었다. 그의 호적상에 나타난 출생 신고된 지번을 확인하고 그곳의 바뀌어진 모습을 통해서 그 옛날의 일을 더듬어야만 했다.

마을의 전경을 잠시 살피고 그 가까이에 위치한 성벽으로 다가갔다. 홍성읍의 상징이기도 한 이 성벽은 읍민들이 정성들여 가꿔서 그런지 주변이 잘 정비되어 있었다. 성벽에 내려쪼이는 햇볕이 제법 따스했다. 겨우내 움추렸던 나무잎이나 풀들이 머지않아 파릇파릇 돋아날 것을 생각하면서 성곽을 돌아 도심가에 위치한 읍사무소로 찾아갔다. 이미 폐기된 그의 호적을 참고하기 위하여 담당자에게 문의했으나, 그것을 찾을 수가 없었다.

홍주산성 : 홍성읍 오관리에 위치한 성벽으로 읍민들의 휴식처가 되고 있다. 송욱의 생가가 있었던 자리는 홍주성 기슭에 위치하고 있다.

홍성읍 오관리의 전경: 송욱이 태어난 오관리 417번지는 여러 조각으로 나뉘어 새로 지은 건물들로 채워져 있다.

송욱이 이곳에서 태어났다는 외에는 아무런 의미가 없다. 아버지의 직장을 따라 그는 태어나자 곧바로 이곳을 떠나갔다. 그래서 그는 이곳이 향수의 대상이 되기는커녕 기억조차 거의 없었을 뿐만 아니라, 그의 시나 산문에도 이곳에 대한 이야기는 거의 나타나지 않고 있다.

이렇게 엄청나게 변하고 송욱 자신도 잘 모르는 고향에 와서 그의 어린 시절을 더듬고자 함은 얼마나 무모한 짓인가. 주민들은 송욱이 이곳에서 태어났다는 것조차도 모른다. 하물며 그가 '何如之鄕'을 목이 터져라 외치다가 간 사실을 어찌 알겠는가? 아무런 단서도 잡지 못하고 되돌아 나오는 발걸음이 더욱 무겁게 느껴진다.

2. 고향 아닌 고향, 추억과 향수가 깃든 花洞집 골목

송욱은 1954년 봄, 서울 종로구 사간동 11번지로 이주할 때까지 화동에서 살았다.4) 그러니까 재동초등학교는 물론, 경기중학, 일본 유학 및 대학을 졸업하고 결혼하여 성가하기까지 유년시절부터 청소년기를 온통 화동에서 보낸 셈이다.

종로구 화동집 : 송욱은 유년기로부터 청년기까지 이곳까지 살았다. 재동보통학교 와 경기중고교(구교)는 화동집에서 가까운 거리에 있다.

그 화동집은 경기중고교(현재 정독도서관)의 담 옆으로 난 골목에 위치하고 있었다. 당시의 지번은 화동 135번지로 되어 있는데, 현재 그

---

4) 송욱의 차남 東烈(1957)의 출생신고지가 사간동 11번지로 되어 있는 것으로 보아, 이곳은 송욱이 결혼하여 분가한 집으로 추정된다.

지번이 104번지로 바뀌어져 있다. 무슨 까닭으로 이렇게 지번이 바뀌었는지 확인할 길이 없다. 더구나 초등학교나 중학교 때 그의 학적부에 보면, 화동 135번지는 본적으로 되어 있고, 주소는 화동 7C∼2로 되어 있다. 그의 본적지가 되는 화동 135번지는 현재 존재하지 않은 지번이다. 따라서 그의 주소지인 화동 76∼2호가 지금도 누이 동생들이 살고 있는 화동 104번지가 아닐까도 싶다.5)

송욱이 화동집에서 태어나지는 않았다. 그의 고향 홍성읍은 태어나자 곧바로 떠났기 때문에, 그에게는 고향에 대한 아무런 기억도 없다. 그러니까 그가 유년기로부터 청소년기를 거쳐 결혼하여 분가할 때까지 보낸 화동집은 그에게는 고향 아닌 고향으로, 그의 유년기의 영롱한 꿈과 어머니의 사랑, 젊음의 짜릿한 향수와 낭만이 있는 곳이기도 하다.

> 달빛 아래 오솔길 山너머 바다
> 머리에 눈을 이고 눈물지우며
> 부르는 주름살을 따라가고저
>
> ─〈어머니〉의 전문6)

송욱이 강화에서 서울 종로구 화동 135번지로 옮겨온 때가 만 4세였으니까 유년기에 해당된다. 그는 만 7세가 되던 1932년에 집 가까이에 있는 재동공립보통학교에 입학한다. 그는 어릴 때부터 책을 좋아하여 항시 책을 손에서 놓지않는 '책벌레'였다고 한다. 그리고 학교 성적도 매우 뛰어난 우등생으로 반에서 거의 수석이었고, 반장 또는 부반장을 번갈아 하고 있었다.7)

---

5) 송욱의 장남 正烈(1954)의 출생신고지가 화동 104번지로 되어 있는데, 지번이 바뀌어서 그런지, 아니면 그 지번을 따라 몇 차례 이사를 한 것인지 확인할 수가 없다.
6) 이 작품은 1954년 3월 사상계사에서 간행된 송욱의 첫 시집 『誘惑』의 머리에 일차로 실었고, 1961년 2월 일조각에서 출간된 두번째 시집 『何如之鄕』 앞에 『유혹』의 시편들을 함께 수록하면서 책 머리에 또 다시 실었다.
7) 송욱의 재동보통학교 학적부에 보면, 학업성적이 매우 우수했다. 각 학년별

재동초등학교 : 송욱이 어려서 다녔던 재동보통학교는 아직도 그 자리에 있다.

송욱은 1938년 재동보통학교를 마치고 같은 해 4월 경기중학교에 입학한다. 당시로는 내노라하는 수재들만 들어가는 경기중학에 입학한 것으로 보아 그의 재능을 짐작할 수 있다. 아무튼 그는 이 무렵 집안에서 한문 독선생과 세부란스 병원에서 외국인 영어선생까지 초빙하여 공부를 시켰다는 사실은 그의 부친의 자녀들에 대한 교육열이 대단했음을 짐작할 수 있다. 송욱이 영문학을 전공했으면서도 동양사

성적을 보면 10/10(1학년), 10/10(2학년), 10/10(3학년), 9/10(4학년), 9/10(5학년), 10/10(6학년) 등과 같고, 급장(반장)과 부급장(부반장)을 번갈아 가면서 한 것으로 나타나 있다.

상에 대한 폭넓은 지식을 축적할 수 있었던 것도 그의 어렸을 때에 이런 한문교육이 바탕이 되었던 것이다.

송욱이 시도한 동서문학과 사상의 비교는 문학해석의 심도를 훨씬 깊이한 것으로 하나의 전기를 이룩한 것임에 틀림없다. 유교 및 노장 사상과 불교사상은 물론, 율곡과 퇴계사상과 서양의 실존철학과 현상 학적 방법 등 그의 해박한 지식을 바탕으로 시도한 동서문학과 사상 의 비교는 우리 현대비평사에서 새로운 지평을 열어보인 것이다.

3. 태평양전쟁과 일본 가고시마의 제7고등학교 시절

송욱이 경기중학 4학년에서 중퇴하고, 사학자로서 서울대학교 문리 대 동료이기도 했던 민석홍 교수와 함께 일본 가고시마(鹿兒島)의 제7 고등학교에 입학한 것은 태평양전쟁 중인 1942년이다. 그는 그곳에 서 영어 뿐만 아니라, 독일어에 주력하여 공부했다는 것이다. 그가 경 기중학교 4학년 때 중퇴한 사유로 '제7고등학교의 입학'으로만 적혀있 을 뿐이다. 경기중학교 재학중 그의 학업성적은 매우 우수한 편이 다.8)

---

8) 경기중학교 4학년 중퇴할 때까지의 학업성적은 수석은 아니었으나 매우 우수 한 편이다. 그리고 4학년 때 중퇴한 사유도 '제7고등학교 입학' 때문이라고 적 혀 있다. 당시의 학제관계를 잘 모르기 때문에 이에 대해서 정확히 밝힐 수가 없다. 서울대학교 학적부에는 연도는 밝혀져 있지 않고 다만 '대학입학 자격검 정시험 합격'으로 나타나 있을 뿐이다. 중학교 시절도 건강상태는 그리 좋지 않았던 것 같다. '폐침윤'으로 요양을 요하는 기록이 나타나 있는 것으로 보아 그렇게 짐작된다.

경기중고교: 송욱의 중학시절을 보냈던 경기중고교는 아직도 그 자리에 있다.

중·고등교의 과정을 거의 함께 했던 민석홍 교수에 따르면, 송욱이 시를 쓰기 시작한 것은 고등학교 시절이라고 한다. 그는 중·고교의 청소년기로부터 이미 철학이나 종교에 남다른 관심을 보였던 것으로 전해지고 있다.

> 사춘기에 한 번 위기를 겪은 기억이 난다. 현실적인 투사와 정신적인 영웅을 겸해 보려는 자기의 욕망이 달성될 가망이 없다. 그리고 자신을 지나치게 무력하다고 느낀 때문인지 모른다. 혹은 정신과 육체의 분열에 절망을 느낀 탓인지도 모른다.9)

그는 자신의 다감했던 청소년기를 이렇게 회상하고 있다. 그는 이때 '육체의 정신적인 가치와 정신의 육체적인 의미'를 생각하게 되면서 사춘기의 위기를 극복할 수 있었다는 것이다. 그의 습작과정이 비

---

9) 송욱, 『하여지향』(일조각, 1961), <序言> 1면.

롯된 것도 바로 이 시기에 해당된다. 그가 이때 많은 습작품들을 불살라 버리고 훌륭한 시를 쓰기 위해 새 출발을 다지기도 했다.10)

그 당시 고등학교는 3년제였는데, 전쟁 관계로 그 과정이 2년 6개월로 단축되었다. 그리하여 그는 1944년 8월에 고등학교를 졸업하고 경도제대 문학부 사학과에 입학했다가 징병을 피하기 위해 다시 구마모도의대(熊本醫大)로 편입하게 되었다.11)

태평양전쟁이 막바지에 이르러 일본이 밀리게 되자, 일본에 유학중인 많은 한국학생들이 서둘러 귀국했다. 송욱도 그들과 함께 귀국하여 경성제대 의학부로 편입하게 된다. 그러나 그것도 잠시였고, 의학이 적성에 맞지 않아 고민하다가, 마침내 1946년 9월 서울대 문리대 영문과로 옮겨 영문학을 전공하게 된다.12)

4. 詩壇 데뷔와 함께 곧바로 6·25전쟁이 일어나 피란길에 ……

송욱이 서울대 영문과를 졸업한 것은 1948년 8월이다. 그리고 그가 모교인 경기중학교 교사와 서울대 강사로 출강하게 된 것도 이 무렵이다.

1950년 한국전쟁을 얼마 앞두고 그가 소망했던 시단 데뷔를 위한 첫 시도가 있었다. 그것은 당시 신인발굴을 위한 추천제도가 있었던 ≪문예≫ 3~4월호에서 <장미>와 <비오는 창> 등으로 서정주에 의해 연달아 추천을 받게 된다.

---

10) 같은 책, 1면 참조.
11) 송욱의 일본 유학시절, 곧 고등학교 시절은 물론, 京都帝大와 熊本醫大의 입학관계는 자료를 수집하지 못하고 기존의 논의, 곧 김용성의 『한국현대문학사탐방』의 기술내용을 바탕으로 했기 때문에 필자로서 그 확실하고 자세한 것은 알 수가 없다.
12) 경성의대 재학기간이나 기타의 자세한 사항은 서울대 학적부에 나타나 있지 않아 그 정확한 것은 알 수가 없다.

장미밭이다.
붉은 꽃잎 바로 옆에
푸른 잎이 우거져
가시도 햇살 받고
서슬이 푸르렀다.
....
장미밭이다.
핏방울 지면
꽃잎이 먹고
푸른 잎을 두르고
기진하며는
가시마다 살이 묻은
꽃이 피리라.

　　　　　　　　　　　　　　　　　―＜장미＞에서

비가 오면
하늘과 땅이
손을 잡고 울다가
입김 서린 두 가슴을
창살에 낀다.
거슴츠레
구름이 파고 가는
눈물 자국은
어찌하여 질 새 없이
몰려드는가.

　　　　　　　　　　　　　　　―＜비오는 창＞에서

　이 두 작품은 마치 서정주의 초기시를 읽는 리듬감을 느끼게 한다.
아무튼 이들은 송욱이 대학노트로 몇 권의 습작품을 불태우고 새로
시도한 작품들이라고 한다. 같은 경기중학 동창생이었던 시인 이원섭
이 이 작품들을 보고 서정주에게 전달되어 곧바로 추천을 받게 되었
다는 것이다.
　그 추천사의 내용으로 보아 그때 이원섭을 통해서 서정주에게 전달
된 작품은 ＜장미＞・＜비오는 窓＞・＜숲＞ 등 3편이다. 서정주는

여기서 송욱의 시적 역량이 충분히 짐작되어서 한꺼번에 실리려다 지면 배분 때문에 못하는 아쉬움을 말하고 있다. 그리고 3편 중 <숲>은 표현의 애매한 점이 있으니 딴 작품이 있으면 보내달라는 주문이다.13) 그런데 그 다음호인 1950년 4월호에 보면 2회 추천작으로 <비오는 창>만 수록하고 있을 뿐이다. 따라서 3회, 곧 최종 추천작품으로 <숲>이나, 아니면 이에 대치된 다른 작품이 동지 5월호에 서정주의 추천사와 함께 송욱의 천료소감까지 발표되어 있을 것으로 추정된다. 그러나 현재 그 잡지의 소장처를 찾지 못했기 때문에, 이에 대한 정확한 사실을 밝힐 수가 없다. 아무튼 6·25전란이 발발하기 직전에 나온 동지 2권6호(1950. 6)와 동년 12월에 속간된 전시판 이후, 그러니까 그가 천료 후 첫 작품 <꽃>을 발표한 1953년 6월호(초하호)까지 최종회의 추전작품과 이와 관련된 기록들이 아직 나타나지 않고 있다. 공교롭게도 1950년 5월호(2권5호)만 전해지지 않고, 그와 관련된 서지목록 같은데도 결호로만 처리되어 있는 것이다.

종로구 사간동집 : 송욱이 분가해서 얼마간 살았던 집. 지금은 그 자리에 2층 양옥이 새로 지어져 있다.

---

13) ≪문예≫ 2권3호(1950.3), 153면 참조.

아무래도 송욱이 최종회로서 3회 추천을 받고 그 다음 달에 전쟁이 일어난 것 같다. 그리하여 그는 작품활동을 할 겨를도 없이 피란지에서 해군장교로 입대하였고, 1952년에는 진해로 옮겨 해군사관학교 영어교관으로 근무했다. 1953년 7월 27일에 휴전이 되자, 송욱은 같은 해 10월에 대위로 제대하고 부산으로 옮겨 미대사관에 근무하게 된 것이다.

송욱이 부인 인봉희 여사와 결혼한 것은 전쟁이 치열했던 1952년 12월로 그가 해군사관학교 교관으로 있을 때였다. 송욱과 함께 해군장교로 근무하고 있었던 부인의 오빠인 인양환의 중매로 이루어졌는데, 부인은 충남 당진 출신으로 송욱보다 4세 연하였다.

5. 문단활동의 재개와 함께 서울대 교수로 취임하다

휴전이 되던 1953년 6월 ≪문예≫ 초하호에 송욱은 시작품 <꽃>과 동지 11월호에 평론 <서정주론>을 발표하면서 그 동안 전쟁으로 못했던 문단활동을 본격적으로 시작했다. 그리고 1954년 봄에 피란지 부산에서 서울로 돌아오는 등……그 동안 전란으로 어수선했던 마음을 가다듬고 평론 <현대영시와 그 전통>을 ≪문예≫ 신춘호에 발표하고, 3월에는 그 동안 써두었던 46편의 시작을 묶어 그의 첫 시집 『유혹』을 사상계사에서 펴내기도 했다.

한편 송욱은 같은 해 10월 모교인 서울대 문리대 영문학과 전임강사로 부임했다. 그의 이런 생활안정은 시작활동과 학문연구에 촉진제가 되기도 했다. 그리하여 ≪사상계≫를 비롯하여 ≪현대문학≫·≪신태양≫·≪자유공론≫ 등에 장시 <하여지향> 및 <해인연가>와 여타의 시작을 연달아 발표했을 뿐만 아니라, 또 한편으로는 평론 <시학평전>을 ≪사상계≫에 연재하기도 했다. 이들 시작을 묶어 1961년 일조각에서 출간한 『하여지향』의 시편들은 그의 이지적 냉철

'유혹': 송욱의 제1시집으로 1954 사상계사에서 간행되었다.

성을 유지하면서 사회적 비리와 부조리를 풍자하여 많은 문제성을 던
지기도 했다. 그리고 ≪사상계≫에 1년여 연재한 평론 『시학평전』이
1963년 일조각에서 단행본으로 간행되었는데, 이것은 우리 현대비평
사에서 하나의 전환점을 이룩한 것이다. 영미문학과 프랑스의 상징주
의 시론 및 실존주의 문학이론을 바탕으로 한 새로운 분석방법의 도
입은 우리 문학연구에서 새로운 지평을 연 것이다. 우리 문학에 대한
자조적이고 지나친 폄하에 대한 반론이 없었던 것이 아니나, 아무튼
그가 『시학평전』에서 시도한 심도있는 분석방법은 당시의 문단이나
학계에서 신선한 충격으로 받아들여지고 있었다.

서울 문리대 : 송욱의 모교이자 평생을 몸 담았던 직장이기도 했던 마로니에 공원에 있는 서울대 본부의 건물이다.

마로니에 : 그 정원에는 마로니에를 비롯한 일부 정원수들만이 고목이 된 채로 아련한 옛 추억을 간직하고 있다. 지금은 공원의 이름 그대로 거리나 경내에는 마로니에들이 많이 심겨져 있다.

한마디로 이때 그의 왕성한 시작활동과 비평활동은 학계나 문단에 커다란 파문을 일으켰다. 그의 이런 반향과 명성에 걸맞게 1964년 봄에는 역저 『시학평전』으로 한국일보사에서 주관하는 출판문화상 저작상을 받았고, 동년 가을에는 서울 특별시가 주최하는 서울시문화상을 수상하게 되었다고 한다.

6. 길갓집을 울타리 삼아 살았던 성북동의 막다른 골목집

송욱이 피란지 부산 등지에서 돌아와 서울 종로구 화동에 살다가 곧바로 화동과 이웃한 사간동으로 옮겼다. 그는 사간동에서 7년여를 살다가 다시 성북구 성북동 175번지 5호로 이사하여 사망할 때까지 살았는데, 이는 아마도 그가 평생토록 근무했던 서울대(동숭동 소재)가 가까웠기 때문이기도 하다.

성북구 성북동집 : 송욱이 이곳에서 죽을 때까지 살았다. 그의 가족들은 모두 떠났지만, 집과 골목은 옛 모습을 그대로 지키고 있었다.

큰 길 길갓집을/울타리 삼아
막다른 골목에서/가만히 산다.
(골목대장도/곤란하기에)

우물안에 가라앉은/두레박처럼
불꽃을 길어올릴/꿈을 꾸다가
잃은 넋이 간판이다./거리를 가면.

비행기도 타지않고/모내기도 하지않고
하늘을 가는/ 神仙이란 모조리
도적놈들——/점을 칠까, 간장을 팔까.

바라볼 것은
(다리밑 땅군도/간판이 있어,)
대폿집 지붕 위에/솟은 푸른 山
모진 꿈을 바람을/막고 솟은 山,
그 넘머 놀에/하늘처럼 미친다.

—<三仙橋>의 전문

송욱이 삼선교에 인접한 성북동의 길갓집을 울타리 삼고 막다른 골목집에서 가만히 살았던 시절도 너무나 엄청난 세월이 흘렀다. 아니 그 집주인이 떠난지도 벌써 20년이란 세월이 흘렀으니, 그 변화를 새삼 들먹일 필요조차 없을 것 같다. 다리밑 땅군도 대폿집 지붕 위로 높이 솟은 푸른 산도 이제는 모두 가리워 고층건물로 둘러싸이고 까맣게 오염된 공기를 마시며 숨가쁘게 살아가는 사람들의 행렬이 오히려 짜증스럽기까지 하다.

아무튼 송욱은 이곳에서 안정된 삶을 누리면서 시작과 학문활동에만 몰두하면서 외롭게 산 것이다. 사람들과 함께 어울리기를 싫어했고 '奇人'이라 불릴만큼 홀로 사색하기를 좋아했던 그는 오로지 시작과 학문에만 몰두하고 있었다. 따라서 이외의 세속사에 대해서 의미를 부여하기를 그는 무척 꺼려했던 것이다.

'何如之鄕'과 '詩學評傳': 전자는 송욱의 제2시집으로 1961년 일조각에서 나왔고, 후자는 제1평론집으로 1963년 일조각에서 간행되었다.

송욱이 살았던 성북동의 막다른 골목집은 여전히 남아 있었다. 좁디 좁은 골목길, 변한 것이 있다면 새로 깔린 블록과 연탄을 실고 다녔던 손수레는 이제는 다니지 않아도 될만큼 집집마다 도시가스를 설치한 것이 다를 뿐이다. 집은 당시 서민들이 살았던 조그만 한옥의 옛 모습을 그대로 간직하고 있었다. 워낙 골목이 깊어서 주변의 집들은 거의 개조되지 않고 있었다. 당시로서는 큰 불편을 느끼지 않고 살았지만, 지금은 무척 불편해 보인다.

그의 부인을 위시하여 자녀들은 이미 오래 전에 이곳을 떠나 이사했고, 바로 이웃의 연로하신 내외분이 나와 송욱의 가족들과 함께 살았던 지난 시절을 친절하게 일러주신다. 이 집에 새로 바뀌든 안주인은 무척 젊어 보였다. 젊은이가 불편하기 이를데 없는 이런 한옥에 살고 있는 것이 오히려 대견스럽기까지 하다. 이런 고마운 이웃들이 떠나고 나면, 이 조그맣고 초라한 집에서 한 시대를 풍미했던 대학자가, 아니 한 시인이 살았다는 사실은 까맣게 잊혀질 것이다. 새 천년 들어 모처럼 찾아든 따스한 봄볕이 환히 비치는 골목길을 더듬어 내려오는 발걸음에 만감이 교차한다.

7. 문학적 유럽여행과 두 번째의 해외 나들이

송욱이 유럽여행의 길에 나선 것은 1968년도 말이다. 그때 그는 독일·프랑스·영국을 2개월에 걸쳐서 여행하기로 되어 있었다. 그는 여행 중 만난 사람들과 풍물들을 보고 느낀 것을 정리한 여행기를 이듬해 ≪월간중앙≫ 6월호에 발표하고 있다.

그가 실지로 해외의 나들이를 한 것은 두 번째가 되는 셈이다. 1957년 미국 시카고대학 교환교수로 가서 이듬해까지 연구하고 돌아온 것을 합쳐서 한 말이다. 그러니까 순전히 여행만 목적으로 떠난 것은 그때가 첫 번째가 되는 셈이다.

그가 독일로 가는 도중에 이탈리아의 수도 로마에서 이틀동안 머물면서 천년 고도의 문화유산을 돌아보았다. 이르는 곳마다 빽빽히 들어선 웅대하고 아름다운 건축물들을 보고 그는 몹시 감탄한다. 한마디로 말해서 그는 서양문화가 건축문화에 있음을 깨닫게 된다. 서양문화가 건축문화라고 함은 유럽에 크고 아름다운 건물이 많다는 반증도 된다. 그는 오히려 "서양의 철학도, 문학도, 미술도, 음악도, 동양 것에 비하면 좀더 건축적이고 조형적"인 특색에서 동서문화의 차이를 찾고 있다.

송욱은 서독에 도착하자 곧바로 그곳에서 안내하는 스케줄에 맞춰 2주간에 걸쳐서 독일문화 전반을 돌아본다. 라인강변을 따라 돌면서 로렐라이의 바위도 보고 마르크스부르크 성내를 돌아보기도 했다. 그리고 그가 찾아간 각 도시마다 펼쳐지는 수준 높은 문화행사를 몹시 부러워하기도 한다. 특히 실러 박물관에서 릴케의 원고를 만져보고 느낀 감격을 그는 못잊어 하면서 프랑스의 빠리로 갔다. 그는 그곳에서 루브르 미술관을 하루종일 지치도록 보기도 하고 보들레르 전람회를 보면서 프랑스에서는 특히 문학과 미술의 밀접한 관계가 있음을 깨닫는가 하면, 건물의 내부에 설치된 많은 거울을 통하여 프랑스 철학과 프랑스 말의 명석성을 유추하기도 한다. 그리고 무엇보다도 그가 그렇게 만나보기를 희구했던 사물의 시인 프랑시스 뽕즈와 Francis Ponge와의 감격적인 만남이었다. 뽕즈는 프랑스 문학사에서 특이한 사물의 시인으로서 그림뿐만 아니라, 모든 사물을 '소리없는 시, 혹은 시학'으로 보고 있다.

> 이 재떨이를 비롯해서 모든 사물은 소설에 나오는 주인공과 같은 존재입니다. 말없는 사물에 말을 불어넣는 것이 시인으로서 내가 할 일이지요. 그리고 그것은 그리 어려운 노릇도 아닙니다.14)

송욱의 유럽여행 : 1968년 이탈리아 · 독일 · 프랑스 · 영국 등을 여행했을 때, 베를린에서의 송욱의 모습이다.

---

14) 송욱, 『문물의 타작』(문학과 지성사, 1978), 42면.

뽕즈와의 만남: 송욱이 프랑스에 갔을 때, 사물의 시인 뽕즈의 자택에서 만났다.

위는 송욱이 뽕즈와 만나서 한 대화에서 '사물의 시'에 대한 개념을 정의한 뽕즈의 말이다. 사실 이것이 계기가 되어 송욱이 동서문물의 비교로서 사물관이나 생명관까지 확대하게 된 것인지도 모른다. 아무튼 송욱은 뽕즈와의 만남의 기쁨을 시간과 공간을 초월하여 사람들의 마음과 마음을 결합시키는 힘이 예술에 있음을 깨닫고, 서구에서 뽕즈의 문학적 위상을 엘리어트나 발레리와 비견되는 거장시인으로 높이 평가하기도 했다.

그는 프랑스를 떠나 최종 목적지로서 영국의 런던에 도착했다. 그는 그곳에서 일주일간 머물기로 하고 유명한 웨스트민스터 사원에서 T.S. 엘리어트의 이름과 그곳에 새겨져 있는 "亡者들이 주고받는 말이란/산 사람의 말을 넘어선/날름대는 불꽃이다"라는 시구를 읽으면서 무척 감격하기도 했다. 그리고 템즈강가에 자리잡고 있는 음악의 전당인 페스티벌 홀에서 심포니를 들으면서 '전쟁이 끝나면 예술이 있어야 한다는 영국 사람들의 예지'를 몹시 부러워하기도 한다.

'文學評傳'과 '月精歌': 전자는 송욱의 제2평론집으로 1969년 일조각에서 나왔고, 후자는 제3시집으로 1971년 일조각에서 간행되었다.

　송욱에게는 그때 유럽 여행에서 얻어진 것이 너무나 많았던 것 같다. 유럽의 시인이나 작가 및 학자들과 만나서 나눈 학문에 관한 정보의 교환은 물론, 많은 서적과 자료를 수집하여 돌아와서 그의 문학 이론의 폭을 훨씬 넓힐 수 있었다.

　송욱의 이런 학문적인 활동과 함께 시창작에 대한 정열은 남다른 바 있다. 그는 학자로서보다는 시인으로 남기를 보다 소원했다는 말과도 같이 이 무렵 산행과 국토순례를 하면서 시창작에 몰두하여 1971년 제3시집 『월정가』를 일조각에서 간행했다. 그의 제1 · 2시집에서 전환하여 새로운 시세계를 보이고 있다. 그 초기시들이 서구적 지성을 바탕으로 세태를 풍자하고 난삽성을 특색으로 하고 있다면, 『월정가』의 시편들은 인간적 삶의 내움과 다소의 평이성을 보여 독자에게 보다 친근감으로 다가서고 있다.

8. 만해 시의 해설과 동서의 사물관과 생명관의 비교

송욱이 만해 한용운의 시에 몰두한 것은 1970년대 초반부터로 생
각된다. 만해의 시집『'님의 沈默' 전편해설』과 함께 교정본을 만들기
까지 한 기쁨을 그는 이렇게 말하고 있다.

> 그가 시집을 탈고한 1925년 8월 29일 밤에, 나는 그의 고향에
> 가까운 충남 홍성에서 태어난 지 넉달밖에 안되는 젖먹이었다. 그
> 갓난 아기는 이제 50을 바라보면서, 문필생활 30년에 끝내 숙원
> 의 하나였던 이 책에서 '님의 수수께끼'를 그 나름으로 풀어 보았
> 다. 이는 내가 무슨 '發願'을 한 탓인지도 모른다.15)

송욱은 이 책에서『님의 침묵』의 시편들을 '疑情에서 깨다름에 이르
는 과정'을 노래한 證道歌로 보고 불교사상을 기조로 해서 해설하고
있다. 이광수를 비롯하여 김안서·정지용·김기림· 이상 등 거의 모
든 작가나 시인을 신랄하게 비판면서도 유독 만해 한용운에 대해서만
극찬하고 있는 것이다. 한마디로 시집『님의 침묵』은 세계문학사상
유일무이한 존재로 불교적 깨달음의 경지를 처음으로 '사랑의 시'로
쓴 것이라 하고 있다.

송욱이 왜 만해의 시집을 이토록 좋아하고 극찬하고 있을까? 그것
은 평범한 '사랑의 시'이면서도 거기에 담겨진 '헤아릴 수 없는 깊이'와
만해의 혁명가적 기질과 사상을 흠모하고 있기 때문일 것이다. 그가
젊어서 가졌던 현실적인 투사와 정신적인 영웅을 겸해 보려는 이상형
의 초상을 바로 만해에서 찾은 것이다. 사실 그가 평생을 두고 갈등
하고 고뇌했던 것은 그 자신 그렇게 희구했던 이상적 초상을 성취하
지 못한데 있지 않을까 한다.

---

15)『'님의 沈默' 全篇解說』(일조각, 1982), <서문>에서 인용.

'님의 沈默 全篇解說'과 '文物의 打作': 전자는 한용운의 시집 '님의 침묵' 해설서로서 1974년에 일조각에서 나온 것이고, 후자는 그의 제3평론집으로 1978년 문학과 지성사에서 출간되었다.

　그는 자신이 살았던 암울한 시대의 아픔을 너무나 잘 알고 있었다. 그리하여 그는 글로 세태를 냉소적으로 비판하고 풍자했지만, 그의 행동은 그것을 따르지 못했다. 여기에 한 지식인으로서의 큰 고뇌와 갈등이 있었던 것이다. 현실적 투사와 정신적 영웅이 되고 싶었던 욕망이 좌절되면서 느끼는 무력감 속에서 그는 항시 고뇌하고 있었다.

　이 시기는 그의 학문적 기반이나 문단에서도 안정되고 원숙기에 접어들고 있었다. 그는 1975~77년까지 3년간 인문대 학장직을 맡기도 했다. 이 때문인지 1970년대 초반까지 펼쳤던 시작 및 비평활동에 비해서 양적으로 훨씬 못 미친 것으로 미루어 공적인 일들이 그의 시창작과 학문활동을 다소나마 위축시켰는지 모른다.

　그의 타계를 1년여 앞둔 1978년 7월 문학과 지성사에서 간행된 『문물의 타작』은 만해 시의 해설작업과 연관되는 작업이기도 하다.

그 Ⅰ·Ⅱ부는 수필 및 잡문, 초기부터 잡지에 이미 발표했던 평론이
나, Ⅲ부는 그의 비평적 전환으로 동서문물의 비교에 집중하고 있다.

> 문화가 아니라 나는 문물을 문제로 삼고자 한다. 참된 문화는
> 글과 사물의 올바른 관계에서 비롯하니까 말이다. 시에서 철학에
> 이르기까지가 모두 그러한 것 같다. 우리 몸과 마음의 관계, 나와
> 세계, 현재와 과거, 동양과 서양의 관계를 글과 사물이란 거울을
> 통하여 타작해 보면, 어떻게 되는 셈일까?16)

<표현의 철학>·<동서생명관의 비교>·<동서사물관의 비교>
등 Ⅲ부의 논문들은 모두 문물, 곧 글과 사물의 관계에서 비롯되는
것으로 보고 있다. 한마디로 송욱은 '글과 사물이란 거울'을 통하여 동
서양 사상의 비교까지 확장하고 있다. 이는 그가 유럽을 여행할 때
만난 사물의 시인 프랑시스 뽕즈의 사상과도 연관된다. <표현의 철
학>에서는 모리스 메를로 뽕띠의 현상학의 이론을 소개하고 있는가
하면, <동서생명관의 비교>와 <동서사물관의 비교>에서는 베르그
송·사르트르·노자·퇴계·율곡 등의 사상을 '글과 사물의 관계'로
비교하여 그 차이점을 밝히고 있다.

9. 적막속에 잠긴 마석 모란공원 묘원의 무덤에는 세월만 흐르고……

송욱은 1980년 봄 그의 생일이 임박한 4월 16일 자택 서재에서
갑자기 심장마비를 일으켜 만 55세를 일기로 타계했다. 평소에 혈압
이 높아 항시 조심하는 편이었으나, 불의에 닥친 죽음은 어떻게 피할
수가 없이 시작과 학문에 대한 많은 미련을 남긴채로 그는 떠난 것이
다.

세속사에는 거의 관심하지 않고 시작과 학문에만 몰두하는 전형적

---

16)『文物의 打作』(문학과 지성사, 1978), <책 머리에>에서 인용.

인 학자로서 그의 비사교적이고 고집스러움은 남의 눈에는 그가 '奇人'
으로 보이게 된 것이다. 그렇다고 그가 유별나게 기인의 행세를 한
것도 아니다. 범상의 궤도를 벗어난 기인의 거침없는 행동거지가 남
에게는 조소와 비난, 냉소적 희화의 대상일 수도 있으나, 본인에게는
많은 고통과 괴로움이 그 밑바닥에 깔려 있는 것이다. 아무도 살지
않는 고도에 유폐되어 있는 것처럼 항시 고독과 소외감 속에서 살아
가게 마련이다.

송욱은 '기인'이라 불리면서 기인답게 살지 못한데 심적 갈등과 고
뇌가 있었는지 모른다. 그의 성격의 탓도 있겠으나, 그는 남들처럼 많
은 사람들과 어울리지 못했고, 오히려 본인도 그것을 싫어했다. 그는
언제나 홀로 있었고, 홀로 있고 싶었다. 그것이 세인의 눈에 그가 '기
인'으로 비쳤는지 모른다. 그가 살아간 궤적이 어떻든 간에 불시에 닥
쳐온 그의 죽음은 우리들에게 많은 아쉬움을 남기게 했다. 그가 계획
하고 또 할 일이 산적해 있었는데, 그의 죽음은 우리 문단이나 학계
에서도 큰 손실이 아닐 수 없다.

송욱의 무덤: 경기도 양평군 마석 모란공원묘지에 있다.

그는 서울과 인접한 경기도 양평군 마석의 모란공원묘지에 깊이 잠들고 있다. 그가 이곳에 처음으로 묻혔던 1980년 당시만 해도 서울과는 너무나 멀게 느껴졌을 것이다. 그러나 20년이 지난 지금은 전국토가 도시화되고 시가지는 날로 팽창되어 이곳도 어떤 지각변동이 있을는지 아무도 예측할 수 없다.

우리들 일행이 그의 묘소를 찾은 것은 새 천년의 벽두, 추운 겨울철이다. 그늘진 곳에는 미처 녹지 않은 잔설이 얼어 발걸음이 더욱 조심스럽다. 그러나 묘역은 온통 적막하다. 이따금 스쳐가는 바람소리만이 깊은 정적을 깨뜨리고 있을 뿐이다.

묘지관리소의 친절한 안내를 받아 쉽게 그의 묘소를 찾았다. 크다기보다는 오히려 초라하게 보이는 한 시인의 묘소, 그것을 지켜보는 마음을 무척 아프게 한다. 그가 살아서 그렇게 희구하고 화사하게만 느껴졌던 모든 것들이 이 초라한 무덤으로 결산되었으니 말이다. 인생의 덧없음을 더욱 실감케 한다.

묘소에 세워진 시비, 이것은 그의 제자들이 시비건립회를 결성하여 1985년 5월에 세운 시비였다. 그러나 한 시인, 아니 한 학자가 아니라도, 인생의 결산이 고작 화강암에 새겨진 몇 글자로 간단히 끝나고 마는 것을 그렇게 허둥대면서 살았단 말인가? 그의 시비에는 『월정가』에서 가려낸 <雅樂—重光之曲>의 전문이 새겨져 있다.

> 슬프다 하면/너무 무겁고
> 무겁다 하면/너무 깊으다.
> 하늘인가 바단가/흘러가는 가락인가
> 살별 떼가 나는/밤을 다한 마음인가
> 넓어질수록/아아 홍청대는 공간이여!
> 가라앉아도/아아 싱싱한 시간이여!
> 불꽃을 퉁기면서/휩싸고 돈다.

시비 : 무덤에 세워진 시비에는 '월정가'의 시편 〈雅樂-重光之曲〉 전문이 새겨져 있다.

　맑게 개인 하늘, 겨울의 따스한 햇볕이 하얀 화강암에 마구 비쳐 반짝이고 있었다. 우리들 일행은 비면을 어루만지면서 그곳에 각명된 글귀를 더듬거린다. 싸늘한 바람이 귓볼을 스쳐간다. 죽음의 바다, 산은 온통 무덤으로 가득하다. 서울 근교의 공원묘지는 어디나 초만원이다. 이곳에 묘원이 조성되기 전에는 이렇게 많은 죽음들이 머물게 될 줄은 아무도 몰랐을 것이다. 우리들은 무거운 발길을 되짚어 비탈길을 조심스럽게 내려왔다.

　그리고 송욱이 사거한 이듬해, 그러니까 1981년 3월에 김현이 그의 유고를 모아 엮은 『詩神의 住所』가 일조각에서 간행되었다. 이 유고집은 송욱이 제3시집 『월정가』 이후에 각 지상에 발표되었던 시작과 유고시, 일기 및 시작노트를 비평가이며 불문학자였던 김현 교수가 편성한 것으로 그의 제4시집이 되는 셈이다. 지금은 이 책의 편자였던 김현 교수도 애석하게 떠나고 없다. 인생무상은 이를 두고 이름

일 것이다. 아무튼 송욱은 평생을 시인으로서 학자로서 시작과 학문에만 몰두하여 기인으로 불릴만큼 외곬의 삶을 고집스럽게 살다간 것이다.

詩神의 住所 : 그의 사후(1981) 일조각에서 불문학자 김현이 주제하여 펴낸 유고시집이다.

(김학동·서강대 명예교수)

송욱의 시와 산문

—서지적 접근

　　송욱은 6·25사변 직전, 1950년도 ≪문예≫ 3~5월호까지 시작 3편으로 서정주에 의해 추천을 받고 문단에 데뷔한 것으로 생각된다. 그러나 그가 추천을 완료하자 곧바로 전쟁이 일어나 피란지에서 군복무를 했기 때문에 전혀 문필활동을 하지 못했다. 1953년 휴전이 성립되고 제대하여 피란지에서 서울로 돌아왔고, 이듬 해에 서울대 전임강사로 부임하면서 생활이 안정되자 시작과 비평활동을 본격적으로 펼치기 시작한다. 그리하여 『誘惑』·『何如之鄕』·『月精歌』·『詩神의 住所』 등 4권의 시집과 『시학평전』·『문학평전』·『'님의 침묵' 전편해설』·『문물의 타작』 등 4권의 문학비평 및 연구서를 남겼다. 이외에도 역서로 『미국문학사』·『소설기술론』 등과 몇편의 역시와 번역논문이 있다. 이것들을 시작활동과 산문활동으로 구분하여 서지적으로 살펴보기로 한다.

1. 시작활동

송욱이 ≪문예≫ 3~5월호까지 시작 <장미>·<비오는 창> 등 3편으로 서정주의 추천을 받고 그의 시작활동이 비롯되었을 것이라 추정됨은 이미 앞에서 말했다. 그런데 이에 대한 정확한 것은 현재로서는 밝힐 수가 없다. 그것은 1950년도 ≪문예≫ 5월호의 소장처를 찾지 못하고 있기 때문이다.

그는 같은 경기중학의 동창생으로서 그때 이미 문단에서 활동하고 있었던 시인 이원섭을 통해 그의 작품이 서정주에게 전달되어 추천을 받게 된다. 이것은 <장미>로 1회 추천을 하면서 한 서정주의 추천사에 잘 나타나 있다.

> 이분을 발견한 것이 나는 저윽이 기쁘다. 시인 이원섭형을 통해 그는 세편의 시작을 내게 보냈을 뿐이지만, 이걸로서도 그의 역량은 충분히 짐작하고 남음이 있었다. 세편 중 <숲>이 좀 표현에 있어 아스므레할 뿐, <비오는 窓>도 훌륭히 통일된 작품이었다. 이번호에 한목 실리려다가 지면배분의 사정 때문에 다음으로 미루는 바니, 그 동안에 마련된 더 좋은 놈이 있으면 주저치 말고 보내주기 바랜다.1)

우리는 여기서 1950년 5월호 ≪문예≫지의 소장처를 찾지 못했기 때문에 해결할 수 없는 몇 가지 문제점이 있다. 첫째로 그 당시 송욱이 3회 추천을 받았을 것으로 생각되지만, 그것을 정확히 밝힐 수 없는 점이다. 서정주의 추천사의 내용으로 보면 이원섭에 의해 그에게 전해진 작품은 <장미>·<비오는 창>·<숲> 등 3편 중 <장미>는 1회 추천작이고, <비오는 창>은 2회 추천작으로 되어 있다. 필시 <숲>이나, 아니면 다른 작품이 3회 추천작이 되면서 송욱의 천료소감이 실렸을 것으로 추정되는 ≪문예≫ 2권5호를 아직 찾지 못하

---

1) ≪문예≫ 2권4호, 153면.

고 있다. 아무튼 송욱은 시추천을 완료하고 오랫동안 침묵하다가
1953년 ≪문예≫ 6월호에 비로소 <꽃>을 발표하게 된다. 아마도
이것은 그가 전란 중에 군복무를 하는 등 문단활동을 할 겨를이 없었
기 때문일 것이다.

1) 『유혹』의 수록시편들

『유혹』은 송욱의 첫 번째 시집으로 1954년 3월 사상계사에서 간행
되었다. 그가 ≪문예≫지에서 추천을 받은지 4년만에 나온 시집이다.
이 무렵은 그가 피란지 부산에서 서울로 돌아와 그의 생활이 안정되
면서 시작과 학문활동이 본격화되던 시기에 해당된다.
이 시집에 수록된 작품은 총 21편인데, 저자는 이것들을 3부로 나
누어 편성하고 있다. 책 머리에는 서문 대신에 "달빛아래 오솔길, 산
너머 바다/머리에 눈을 이고 눈물지우며/부르는 주름살을 따라가고저"

부	작품(발표지)	기타	작품(발표지)	기타
Ⅰ	'쥬리엣트'에게		'햄렛트'의 노래	
	'맥베스'의 노래		'라사로'	
	誘惑			
Ⅱ	薔薇(문예, 50.3)	1회 추천작품	비오는 窓(문예, 50.4)	2회 추천작품
	숲		薔薇처럼	
	꽃(문예, 53.6)		窓	
	觀音像 앞에서		있을 수 있다고	
	僧侶의 춤			
Ⅲ	女精		그 속에서	
	生生回轉		失辯	
	詩人		時體圖	
	슬픈 새벽			

라고 노래한 <어머님께>라는 3행시가 있을 뿐이다.

위에서 우리는『유혹』의 시편중 3편만이 그 발표지가 확인된 것으로 미루어 대부분이 시집에 직접 수록된 것으로 보인다. 앞에서도 말했듯이, ≪문예≫2권5호의 소장처가 밝혀지면 3회 추천작품과 함께 한 두 작품의 발표지가 더 밝혀질 것으로 생각된다. 아무튼 이『유혹』의 수록시편 중 <薔薇처럼>을 제외하고는 모두가 송욱의 제2시집『何如之鄕』에 다시 수록하고 있다.

2)『하여지향』의 수록시편들

『하여지향』은 송욱의 제2시집이다. <서언>과 제1시집『유혹』의 권두시 <어머님께>를 그대로 실은 것을 제외하고 총 78편의 시작을 9부로 나누어 수록하고 있다. 이들 중에는 그의 제1시집『유혹』의 수록시편을 재수록하기도 했다. 그리고 저자는 수록시편들을 연차순으

부	작품(발표지) 및 시집		작품(발표지) 및 시집	
I	薔薇(문예, 50.3)	유혹	비오는 窓(문예, 50.4)	유혹
	숲	유혹	꽃(문예, 53.6)	유혹
	窓	유혹	觀音像 앞에서	유혹
	있을 수 있다고	유혹	僧侶의 춤	유혹
	女精	유혹		
II	'쥬리엣트'에게	유혹	'햄릿'의 노래	유혹
	'맥크베스'의 노래	유혹	'라사로'	유혹
	誘惑	유혹		
III	그 속에서	유혹	生生回轉	유혹
	失辯	유혹	萬籟를 거느리는	
	詩人	유혹	時體圖	유혹
	슬픈 새벽	유혹		

IV	王昭君(야담, 55.7) 기름한 귀밑머리(현대문학, 55.8) 출렁이는 물결을 겨울에 꽃이 온다	비단무늬 雲想衣裳花想容 살아가는 두 몸이라
V	RIP VAN WINKLE 거리에서 서방님께(시와 비평, 56.7) 무엇이 모자라서(시연구, 56.6) 한 걸음 한 걸음이(사상계, 55.10) '永遠'이 깃들이는 바다는 해는 눈처럼	駱駝를 타고 그냥 그렇게(시와 비평, 56.8) 어쩌면 따로 난 몸이 王族이 될까보아(현대문학, 56.5 　　　　　　동지, 67.12) 拓殖 殖産 生殖을(문학예술,55.8) 壁(현대공론, 55.1) '아담'의 노래
VI	南大門 義로운 靈魂 앞에서(문학예술, 56.9)	洪水(사상계, 55.2) 어느 十字架(문학, 56.7)
VII	何如之鄕 　壹(사상계, 56.12) 　參 　五(현대시, 57.10) 　七 　九 　拾壹(자유공론, 59.1)	 貳 四(사상계, 57.7) 六(문학예술, 57.8) 八(현대문학, 58.12) 拾(사상계, 59.2) 拾貳
VIII	海印戀歌 　壹 　參 　五(사상계, 60.2) 　七 　九	 貳 四(사상계, 59.9) 六 八(사상계, 60.8) 拾
IX	無極說(자유문학, 59.5) 三仙橋(문예, 59.1) 한一字를 껴안고(현대문학, 60.9) 微笑 現代詩學	宇宙家族(현대문학, 60.1) 逍遙詞 재빛 하늘에 第二創世記(사상계, 61.2) 四月革命 行進歌

로 배열하고 있음을 자서에서 밝히고 있다.

위로 미루어 보아, Ⅰ~Ⅲ부까지의 시편들이 『유혹』의 시편에 해당된다. 이들 21편 중에서 <薔薇처럼> 대신에 <萬籟를 거느리는>이 새로 수록되어 있다. <하여지향>이나 <해인연가>와 같은 연작시뿐만 아니라, 그 발표지가 밝혀지지 않은 작품들이 상당수 있다. 이들 가운데서 일부는 직접 시집에 실린 것도 있겠으나, 또 다른 시편들은 발표지를 찾지 못한 것도 있을 것이다. 그리고 또한 발표지와 시집에서 제목의 차이를 보이고 있는 것들이 몇편 있다. 이를테면 <王昭君의 노래→王昭君>·<기름한→기름한 귀밑머리>·<拓殖 殖産……→拓殖 殖産 生殖을>·<한걸음→한걸음 한걸음이> 등이 이에 해당된다. 그리고 <王族이 될까 보아>는 1956년 5월호와 1967년 12월호의 ≪현대문학≫에 2차에 걸쳐서 발표되기도 한다.

송욱은 자서에서 '한국어의 무한한 가능성'을 강조하여,

> 나는 한국어의 무한한 가능성을 믿는다. 나의 모국어가 어떤 외국어에도 못지 않다고 생각한다. 이에 대한 근거는 별로 없다. 다만 한국어는 나의 예술의 유일한 표현수단이기 때문에 그렇게 믿는 것이다. 자기의 악기를 탓하는 연주가가 있다면 그는 청중의 폭소나 격분을 살 것이다.[2]

라 하고 있다. '한국어는 나의 또 다른 육체'라는 시론, 곧 언어의 가능성을 극대화하는 작업은 송욱에게는 필생의 작업이었다. 이 시집의 시작들에 나타난 언어의 감각과 리듬, 비유적 표현과 기지 및 풍자성에 이르기까지 그 성패를 떠나서 모두가 그의 이런 시론을 바탕으로 하여 형성된 것이다.

3) 『월정가』의 수록시편들

『월정가』는 송욱의 제3시집으로 1971년 10월 일조각에서 간행되

---

2) 송욱, 『하여지향』(일조각, 1961), 2면.

부	작품(발표지)	작품(발표지)
I	六花孕胎 이웃사촌(자유문학, 62.6) 또 第二創世記(사상계, 65.8) 별 너머 鄕愁(신사조, 63.10) 알림 어린 아가씨(사상계, 62.11) 그대는 내 가슴을…… 이모 저모가	'랑데부' 겨울에 山에서(사상계, 61.9) 사랑으로…… 나는 어느 어스름(신사조, 62.3) 座右銘抄 宇宙時代 中道讚
II	影子의 眼目(사상계, 64.10) 抱擁無限(문학춘추, 64.6) 포옹 石榴 丹楓 바람과 나무 夜雨(월간중앙, 71.3) 山이 있는 곳에서	讚歌(사상계, 64.6) 내가 다닌 蓬萊山(현대문학, 62.12) 비와 매미 裸體頌(월간문학, 71.5) 빛(신동아, 64.9) 新房悲曲(신동아, 68.4) 龍꿈
III	智異山 讚歌(현대문학, 68.4) 智異山 메아리(월간문학, 70.4) 　　　—鄭英昊兄에게	智異山 이야기(사상계, 68.7) 雪嶽山 百潭寺
IV	암무지개 아가씨—環이에게 喜方瀑布 나무는 즐겁다(신동아, 69.10) 나를 주면……(월간중앙, 70.3 　　　　현대시학, 75.5)	濟州섬이 꿈꾼다(월간문학, 69.10) 개울(문화비평, 71.10) 바다(문학과 지성, 70.1)
V	革命幻想曲(현대문학, 61.6) 달을 디딘다	自由
VI	안개(문학과 지성, 70.1) 개의 理由	白雪의 傳說
VII	말	雅樂(신동아, 71.2, 　　　문학과 지성, 71. 여름호)
	첫날바다(문화비평, 71.10) 水仙의 欲望(문화비평, 71.10)	아아 소나기…… 너는……
VIII	비오는 五臺山	月精歌

었다. 제2시집 『하여지향』의 <하여지향>이나 <해인연가>와 같이 기획적인 연작시는 없고, 제2시집 간행 이후 10년간 각 지상에 발표된 작품들을 주축으로 총 51편을 8부로 나누어 편성한 것이다. 책 머리의 서문도 『하여지향』 이후에 쓴 작품이라는 것 이외에 자기의 초상화를 그려준 누이동생 宋璟과 시집을 출판해준 일조각 한만년 사장에게 감사하다는 말밖에 없다.

제3시집 『월정가』의 시편들에서 많은 작품들이 그 이전의 발표지가 확인되어 있지 않다. 시집에 직접 실린 작품도 있고, 또한 일부는 시집에 수록되기 전에 당시의 신문이나 월간지에 발표되었을 것으로 생각되지만, 아직 그것을 확인하지 못하고 있다. 그리고 일부는 시집의 수록과정에서 <이웃사촌……→이웃사촌>과 같이 제목이나 내용에서 자구의 수정이 이루어진 것들도 있다. 그리고 <雅樂>은 1971년 2월호 ≪신동아≫와 같은 해 여름호 ≪문학과 지성≫ 등에 2차에 걸쳐서 발표되기도 한다.

4) 『나무는 즐겁다』의 수록시편들

『나무는 즐겁다』는 1978년 8월 민음사에서 간행된 송욱의 시선집이다. 이 선집은 1973년 1월 ≪박물관지≫에 발표된 <如意珠>를 제외하고는 모두가 『유혹』·『하여지향』·『월정가』 등에 실린 작품들 중에서 골라 뽑은 작품들이다. 이 선집의 머리에는 해설로서 김현의 <말과 宇宙─송욱의 想像的 世界>가 실려 있다. 이들 수록시편의 출전을 참고로 밝혀보면 다음과 같다.

작품	시집	작품	시집
薔薇	유혹	숲	유혹
觀音像 앞에서	유혹	僧侶의 춤	유혹
'쥬리엣트'에게	유혹	'햄릿트'의 노래	유혹
'라사로'	유혹	誘惑	유혹
失辯	유혹	萬籟를 거느리는	하여지향
詩人	유혹	時體圖	유혹
王昭君	하여지향	출렁이는 물결을	하여지향
살아가는 두 몸이라	하여지향	겨울에 꽃이 온다	하여지향
RIP VAN WINKLE	하여지향	거리에서	하여지향
어쩌면 따로 난 몸이	하여지향	王族이 될까보아	하여지향
'永遠'이 깃들이는 바다는	하여지향	南大門	하여지향
義로운 靈魂 앞에서	하여지향	어느 十字架	하여지향
何如之鄉·1	하여지향	何如之鄉·3	하여지향
何如之鄉·7	하여지향	何如之鄉·10	하여지향
海印戀歌·1	하여지향	海印戀歌·5	하여지향
三仙橋	하여지향	한一字를 껴안고	하여지향
現代詩學	하여지향	사랑으로	월정가
나는 어느 어스름	월정가	座右銘抄	월정가
宇宙時代 中道讚	월정가	讚歌	월정가
抱擁無限	월정가	내가 다닌 蓬萊山	월정가
石榴	월정가	비와 매미	월정가
바람과 나무	월정가	빛	월정가
新房悲曲	월정가	山이 있는 곳에서	월정가
智異山 讚歌	월정가	智異山 이야기	월정가
雪嶽山 百潭寺	월정가	암무지개 아가씨	월정가
濟州섬이 꿈꾼다	월정가	喜方瀑布	월정가
개울	월정가	나무는 즐겁다	월정가
바다	월정가	白由	월정가

안개	월정가	白雪의 傳說	월정가
개의 理由	월정가	말	월정가
雅樂	월정가	첫날 바다	월정가
아아 소나기……	월정가	비오는 五臺山	월정가
如意珠—靑華白瓷海龍文酒甁	박물관지 (1973.1.1)		

위로 보아 『유혹』에서 11편, 『하여지향』에서 22편, 『월정가』에서 31편, 기타 1편이 이 선집에 수록되어 있다. 김현은 책 머리의 해설에서 송욱은 "무엇보다도 먼저 말과 울림에 예민한 시인이다"라 하고 있다. "그 말의 울림이란 형태적 혹은 음성적인 울림, 의미의 울림을 다 껴안고 있는 개념"인데, 송욱은 그 누구보다도 그것에 예민했다는 것이다.3) 그렇다. 송욱에게 모국어는 또 하나의 다른 육체로서, 보고 듣고 생각하고 웃고 울려고 한 법신이기도 했다.

5) 『시신의 주소』의 수록시편들

『詩神의 住所』는 송욱의 제4시집으로, 그의 사후 김현 교수에 의해 각 지상에 발표된 몇편의 작품과 유고시를 합쳐 36편의 시작과 일기 및 시작노트를 모아 엮은 것으로 1981년 3월 일조각에서 간행되었다. 이 시집은 정명환의 <머리말>과 함께 시작과 일기를 2부, 곧 <道의 生理學>과 <日記 및 詩作노트>로 나누어 편성하고 있다. 시집의 제목은 시인 자신이 이미 결정한 것을 그대로 붙였다는 사실은 목차 말미의 '편집자주'에 나타나 있다.

---

3) 김현, <말과 宇宙>, 송욱 시선집, 『나무는 즐겁다』(민음사, 1978), 8면 참조.

I 道의 生理學

똑똑한 사람은/뿌리와 骨盤/아아 처음으로 마지막으로/내 몸은/萬代의 문학—詩人 第二章/天地는 萬物을……李太白을 위하여/瀑布—李太白을 위하여/계수나무는 이미 섶나무—李太白을 위하여/瀑布의 造化—李太白을 위하여/毛細管 속을—달아달아 밝은 달아 李太白이 죽은 달아/누가 太陽을/絶絃散調曲/산골물가에서/李太白의 詩學—變奏曲/말은 造物主/말과 몸/말과 事物/내 마음에/莊子의 詩學/王과 造物者—莊子를 위하여/事物과 사랑/사랑의 物理/道의 生理學—莊子를 위하여/내 뱃속은……/개는 실눈, 사람은 마음 올올이/瀑布水가 하는 말씨—李太白을 위하여/龍이다……지네다……/事物의 諺解—소를 잡는다 세상을 말처럼 놓지고 만다/말도 안되는 말이지만……/딱다구리처럼……/첫물 오이는……/홀사람 짝사랑/反詩(1)—族譜를 곁들인 文化論/天道와 地獄을 위한 煙價頌/逍遙遊/액땜하는 낭떠러지

II 일기 및 詩作노트

78. 3.21—玉萆이 말굽을 울리며/78. 5.7/78. 5.30/78. 6.2/78. 6.6—肉體의 認識論/78. 6.21—止足傳/78. 7.12—나를 생각하지만/78. 7.24/78. 7.28/78. 7.29/78. 8.1—전통의 COGITO/78. 8.20/78. 9.2/78. 9.3/78. 9.10—말잡이 땅꾼/78. 9.14/78. 9.15/78. 9.18/78. 9.19/78. 9.22/78. 9.25/78. 9.26/78. 9.27—生命/78. 9.28/78. 10.1/78. 10.4/78. 10.11/78. 10.14/78. 10.18/78. 10.21/78. 10.22—脈의 意味論/78. 10.24/78. 10.25/78. 10.27/78. 10.29—맑은 잠/78. 11.5—李太白을 打倒하기 위하여/78. 11.9—莊子의 詩學/78. 11.10/나의 生理學/78. 11.11/78. 11.15—詩學의 理由/78. 11.16/78. 11.17—洪水가 나기 전에 頭腦를 무장해제 해야지요/78. 11.25/78. 12.1—말문 눈시울/78. 12.3/78. 12.17/78. 12.18/79. 1.11—東洋哲學과 西洋哲學의 差異 /79. 1.27/79. 1.30—새들은 들풀을/79. 2.3/79. 3.12—인간은 굴레인가?/79. 3.17—胃腸은 무지개/79. 3.25—가운뎃다리/79. 4.3—하늘 아리숭/79. 4.11—말맛의 詩學/79. 4.14/79. 4.20—陰刻陽刻/79. 4.22—雙溪曲/79. 4.27—臥龍壯字

/79. 4.29—말의 血緣/79. 4.29—참된 것은 고명딸처럼/79. 4.30—몸말꿈
/79. 5.5—달뜬 마당에서 홀로마신다/79. 5.13—산다 판다 죽어도/79.
5.15—道가 맞는다/79. 5.15—잠은 과일처럼/79. 5.16—吉凶의 詩學/79.
5.17—三萬六千밤을 내내/79. 5.20/1979. 5.29—겨울 까마귀가/79. 7.9—
말은 무엇일까?/79. 8.6/79. 8.6/79. 8.7/79. 8.12/79. 8.16/79. 8.21
/79. 8.22/79. 8.25/79. 9.9/79. 9.13/79.9.14/79. 9.15/79. 9.18—
바다는 욕심처럼/79. 9.22—罪와 罰 사이/79. 10.13/79. 11.12/79. 12.14
/80. 1.9—공책에서 얻은 人生論序說/80. 1.20—學問,예술, 그리고 人間/80.
2.10/80. 3.29/80. 4.3

Ⅱ부의 <日記 및 詩作노트>를 제외하고 Ⅰ부의 <道의 生理學>에
수록된 시작 36편 가운데서,

세계의 문학(78년 겨울호): 똑똑한 사람은/뿌리와 骨盤/아아 처음
　　　　　　　으로 마지막으로/내몸은/萬代의 文學
문학과 지성(79년 봄호): 李太白의 詩學/말은 造物主/말과 몸/말과
　　　　　　　事物/내 마음에
문예중앙(79년 가을호): 莊子의 詩學
현대문학(80년 9월호): 王과 造物者/事物과 사랑/사랑의 物理

등 14편은 송욱이 제3시집 『月精歌』 이후의 작품들로, 1980년 ≪현
대문학≫ 9월호의 3편은 그의 사후에 발표된 것들이다. 나머지 ≪세
계의 문학≫·≪문학과 지성≫·≪문예중앙≫ 등에 실린 11편의 작품
은 그가 살았을 때에 발표한 작품들이다.
　정명환은 이 책의 <머리말>에서 시가 언어의 가능성을 극대화하
는 작업이라면, 송욱의 일생은 이 목표를 향한 괴로운 도정이라 하고
있다.4) 그리고 그는 육감적인 것과 종교적인 것이 한데 어울리는 영
육일치, 바로 이 모든 것의 총화를 의도하다가 좌절의 궤적을 밝고

───────────────
4) 정명환, <머리말>, 송욱 유고시집, 『詩神의 住所』(일조각, 1981), ⅳ면 참조.

간 시인이라 하여,

> 시인 송욱——그는 바로 이 모든 것의 총화이다. 종합의 꿈을
> 향한 좌절의 궤적이다. 그러나 그 좌절의 궤적은 얼마나 희한한
> 언어로 아로사겨져 있는 것인가! 그것은 영롱하게 맺힌 무지개라
> 기보다는 차라리 수많은 색깔을 휘황하게 발산하는 분광기이다.5)

라 하고 있다.

이외에도 당시의 월간지에 발표되었으나 시집에 수록되어 있지 않
은 작품들이 있는데, 들어보면 다음과 같다.

사랑이 감싸주며(한국평론, 1958년 9월호)
까치(지성, 1972년 2월호)
西녘으로 지는 해는(지성, 1972년 2월호)
난로(월간문학, 1972년 7월호)
四・一九革命의 노래(월간다리, 1973년 4월호)
染畵家의 노래(한국문학, 1974년 3월호)
　　　—徐載幸女史에게
봄(한국문학, 1974년 7월호)
싫지 않은 마을(한국문학, 1974년 8월호)
말과 생각(월간조선, 1982년 7월호)　　　　　　　　　　　유고
활에……(월간조선, 1982년 7월호)　　　　　　　　　　　유고
알밤 왕밤노래(월간조선, 1982년 7월호)　　　　　　　　　유고
가을은 새댁이 낳은 아들처럼(월간조선, 1982년 7월호)　　유고

이외에도 송욱의 유고가 더 있다 함은 1982년 ≪월간조선≫ 7월호
에 <말과 생각> 외 3편의 유고시는 고인의 장남이 소장하고 있는
것들이라 하면서 "81년 3월에 유고시집으로 간행한 『詩神의 住所』에

---

5) 같은 책, ⅴ면에서 인용.

이어 창작시와 한시 번역 등 90여편의 유고를 추려 곧 유고시집을 준비중이라"고 한 편집자의 말로 미루어 그렇게 짐작되지만, 아직도 그 유고시집은 간행되지 않고 있다.

2. 산문활동

송욱의 산문활동, 특히 영문학자로서 비평활동이 시작보다도 후대에 훨씬 더 큰 영향을 미친 것이다. 그의 산문은 4권의 비평서에 거의 수렴되어 있는데, 극히 일부를 제외하고는 학술논문과 평론에 해당된다. 그의 자전적인 신변기는 유럽 여행기를 제외하고 몇편의 짧은 시평문이 있을 뿐이다. 그러니까 그는 신변적인 수필류에 해당하는 잡문은 거의 쓰지 않고 있다. 이것은 그의 시작에서도 마찬가지다. 그 자신의 신변적인 것을 주제로 한 경우는 거의 없고 지적 논리와 합리성을 바탕으로 한 비판의식과 풍자적 표현이 주류를 형성하고 있다.

1) 『시학평전』의 수록논문들

『시학평전』에 수록된 논문은 1962년 3월호부터 그 이듬해 5월호까지 ≪사상계≫에 연재된 것들을 모아 일조각에서 1963년 5월에 펴낸 것이다. 이 책의 내용을 보면, 본론 12장과 부록 2장으로 구성되어 있다. 먼저 부록 I · Ⅱ부를 제외한 본론 1~12장까지의 편성내용과 발표지분과의 관계를 살펴보기로 한다.

장별제목	발표지	기타(차이)
제1장 동서문학배경의 비교	사상계, 1962.3	
제2장 시창작과 비평의식	사상계, 1962.4	
제3장 상상력의 이론과 실지비평	사상계, 1962.5	
제4장 과학적 시관에 대한 비판	사상계, 1962.6	I. A. 리챠아즈 시관에 대한 비판
제5장 미국 신비평과 한국의 시전통① ②	사상계, 1962.7 사상계, 1962.8	
제6장 영·미의 비평과 불란서의 비평	사상계, 1962.9	
제7장 한국 모더니즘 비판	사상계, 1962.10	
제8장 상징미학과 근대적 현실	사상계, 1962.11	샬르 보드레에르
제9장 우주와 맞서는 '이데아'의 시학	사상계, 1962.12	스테환느 마라르메
제10장 의식의 화염과 유리인간	사상계, 1963.1	뽈 바레리
제11장 유미적 초월과 혁명적 아공	사상계, 1963.2	만해 한용운과 R. 타고오르
제12장 본질적 순수와 경험적 비순수	사상계, 1962.3	바레리와 엘리엇트의 시론비교

그리고 부록Ⅰ·Ⅱ부에 수록된 논문들의 발표지를 보면 다음과 같다.

제목	발표지	기타
부록 Ⅰ 현대시와 시인	문리대학보, 1954.9	
시와 지성	문학예술, 1956.1	
현대시의 반성	문학예술, 1957.3	
부록Ⅱ 딜렛탄티즘考		
작가의 형성과 환경	사상계, 1957.6	

저자는 책 머리의 서문에서, 이 책을 편성하게 된 동기를 "한국과 외국의 여러 시인과 비평가들의 훌륭하고 혹은 주목할 만한 시와 시론의 원문을 앞에 놓고 독자 여러분과 더불어 공부해 보려"6)고 한데

있다고 말하고, 그 내용은 대체로 다음의 세 가지로 요약하고 있다.

> 첫째는 작품 그 자체를 면밀하게 분석하는 실지비평의 방법을 취한 점.
> 둘째는 동서문학배경을 비교하여 그 차이와 대조되는 면을 밝히려고
>   한 점.
> 셋째는 시창작의식과 시작의 과정을 드러내려고 한 점.7)

이 책은 출간과 동시에 문단과 학계에서 커다란 반향을 일으켰다. 한마디로 이것은 30년대의 김기림과 최재서의 시론 이후 우리 현대시사에서 하나의 전환점을 이룩했을 뿐만 아니라, 현대시분석에 새로운 지평을 연 것이라 할 수 있다.

2) 『문학평전』의 수록논문들

『문학평전』은 송욱의 두 번째 평론집으로 1969년 11월 일조각에서 간행되었다. 여기에 수록된 논문들의 대부분이 "과거 6년 동안 연구비 기타의 형식으로 저자를 도와주신 여러분에게 뜨거운 감사를 드린다"8)고 서두의 <감사의 말씀>에서 한 저자의 말로 미루어 여러 기관에서 받은 연구보조비로 이루어진 것으로 보인다. 아무튼 이 책에 실린 논문들은 『시학평전』과는 달리 소설 및 사상의 전반까지 그의 비평역역을 확대한데 있다.

송욱은 <서문>에서 문학비평의 방법을 윤리적 비평·사회적 비평·예술적 비평 등 세 가지 유형으로 구분하고 있다. 그런데 저자는 여기서 이들 방법론의 우열을 가린 것이 아니라, 이들의 조화와 상보적 관계를 강조하여,

---

6) 송욱, <序文>, 『詩學評傳』(일조각, 1963), 3면 참조.
7) 같은 책, 3면 참조.
8) 송욱, 『문학평전』(일조각, 1969), 6면 참조.

　참된 문학이란, 어떤 '새로운' 윤리를 드러내는 것이리라. 또한 그것은 우리가 정치나 사회에 대하여 갖추어야 할 올바른 태도와 떼어놓을 수 없는 것이다. 그리고 그것은 무엇보다도 '새로운' 진실과 아름다움을 지닌 예술품이 되고 보아야 한다.9)

라 하고 있다. 이것은 이 책 전체의 지침이 되고 있는 바, 세 가지 유형의 비평방법에서 어느 것도 배격하지 않고 이들을 동시에 구사하여 한국문학의 정체성을 확립하자는 것이다.

　이 책의 편성내용을 보면, 전체를 크게 네 가지 유형으로 구분하고 각부에 몇편의 논문을 귀속시켜서 편성하고 있다. 따라서 이들의 발표지와의 상관성을 밝혀보기로 한다.

제목	발표지
I 한국소설과 사회의식	
제1장 일제하의 한국 휴머니즘 비판	동아문화, 1966.6
제2장 자기기만의 윤리	아세아학보, 1966.10
제3장 창부와 사회의식	
II 서구인의 반항과 한국인의 반항	
제1장 서구인의 반항	
제2장 한국인의 반항	
III 동서시학의 비교	
제1장 기분의 시학과 뉘앙스의 시학	문화비평, 1969.4
제2장 동서시에 나타난 내면공간	아세아학보, 1965.12
제3장 바슈라아르시학과 물질적 상상력	
제4장 나르시스와 명경지수	신동아 1964.12 · 1965.2
	想像世界의 哲學
IV 지식인과 행동	
제1장 한국지식인과 역사적 현실	사상계, 1965.4
제2장 비평과 행동	사상계, 1965.7

9) 같은 책, 2면에서 인용.

송욱은 이 책에서 이광수, 이상, 김안서, 김소월, 나옹, 황진이, 백
낙천, 안도산, 사르트르, 까뮈, 시몬즈, 베를레느, 릴케, 바슐라르 등
과 같은 동서양의 시인 및 작가와 사상가의 작품과 문학이론 및 사상
을 앞에서 제시한 윤리적·사회적·예술적 비평의 방법으로 분석하고
있다. 한마디로 저자의 근본의도는 동서문화의 비교에 있다고 할 수
있다. 특히 한국문학에서 우리 근대문학의 개척자라 할 수 있는 이광
수의 문학과 사상을 부정적인 차원에서 논의하고 있는 점이다. 그리
고 바슐라르의 현상학적 시학방법의 다각적인 논의와 소개는 그 시대
로 보아 매우 새롭고 또 우리의 문학해석에 큰 영향을 미친 것이다.

> 항시 강대국들에 둘러싸여 살아온 우리 민족의 주체성을 말하고
> 동경한다. 그런데 그 주체성의 여러 뿌리 중에서 빼놓을 수 없는
> 한 가지는, 올바른 비평정신과 능력이 아니고 무엇이랴.10)

위는 이 책의 서문에서 인용한 것으로, 한마디로 "우리 민족의 주체
성을 올바른 비평정신과 능력에서 찾아야 한다"는 것이다.

3) 『'님의 침묵' 전편해설』

송욱의 만해 한용운의 시에 대한 관심은 일찍부터 있었다. <유미
적 초월과 혁명적 아공>에서 이미 만해와 타골의 시를 비교하여 만
해의 수월성을 강조하고 있다. 그 이후에도 만해 한용운에 대한 논의
는 <작가정신과 역사의식>(중앙일보, 1966.9.27)와 <'님의 침묵'의
구조—칼날과 불덩이> 등에서도 계속 이어진다. 아무튼 송욱은 만해
의 시를 무척 좋아했고 한국 근대시사에서 그를 어느 누구보다도 높
이 평가하고 있다. 만해의 문학과 사상에 대한 송욱의 이런 남다른
관심이 결국 『님의 침묵』 전편을 원전비평 차원에서 축조 해설을 시
도하게 된 결정적인 요인이 되고 있다. 그때까지 만해의 문학에 대한

---

10) 같은 책, 5면에서 인용.

이런 『사도신경』을 한번도 없었다. 따라서 이 책은 오랫동안 심혈을
차츰여 알기쉽게 … 업적이 아닐 수 없다.

이 책은 1974년 3월에 박학사에서 초판이 잘발로 출판되었다가, 재
판 때에 일조각으로 옮겨진 것으로 전해지고 있다. 이 책은 제목과
같이 말하면 한용운의 시집 『님의 沈黙』 全篇(88편)을 해설한 것으로
도 … 머리에 송욱의 여동생 宋繼璇 … 만해의 초상화와 저자의
<서문> 및 … 말씀 … <범례> 등이 있다. 그리고 본론으
로서 초·재판본의 異同을 가리고 당시까지의 유통본을 참고하여 그
교정방법론을 제시한 <'님의 침묵' … 판본 … 있고, 바로
이어서 <시집 '님의 침묵'의 전편해설>과 말미의 '사랑의 證道歌―萬
海의 … 學― … 禪思想 … <시집 『님의 침묵』의
사상적 … 실려 있다. 이 책의 본문으로 편성되어 있다.

송욱은 서집 『님의 침묵』 … 禪 체험 特性에서 깨달음의 이루는
… 그 …에서 … 깨달음의 경험을 사랑
의 … 때에 우리들로 하여금 … 까지 알 수 있게 하고, 또 알
수 있게끔 … 만해를 … 평가하고 있다. 한말디
로 이 시집은 깨달음의 경험을 내용으로 한 '證道歌'라 하고,

> I[11]
>
> 만해의 시집은 사랑의 시이나 … 사랑의
> 증도가'라고 부를 수 있을 것이다. … 시집을 … 선
> 의 세계를 처음으로 인간화하고 … 그것을
> 현대화하고 보편화하는 … 서양에는 없
> 고, 동양에서도 중국, 한국 … 선
> 은 모른다. 그런데 중국 … 20세기에 나타
> 나, 모국어로서 증도의 시집을 … 따
> 라서 우리가 시집 『님의 침묵』 … 존재
> 라고 해도 결코 미친 소리는 … 라
> … (중앙일보, 1966.9.27)[12]

라 하고 있다. 아무튼 만해의 … 송욱이 … 심취는 이

---

11) 송욱, <序文>, 『님의 沈黙』 全篇解說』(1982). … 4면에서 인용.
12) …

루 말할 수 없다. 그의 이러한 열광적인 심취가 결국 『님의 침묵』 제
편들의 심층적인 분석을 시도하게 된 것이다." 라고 그는 이 시집의
교정본과 해설서가 없음을 개탄하고, 이 책을 내게 된 동기와 의미를
"다른 젊은 세대에게 시집 『님의 침묵』이야말로 어두운 바다에 떠있는
보배로운 뱃목(寶筏)임을 밝히기 위하여 이 책을 바친다. 그리고 젊
은 세대가 만해의 시집에서 항용 운위하고 있으며 지니는 신비한 프리
즘보다는 훨씬 많은 것을 얻어 주었으면 한다"라고 하고 있다.[12]

4) 『문물의 타작』의 수록논문들

『문물의 타작』은 송욱의 네 번째 평론집으로, 1978년 7월 문학과
지성사에서 간행되었다. 여기에 실린 글들은 대부분 최초로부터 이
책이 간행될 때까지 각 지상에 발표된 시사적인 평문과 기행문을 비
롯하여 평론 및 논문으로 편성되어 있다. 전체를 크게 3부로 나누고
있는 바, 제1부는 수필과 時論류의 글을 모은 것이고, 제2부는 문학
평문이고, 제3부는 이 책의 핵심논문 3편으로 이루어져 있다.

I 紳士考
　해방20년의 문화적 현실(1965)
　생각하는 한국의 얼굴(한국일보, 1972.1.4)
　교육과 현실(조선일보, 1972.2.23)
　대학과 동물원(조선일보, 1974.3.23)
　책과 세대(서울신문, 1974.9.27)
　문학적 유럽 여행(월간중앙, 1969.6)
II 민요의 인간상(동아일보, ?)
　'사학평전'의 원서문(미발표, 1965.5)
　문학비평의 비평(미발표, 1963)
　작가정신과 역사의식(중앙일보, 1966.9.27)
　외래문화 수용상의 제문제점(서울대 사대 영문과 학술강연회,
　　　　　　　　　　　　1972.5.18)

12) 같은 책, 4~5면 참조.

위에서 일부는 발표지가 확인되어 있지 않다. 대부분이 당시의 잡지나 학술지에 발표되었을 것으로 생각된다. 앞에서 이미 언급했듯이, Ⅰ·Ⅱ부의 글들은 대부분이 신문이나 월간지에 발표된 時評과 여행기 및 짧은 문학평론으로 초기에 쓴 것들이다. 이들 가운데서 <작가정신과 역사의식>과 <'님의 침묵'의 구조>는 만해 한용운의 문학에 대한 논문인데, 특히 후자는 『'님의 침묵'의 전편해설』에도 수록되어 있다. 그리고 미발표분인 <'시학평전'의 원서문>이 1965년 5월에 쓴 것으로 그 말미에 나타나 있는데, 이에 대하여 의념이 간다. 『시학평전』 초판본이 1963년 5월에 간행되었는데 어찌하여 2년 뒤에 원서문을 쓴 것일까 하는 점이다. 혹여나 출판과정에서 잘못된 것으로 추정되기도 한다.

저자는 서문인 <책 머리에>서 말하기를, "문화가 아니라 나는 문물을 문제로 삼고자 한다"라 하고 있다.[13] 그러니까 참된 문화, 곧 시나 철학에 이르기까지 모두가 사물과의 올바른 관계에서 비롯된다는 것이다. 우리의 몸과 마음의 관계, 나와 세계, 현재와 과거, 동양과 서양의 관계를 글과 사물이란 거울을 통하여 打作해 보자는 것이다.[14] 이 책에서 저자의 이런 의도가 반영된 논문은 Ⅲ부의 <표현의 철학>·<동서생명관의 비교>·<동서사물관의 비교> 등이라 할 수 있다. <표현의 철학>에서 송욱은 '현상학자로서 사르트르보다 좀 더 나은 철학자'로서 모리스 메를로 뽕띠의 사상을 중심으로 '생각과

---

13) 송욱, <책 머리에>, 『文物의 打作』(문학과 지성사, 1978), 1면 참조.
14) 같은 책, <책 머리에>, 1면 참조.

사물의 관계'를 설정하여 그 개념을 정립하고 나머지 두 논문에서는 동서의 생명관과 사물관을 老子, 베르그송, 하이데거, 사르트르, 율곡, 퇴계 등의 사상을 중심으로 동서의 문화적 배경을 비교하여 동서 문물의 차이를 고찰하고 있다.

3. 역서 및 기타

송욱의 역서로는 『미국문학사』와 『소설기술론』 등이 있고 기타 역시와 번역논문이 몇편 있다. 이것은 영문학자로서 영미문학을 강의하면서 학문활동의 일환으로 한 것인 바, 거의가 초기에 해당되고 있다.

1) M. 컨리프의 『미국문학사』

1956년 5월 을유문화사에서 출간된 송욱의 『미국문학사』는 컨리프 Marcus Cunliffe의 The Literature of the United States(1954)를 번역한 것이다. 당시 저자는 영국인으로서 옥스포드대학과 예일대학(미국)을 졸업하고 맨체스터대학(영국)에서 미국문학을 강의하고 있었다고 한다. 역자는 이 책을 6개월 동안 전력을 기울여 번역하면서 저자의 해박한 지식과 정확한 비평안에 감탄하고 그의 역자로서 전신자적 태도를 이렇게 표명하고 있다.

> 소설 · 시 · 희곡 등, 어느 분야를 막론하고 저자가 각 작가 자신의 말과 작품에 의거하여 전개하는 의견이 적절함은 물론이거니와, 한 문학사가로써 그가 지니는 역사관도 비상하다고 느꼈던 까닭이다. 외국문학을 받아들여야 한다는 소리가 절실한 이 때에 세계문학에서 무시못할 지위를 차지하고 있는 미국문학의 상세한 문학사적 편람을 내놓게 된 것을 나는 스스로 매우 기뻐하는 바이다.15)

---

15) 송욱 역, 『미국문학사』(을유문화사, 1956), 474면.

이 역본은 전체가 484면에 달하는 방대한 저술로 <서문>을 제외하고 <결론>까지 15장으로 구성되어 있는데 주요목차는,

제1장 식민지 아메리카	제2장 아메리카 유럽—독립의 유래
제3장 독립과 그 첫 수확	제4장 뉴 잉그랜드의 전성기
제5장 멜빌과 휘트먼	제6장 속출한 뉴 잉그랜드의 작가들
제7장 아메리카의 유모어와 서부의 대두	제8장 단조의 문학기
	제9장 미국 산문의 리아리즘
제10장 외국으로 간 작가들	제11장 새로운 시
제12장 제1차 세계대전 후의 소설	제13장 미국의 연극
제14장 제1차 세계대전 이후의 시와 비평	제15장 결론

등과 같다. 이외에도 책의 후미에 <역자주> · <역자후기> · <미국사소년표> · <색인> 등으로 편성되어 있다. 역자도 <역후기>에서 밝혔듯이, 번역과정에서 일역본은 물론, Oxford Companion to American Literature와 일본 연구사 간행의 『세계문학사전』을 많이 참고한 것으로 되어 있다. 한마디로 이 역본은 전후, 특히 문단이나 학계가 안정되지 않았던 혼란기에 미국문학사의 소개는 신선한 충격으로 받아들여졌을 것임은 말할 것도 없다.

2) 퍼어시 라복크의 『소설기술론』

1960년 4월 일조각에서 출간된 송욱 역의 『소설기술론』은 퍼어시 라복크 Percy Lubbock의 The Craft of Fiction을 전역한 것이다. 총 18장으로 된 이 책은 문학방법론이 황무했던 당시의 우리 문단이나 학계에 많은 영향을 미쳤다. 그 목차를 참고삼아 들어보면 다음과 같다.

각장의 제호와 부제는 원전에 없는 것을 독자의 편의를 위해 역자가 창안한 것이라 한다. 아무튼 역자는 이 책에 대하여, "저자는 여러 관점 point of view을 천재와 통찰력을 가지고 검토하고 있을 뿐만 아니라, 그의 이론을 따르는 사람은 소설미학의 확고한 기초"[16]를 마련할 수 있다는 것과 "소설의 기술전체에 있어서 방법이라는 복잡한 문제 전체는 관점의 문제──작중설자 narrator의 스토리에 대한 관계의 문제"[17]라고 하는 점을 강조하고 있다. 그리고 역자는 이 책의 내용을 요약하여,

> 라복크는 소설의 기술이란 면에서 <전쟁과 평화> · <안나 카레니나>를 비롯하여 발작크의 여러 작품 등 세계문학사상에서 거작이라고 볼 수 있는 소설을 세밀하게 분석하고 있는 것이다.

---

16) 송욱 역, <譯者序文>, 『小說技術論』(일조각 1960), 1면 참조.
17) 같은 책, <譯者序文>, 1면 참조.

> 그는 위에서 말한 관점이란 생각과 아울러 회화의 방법과 드라마
> 의 방법의 대조와 동적인 그 상호관계에 주목하면서 치밀한 이론
> 을 통하여 소설작품 그 자체의 구조를 밝히고 있는 것이다.[18]

라 하고 있다. 작품의 자체보다는 배경이나 작가와의 관계를 중시하
던 시대에 커다란 충격으로 받아들이게 되었다. 한마디로 작품 자체
의 심층분석으로 그 본질로서 미학성을 추구하는데 길잡이가 되었던
것이다.

3) 역시 및 기타

송욱의 역시편이나 번역평론은 『시학평전』과 『문학평전』의 인용시
편을 제외하고는 그 분량면에서 극히 각각 2편으로 제한되고, 그것도
초기에 해당되는 1953년 한해 동안에 이루어진 것들이다. 그리고 당
시에 월간지에 발표되었으나, 위의 평론서에 실리지 않은 것들을 들
어 보면 다음과 같다.

      역시편: <뱀>(D.H. 로렌스 원작, 사상계, 1953.8)
                <唯我論>(죠오지 산테아나 원작, 사상계, 1953.9)
      번역평론: 작가와 진실성(알베르 까뮈 원작, 사상계, 1953.7)
                알베르 까뮈론(커어미트 랜스너 원작, 사상계, 1953.12)
      평론: 현대영시와 그 전통(문예, 1954.1)
                문학과 사회적 주체성(학생연구, 1972.8)
                     ——李箱과 싸르트르
                說法과 證道의 禪詩(문예중앙, 1978.9)
      시평문: 민주실현의 방법론(월간조선, 1980.4)

송욱의 단행역서로는 앞에서 논의한 『미국문학사』와 『소설기술론』이
있을 뿐이며, 그 이후 번역에는 거의 손대지 않고 있다. 그리고 앞의 역

---

18) 같은 책, <역자서문>, 1~2면에서 인용.

시편 <뱀>·<唯我論> 등이나, 번역논문 <작가와 진실성>·<알베르 까뮈론> 등은 물론, <현대영시와 그 전통>·<상상세계의 철학>·<문학과 사회적 주체성>·<설법과 증도의 선시>·<민주실현의 방법론> 등과 같은 문학평론과 時評은 그의 어느 책에도 실리지 않고 있는 것들이라 할 수 있다.

(김학동, 서강대 명예교수)

4. 原典 대조표

작품명(발표지)	연/행	원 발표작	시집 수록작	수록시집
薔薇 (1950.3/문예)	1/2	꽃잎	꽃닢	『유혹』
	3/2	피방울	핏방울	
	3/3	꽃잎	꽃닢	
	3/2	피방울	핏방울	『하여지향』 『나무는 즐겁다』
비오는 窓 (1950.4/문예)	2/4~5	어찌하여/질 새 없이	어찌하여 질 새없이	『유혹』
	3/2	하눌과 땅이	하늘과 땅이	
	2/3	눈물 자욱은	눈물 자국은	『하여지향』
	3/2	하눌과 땅이	하늘과 땅이	
洪水 (1955.2/사상계)	1/3	뛰어나가면	뛰어나가면,	『하여지향』
	1/8	쓰다고 하였기에	쓰다고 하였기에,	
	1/10	나드리 옷은	나들이 옷은	
	1/16	피가 되는데	피가 되는데,	
	1/21	야속스레 사라져도	야속스레 사라져도,	
	1/24	~저바리지	~저버리지	
기름한…… (1955.8/현대문학)	제목	기름한……	기름한 귀밑머리	『하여지향』
拓植殖産…… (1955.8/문학예술)	제목	拓植殖産……	拓植 殖産 生殖을	『하여지향』
	1/25	~작란감을 웃는 애기여!	~장난감을 웃는 아기여!	
한거름 (1955.10/사상계)	제목	한거름	한 걸음 한 걸음이	『하여지향』
	1/1	한거름 한거름이	한 걸음 한 걸음이	
	1/2	「살려 주세요」	「살려 주세요」.	
	1/4	「죽여 주세요」	「죽여 주세요」.	
	1/5	드디면 드딘대로	디디면 디딘대로	
	1/9	하늘에 구녕을	하늘에 구멍을	
	1/12	해가 웃기에	해가 웃기에,	
	1/16	무딘양하여	무딘양하여,	
	1/20	씹어보며는	씹어보며는,	
	1/25	門을 두다리면	門을 두드리면	
	1/26	열어 준다니	열어 준다니,	
	1/28	齋를 올리는	재를 올리는	
	1/32	날이 샌다니	날이 샌다니,	
	1/33	자물쇠 구녕으로	자물쇠 구멍으로	
	1/36	청맹관인가.	청맹과닌가.	
	1/40	외딴 섬에서	외딴 섬에서,	

王族이 될까 보아 (1956.5/현대문학)	1/2	잠자리처럼	잠짜리처럼	『하여지향』 『나무는 즐겁다』
	1/22	오히려 지렁이 자욱처럼	오히려 지렁이 자국처럼	
	1/23	상처를 입는데,	상처를 입는데.	
	1/25	쩟쩟 혀만 치며—	쩟쩟 혀만 차며—	
	1/27	紙錢이 속사기면	紙錢이 속삭이면	
	1/33	아아 수수꺼끼여!	아아 수수께끼여!	
	1/15	저 모퉁이,	저 모퉁이	『현대문학』 (1967.12)
	1/18	저 구비를.	저 굽이를.	
	1/27	紙錢이 속사기면	紙錢이 속삭이면	
	1/33	아아 수수꺼끼여!	아아 수수께끼여!	
무엇이 모자라서 (1956.6/시연구)	제목	무엇이 모자라서—	무엇이 모자라서	『하여지향』
	1/1	무엇이 모자라서 点点点,	무엇이 모자라서 點點點	
	1/2	나날처럼 지리하게 떠러지는가.	나날처럼 지리하게 떨어지는가.	
	1/4~5	너머질 때에도 하나가 되고/ 곤두박히어도 하나로서 있어라,	<너머질 때에도 하나가 되고/ 곤두박히어도 하나로 서 있어라>	
	1/7	피가 그립고,	피가 그립고	
	1/18	이렇게 떠러지는 点点点.	이렇게 떨어지는 點點點	
어느 十字架 (1956.7/문학)	1/7	우 아래 左右가 모두 총ㅅ 부리니까	위 아래 左右가 모두 총ㅅ 부리니까,	『하여지향』 『나무는 즐겁다』
	1/11	처음에 말슴이	처음에 말씀이	
	1/25	나는 내가 아니라 너고	나는 내가 아니라 너고,	
	1/29	말슴이 나팔이면	말씀이 나팔이면,	
	1/37	그렇게도 그렇게도 참으라 했으면서	그렇게도 그렇게도 참으라 했으면서,	
	1/39	不足病을 느끼며는	不足病을 느끼며는,	
	1/48	有識이 無識으로 暴落하기에	有識이 無識으로 暴落하기에,	
서방님께 (1956.8/시와 비평)	1/8	棺 속에서 잠깐 머물다가	棺 속에서 잠간 머물다가	『하여지향』
	1/18	새 세상 보실텐데	새 세상 보실텐데/새 세상 보실텐데	
	1/23	긴 벼개 삼아 비고	긴 베개 삼아 비고(1/24)	
	1/24	뭉실 뭉실 보돔고	뭉실 뭉실 보듬고(1/25)	
	1/37	硫黃ㅅ 불을 받어요	硫黃불을 받어요(1/38)	
그냥 그렇게 (1956.8/시와 비평)	1/5	염체를 넘어 선	염치를 넘어 선	『하여지향』
	1/8	바래는 마음으로	바라는 마음으로	
	1/16	체 바퀴를 돌다가	쳇 바퀴를 돌다가	

義로운 靈魂 앞에서(1956.9/문학예술)	1/4	나는 내가 아님을 깨다를 때에	나는 내가 아님을 깨다를 때에,	『하여지향』『나무는 즐겁다』
	1/6	겨레가 그야말로 無限小가 될까 보아	겨레가 그야말로 無限小가 될까 보아	
	1/7	주검이야 하나인데 最大限으로,	죽음이야 하나인데 最大限으로!	
	1/10	바람과 달이 모두 어지러운데	바람과 달이 모두 어지러운데,	
	1/12	어깨가 넓어서 머리가 적고	어깨가 넓어서 머리가 작고	
	1/16	파 먹은 腦髓라면	파 먹은 腦髓라면,	
	1/22	별처럼 하늘에 가득 차기로서니	별처럼 하늘에 가득 차기르서니,	
	1/25	버레가 먹고	벌레가 먹고,	
	1/26	달만이 금 이빨처럼 걸려 있다고	달만이 金이빨처럼 걸려 있다고,	
	1/32	罪가 죽었서도 死藥이 아닌	罪가 죽었어도 死藥이 아닌	
	1/36	(저바리시면	(저버리시면	
	1/41	올리기도 하지만	올리기도 하지만,	
	1/42	발굼치에서 정수리까지	발굼치서 정수리까지	
	1/43	하늘에 다닫는 사다리라도	하늘에 다닫는 사다리라도,	
	1/45	눈물이 鬱火를 싸고 도는데	눈물이 鬱火를 싸고 도는테,	
	1/48	「샌드윗치」처럼 사이에 끼어	<샌드윗치>처럼 사이에 끼어,	
	1/49	입이여 코구멍을 들여다 본다.	입이며 콧구멍을 들여다 본다.	
	1/50	「산타크로스」할아버지가 아닌 神이기에	<산타크로스>할아버지- 아닌 神이기에,	
	1/52	부르르 온 몸이 떨며 울며	부르르 온 몸이 떨며 불며,	
	1/54	가슴에 박힌 그대로	가슴에 박힌 그대로,	
	1/59	모르는 우리라면	모르는 우리라면,	
	1/60	아아 浪漫의 祖國은 무덤 속이다.	아아 浪漫의 祖國은 무덤 속이다	
	1/64	어느듯 눈 서리가 나릴 바에야	어느듯 눈 서리가 내릴바에야	

	제목	何如之鄉	何如之鄉 · 壹	
何如之鄉 (1956.12/사상계)	1/3	달팽이처럼 지고	달팽이처럼 지고,	『하여지향』 『나무는 즐겁다』
	1/5	~트는 싹을 기다리며	~트는 싹을 기다리며,	
	1/6	~아닌 것 그 사이에서	~아닌 것 그 사이에서,	
	1/9	~또렷한 애기가 웃고,	~또렷한 아기가 웃고,	
	1/10	~온통 피먹은 白丁이라	~온통 피먹은 白丁이라,	
	1/15	~나날을 읽었지만	~나날을 읽었지만,	
	1/17	~복이 없는 女子들이	~목이 없는 여자들이	
	1/18	~천장에 붙어있고	~천장에 붙어있고,	
	1/19	거미가 나려와서	거미가 내려와서	
	1/24	~길이 없겠고	~길이 없겠고,	
	1/27	~아주 지기전에	~아주 지기전에,	
	1/28	~탯줄에 꿰서	탯줄에 꿰서,	
	1/32	더럽힌 신방속에	더럽힌 신방 속에,	
	1/35	~念珠처럼 묻어 노아라.	~念珠처럼 묻어 놓아라.	
	1/37	~노발대발 하여도	~노발대발 하여도,	
	1/42	검장이 되었기로	검댕이 되었기로	
	1/45	얼굴이 수수꺼끼처럼 굳어 가는데	얼굴이 수수께끼처럼 굳어 가는데,	
	1/53	~시치미를 떼는데	~시치미를 떼는데,	
	1/58	새살같은 마음으로	새살같은 마음으로,	
	1/59	~떠러져 닫히며는	~떨어져 닫히며는,	
何如之鄉 (三) (1957.7/현대문학)	1/2	싫음이 싫으면 주검으로~	싫음이 싫으면 죽음으로~	『하여지향』 『나무는 즐겁다』
	1/6	움지겨야하니까 動亂을 거처	움직여야 하니까 動亂을 거처,	
	1/10	주릿대가 틀리는데	주릿대가 틀리는데,	
	1/16	~골짜기에선	~골짜기에선,	
	1/18	「이놈」과 「네네」가 ~	<이놈>과 <네네>가 ~	
	1/32	~어머니 뱃 속으로	~어머니 뱃 속으로—	
	1/36	~銀行으로 가거나	~銀行으로 가거나,	
	1/39	~딸이 죽은 뒤에	~딸이 죽은 뒤에,	
	1/46	어저께라면	어저께라면,	

何如之鄕 (四) (1957.7/사상계)	1/6	눈 코를 뜨는 사이	눈 코를 뜨는 사이,	『하여지향』
	1/11	짜르면 붉고	자르면 붉고	
	1/15	하얀 꽃이	하얀 꽃이,	
	1/16	구유통에 태난 어린이가	구유통에 태난 어린이가,	
	1/20	符號가 숨쉬는데	符號가 숨쉬는데,	
	1/23 ~24	날뛰며 덤벼드는/꿈을 잃었 다.	날뛰며 덤벼드는 꿈을 잃었 다.	
	1/30	누가 나려오든	누가 내려오든	
	1/31	紙錢이 나려오든	紙錢이 내려오든,	
	1/40	時代가 겨눌 때에	時代가 겨눌 때에,	
	1/42	그대 뿐이다. 그대처럼	그대 뿐이다. 그대처럼,	
	1/43	깊은 곳에서 태났으니까	깊은 곳에서 태났으니까,	
	1/49	그얼굴처럼	그 얼굴처럼,	
	1/50	이어지다 헤여진	이어지다 헤어진	
	1/51	그노래를 그대로	그 노래를 그대로,	
	1/59	~짐승처럼 가야만 하면	~짐승처럼 가야만 하면,	
	1/61	運命을 쥐고	運命을 쥐고,	
	1/62	「아니」가 「네네」 같은 앉은 뱅이라	<아니>가 <네네>같은 앉 은 뱅이라,	
	1/66	自然이 啞然하게 밟고 ~	<自然>이 啞然하게 밟고~	
	1/74	王 같은 바다가 되려	王 같은 바다가 되려,	
	1/76	게거름 치며 내처 흐른다.	게거름치며/내처 흐른다.	

何如之鄉·六 (1957.8/문학 예술)	1/6	모든 것이 「것」을 용서하라 고.	모든 것이 <것>을 용서하라 고.	『하여지향』
	1/8	輕食事를 하다가	輕食事를 하다가,	
	1/12	影子까지 숨는 壁에	影子까지 숨는 壁에,	
	1/16	숨 쉬고 있으니까	숨 쉬고 있으니까,	
	1/17 ~18	生理가 論理가/되기까지는	生理가 論理가 되기까지는,	
	1/20 ~21	微妙한 妙味는/오로지 土亭秘 訣!	微妙한 妙味는 오로지 土亭秘 訣!	
	1/23	「알타」에서 海印寺까지	<알타>에서 海印寺까지	
	1/25	아무렇지 않게 믿으며	아무렇지 않게 믿으며,	
	1/26 ~27	맛없는 意味를/달게 마셔도	맛없는 意味를 달게 마셔도	
	1/31	~빌려 타고 가고 싶은데	~빌려 타고 가고 싶은데,	
	1/32	當分間 今明間이 꼭 붓잡고	當分間 今明間이 꼭 붙잡고,	
	1/55 ~57	「아뿌레」가/아뿔싸/遲刻을 한 다.	<아뿌레>가 아뿔싸 遲刻을 한다.	
	1/66	「처럼」이 거울이라.	<처럼>이 거울이라,	
	1/68	痛哭과 「아멘」과 술잔사이서	痛哭과 <아멘>과 술잔사이서,	
	1/74	니	니,	

	1/2	살아 있듯 몸짓하며	살아있듯 몸짓하며,	
	1/3	明洞이 정녕 밝은 동네면	明洞이 정녕 밝은 동네면,	
	1/11	누구처럼 너와 나처럼	누구처럼 너와 나처럼,	
	1/13	배를 두다리다가	배를 두드리다가,	
	1/14	잠ㅅ 자리에 든 ~	잠짜리에 든 ~	
	1/18	~못할바에야	~못할바에야,	
	1/20	사랑을 하고	사랑을 하고,	
	1/28	꼬여 박힌 8字면	꼬여 박힌 8字면,	
	1/34	빚과 살붙이와	빚과 살붙이와,	
	1/38	바람같은 神經症인데	바람같은 神經症인데,	
	1/42	~피 땀으로 메꾸어도	~피 땀으로 메꾸어도,	
	1/46	없는 목숨이라고	없는 목숨이라고,	
	1/50	~골방에서 버석어릴 때	~골방에서 버석거릴 때	
	1/52	새양쥐를 새양쥐를	새앙쥐를 새앙쥐를	
何如之鄕 (五)	1/60	그대 앞에선	그대 앞에선,	
(1957.10/현대시)	1/66	봄이 겨울 같아	봄이 겨울 같아,	『하여지향』
	1/67	「GMC」처럼	<GMC>처럼	
	1/68	九穴炭 같은 人心을 억누르는데,	九孔炭 같은 人心을 억누르는데,	
	1/70	~故鄕이 아니냐고	~故鄕이 아니냐고,	
	1/71	가리키는 손길 그 넘어로	가리키는 손길 그 너머로,	
	1/72	우리는 물 우에 뜬	우리는 물 위에 뜬	
	1/79	~해얼굴 우에	~해얼굴 위에	
	1/80	콧물을 흘리고	콧물을 흘리고,	
	1/82	「나」라는 나라라도	<나>라는 나라라도	
	1/84 ~85	밝는 듯 어두운 /그대 사이 여!	밝는 듯 어두운 그대 사이 여!	
	1/88	빛처럼 누리를 가리며는	빛처럼 누리를 가리며는,	
	1/90	주검으로 태나고저	죽음으로 태나고저	
	1/93	아아 그렇게―」	아아 그렇게―」.	

	1/3	싱겁지 않게 싱싱하고저	싱겁지 않게 싱싱하고저.	
	1/5	무우밑둥처럼	무우밑둥처럼,	
	1/7	짤라	잘라	
	1/20	미친 다음에야	미친 다음에야,	
	1/21	보람이 없어	보람이 없어,	
	1/27	五臟을 六腑를 터러놓으면	五臟을 六腑를 털어놓으면	
	1/29	『테로』「네로」金庫 거문고.	<테로> <네로>金庫 거문고.	
何如之鄕·七 (1958.8/사상계)	1/31	그렇게도 바뀐 얼굴을	그렇게도 바뀐 얼굴을.	『하여지향』 『나무는 즐겁다』
	1/32	~아니면 「몰못트」—	~아니면 <몰못트>—	
	1/37	사는 사람 죽는 사랑!	사는 사람, 죽는 사랑!	
	1/63	물러 가 보릿고개다.	물려 간 보릿고개다.	
	1/68	사랑이 되고	사랑이 되고,	
	1/70	망보다 「맘보」	망보다 <맘보>	
	1/71	멋보 돈ㅅ 보 바보 「맘보」	멋보 돈ㅅ 보 바보 <맘보>	
	1/75	~냄새가 안날텐데	~냄새가 안 날텐데,	
	1/84	遊仙窟 蒼龍窟처럼	遊仙窟 蒼龍窟처럼,	
	1/86	白骨이라 露骨的으로!	白骨이다 露骨的으로!	
	1/93 ~94	활활 불옷을/입혀준다.	활활 불옷을 입혀준다.	
何如之鄕 八 (1958.12/현대문학)	1/5	하루 같이 奇蹟이고	하루 같이 奇蹟이고,	『하여지향』
	1/26	가―地獄이라도.	가―地獄이라도—	
	1/27	그대는 어름장 닫힌 대궐	그대는 얼음장, 닫힌 대궐	
	1/31	토마	도마	
	1/33	맛대가리 우에 서서	맛대가리 위에 서서	
	1/39	「타임과 카메라와 칵테일 파아티」.	「<타임>과 <카메라>와 <칵테일 파아티>」.	
	1/45	登仙하고 싶었는데	登仙하고 싶었는데,	
	1/47	풀잎이 되든	풀잎이 되든,	
	1/49	우거진 나뭇잎이 되든	우거진 나뭇잎이 되든,	
	1/54	하늘과 마눌	하늘과 마늘	
	1/57	허나 갈구라지처럼 굽은 ~	허나 갈고랑이처럼 굽은~	
	1/58	양지에 쬐며	陽地에 쬐며	
	1/66	마담!	마담	
	1/69	늙은 貿易商처럼	늙은 貿易商처럼,	

何如之鄕 (拾壹) (1959.1/자유공론)	1/1	염병못할 것 같아서 생각하니 까	염병못할 것 같아서/생각하니 까,	『하여 지향』
	1/3	타버린 티끌에서 피어날 목숨 이	타버린 티끌에서/피어 날 목 숨이	
	1/4	이 그 저렇게도 自由가 不拘 束처럼 不安으로 送廳하면	이/그/저렇게도!/自由가 不拘 束처럼/不安으로 送廳하면,	
	1/5	가다간 미칠 길을 가야	가다간/미칠 길을/가야	
	1/6	이거야. 「상감마마 事態가 緊 迫하옵니다 아뢰오 사뢰옵니 다.」	이거야. 「상감마마/事態가 緊 迫하옵니다 아뢰오/사뢰옵니 다.」	
	1/7	重工業으로 億萬間 집을 짓고	重工業으로/億萬間 집을 짓고	
	1/8	하품할 때 까지는 月賦와 賦 役 사일	하품할 때까지는,/月賦와 賦役 사일	
	1/9	「데모」하는 아아 「데모크라 시」!	<데모>하는 아아 <데모크 라시>!	
	1/10	갈비뼈서 投票函서 뼈아노 소 리가 나면	갈비뼈/서 投票函서 </피아노 >소리가 나면	
	1/11	美都波로! 高美波로! 산채로 忘憂里라(네?)	美都波로! 高美波로!/ 산채로 忘憂里라(네?)	
	1/15	박꽃으로 더불어 초가집들이	박꽃으로 더불어/초가집들이	
	1/17	COGITO을 砲擊하고 항시 아 리랑!	COGITO를 砲擊하고/항시 아 리랑!	
	1/18	고개만을 넘으면 一錢같은 一 心으로 낱담배를 피어 물고	고개만을 넘으면/一錢같은 一 心으로/낱담배를 피어 물고	
	1/19	引力에 萬有引力에 대항한다.	引力에/萬有引力에 대항한다.	
	1/20	橫財할 듯 橫財할 듯 내가 八, 一五 혹은 六, 二五	橫財할 듯 橫財할 듯/ 내가 八,一五 혹은 六, 二五	
	1/21	네가 九, 二八	네가 九 二八	
	1/22	一, 四가 저사람—	一四가 저 사람—	
	1/26	그리고 코에 戒嚴令을 내리고	그리고 코에,/戒嚴令을 내리고	
	1/36	하늘은 하늘답게 굽어보지만	하늘은 하늘답게/굽어보지만	
	1/37	눈 뜨고 아웅을 밝히지 돕지 않는다.	눈 뜨고 아웅을/밝히지 돕지 않는다.	
何如之鄕 (拾) (1959.2/사상계)	1/5 1/6 /80	人間이 낙제하고 가마귀 떼처럼 극적거린다.	人間이 낙제하고 까마귀 떼처럼 긁적거린다.	『하여지 향』 『나무는 즐겁다』

無極說 (1959.5/자유문학)	1/2 1/7	코에선 찬 바람이 돌지만 모든 일이 이루어지기에	코에선 찬 바람이 돌지만, 모든 일이 이루어지기에,	『하여지향』
海印戀歌 (四) (1959.9/사상계)	1/4 3/5 3/7 3/9~ 4/1 4/3 5/2 5/5 7/3	쓰다듬으면 쌀을 섬기면 大小便 두길을 트고 여자와 남자.//暴流가 暴風처럼 種子를 굴리고 연기가 나고 열 스물 설흔살 때 맑은 金剛身인데	쓰다듬으면, 쌀을 섬기면, 大小便 두 길을 트고, 여자와 남자./暴流가 暴風처럼 種子를 굴리고, 연기가 나고, 열 스물 서른살 때 맑은 金剛身인데,	『하여지향』
三仙橋 (1960.1/문예)	4/7	막고 솟은 山	막고 솟은 山,	『하여지향』 『나무는 즐겁다』
宇宙家族 (1960.1/현대문학)	1/2 1/9 1/11	웃음도 주검도 펑펑 솟는데 어머니가 길쌈하고	웃음도 죽음도 펑펑 솟는데, 어머니가 길쌈하고,	『하여지향』
海印戀歌 (五) (1960.2/사상계)	2/13 3/3 3/4 4/7 4/9 5/5 6/6 7/3 7/4 7/6 7/13 7/14 8/2 8/4 8/9	命名 命名할 때에 물방울지고 스스로 비쳐보면 未來를 絞首하고 過去에 自首하라 直觀이 曲解하며 눈 감으면 주검이다. 孤獨이 平等香이라 아빠, 오빠를 잃은 <빠아>에서 바라보면 포도송이 서캣니, ~스리죽은 우리들이 선선할 때 까지는 存在를 論하는데 주검으로 말려 드는 時間을	命名 命名할 때에, 물방울지고, 스스로 비춰보면, 未來를 絞首하고, 過去에 自首하라. 直觀이 曲解하며, 눈 감으면 죽음이다. 孤獨이 平等香이라, 아빠 오빠를 잃은 <빠아>에서 바라보면 포도송이, 서캣 이, ~스르죽은 우리들이 선선할 때까지는, 存在를 論하는데, 죽음으로 말려 드는 時間을	『하여지향』 『나 무 는 즐겁다』

海印戀歌 八 (1960.8/사상계)	1/4	空間을 넓혔는데	空間을 넓혔는데,	『하여지향』
	2/5	外戚이 더욱 좋아	外戚이 더욱 좋아,	
	2/6	天主가 저바리면	天主가 저버리면	
	2/7	民亂이 낳은 死産兒	民亂이 낳은 死産兒,	
	3/2	목, 몸둥아리를	목 몸둥아리를	
	3/3	갈갈이 찢기운	갈가리 찢기운	
	3/7 ~8	풍덩/소리 속	풍덩 소리 속	
	3/10	태난 사랑	태난 사랑,	
	3/11	알몸이 <아후로디테>.	알몸이 <아프로디테>.	
	4/4	되찾고자 함이	되찾고저 함이	
	4/6	아아 識者들 자식들	아아 識者들 자식들,	
	4/8	三途川에 배 띄우고	三途川에 배 띄우고,	
	5/11	이뿐이가 끈끈이	이뿐이가 끈끈이,	
	5/12	끈이 목을 조일 때	끈이 목을 죄일 때,	
	5/13	오또기는 童心으로	오뚝이는 童心으로	
	6/5	「뽀뽀 조금만」	「뽀뽀 조금만.」	
	6/6	「조금만이 어딨어요	「조금만이 어딧어요	
	7/2	빈 밥그릇에 코를 박기에	빈 밥그릇에 코를 박기에,	
	7/16	~ 歷史를 二十四時로 볼 때	~歷史를 二十四時로 볼 때,	
	8/3	塵網을 헤쳐만	塵網을 헤쳐야만,	
	8/14	~ 딴족치는 상전들이며	~딴죽치는 상전들이며	
	9/4	肝을 찢기고	肝을 찢기고,	
	9/6	아아<올웨우스>여! <올웨우스>!	아아<오르페우스>여! <오르페우스>!	
한 一字를 껴안고 (1960.9/현대문학)	1/2	큰大字로 드러누워	큰大字로 드러누워,	『하여지향』 『나무는 즐겁다』
	1/5	못난이 몸둥아린	못난이 몸뚱어린	
	1/6	드리운 珠簾	드리운 珠簾,	
	1/7	말아 걷워버리고	말아 거둬버리고	
	1/11	해를 따라 그렇지 인사해야지ㅡ.	해를 따라 그렇지 인사해야지!	
革命幻想曲 (1961.6/현대문학)	1/4	昇天하셨다.	昇天하셨다	『월정가』
	4/9	항시 달린다.	항시 달린다	
	5/2	民意를 높이 들고	民意을 높이 들고	
	5/7	入隊시켜주.」	入隊시켜주」	
	6/6	昇天하셨다.	昇天하셨다	
	8/3	<헤로데 王>	헤로데 王!	
	8/8	항시 달린다.	항시 달린다	

겨울에 山에서 (1961.9/사상계)	1/5 2/4 2/7 3/3 3/5 4/4	피어서 퍼져 간다. 말이 없어라. 포근하고 흐믓하여라. 自然스런 自己 안에 穴居하고 저. 생각 없이 느끼고저. 나를 맞는다.	피어서 퍼져 간다 말이 없어라 포근하고 흐믓하여라 자연스런 자기 안에 穴居하고 저 생각 없이 느끼고저 나를 맞는다	『월정가』
나는 어느 어스 름 (1962.3/신사조)	1/18	重力을 잃고	重力을 잃고—	『월정가』 『나 무 는 즐겁다』
이웃 사촌…… (1962.3/신사조)	1/1	이웃 사촌 아내와 사랑	이웃사촌, 아내와 사랑	『월정가』
알림 어림 아가 씨 (1962.11/사상계)	2/1 3/2 3/4 4/3 5/5	향낭에 自在天을 象牙살결 香입김 寶石눈으로 웃음짓는 붉은 꽃닢 입술~ 아아 金剛山이 일어서는 그 고요함이 꿈을 깨는 보드러움	香낭에 自在天을 象牙살결 香입김 보석눈으로 웃음짓는 붉은 꽃잎 입술~ 아아 金剛山이 이러서는 그 고요함이! 꿈을 깨는 보드라움	
	6/4 7/5 8/1 8/8 9/2	萬年을 瞬間처럼 연달아 잇달 고 가신 잠자리 그대는 瞬間은 아홉겹 꽃닢 꽃판 어울린 빛갈에는	萬年을 순간처럼 연달아 잇닫 고 가신 잠자리— 그대는 순간은 아홉겹 꽃잎 꽃판 어울린 빛깔에는	『월정가』
내가 다닌 蓬萊 山 —金煥基 畵伯 에게— (1962.12/현대문 학)	5/1	아아 宇宙가 구비친 山들	아아 宇宙가 굽이친 山들	『월정가』 『나 무 는 즐겁다』
별 너머 鄕愁 (1963.10/신사조)	1/2 1/3 1/5	봄이 조는 내 고향이 잠자 자리에선 사랑을 별 너머 타향에	봄이 조는 내 고양이 잠자리에선 사랑을/별 너머 타향에	『월정가』
影子의 眼目 (1963.10/사상계)	1/5 2/3 3/3 3/5	실한 아름다움에 꽃송이를 뒤떨구어도 업고 있는 가운데서 반생을 거러오자	삭제 꽃송이를 떨구어도 없고 있는 가운데서 반생을 걸어오자	『월정가』
抱擁無限 (1964.6/문학춘 추)	1/8	우러르는 山봉우릴	우러르는 산봉우릴	『월정가』 『나 무 는 즐겁다』

또 第二創世記 (1965.8/사상계)	1/2 ~3 5/3	티끌세상 이야기/소용돌이 마구치는 고욤 젖꼭지!	티끌 세상 이야기//소용돌이 마구치는 고욤 젖꼭지!	『월정가』
新房悲曲 (1968.4/신동아)	1/3 1/8	번개가 친다. 핏줄 속, 뼈 속으로	번개가 친다 핏줄 속 뼈 속으로	『월정가』 『나무는 즐겁다』
智異山 讚歌 (1968.4/현대문학)	1/5 4/8 5/4 5/7 7/1 8/3 8/5	무릎 위에 나를 안았다. 흉하지 않다. 어느 眞珠 목걸이? 부벼 넣었다 온갖 소리, 갖은 사연을 大地의 맑은 핏줄, 젖줄을 물고 영원토록 젊으리라.	무릎 위에 나를 안았다 흉하지 않다. 어느 眞珠 목거리? 부벼 넣었다! 온갖 소리 갖은 사연을 大地의 맑은 핏줄 젖줄을 물 고 영원토록 젊으리라	『월정가』 『나무는 즐겁다』
	4/ ~ 5/1	흉하지 않다.//아아 瀑布를 입은 알몸!	흉하지 않다/아아 瀑布를 입은 알몸!	『나무는 즐겁다』
智異山 이야기 (1968.7/사상계)	2/5 5/2 8/2 9/ ~ 10/1	머리를 꼬매고 겨우 살았다 조금 모자라는 上上峰에 아아 초가집 몇 채가 ~ 鬼神이 싫어하는 고무신 뿐!//同族끼리 싸우다 죽은	머리를 꿰매고 겨우 살았다 조금 모자라는 上上峯에 아아 초갓집 몇 채가~ 鬼神이 싫어하는 고무신 뿐!/ 同族끼리 싸우다 죽은	『월정가』 『나무는 즐겁다』 『나무는 즐겁다』
濟州섬이 꿈꾼다 (1969.10/월간문학)	1/13 1/20	아아 漢拏山이 솟아 오른다 얼지않는 몸둥아리!	아아 한라山이 솟아 오른다 얼지않는 몸뚱어리!	『월정가』 『나무는 즐겁다』
智異山 메아리 —鄭英昊兄에게— (1970.4/월간문학)	4/5 8/3 ~4	하늘과 땅 사이 네가 걷는 걸음거릴/보고 싶 었다	삭제 네가 걷는 걸음 걸일 보고 싶 었다	『월정가』
안개 (1970.가을 문학과 지성)	1/1 2/1 3/1 4/1	~메꾸지만,~ ~기가 막힌다. 함은,~ ~으젓한 바위덩이조차~ 비는 마저도 귓속말로 속사 겨준다.~	~메꾸지만~ ~기가 막힌다 함은~ ~의젓한 바윗덩이조차~ 비는 맞아도 귓속말로 속삭여 준다.~	『월정가』 『나무는 즐겁다』
夜雨 (1971.3/월간중앙)	2/1	가는 귀, 바늘 귀	가는 귀 바늘 귀	『월정가』

裸木頌 (1971.5/월간문학)	2/2 3/2	도망온 奴隷가 觀世音菩薩	도망온 노예가 觀世音보살	『월정가』
내몸은 (1978.11/세계의문학)	1/3	우리몸은 살아가는 理致다	우리몸의 살아가는 理致다	『시신의 주소』
뿌리와 骨盤 (1978.11/세계의문학)	3/1	鍵盤이 된다.	~骨盤이 된다.	『시신의 주소』
아아 처음으로 마 지막으로! (1978.11/세계의문학)	제목	아아 처음으로 마지막으로!	아아 처음으로 마지막으로	『시신의 주소』
王과 造物者 ―莊子를 위하여 (1980.9/현대문학)	1/1	王은 玉이다.	王은 王이다.	『시신의 주소』
事物과 사랑 (1980.9/현대문학)	1/2	말은 事物을 벼농사 보리농사처럼 타작한다……나무처럼 벤다	말은 事物을 벼농사 보리농사처럼 타작한다……/나무처럼 벤다	『시신의 주소』

(이민호, 청주교대 강사)

제4부

부 록 · 1

보유편 · I — 시작품

사랑이 감싸주며

사랑이
감싸
주며
두려움을
가슴을
빼앗었다.
지금부터는
내 마음이
그대것
이라고
용서
하기를——
맹서가
바람결
이라
살아
가
그때까지는——

(한국평론 1958.9)

까치

쪽빛 목도리
쪽빛 치마를 길게 끌고
젖가슴을 하얗게 드러냈으니
항시 반가운 손님
언제나 설날!

입맞춤을 껴안고
차돌에 부숴지는
개울물 소리……
　　　　(지성, 72.2)

西녘으로 지는 해는

西녘으로 지는 해는
아쉬움이 없는데
보라빛 눈썹으로
눈시울을 붉히는 山脈들이여

나뭇소리 바람소리
골짜기에 차는 꿈을
입고 서 있다.
　　　　(지성, 72.2)

난로

붉게 타며는
어지럽게 꽃피며 퍼덕인다.
불현듯이 꺼지면
휘황한 추억조차
까만 쇳덩이
내 몸뚱이……
새로 불씨를 주워야겠다.
새로 하늘을 모아야겠다.
                (월간문학, 72.7)

四 · 一九革命의 노래

배운 대로 바른 대로
怒한 그대로
물결치는 隊列을
누가 막으랴
막바지서 뛰어난 民族正氣여
主權을 차지한 그대들이여
永遠히 永遠히 소리칠 太陽.

새로운 地平線에
피를 흘리며
世界를 흔들었다.
맨주먹으로

永遠히 永遠히 소리칠 太陽.

正義는 오로지 벌거숭이다.
어진 피, 젊은 피, 자라는 피다.
勇敢하게 쓰러진 그대들이다.
南山도 北岳도 모두 보았다.
漢江이 목놓아 부른 이름들
永遠히 永遠히 소리칠 太陽.

새로운 水平線에
피를 흘리며
世界를 흔들었다.
맨주먹으로!
永遠히 永遠히 소리칠 太陽.

배운 대로 바른 대로
怒한 그대로
물결치는 隊列을
누가 막으랴.
막바지서 뛰어난 民族正氣여
歷史를 차지한 그대들이여
永遠히 永遠히 소리칠 太陽.
(월간다리, 73.4)

染畵家의 노래
           ―徐載幸 女史에게

나는 그리지 않는다.
나는 물을 들인다.
얼음장도 바다도
핏빛꽃으로 불꽃으로
영영 지울 수 없게
물을 들인다.

나는 붓으로 그리지 않는다.
나는 비단올이
아아 영원히 이어지게
푸른 서슬로만 그린다.

太陽은 금빛 비단
해바라기 피는 비단
하늘이 바다 속에 잦아들면
남빛 나무들이
포기포기 기도 드린다.
분홍빛 꿈결에서
꽃사태난다.
영영 지울 수 없게
꽃사태난다.
           (한국문학, 74.3)

봄

부풀어 오는 젖가슴에
스스로 놀라는 아가씨처럼
봄바다가 돌아눕는 가락을
어머니 삼고
불꽃처럼 뛰는 꽃송이
꽃수풀이 추는 불놀이……
솜털은 깊다.
살결은 꿈결이다.
눈망울이 여는 하늘을
다문 입술 사이로
실하게 보드라운 입술 사이로……

(한국문학, 74.7)

싫지 않은 마을

몇바퀴를 돌아도
싫지 않은 마을이
湖水를
푸른 장갑처럼 끼었다.

어젯밤은
이따금 흔들리는
쇠풍경 소리에
잠이 들었다.

오늘은
활짝 개인 날
달도 五月이다!
황소 울음소리가
한결 길게 사무치는
한가로움이여!

처마끝은
제비가 스쳐 날으고
논에는
조개껍질 맞부비는
개구리 목청이 찬다.

마음씨를 따라
저고리나 치마만은
빨간 女人들을
새순 돋는 뽕나무
익어가는 보리가
초록빛 물결 위에
소리없이 띄운다!

뜨고 지는 종달새는
모습을 안 보이고
노래만이 들린다.
날랜 탓일까
높은 탓일까.

또 한바퀴 돌아볼까

뻐꾸기소리조차
멀지 않은 마을이
湖水를
푸른 하늘처럼 입었다.
　　　(현대문학, 74.8)

　　말과 생각

罪를 입는다.
고기그물이다.
詩는 허물을 벗는다.
詩는 罪처럼 벗고 입는 옷인가 허물인가 허울인가?
몸뚱어리는 詩를 罪처럼 옷처럼 입고 벗는다.
물고기는 그물이 아니라 다만 물이다— 물에서 논다……
그는 한오라기도 걸치지 않는다.
통발로 고기를
올무로 토끼를 잡고 나면
통발과 올무를 모두 잊는다—
말은 올무 통발……
생각은 토끼 물고기……
말을 잃는다.
생각이 생긴다……
　　　(월간조선, 82.7)

활에……

활에 보름달을 화살삼아 먹여도 화살은 빗나가지 않는다.

(월간조선, 82.7)

알밤 왕밤노래

밤송이는 고슴도치
익기 전에 따려면 반드시 찔린다.
밤송이가 열려야지 비로소 알밤이 떨어진다 왕밤이 떨어진다.
떨어진 다음에 주우면 너무 늦는가?
주운 다음에 떨어지면 너무 이른가?
달밤에 떨어지는 알밤 왕밤이여!
달이 줍지도 먹지도 않는 알밤 왕밤이여!
알밤같은 알노래 왕밥같은 왕노래는 누가 짓는가?
그런 노래는 고슴도치 같은 밤송이 속에서 남몰래 자란다 익어만
간다……
그 노래를 담은 밤송이……
아아 찬바람이 일면 입을 다문다.
마구 떨구면 오히려 밤송이에 달라붙는다.
꽃송이 포도송이 밤송이 송이송이 송이버섯?
송이는 모두가 탐스러운 것……
어느 송이에서 노래를 따랴?
달이 냉큼 내려와서 주워먹을 노래를—
밤송이가 짓지 못한 알밤 왕밤노래를—
알밤 왕밤 황밤—

보늬도 껍질도 벗긴 노래를……
　　　　　　　　　（월간조선, 82.7）

가을은 새댁이 낳은 아들처럼

밤 감 배 사과 石榴, 우툴두툴한 柚子까지 한몫끼어 대나무 바구니가 넘친다.

여무는 여름……열매 지는 가을……
따가운 가을 햇살에 모두가 다사롭게 살로만 간다 과일로 간다……

이울기 전에 시들기 전에 낙엽지기 전에 왼통 불그레 취한 丹楓처럼 온갖 열매가 五色무늬 七寶단장 족두리를 썼다—

맵고도 빨간 고추가 햇살에 쐰다.
어느 바다에서 몰려온 고등어떼……
새빨간 고등어떼……거짓말 같은—

빨간 고추가 새댁 연지처럼 햇살을 쐰다.
풋고추가 익은 다홍 고추는 사뭇 火焰을 토한다……
갓난아기 男根모양으로 한결같이 다져진 선선한 불꽃이여—

아아 다홍 고추를 고기떼처럼 싣고 오는 가을은 항시 아들만을 낳는가보다—
겨울에는 숯검댕이 붉게 이글대며 다홍 고추를 밤새도록 되새기리라……
　겨울은 뜬숯 참숯 같은 딸만을 낳는가보다.
　다홍 고추 같은 불꽃을 만나야지 이글거리는……
　우리 그루는 다홍치마가 앉혀 주었다—

(월간조선, 82.7)

뱀

어느 짓물던 날, 나는 견디지 못해,
파쟈마를 입고 목을 축이려,
물구유에 갔더니 뱀이 한 마리,
거기 와 있었다.
크고 검은 常綠樹 아래
그윽하고 야릇한 香내 나는 그늘로,
물병을 들고 나는 칭칭대를 나렸으나
서서 기다리지 않으면, 기다리지 않으면,
아니 되었다.
나보다 앞서 물구유옆에
뱀 한 마리가 서리고 있음으로.

그는 어둠속,
흙담이 갈라진 틈바구니로 부터 나려와,
黃褐色 물렁한 뱃대기며 느러진 몸을
돌구유 가장자리에 이끌어 나려
모가지를 다붙인 돌바닥엔
적으나마 참으로 맑은 물이
구유 주둥이에서 흘러 나렸고,
그는 얌전하게 고요히 곧은 입으로,
한모금 두모금 곧은 입몸을거쳐
길게 느러진 몸둥아리 속으로 마서드렸다.

누군지 내구유에 앞서 왔으니,
다음에 온 손님답게 나는 기다리고.
그는 소가 하는 모양으로
물을 마시다가 머리를 추켜들고,
물 먹는 소가 하는 모양으로
물끄러미 나를 바라보더니,
두갈래난 혀바닥을
입술에서 날름대고,
멈춧 생각하다가
머리를 다수굿이
한 모금 더 마셨다.
그는 불 끓는 땅속에서 나왔음인지
에트나火山도 연기를 뽑는
시시리섬 七月의 이 한낮에
褐色이라도 흙빛
黃金色이라도 흙빛이었다.

내가 받은 敎育은
시시리섬에선 검ㅅ디 검은 뱀은 害가 없지만,
金빛 뱀은 毒이 있으니,
그를 죽여야만 한다고,
내 마음속에서 중얼대기를
네가 대장부라면
나뭇대기로 단숨에 짤라
아주 없이 하라고.

그러나 정녕 내 마음이 흡족하였고,
내 물구유에 목을 추기려

고요히 손님처럼 앞서 와서는,
만족하여 태평스레 고맙다 말도 없이,
이 불타는 땅속에 사라진 것을
얼마나 내가 기뻐했는지
실토해야 하겠는가?

끝내 죽이지 못한 것은
卑屈이던가.
내가 그에게 말붙일려 한 것은
고집이던가.
그렇게도 영광스레
스스르 느낀것은 謙遜함인가.
끝 없이 영광스러운
느낌을 가졌었다.
그러나 이 속사김,
「두렵지 않거든
뱀을 죽이라」고.

정녕 나는 두려워 했다.
소스라쳐 나는 두려워 했다.
그러나 그가
秘密을 지닌 땅의 어둔 문을 열고 나와
나로 부터 대접을 받으려 함은
더군다나 이 몸엔 영광이었다.

그는 양껏 마시어
취한 사람 모양으로 꿈에 잠긴듯
머리를 들어,

갈래난 밤인양 시커먼 혀바닥을
虛空에 날름대고,
두 입술을 핥는 듯도 하다가는,
앞 못보는 神처럼
두리번거리다가 虛空을 보고
차츰 머리를 돌려,
느릿하게 몹시도 느릿하게
아주 꿈에 겨운양
느릿느릿 두루루
구비치는 긴몸을 이끌고
담벼락이 무너진 변두리를 기어 올랐다.

그리고는 머리를
그 무서운 구녕에 틀어 박고,
느릿느릿 몸을 조여 뱀다웁게
어깨를 움추리고,
한 고비를 더욱 들어 갔을 때,
어떤 소름 끼칠 두려움이,
그 어둡고도 두려운 구녕으로 물러가는,
짐짓 어둠속에 사리어 들은 뒤에
느릿느릿 몸을 이끌어 가는
그에 대한 어떤 抗辯이
나를 사로잡았다. 이미 이때는
그가 나를 아주 등지어 버렸지만.

나는 두리번거리다가
물병을 놓고
호된 나무토막을

요란스레 물구유에 집어 던졌다.
헷맞은 줄 알았더니,
금시에 뒤에 남은 몸둥아리가
체면없이 재빨리 꿈틀거리며,
번개 같이 몸을 꼬아
어두운 구녕으로,
담벼락이 갈라진 흙의 틈으로 사라져 버렸다.
나는 이 모양을
뙤약볕 나려 쬐는 고요한 대낮에
넋을 잃고 보았었다.

허나, 곧 나는 뉘우치었다.
얼마나 俗되고 비루하고 천한 짓이냐.
나는 스스로 蔑視한고,
저주 받을 人間의 敎育의 속삭임을
또한 없수히 여기었다.
그리고 나는 南海王鳥를 생각하고
내 뱀이 도라오기를 고대하였다.
내가 보기에 다시금 그는 玉과 같으니,
귀양간 王과 같으니,
저승으로 쫓겨난 王과 같으니,
이제야 다시금,
王으로 섬기어 마땅할 때가 왔다.

이렇듯 나는
生命의 王과 사귈 기회를 잃었었다.
따라서 나에게는
기워갚을 것이 하나 있으니,

옹생원 짓을 했다는 것.

(≪사상계≫ 1953. 8 / D. H. 로오렌스)

譯者註

D · H · 로오렌스(1885-1930) 영국작가, 시인 Son and lovers, Rainbow. 기타 소설 시집등 저서가 있음.

南海王鳥는 英名이 「엘바토로스」. 빛이 희고 가장 큰 해조. 19세기의 위대한 영국 낭만파 시인 「S · T 코우릿지」의 장편시 「늙은 뱃사공」에서 이새가 중요한 요소로 되어 있다. 鬼氣에 가득 찬 이 작품은 바다에서 조난한 경험을 늙은 뱃사공이 이야기하는 내용인데, 그가 배에 날라온 남해왕조를 죽이고 그 殃禍로 고생을 한다는 사상이 한 줄거리가 되어 있다. 「로오렌스」는 자기 생명의 왕인 뱀을 죽일려고 한 것을 이런 내용과 결부시키어, 뉘우치고 있음이 분명하다.

唯我論

내가 여기 홀로 있고
온 누리가 꿈이라고
믿을 수도 있으려니.
눈이 보고 가슴이 두근거림은
모두가 내탓.
그리고 그럴 듯이 보이는 것은
다만 보일 뿐.

때로 슬픔이 뿜어 올라
거슴츠레 보임을
안개처럼 거두어도,

그처럼 속속드리
모든 것이 슬픔에 물들었음은
다름 아닌 나의 넋을 닮았음인가?

남 몰래 울음을
가슴 속에 간직함은
神들을 지키려고.
너무도 가엾음에
무거운 가슴을 풀어 주려고.
그리고 몸서리를 쫓아 내려고.

오오 슬픔이여!
참고 견디다가 웅숭그리고
허물없는 짐승이 죽어 간다니!
오오 가엾음이여!
제풀로 가냘프게 피어 난 꽃이
바람 결에 오스스 몸을 떤다니!

허면
스스로 모를 꿈을
꾸고도 있으려니.
슬픔과 사랑이

산적꿰는 아픔도 뼈 저리도록
끝내 캐어 묻는 그것이 바로
나의 한 쪼각.

허나

빛나는 그 모양이

온전히 나에게 다가오든지
햇살처럼 산산이 헤 지든지
눈 앞을 스쳐 감은
언제나 바뀌어
있음을 보아도
꿈결을 다했을 뿐.

　　　　　(≪사상계≫ 1953. 9 죠오지 · 산태야나)

　죠오지, 산태야나(George Santayana) 1863-1952. 「스페인」계의 미국철학
자 소설가 시인. 저서에는 철학과 미학에 The Sense of Beauty, The Life of
Reason 등이 있고 소설에는 The Last Puritan. 그리고 시집에는 A Hermit
of Carmel and her Poems.(1901), Poems(1922) 등이 있다.

제5부

부 록 · 2

송 욱 의 가 계 도 ※

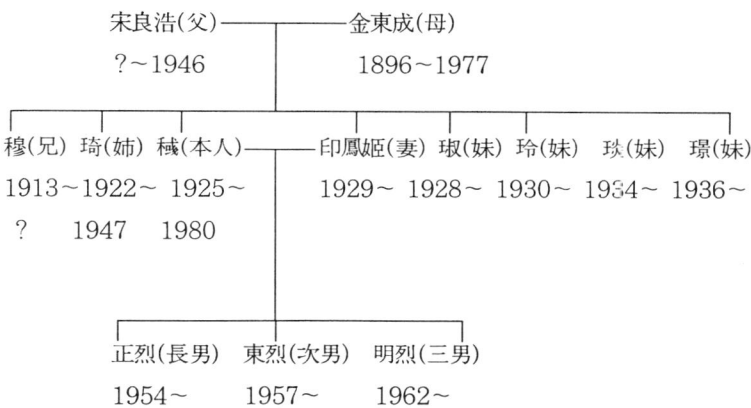

※ 이 가계도는 호적등본에 나타난 결혼 중심으로 작성한 것이다.

송욱의 생애연보

연도	사항
1925 (1세)	4월 19일 충남 홍성읍 오관리 417번지에서 아버지 여산(礪山) 송씨 양호(良浩)와 어머니 경주김씨 동성(東成) 사이에서 2남 5녀중 2남으로 태어났다. 그는 태어나자 바로 그 해에 부친의 부임지인 당진으로 이사했다.
1929 (5세)	12월, 그의 부친이 강화군수직을 사임하고 전가족을 이끌고 서울 종로구 화동 135번지로 이사했다.
1932 (8세)	4월, 서울 종로구 소재의 재동공립보통학교에 입학, 재학중 학업성적이 매우 우수했다. 한 두 과목을 제외하고 모두 만점을 맞는 수재로, 급장과 부급장을 번갈아 하고 있었다.
1938 (14세)	3월, 재동공립보통학교를 졸업하고 4월 경기중학교에 입학. 재학중 학업성적은 매우 우수한 편이었다. 건강에 유념하라는 주의사항 있을 뿐만 아니라, 폐침윤으로 입원한 기록도 있다.
1942 (18세)	3월, 경기중학교를 4년 때 중퇴하고 일본으로 건너가 가고시마(鹿兒島) 소재의 제7고등학교에 입학했다. 경기중의 중퇴사유로 제7고 입학으로만 적혀 있을 뿐이다.
1944 (20세)	8월, 제7고등학교를 2년 6개월만에 졸업하고 경도제대 문학부 사학과에 입학했으나, 곧바로 구마모도의대(熊本醫大)로 옮겼다. 2차대전이 막바지에 이르자 그는 귀국하여 경성제대 의학부에 편입하였다. 이와 관련된 자료가 미흡하여 이 기간의 변동상황은 정확히 밝힐 수가 없다.
1946 (21세)	8·15해방 이듬해에 그는 다시 전공을 바꾸어 서울대학교 문리과대학 영문학과로 옮겨 영문학을 전공하게 되었다.
1948 (24세)	서울대 문리대 영문과를 졸업하고 경기중학교 교사 및 서울대학교 문리과대학 영문학과 강사로도 출강했다.

1950 (26세)	시 <장미>(문예 3월호) · <비오는 창>(문예 4월호) 등으로서 정주의 추천을 받아 문단에 데뷔했다. 6 · 25 전쟁이 일어나 피난지에서 해군장교로 입대했다.
1952 (28세)	진해 해군사관학교 영어 교관이 되다. 12월, 충남 당진 출신의 4세 연하인 인봉희(印鳳姬) 여사와 결혼하다.
1953 (29세)	시 <꽃>을 ≪문예≫ 초하호에, 평론 <서정주론>을 ≪문예≫ 11월호에 각각 발표하다. 10월, 해군 대위로 제대하고 부산으로 가서 미대사관에 근무하다.
1954 (30세)	평론 <현대영시와 그 전통>을 ≪문예≫신춘호에 발표하다. 3월 첫시집 『유혹』을 사상계사에서 간행하다. 7월 종로구 화동 104번지에서 장남 정렬(正烈) 출생하다. 10월, 서울대학교 문리과대학 영문학과 전임강사로 취임하다.
1956 (32세)	서울대학교 문리과대학 영문학과 조교수로 승진하다. 시 <하여지향>(사상계 12월호)과 평론 <시와 지성>(문학예술 등을 발표하다. 역서로 『미국문학사』(컬리프 원저)를 을유문화사에서 출간하다. 봄에 서울 종로구 사간동 11번지로 이주하다.
1957 (33세)	시 <하여지향>(현대문학 7월호), 평론 <작가의 형성과 환경>(사상계 6월호) 등을 발표하다. 미국 시카고대학 교환교수로 가서 그 이듬해까지 영문학을 연구하다. 2월 종로구 사간동 11번지에서 차남 동렬(東烈) 출생하다.
1958 (34세)	시 <하여지향>(사상계 8월호, 현대문학 12월호)을 발표하다.
1959 (35세)	시 <하여지향>(신태양 1월호, 자유공론 1월호, 사상계 2월호), <무극설>(자유문학 5월호), <해인연가 · 4>(사상계 9월호) 등을 발표하다.

1960 (36세)	시 <우주가족>(현대문학 1월호), <해인연가>(사상계 2월호, 8월호), <한—字를 껴안고>(현대문학 9월호) 등을 발표하다. 서울대학교 문리과대학 영문학과 부교수로 승진하다.
1961 (38세)	시 <제2창세기>(사상계 9월호), <혁명환상곡>(현대문학 6월호), <겨울에 산에서>(사상계 9월호) 등을 발표하다. 2월, 제2시집 『하여지향』을 일조각에서 간행하다. 서울 성북구 성북동 175번지 5호로 이사하다.
1963 (39세)	시 <별너머 향수>와 <影子의 안목> 등을 각기 ≪신사조≫와 ≪사상계≫에 발표하다. 시론서 『시학평전』을 일조각에서 간행하다.
1964 (40세)	시 <포옹무한>과 평론 <상상세계의 철학> 등을 각기 ≪문학춘추≫와 ≪신동아≫ 등에 발표하다. 전년도 간행된 『시학평전』으로 한국일보사에서 주관하는 출판문화상 저작상을 받다. 서울 특별시에서 주관하는 서울시문화상을 받다.
1965 (41세)	시 <또 제2창세기>와 평론 <비평과 행동> 등을 ≪사상계≫ 6월호와 7월호에 발표하다. 서울대학교 문리과대학 영문학과 교수로 승진하다.
1966 (42세)	평론 <자기기만의 윤리>를 ≪아세아학보≫에 발표하다.
1967 (43세)	시 <왕족이 될까 보아>를 ≪현대문학≫ 12월호에 발표하다.
1968 (44세)	시 <지리산 찬가>와 <지리산 이야기>를 각기 ≪현대문학≫ 4월호에 ≪사상계≫ 7월호에 발표하다. 11월, 유럽(이탈리아·독일·프랑스·영국)을 약 2개월여에 걸쳐서 여행하다.

1969 (45세)	시 <나무는 즐겁다>와 <제주섬이 꿈꾼다>를 각기 ≪신동아≫ 10월호와 ≪월간문학≫ 10월호에 발표하다. 11월, 비평서 『문학평전』을 일조각에서 간행하다.
1970 (46세)	시 <나를 주면>·<지리산 메아리>·<바다>외 1편을 각기 ≪월간중앙≫ 3월호·≪월간문학≫ 4월호·≪문학과 지성≫ 가을호(8월)에 발표하다.
1971 (47세)	시 <雅樂>을 ≪문학과 지성≫ 여름호에 발표하다. 제3시집 『월정가』를 일조각에서 간행하다.
1972 (48세)	시 <까치>·<西녘으로 지는 해는>·<난로> 등을 ≪지성≫ 2월호와 ≪월간문학≫ 7월호에 각각 발표하다. <표현의 철학>과 <문학과 사회적 주체성>을 ≪지성≫ 3월호와 ≪학생연구≫ 8월호에 각각 발표하다.
1973 (49세)	시 <如意珠>를 ≪박물관지≫ 1월 1일자에, <四·一九革命의 노래>를 ≪월간다리≫ 4월호에 각각 발표하다.
1974 (50세)	3월, 『'님의 침묵' 전편해설』을 과학사에서 자비로 출판하다. 재판시에 일조각으로 옮겼다. <봄>·<싫지 않은 마을> 등을 ≪한국문학≫·≪현대문학≫ 등에 발표하다.
1975 (51세)	서울대학교 인문대학 학장(3년간)을 역임하다.
1978 (54세)	<내몸은>등 5편의 시작이 ≪세계의 문학≫ 11월호에 발표되다. 시선집 『나무는 즐겁다』를 민음사에서 간행하다. 7월, 평론집 『문물의 타작』을 문학과 지성사에서 간행하다.
1979 (55세)	<李太白의 詩學> 등 5편의 시작이 ≪문학과 지성≫ 봄호에, 평론 <自我와 創造>가 ≪세계의 문학≫ 6월호에 발표되다.

1980 (56세)	<王과 造物者> 등 3편의 시작이 ≪현대문학≫ 9월호에 발표되다. 4월 16일 하오 11시 30분, 또는 40분 경에 급환으로 사망했다. 유해는 경기도 양평군 마석 소재의 모란공원묘지에 묻혀 있다.
1981	제4시집 『詩神의 住所』가 일조각에서 간행되었는데, 이는 시작과 일기 및 시작노트를 수록한 유고집으로 김현에 의해 편성되었다.
1982	<말과 생각> 등 4편의 유고시가 ≪월간조선≫ 7월호에 발표되다.
1985	그 제자들이 시비건립위원회를 결성하여 5월에 묘소에다 시비를 세웠다. 비면에는 제3시집 『월정가』 수록시편인 <雅樂>의 전문이 새겨져 있다.

송 욱 의 작 품 연 보

연도	작품	발표지	구분	기타
1950	薔薇	문예(3)	시	서정주 추천
	비오는 窓	문예(4)	시	서정주 추천
1953	꽃	문예(6)	시	
	作家와 眞實性	사상계(7)	번역평론	알베르 까뮈 원작
	뱀	사상계(8)	역시	D.H.로렌스 원작
	唯我論	사상계(9)	역시	죠오지 산태야나 원작
	徐廷柱論	문예(11)	평론	
	알베르 까뮈論	사상계(12)	번역평론	커어미트 랜스너 원작
1954	現代英詩와 그 傳統	문예(1)	평론	
	誘惑	사상계사(3)	시집	<誘惑> 외 20편
	現代詩와 詩人	문리대학보(9)	평론	
1955	壁	현대공론(1)	시	
	洪水	사상계(2)	시	
	王昭君의 노래	야담(7)	시	
	기름한……	현대문학(8)	시	
	拓殖 殖産……	문학예술(8)	시	
	한거름	사상계(10)	시	
1956	詩와 知性	문학예술(1)	평론	
	王族이 될까 보아	현대문학(5)	시	
	美國文學史	을유문화사(5)	역서	M. 컨리프 원저
	무엇이 모자라서—	시연구(6)	시	
	어느 十字架	문학(7)	시	
	서방님께	시와 비평(7)	시	
	그냥 그렇게	시와 비평(8)	시	
	義로운 靈魂 앞에서	문학예술(9)	시	
	何如之鄕·1	사상계(12)	장시	

1957	現代詩의 反省	문학예술(3)	평론	
	作家의 形成과 環境	사상계(6)	평론	
	何如之鄕・4	사상계(7)	장시	
	何如之鄕・3	현대문학(7)	장시	
	何如之鄕・6	현대문학(8)	장시	
	何如之鄕・5	현대시(10)	장시	
1958	何如之鄕・7	사상계(8)	장시	
	사랑이 감싸주며	한국평론(9)	시	
	何如之鄕・8	현대문학(12)	장시	
1959	何如之鄕・9	신태양(1)	장시	
	何如之鄕・11	자유공론(1)	장시	
	何如之鄕・10	사상계(2)	장시	
	無極說	자유문학(5)	시	
	海印戀歌・4	사상계(9)	장시	
1960	三仙橋	문예(1)	시	
	宇宙家族	현대문학(1)	시	
	海印戀歌・5	사상계(2)	장시	
	小說技術論	일조작(4)	역서	퍼어시라복크 원저
	海印戀歌・8	사상계(8)	장시	
	한 一字를 껴안고	현대문학(9)	시	
1961	第二創世記	사상계(2)	시	
	英詩壇 周邊 ―現代英詩의 諸問題	사상계(2)	좌담	김진만, 여석기 보트랄, 송욱
	何如之鄕	일조각(2)	시집	<何如之鄕> 외 78편
	革命幻想曲	현대문학(6)	시	
	겨울에 山에서	사상계(9)	시	
1962	詩學評傳・1	사상계(3)	평론	
	나는 어느 어스름	신사조(3)	시	
	詩學評傳・2	사상계(4)	평론	
	詩學評傳・3	사상계(5)	평론	
	詩學評傳・4	사상계(6)	평론	

	이웃사촌……	자유문학(6)	시	
	詩學評傳·5-①	사상계(7)	평론	
	詩學評傳·5-②	사상계(8)	평론	
	詩學評傳·6	사상계(9)	평론	
	韓國 모더니즘 批判	사상계(10)	평론	
	—詩學評傳·7			
	象徵美學과 近代的 現實	사상계(11)	평론	
	—詩學評傳·8			
	알림 어림 아가씨	사상계(11)	시	
	宇宙와 맞서는 '이데아'의			
	詩學—詩學評傳·9	사상계(12)	평론	
	내가 다닌 蓬萊山	현대문학(12)	시	
	—金煥基畵伯에게			
	意識의 火炎과 琉璃人間	사상계(1)	평론	
	—詩學評傳·10			
	唯美的 超越과 革命的			
	我空—詩學評傳·11	사상계(2)	평론	
1963	本質的 純粹와 經驗的			
	非純粹—詩學評傳·12	사상계(3)	평론	
	詩學評傳	일조각(5)	평론서	
	별너머 鄕愁	신사조(10)	시	
	影子의 眼目	사상계(10)	시	
	抱擁無限	문학춘추(6)	시	
	讚歌	사상계(6)	시	
1964	빛	신동아(9)	시	
	想像世界의 哲學(1)	신동아(12)	평론	나르시스와 明鏡止水
	想像世界의 哲學(2)	신동아(2)	평론	나르시스와 明鏡止水
	韓國知識人과 歷史的 現實	사상계(4)	평론	
	批評과 行動	사상계(7)	평론	
1965	또 第二創世記	사상계(8)	시	
	東西詩에 나타난 內面空間	아세아학보(12)	평론	
	—릴케·懶翁·黃眞伊			
	해방20년의 문화적 현실	？？	평론	

1966	日帝下의 韓國 휴머니즘 批判—李光洙作 <흙>의 意味와 無意味	동아문화(6)	평론	
	作家精神과 歷史意識	중앙일보(9.27)	평론	
	自己欺瞞의 倫理			
	李光洙作 <無明>	아세아학보(10)	평론	
1967	王族이 될까 보아	현대문학(12)	시	
1968	新房悲曲	신동아(4)	시	
	智異山 讚歌	현대문학(4)	시	
	智異山 이야기	사상계(7)	시	
1969	氣分의 詩學과 뉘앙스의 詩學— 金億 · 시몬즈 · 素月 · 베르레에느	문화비평(4)	평론	
	文學的 유럽 旅行	월간중앙(6)	기행문	
	나무는 즐겁다	신동아(10)	시	
	濟州섬이 꿈꾼다	월간문학(10)	시	
	文學評傳	일조각(11)	평론서	
1970	나를 주면……	월간중앙(3)	시	
	智異山 메아리 —鄭英昊兄에게	월간중앙(4)	시	
	바다	문학과지성(가을, 8)	시	
	안개	문학과지성(가을, 8)	시	
1971	雅樂—重光之曲	신동아(2)	시	
	夜雨	월간중앙(3)	시	
	裸體頌	월간문학(5)	시	
	雅樂—重光之曲	문학과지성(여름,5)	시	
	개울 외 3편	문화비평(10)	시	
	첫날바다	문화비평(10)	시	
	水仙의 慾望	문화비평(10)	시	
	月精歌	일조각(10) 시집		<月精歌> 외 51편
	東西生命觀의 比較	성곡논총 2집(11)	평론	

1972	생각하는 韓國의 얼굴	한국일보(1.1)	시평문	
	敎育과 現實	조선일보(2.23)	시평문	
	까치	지성(2)	시	
	西녘으로 지는 해는	지성(2)	시	
	表現의 哲學—모리스			
	메를리 뽕띠의 경우	지성(3)	평론	
	外來文化 受容上의			
	諸問題點	(5.18)	평론	
	난로			서울사대 영문과학술강연회
	文學과 社會的 主體性	월간문학(7)	시	
	—李箱과 싸르트르	학생연구(8)	평론	
1973	如意珠	박물관지(1.1)	시	
	——靑華白瓷海龍文酒甁			
	四·一九革命의 노래	월간다리(4)	시	
1974	님의 침묵 전편해설	일조각(3)	해설서	
	染畵家의 노래	한국문학(3)	시	
	—徐載幸女史에게			
	大學과 動物園	조선일보(3.23)	시평문	
	봄	한국문학(7)	시	
	싫지 않은 마을	현대문학(8)	시	
	冊과 世態	서울신문(9.27)	시평문	
1975	나를 주면	현대시학(5)	시	
1976	나무는 즐겁다	민음사(8)		〈나무는 즐겁다〉 외 64편
	文物의 打作	문학과 지성사(7)	평론서	
	說法과 證道의 禪詩	문예중앙(9)	평론	
	내몸은	세계의문학(11)	시	
	똑똑한 사람은	세계의문학(11)	시	
	萬代의 文學	세계의문학(11)	시	
	—'詩人' 第二章			
	뿌리와 骨盤	세계의문학(11)	시	
	아아 처음으로 마지막으로!	세계의문학(11)	시	

1979	李太白의 詩學—변주곡	문학과지성(봄, ?)	시	
	말은 造物主	문학과지성(봄, ?)	시	
	말과 몸	문학과지성(봄, ?)	시	
	말과 事物	문학과지성(봄, ?)	시	
	내 마음에……	문학과지성(봄, ?)	시	
	莊子의 詩學	문예중앙(가을호,9)	시	
	自我와 創造 —베르그송의 경우	세계의 문학(6)	평론	
1980	民主實現의 方法論	월간조선(4)	시평문	
	王과 造物者 —莊子를 위하여	현대문학(9)	시	
	사랑의 物理	현대문학(9)	시	
	事物과 사랑	현대문학(9)	시	
1981	詩神의 住所	일조각(3)	유고시집	〈똑똑한 사람은〉 외 35편과 일기 및 시작노트
1982	말과 생각	월간조선(7)	시 유고	
	활에……	월간조선(7)	시 유고	
	알밤 왕밤노래	월간조선(7)	시 유고	
	가을은 새댁이 낳은 아들처럼	월간조선(7)	시 유고	

참고문헌

1. 단행본

김윤식 · 김 현, 『한국문학사』, 민음사, 1996.

전영태, 「비판적 지성과 풍자의 시」, 『한국대표시 평설』, 문학세계사, 1983.

황현산, 「역사의식과 비평의식 : 송욱의 『시학평전』」, 『현대비평과 이론』, 1995. 10.

강희근, 「삶의 체현과 다양한 전개」, 『한국대표시 평설』, 문학세계사, 1983.

강희근, 『우리 시문학 연구』, 예지각, 1985.

김재홍, 「6 · 25와 한국의 현대시」, 『현대시와 역사의식』, 인하대출판부, 1988.

박두진, 『한국현대시론』, 일조각, 1970.

송하춘 · 이남호, 『1950년대의 시인들』, 나남, 1994.

정한모, 『한국현대시의 현장』, 박영사, 1983.

정한숙, 『한국현대문학』, 고대출판부, 1982.

천이두, 『50년대 문학의 재조명』, 현대문학사, 1985. 1.

한계전, 「사변적 문체와 사상탐구의 형식」, 김용직외, 『한국현대시연구』 민음사, 1989.

2. 학위 논문

신진숙, 「전후시의 풍자 연구」, 석사학위 논문, 경희대학교, 1994

윤정룡, 「1950년대 한국 모더니즘시 연구」, 박사학위 논문, 서울대학교, 1992

조미영, 「宋稶 시 연구」, 석사학위 논문, 서울대학교, 1994.

진순애, 「宋稶 시의 은유 연구」, 석사학위 논문, 성균관대학교, 1993.

한원균, 「宋稶文學研究」, 석사학위 논문, 경희대학교, 1992.

권순섭, 「한국 현대시의 전통성 연구」, 석사학위 논문, 공주대 교육대학원, 1990.

3. 평론 및 일반논문

구중서, 「薔薇」, ≪월간문학≫, 1970. 6.

김유중, 「부활에의 꿈」, ≪현대문학≫, 1991. 7.

김춘수, 「海印戀歌 八」, ≪현대문학≫, 1960. 9.

김춘수, 구중서, 「薔薇」, ≪월간문학≫, 1970. 6.

김 현, 「말과 宇宙—송욱의 想像的 世界」, ≪세계의 문학≫, 1978. 봄.

박종석, 「宋稶의<詩學評傳>硏究」, ≪국어국문학≫ 제15집, 동아대 국어국문학과, 1996.

오규원, 「詩的 變容과 그 意味-宋稶과 高銀의 경우」, ≪문학과 지성≫, 1972. 봄.

유종호, 「인상-팔월시」, ≪사상계≫, 1958. 9.

이병헌, 「지식인의 가락-송욱시집『何如之鄕』」, ≪현대시학≫, 1992. 8.

이상섭, 「부끄러운 한국문학과 경이로운 동양사상」, ≪문학과 지성≫, 1978. 겨울.

이성모, 「말놀이의 시적체험과 그 틀」, 『경남어문논집5』, 1992. 12.

이재선, 「풍자 시론 서설」, 『청구대학논문집6』, 1963. 5.

이해령, 「宇宙의 秩序와 生命의 리듬」, ≪현대시학≫, 1974. 10.

전봉건 외, 「속 시와 에로스」, ≪현대시학≫, 1973. 10.

정현종, 「感覺의 깊이·官能 그리고 純眞性」, ≪지성≫, 1971. 12.

정현종, 「말과 自由聯想의 세계」, ≪월간조선≫, 1981. 6.

홍기창, 「宋稶의 自然과 人間」, ≪문학과 지성≫, 1973. 여름.

류근조, 「현대시의 모더니즘」, ≪현대문학≫, 1991. 7.

민 영, 「1950년대 시의 물길」, ≪창작과 비평≫, 1989. 봄.

전봉건 외, 「시와 산문성과 지성」, ≪현대시학≫, 1985. 1.

찾아보기

(ㅇ)

⌂ 필진 약력

김학동 (서강대 명예교수)
서덕주 (서강대 국문과 박사과정)
서지영 (한국정신문화연구원 박사과정)
엄성원 (서강대 강사)
연혜진 (서강대 국문과 박사과정)
오윤정 (서강대 강사)
윤지영 (서강대 국문과 박사과정)
이민호 (청주교대 강사)
정문선 (추계예대 강사)
최윤정 (서강대 국문과 박사과정 수료)

〈필자 가나다 순〉

송욱 연구

초판 인쇄 2000년 9월 20일
초판 발행 2000년 9월 25일

지은이 김 학 동 外 9人
펴낸이 이 대 현
편 집 이 태 곤
펴낸곳 도서출판 역락
　　　　서울시 중구 필동3가 28-19
　　　　진성빌딩 306호
TEL　 2268-8656
FAX　 2264-2774

전자 YOUKRACK@hitel.net
우편 youkrack@hanmail.net

등 록 1999년 4월 19일 제2-2803호
　　　　ISBN 89-88906-56-X-93810
정 가 22,000원

ⓒ 역락, 2000, Printed in Seoul, Korea